KB241397

무로(霧露)

무로(霧露) 下

초판 1쇄 찍은 날 § 2008년 1월 15일
초판 1쇄 펴낸 날 § 2008년 1월 25일

지은이 § 원주희
펴낸이 § 서경석

편집장 § 문혜영
편집책임 § 이종민
편집 § 한지윤

펴낸곳 § 도서출판 청어람
등록번호 § 제1081-1-89호
등록일자 § 1999. 5. 31
어람번호 § 제5-0179호

주소 § 경기도 부천시 원미구 심곡1동 350-1 남성B/D 3F (우) 420-011
전화 § 032-656-4452 팩스 § 032-656-4453
http://www.chungeoram.com
E-mail § eoram99@chollian.net

ⓒ 원주희, 2008

ISBN 978-89-251-1136-0 04810
ISBN 978-89-251-1134-6 (SET)

下 2, 3부

무로(霧露)

• 원주희 지음 •

도서 출판 청어람

下 2부

1. 가려진 시간 속으로   7

2. 심장이 말하다   51

3. 빛과 어둠 사이에서   71

4. 영혼의 산   101

5. 저주詛呪   125

6. 그리고 운명…   167

7. 암흑暗黑   199

8. 눈물을 마시다   239

9. 약속   269

3부

1. 탄炭   315

2. 내 안에 내리는 비   349

3. 언제나 네 곁에   389

4. 작가후기   416

上 1부 목차
1. 로露 • 2. 무산霧山 • 3. 무霧 • 4. 눈이 멀다
5. 정운停雲 • 6. 몽중夢中 • 7. 날고 싶은 나비
8. 열리는 마음 • 9. 환煥의 성 • 10. 갈망 • 11. 이슬지다
12. 하늘에서 내리는 꽃 • 13. 잃어버리다

2부

1. 가려진 시간 속으로

　　　어둠이 물러가고 푸른 여명이 밝아왔다. 여름의 신선하고 청량한 기운을 머금은 나무와 들풀이 기지개를 켜며 잠에서 깨어나고, 새와 풀벌레들이 부산스럽게 움직이기 시작했다. 로(露)는 맑은 눈을 반짝이며 푸른 아침 하늘을 올려다보았다.

　　"오늘 태어난 정령님들은 아주 고운 분들이겠는걸."

　　새벽빛이 깨끗할수록 이슬에서 태어나는 정령은 곱고 어여쁘다. 로는 이제 태어날 정령들을 생각하니 기분이 마냥 좋아져서 경쾌한 노래를 흥얼거렸다.

　　"자, 그럼 이제 기볼끼."

　　투명한 이슬로 변한 로는 바람에 몸을 싣고 들로 달렸다. 이슬에서 태어난 정령의 여신 로(露). 새벽은 하루 중 가장 바쁜 때였다. 이슬 속에 잠든 정령들을 깨우고 빛을 머금고 날 수 있도록 도와야 했다. 햇빛을 머금고 쑥쑥 자란 정령들을 보는 건 로의 가장 큰 즐거움이었다.

들판에 이르자 그녀는 사람으로 변해 땅 위에 가볍게 발을 내디뎠다. 새벽빛에 드러난 로의 얼굴은 곱고 깨끗했으며 크고 맑은 두 눈은 바위를 깨고 캐어낸 보석처럼 빛났다. 빛을 머금어 더욱 푸른 눈동자와 윤기가 흐르는 검은 눈동자. 누구나 보면 감탄하는 그녀의 아름다운 눈동자는 정령들을 깨우는 시각에 이르면 더욱 영롱하게 반짝였다.

로는 풀잎에 맺힌 이슬 속에서 작은 몸을 웅크리고 잠들어 있는 정령을 보았다. 꽃씨처럼 작고 앙증맞은 정령을 향해 훈훈한 기운을 불어넣어 주자 꼬물꼬물 움직이기 시작하더니 이내 눈을 반짝하고 뜬다. 힘껏 기지개를 켜고 나온 정령이 투명한 날개를 활짝 펴고 공중으로 날아올랐다. 이제 막 태어난 정령은 빛을 한껏 머금고 자라 자연이 하는 일을 거들거나 신(神)을 모셨다.

"이 게으름뱅이들. 빨리 일어나."

로의 말에 이슬 속에서 게으름을 부리던 정령들이 나와 날개를 활짝 펼쳤다. 아침 빛을 가득 머금은 정령들은 발랄하게 주위를 날아다니며 까르르 웃기도 하고 로의 옷을 장난스럽게 잡아당기기도 했다. 그 모습을 보는 로의 얼굴에 웃음이 번졌다.

이때 해가 비치는 동쪽으로 날아가다 다시 돌아온 정령이 귓가에 속삭였다.

"여신님, 여신님."

"무슨 일이지?"

"저기 보이는 해님께 가까이 가고 싶은데 그럴 수가 없어요."

"넌 그분께 가까이 갈 수 없어. 그분은 너무 멀리 있고 네 날개는 가냘프단다."

"가고 싶어요. 가까이서 그분의 아름다운 모습을 보고 싶어요."

"꼭 가까이 가야만 아름다움을 볼 수 있는 건 아니란다. 그분은 늘 네 곁에 계실 거야."

다른 정령들보다 유난히 흐린 빛을 띠는 정령이 다가와 울먹이며 말했다.

"전 가장 쓸모없는 정령이 될 거예요. 볼품없이 작고 아름답지도 않아요."

로는 우는 정령을 가만히 쓰다듬어 주었다.

"아니야. 넌 세상에서 필요하고 소중한 정령이 될 거야. 응달에서 크지 못하는 나무와 꽃을 위해 빛을 날라야 하고, 계절이 제때에 오는 것을 돕게 될 거야. 게으름뱅이 바람과 구름을 움직이고 심술궂은 비를 달래주어야 해. 그것은 정말로 중요한 일이거든. 우리가 아니면 할 수 없는 일이지. 그리고 넌 작지만 정말로 아름다워. 네 빛을 봐. 점점 깨끗하고 밝게 빛나잖아."

로는 들판을 다니며 정령들을 깨우고 많은 이야기를 들려주었다. 낮 동안 빛을 머금어 훌쩍 자란 정령들은 밤이 찾아오면 커다란 참나무 아래에 옹기종기 모였다. 나뭇잎을 모아 푹신하게 만든 자리에서 서로 몸에 기대거나 팔을 베고 누워 재잘거리는 소리가 꼭 시냇물이 흐르는 소리 같았다. 로는 그들 사이에 앉아 낮 동안에 겪은 모험담을 듣고 옛날 얘기를 해주며 밤을 지새웠다.

밤이 깊어 정령들이 꾸벅꾸벅 졸고 있을 때였다. 그들에게로 다가오는 낯선 기운에 예민한 정령들이 하나둘씩 깨어나기 시작했다. 잠시 졸다가 고개를 든 로는 그 기운이 무엇인지 깨닫고 다급하게 속삭였다.

"낯선 자가 오고 있어. 모두 피해!"

로의 말에 작은 불빛들이 일시에 흩어졌다. 뜨겁고 위험한 기운이 믿을 수 없을 만큼 빠른 속도로 다가오고 있었다. 정령들의 비명이 이어지는 가운데 로가 미처 피하지 못한 정령들을 깨워 하늘로 날려 보냈다.

"로님, 피하셔야 해요."

누군가가 어둠 속에서 외쳤다. 로가 막 몸을 바꾸려는 순간이었다.

억센 힘이 그녀의 손목을 움켜쥐었다. 손목이 잡힌 자리에 살이 타 들어가는 듯한 뜨거움이 번졌다. 놀란 로가 비명을 지르며 손목을 비틀었지만 강하게 움켜쥔 손은 놓아주지 않았다. 로는 겁에 질려 고개를 들었다가 불꽃같은 눈동자와 마주쳤다. 모든 것을 활활 태울 것 같은 뜨거운 눈빛과 감당할 수 없이 무거운 어둠의 기운.

로는 그가 누구인지 알아보았다. 모두가 경계하고 두려워하는 환(煥). 그는 모든 음모와 전쟁의 신이고 현재 벌어지는 신들의 전쟁에서 천신(天晨)에게 대항해 싸우는 이들의 우두머리였다. 로는 천신의 편에 서 있는 신. 그러므로 환과 만난다는 것은 어쩌면 죽음을 의미하는 것인지도 모른다.

"절 해칠 건가요?"

겁에 질린 로가 자그마하게 중얼거렸다. 환은 그런 로의 얼굴을 한참 동안 들여다보았다. 그의 얼굴에 복잡한 감정이 스치는 가운데 환이 무겁게 입을 열었다.

"아니다, 난 널 해치지 않아. 주위를 지나다가 밝은 빛에 이끌려 온 것뿐이다."

"그럼 이 손 좀 놓아주세요. 아파요."

로가 보기도 안쓰러울 만큼 아파하며 말했다. 하지만 그의 얼굴엔 조금의 동정도 담기지 않았다. 오히려 즐거운 듯한 미소가 스쳤다.

"놓고 싶지 않다."

환은 로를 끌어당겨 품에 안았다. 놀란 로가 버둥거렸지만 어마어마하게 크고 강한 힘 앞에서 벗어날 수 없었다. 환이 버둥거리는 작은 몸을 품에 안고 흥미로운 표정으로 물었다.

"넌 정령인가. 한 번도 본 적이 없구나. 신들 사이에 모습을 드러내지 않나 보지?"

"전 혼자 있는 것을 좋아해요. 다들 당신처럼 거칠고 제멋대로니까요."

"하하하, 다른 이들 앞에 나서지 않는 것은 잘한 선택이다. 이런 눈을 보면 갖지 않고는 못 배기지. 음, 네 눈은 정말 독특하구나."

환은 로의 눈동자를 음미하듯 바라보았다. 그녀는 각기 다른 눈동자를 가지고 있었다. 검지만 맑게 반짝거리는 눈동자와 물속처럼 푸르고 깊은 눈동자. 낯설면서도 오묘한 느낌이었다. 들여다보는 것만으로도 즐겁고 늘 부족하다 느꼈던 무언가가 한순간에 가득 채워지는 듯했다. 갖고 싶다. 이 눈을, 이 작은 정령을 갖고 싶다. 환의 눈엔 희열과 욕망이 불꽃처럼 활활 타올랐다.

"흠, 한입 베어 먹고 싶을 만큼 부드럽고 달콤하군. 보고 있으면 유쾌해지고 몸속 깊숙이 뜨거워지는 느낌이야. 네가 갖고 싶어졌다."

그의 눈이 이미 로를 가진 것처럼 기쁨에 들떠 반짝거렸다. 마치 로는 절대로 자신을 거부하지 않을 것이며 원하는 것은 무엇이든 가질 수 있다고 확신하는 듯했다. 로는 환의 태도에 기분이 나빠져 단단한 그의 가슴을 힘껏 밀었다. 하지만 그는 꿈쩍도 하지 않고 기분 좋게 웃을 뿐이었다.

그가 오자마자 도망치던 정령들이 잡혀 있는 로를 보고 돌아와 환에게 덤벼들었다. 작은 정령들이 모여 그의 머리카락을 잡아당기고, 살을 꼬집고, 발길로 찼다. 로를 지키기 위해 맹렬히 싸우는 정령들을 보고 환이 웃음을 터뜨렸다.

"하하하. 재미있구나, 너희 정령들은."

"놓아주세요."

"널 내 성으로 데려가겠다."

그의 말에 주위 정령들이 작게 비명을 질렀다. 로는 애써 비명을 삼키고 태연하게 말했다.

"당신에게 안긴 채로 끌려가라고요? 난 정령의 여신이에요. 이렇게 굴욕적으로 끌려갈 순 없어요."

"네가 도망가면 어쩌지?"

"환님은 불꽃에서 태어나신 분. 저 같은 정령이 도망가 봤자 금방 따라잡힐 게 뻔할 텐데요."

환은 믿지 못하겠다는 표정을 지으면서도 마지못해 감싼 팔을 풀었다. 간신히 땅에 발을 디딘 로는 안도의 한숨을 내쉬었다. 그리곤 새침한 표정으로 그를 보며 말했다.

"당신은 제가 아는 가장 위험하고 나쁜 신이에요."

"고맙군."

"그리고 어리석은 신이에요. 날 갖고 싶다면 절대로 놓아선 안 돼요."

환이 뭐라 대답하기도 전에 로는 투명한 이슬로 변해 바람을 타고 달아나기 시작했다. 놀란 환이 급히 손을 뻗어보았지만 이슬로 변하기 직전 그녀의 머리칼만 스쳤을 뿐이다. 로는 바람의 고삐를 단단히 움켜쥐고 있는 힘껏 달렸다. 멀리서 정령들이 지르는 함성 소리가 들렸다. 로는 자신을 쫓아오는 붉은 불꽃을 보았지만 장난스런 미소만을 지은 채 있는 힘껏 날았다. 세상의 모든 바람은 로의 편이었다. 바람은 그녀에게 더 많은 힘을 실어 하늘 높이 솟아오르게 했고 환에게는 무겁고 더딘 바람을 실어 보내 뒤처지게 했다. 그리하여 새벽이 다가올 무렵 로는 환에게서 완전히 벗어날 수 있었다.

"휴, 다행이야. 얼마나 놀랐는지."

환이 더 이상 자신을 쫓지 않는 걸 확인한 로는 땅에 내려서서 안도의 한숨을 내쉬었다. 이때까지만 해도 로는 환이 그토록 자신에게 집착할 줄은 몰랐다. 다른 이들과 다름없이 한때의 치기로만 생각했었다. 그런데 환은 시간이 흘러도 자신을 포기하지 않았다. 어둡고 강렬한 기운이 늘 그녀를 따라다니며 빈틈을 노렸다. 자칫 잘못해서 방심하면 당장이라도 덮칠 것만 같아 불안했다. 로는 점점 그가 두려웠다. 그의 집착과 욕망이 자신을 남김없이 불태워 없앨까 봐 겁이 났다. 로는 가까이 그의 존재를 느낄 때마다 필사적으로 도망쳤다. 환은 정말 포기를 모르는 고집불통이어서 도망 다니면 다닐수록 더욱 집요하게 따라붙었다.

한 번은 정말로 붙잡힐 뻔한 적이 있었다. 나무 밑에서 졸고 있는데 갑자기 덮친 것이다. 옷소매를 붙들린 로는 그대로 옷을 벗고 달아났다. 그 밤 그 일로 성난 환 때문에 일대 소동이 일어났다는 후문이 들렸다. 아무도 꺾을 수 없는 전쟁의 신 환이 작은 여신에게 톡톡히 망신을 당했다는 소문이 퍼지자 모두들 즐거워하며 새로운 얘깃거리를 기다렸다. 다른 신들의 비웃음에 아랑곳하지 않고 환의 술수는 좀 더 교묘해지고 대담해졌다. 하지만 로 또한 만만치가 않아서 번번이 실패로 돌아가기 일쑤였다. 환과 로의 추격전은 신과 정령들 사이에 꽤나 흥미진진한 이야기 소재가 되었다.

로는 지난밤에도 환에게서 도망 다니느라 녹초가 되었다. 이제 도망가기가 벅찰 정도로 제법 빨라진 그를 따돌리느라 밤을 꼴딱 새우고 말았다. 하지만 아무리 빨라졌어도 환은 상대가 못 되었다. 바람과 숲이 그녀의 편이기 때문이다. 로는 날이 밝아오는 것을 보며 고단했던 밤의 일 따윈 잊었다. 이제 곧 하루 중 가장 행복한 시간이 다가온다.

여명은 다른 날보다 흐리고 무거웠다. 습기를 머금은 구름이 멀리서 밀려오는 걸로 보아 머지않아 비가 내릴 것이다. 로는 넓은 들판을 유유히 가로지는 강으로 다가갔다. 강 주변은 옅은 안개에 싸여 있었고 유난히 물냄새가 진하게 났다. 푸른 들에는 자줏빛 문봉선과 옅은 분홍색을 띤 고마리가 군락을 이루고, 물가에는 부들이 불어오는 바람에 몸을 흔들고 있었다.

안개에 싸여 있어서일까. 부드러운 빛에 잠겨 있는 풍경들이 다른 날보다 아름답고 애틋하게 느껴졌다. 흐린 빛에 번져 보이는 붉고 푸른빛과 흘러가는 물소리가 몸속으로 촉촉이 스며들었다. 로는 들꽃을 지나 물가로 갔다. 맨발에 닿는 들풀과 매끄러운 돌의 감촉이 간지럽다. 로는 긴 치마를 치켜들고 물속으로 걸어 들어갔다. 종아리에 닿는 물이 몹시도 찼지만 기분이 상쾌했다. 그녀는 호젓한 새소리와 물소리를 벗 삼아 물장난을 치며 놀았다. 발을 구를 때마다 첨벙첨벙 물소리가 났다. 이대로 물속에 들어가 자맥질이라도 하고 싶었지만 물이 차고 곧 비가 올 것 같았다.

안개에 싸인 강물을 바라보며 이리저리 거닐던 로는 상류에서 붉게 얼룩진 천이 흘러오는 것을 보고 고개를 갸웃했다. 애써 옷을 건져 낸 로는 붉은빛이 피라는 것을 알고 크게 놀랐다. 이른 새벽에 흘러온 것이 꽃도 나뭇잎도 아닌 피에 젖은 옷이라니. 로는 옷이 흘러온 상류로 거슬러 올라갔다. 그녀가 떠내려온 통나무를 피해 막 부들을 헤치고 나왔을 때였다.

물가에 한 사내가 서 있었다.

전라의 몸에 피를 흠뻑 뒤집어쓴 사내.

그는 허벅지 깊이까지 올라오는 물속에서 얼어붙은 듯 미동 없이 서 있었다. 피에 물든 옷은 그의 것이 분명했다. 로는 사내의 모습에 놀라면서도 조용한 눈길로 그를 살폈다. 붉은 피와 극명한 대비를 이루는 하얀 몸, 피에 젖어 헝클어진 긴 머리칼, 허공을 응시하는 건조하고 슬픈 눈빛.

로는 자신도 모르게 내뱉을 뻔한 신음을 삼키며 잠자코 서 있었다. 이상한 일이었다. 그에게 흘러나오는 무겁고 어두운 기운이 조금도 두렵지 않았다. 환보다 더 악하고 차가운 기운인데도 두렵지 않은 것은 그의 슬픈 표정 때문인지도 모른다. 얼굴에 서려 있는 고독과 아픔, 그리고 가슴 시린 허무가 로의 심장을 무겁게 짓눌렀다.

'이 사람은 정말로 외로운 사람이구나. 너무나도 아파 보여.'

왠지 눈물이 날 것 같았다. 다가가 아픈 상처를 따뜻하게 보듬어주고 싶었다. 하지만 그는 분명히 위험한 이다. 그를 뒤덮은 피와 흘러나오는 어두운 기운이 그것을 말해주고 있었다. 로는 그것을 알면서도 차마 돌아설 수가 없었다. 이대로 가버리면 차디찬 물속으로 잠겨 버릴 것 같아서, 이 세상에서 영원히 사라져 버릴 것만 같아서 걱정이 됐다. 로는 물가에 서 있는 그를 가만히 지켜보았다. 이렇게 멀리서 지켜보는 것만으로도 그를 지켜줄 수 있을 것 같았다.

시간이 흐를수록 주위는 더욱 어두워지고 먼 하늘에서 번개가 번쩌거렸다. 금방이라도 비가 퍼부을 기세였다. 물이 몹시도 찰 텐데도 사내는 제자리에 선 채로 움직이지 않았다. 영영 그 모습 그대로일 것 같았다.

'그가 다쳤다면 빨리 치료해야 할 텐데'

걱정스런 마음에 그에게 한 걸음 다가섰을 때였다. 낮고 서늘한 음성이 흘러나왔다.

“다가오지 마라.”

로는 지독히도 쓸쓸한 음성에 갑자기 울고 싶어졌다. 그가 여전히 로를 보지 않은 채로 말했다.

“다가오지 마라. 난 너를 해칠지도 몰라.”

“많이 다쳤나 봐요. 피가…….”

“내가 흘린 피가 아니다. 내가 죽인 이들의 피다.”

그는 그제야 고개를 돌려 걱정스런 눈빛으로 서 있는 로를 보았다. 눈빛이 마주친 순간 로의 가슴에 시린 통증이 무겁게 얹혔다. 양어깨에 산을 지고 있는 듯 억눌려서 숨조차 제 마음대로 쉴 수가 없었다. 몸이 제 것이 아닌 것처럼 손가락 하나 움직여지지 않는다. 그저 눈빛이 마주쳤을 뿐인데, 그 속에 담긴 고독을 봤을 뿐인데 머리부터 발끝까지 전율이 흘렀다.

그는 아름다웠다. 누군가의 얼굴이 아름답다고 느낀 것은 처음이었다. 로에게 아름다운 것은 푸른 여명, 보고 있노라면 눈부셔서 지그시 눈을 감고 느끼는 아침 해, 이슬에 젖어 있는 들꽃, 빛을 담뿍 머금은 정령들의 날개, 연둣빛 작은 잎사귀를 흔드는 나무, 강 위를 지나는 바람이었다. 눈부시게 찬란하고 숨이 막힐 듯이 아름다운 느낌을 주는 것이 얼굴일 수 있다니. 그것도 이토록 슬픈 표정을 가진 이의 얼굴이라니.

로는 깨질 듯 섬세하고 우아한 얼굴 생김과 눈빛에 서려 있는 고독을 보고 마음이 아팠다. 문득 심장을 누르는 이 아픔이 영원히 지워지지 않을 것 같아 두려워졌다. 하지만 로는 두려움을 억누르고 그에게 다가갔다. 아니, 다가서야만 했다. 누군가가 그랬다. 오랫동안 기다려 온 운명을 만나면 머리보다 마음이 먼저 그를 알아보게 될 거라고. 로는 이제야 그 말을 이해할 수 있었다. 지금 그에게 다가서는 것은 로가 오랫동안 살면서 기다려 온 일이었다. 몸이 움직이는 것이 아니라 마음이 움직였다. 소박하고 조용했던 로의 세계가 크게 요동치고 있었다.

로는 그의 눈빛에서 시선을 떼지 않고 가까이 섰다. 그리고 긴 머리칼을 묶은 흰 천을 풀어 그의 얼굴을 찬찬히 닦아주었다. 뺨과 턱에 묻은 피를 닦는 동안 그가 생경한 눈빛으로 물었다.

"왜지? 넌 내가 두렵지 않나?"

얽힌 둘의 시선이 흔들렸다. 그물에 걸린 물고기처럼, 거미줄에 걸린 나비처럼 벗어나기 위해 파닥거리면서도 헤어나오지 못하고 더 친친 감겨들었다. 로가 그의 눈을 똑바로 바라보며 말했다.

"닦아드리고 싶어요."

"난 많은 이들을 죽였다. 너 또한 그렇게 죽일 수 있다."

그가 오른손을 가만히 들어 보였다. 어느덧 그의 손에는 검푸른 빛을 띤 검이 쥐여 있었다. 로가 본 어떤 사악한 것보다 더 끔찍한 기운을 뿌리는 검. 검은 살아 있었고 자신만의 욕망을 가지고 있었다. 로는 그 검이 최근 사들의 입에 오르내리는 청공임을 알아보았다. 그럼 이 사내가 무(霧)인가. 모두가 두려워하는 파멸의 신, 조금의 동정심도 없는 잔인한 무.

그러나 로는 청공의 독한 기운과 그에 관해 떠도는 끔찍한 소문들이 머릿속을 맴돌아도 웬일인지 두렵지 않았다. 오히려 더욱 감싸주고 그의 상처, 외로움, 고통을 치유하고 보듬고 싶었다.

"전 두렵지 않아요. 정말이에요. 다만……."

무를 올려다보는 로의 얼굴에 슬픈 미소가 떠올랐다.

"당신을 보고 있으면 여기가 아파요."

로는 자신의 왼쪽 가슴에 가만히 두 손을 얹었다. 손길이 머무는 곳을 응시하던 무는 로처럼 자신의 가슴에 손을 얹었다. 순간 그의 얼굴 표정이 아득해졌다.

"뛴다. 이곳이…… 뛴다. 이곳을 무어라 부르지?"

"심장."

"심장."

로를 따라 하던 무가 고개 들어 하늘을 보았다. 무거운 구름이 낮게 내려앉은 하늘에서 빗방울이 떨어지고 있었다.

"하늘에서 떨어지는 이것은 무엇이지?"

"빗방울."

"빗방울."

무는 가만히 입술을 달싹거렸다. 그의 어두운 눈빛에 차츰 빛이 감돌기 시작했다. 마치 긴 어둠 끝에 여명이 밝아오는 것 같았다.

“네 이름은 무엇이지?”

“로.”

“로.”

이름을 중얼거린 그가 손을 뻗어 로의 뺨을 가만히 쓸었다. 낯설고 두려운 것을 만지는 것처럼 조심스럽고 설레어 어쩔 줄 모르는 손길. 그의 손길에 로의 심장이 더욱 빨리 뛰었다.

“로, 너와 함께 있고 싶다.”

로는 얼굴이 뜨겁고 머릿속이 아득했다. 눈앞에 서 있는 이는 모두가 두려워하는 파멸의 신. 하지만 로에겐 가슴을 두드리는 운명이었다. 늘 고요하고 평화롭던 아침이 깨어나고 눈부신 빛을 발하며 반짝거리는 듯했다. 그토록 오랫동안 기다려 온 빛인데 이제 와 머뭇거릴 이유가 없었다.

“저 또한 함께 있고 싶어요.”

로의 말에 그의 눈빛이 무한히 빛났다. 차갑고 건조하게만 보였던 눈빛이, 슬픔과 고통으로 얼룩져 있던 눈빛이 이토록 경이롭게 빛날 수 있는 것이 기적처럼 느껴졌다.

'당신은 모두가 믿고 있는 것처럼 잔인한 신이 아닐 거예요. 난 알 수 있어요, 당신의 진짜 모습을.'

로는 그와 얼굴을 마주하며 밝게 미소 지었다. 그를 감싸고 있던 어둠이 서서히 물러가고 얼굴에 고여 있던 아픔과 외로움이 옅어졌다. 동시에 로의 아픔도 덜해지고 안도가 찾아왔다. 이미 둘이 하나로 묶여진 것 같았다.

하늘이 더욱 어두워지며 빗줄기가 굵어지기 시작했다. 차가운 빗방울이 얼굴을 적시자 무가 로를 향해 손을 내밀었다. 로는 그의 손을 잠깐 동안 응시하다가 잡았다. 그의 손은 차갑지만 부드러웠다. 로가 손을 꼭 쥐자 무의 얼굴에 희미한 미소가 번졌다. 그 미소는 로가 세상에서 본 가장 아름다운 것이었다.

컴컴한 어둠, 뼛속까지 파고드는 차가움, 몸 깊은 곳에서 밀고 올라오는 한없는 그리움. 무(霧)는 어둠과 고통, 그리움 속을 헤매며 물속 깊이 가라앉았다. 호수는 너무나도 차고 깊었다. 언제쯤 바닥에 닿을 수 있을지 아득했다. 무는 눈을 감고 물에 몸을 맡긴 채 천천히, 천천히 가라앉았다.

수백 년이 흐른 듯한 긴 순간을 지나 단단한 바닥에 등이 닿자 비로소 눈이 떠졌다. 부드러운 모래와 죽은 수초가 깔려 있는 호수 밑바닥. 숨 쉴 수 있고 일어나 걸을 수도 있었다. 무는 지금 이곳이 호수 속이 아니라 시간의 틈임을 다시 떠올렸다. 로가 이 근처에서 헤매고 있을 것이 분명했다. 무는 주위를 유심히 살피며 천천히 걸음을 옮기다 검푸른 어둠이 일렁이는 경계에 이르렀다. 그는 이 너머에 잃어버린 기억이 있음을 직감하고 주저없이 안으로 들어섰다.

주위는 지나치리만큼 어둡고 꿈결을 헤매는 것처럼 머릿속이 몽롱했다. 서늘하고 묵직한 기운이 몸을 억눌러 걸음을 내딛는 것이 힘겨웠다. 이곳은 시간이 흐르지 않는 공간. 누군가가 잊은 기억이 모여 있는 곳. 이 넓고 아득한 곳에서 정녕 로를 찾을 수 있을까. 무는 점점 마음이 급해졌다. 시간의 틈에 들어간다 해도 로를 찾지 못할 수 있다는 상의 말이 거듭 뇌리를 스쳤다.

'아니야. 찾을 수 있어. 아무리 멀리 있어도 난 너를 느낄 수 있다. 지금 넌 가까이 있어. 다만 찾는 데 시간이 필요할 뿐이야.'

무는 완전한 어둠 속을 헤매 다니다 문득 이상한 기운을 느끼고 멈춰 섰다. 무언가가 그의 의식을 비집고 들어오는 것이 느껴졌다. 아무리 밀어내려고 해도 조금씩 잠식해 들어오는 기운.

마침내 어둠을 열고 빛이 들어오기 시작했다. 마치 제 의지로 세상을 보는 것처럼 시야가 천천히 열렸다. 그는 무언가가 이상해서 느리게 눈을 깜빡여 보았다. 그러자 빛이 가려졌다가 다시 밝아졌다. 무는 그제야 이것이 자신의 기억이라는 것을 깨달았다.

'지금은 내 기억 따위를 보고 있을 때가 아니야. 로를 찾아야 해.'

벗어나고 싶었지만 기억은 쉽사리 그를 놔주지 않았다. 두 팔과 다리를 붙든 채 억지로 눈을 뜨게 하고 꼭 보아야만 한다고 강요했다. 무가 원하는 것은 잊은 기억 따위가 아니었다. 그는 로를 원했다. 홀로 기억 속을 헤매고 다니는 로를 찾아야만 했다.

무가 눈에 보이는 것을 외면한 채 기억에서 벗어나려고 발버둥칠 때였다. 빛 사이로 낯익은 얼굴이 보였다. 환이었다. 무의 생각보다 먼저 입이 열리고 말이 새어나갔다.

"넌 누구지?"

무는 자신의 낯선 음성을 들었다. 과거 그의 목소리는 소름이 돋을 만큼 차갑고 건조했다.

"나는 전쟁의 신, 환이다."

"나는 누구지?"

"넌 욕망과 파괴의 신. 내가 너를 깨웠다."

'왜 환이 날 깨운 걸까. 도대체 과거에 무슨 일이 있었던 걸까.'

그는 더 이상 거부하지 못하고 기억 속으로 빨려 들어갔다. 기억의 통로는 춥고 어두웠다. 문득 가지 말아야 할 곳에 발을 디딘 것 같아 두려움이 몰려왔다. 하지만 이미 늦었다. 무는 기억 깊숙이 걸어 들어가 자신의 과거를 느꼈다.

"무……."

무는 낯설기만 한 자신의 이름을 가만히 중얼거려 보았다.

"그래, 네 이름은 무다."

무는 빛이 눈부셔 느리게 눈을 깜빡였다. 차츰 눈앞의 것이 온전히 보이기 시작하자 낯선 사내의 얼굴이 보였다. 날카롭고 서늘한 눈매를 가진 사내였다. 강렬한 욕망과 집착이 눈동자 속에 들어 있었다. 무는 본능적으로 그를 멀리해야 한다는 것을 느꼈다.

"왜 날 깨웠지?"

"네가 필요해서다."

"무슨 이유에서."

"나는 지금 천신과 전쟁 중이다. 네 힘이 필요해."

전쟁.

기억 깊숙한 곳에서 잠자는 친근한 말.

붉은 피, 끔찍한 비명, 반복되는 살육, 참을 수 없는 허무.

전쟁이라는 말에 떠올리고 싶지 않은 기억들이 딸려 올라와 무를 괴롭혔다.

까마득한 과거에도 신들은 의미없는 전쟁을 벌였다. 누가, 왜 시작했는지도 모를 전쟁에 죽이고 상처 입어가며 세상을 파괴했다. 무의 눈에 그것은 무료한 시간을 때우기, 한심한 유희처럼 보였다. 전쟁은 세상 모든 것을 끝장낼 것처럼 가혹하고 격렬하지만 묵은 것을 새롭게 바꾸고 또 다른 생명을 탄생시킬 뿐 결코 끝나지 않았다. 무는 길고 지루한 죽음과 이유없는 파괴만 가득한 전쟁이 지겨워서 긴 잠을 잤다. 잠자는 동안은 평화롭고 깊은 허무도 덜했다. 헌데 또 다시 평화가 깨졌다. 잠에서 억지로 깨운 것도 모자라 자신의 전쟁에 끌어들이려 하다니. 무는 불쾌함을 얼굴에 그대로 드러내며 물었다.

"내가 왜 너희들의 싸움에 끼어들어야 하지?"

"너는 가장 위험하고 잔인한 무기니까. 네 힘은 강력해. 모두를 파괴해 버릴 수 있는 힘을 가졌지."

"그걸 널 위해 쓸 거라고 생각한 건가?"

뻔뻔하고 태연한 환의 얼굴을 보고 무는 어이가 없었다. 자신을 이용하고 싶다고 당당하게 나서는 그가 불쾌하지만 왠지 호기심이 들기도 했다.

"천신이 신의 세계와 인간의 세계를 분리시키려 하고 있어. 천신은 인간을 사랑하지만 창조물일 뿐, 신과 인간은 어울려 살 수 없다고 생각해. 물론 그의 생각은 틀리지 않아. 인간은 불완전해. 선하고 나쁜 욕망이 끊임없이 충동하지. 그들은 자신의 욕망을 제어하지 못해. 결코 신이 될 수 없음을 알면서도 포기하지 못하고 끊임없이 도전하지. 아름답고 선한 것, 추하고 악한 것이 완벽한 균형을 이루는 것이야말로 진정한 평화라고 믿는 그의 눈에 인간은 엄청난 혼돈인 거야. 그 혼돈에 신들이 매료되고 있어. 그로 인해 균형은 자꾸 깨어지고 혼란이 가중되고 있지. 결국 천신이 선택한 것은 두 세상의 분리야. 그것만이 모든 환란을 잠재울 수 있다고 믿고 있어. 하지만 난 그것을 인정할 수 없어. 애초에 세상엔 균형이라는 것이 존재하지 않아. 모두 조금씩 일그러지고 깨지고 뒤틀려 있어. 가장 이상적인 건 신이 아니라 인간인 거야. 불완전하다는 것은 아름다운 거야. 욕망대로 움직인다는 것은 자연스러운 거야. 난 천신이 억지로 모든 것을 맞추려 드는 걸 반대해. 제멋대로 두 세계를 재단하려는 걸 보고만 있을 순 없어."

"그래서 내가 어떻게 하길 원하지?"

무가 조용히 물었다.

"네가 가진 힘을 보여줘. 저들이 두려움을 갖도록, 그래서 모두 혼란에 휩싸이도록 해줘. 내가 원하는 것은 그것뿐이다."

"두려움. 혼란."

무는 가만히 중얼거려 보았다. 마음에 고통이 느껴졌다.

"그들이 원하는 평화는 결코 가질 수 없다는 것을 보여줘. 이 전쟁에서 이긴다면 우린 더 이상 억눌려 있지 않아도 돼. 너는 네가 원하는 모든 것을 가질 수 있고 파괴할 수 있어."

"난 억눌린 게 아니었어. 그저 지루해졌을 뿐. 난 원하는 것이 없다."

"언젠가는 생길 거다. 원하는 것을 갖는다는 건 흥미로운 일이지."

"네가 원하는 건 뭐지?"

"전쟁, 혼란, 그리고 가장 강한 권력을 갖는 것."

무는 자신이 원하는 것이 무엇인지 생각해 보았지만 아무것도 떠오르지 않았다. 세상과 환을 움직이는 거 갖고 싶은 욕망이 있기 때문일까. 아무것도 갖고 싶지 않은 자신은 이렇듯 긴 잠속에 침잠해 있다가 깨어났다. 더는 이렇게 있고 싶지 않다. 무는 갑자기 변화가 절실해졌다.

무의 얼굴에 드러난 표정을 보며 환은 의미심장한 미소를 지었다. 마치 무의 허락을 듣기라도 한 것처럼, 이 전쟁에서 승리

해 모든 것을 가진 것처럼 눈이 빛났다.

"난 이만 돌아가 봐야겠다. 곧 네 대답을 들을 수 있겠군. 기대하고 있겠다."

환은 그렇게 멀어져 갔다.

무는 얼마간 빛을 응시하다 몸을 일으켰다. 주위는 검은 벽에 둘러싸여 있었다. 무 자신이 만든 깊은 잠의 방이다. 이곳에 있으면 세상으로부터 분리되어 원하는 만큼 자신을 가둘 수 있다. 이곳까지 들어왔다면 환은 분명 강한 신일 것이다.

"나는 파멸과 욕망의 신."

무는 건조한 얼굴로 중얼거리며 걸음을 옮겼다. 복도와 몇 개의 문과 정원을 지나 밖으로 나왔을 때 그는 문득 뒤를 돌아보았다. 흰 대리석으로 지어진 크고 웅장한 궁이 보였다. 안개에 싸인 그곳은 폐허처럼 황량했다. 마치 그의 마음을 보는 것 같았다.

무는 자신의 성을 뒤로한 채 걸음을 옮겼다. 황량한 땅과 동굴을 지나 밖으로 나왔을 때 눈부신 빛이 눈동자를 찔렀다. 무는 손을 들어 빛을 가리며 앞으로 걸어갔다. 빛이 익숙해질 즈음 손을 내려고 눈앞에 펼쳐진 풍경들을 보았다. 눈 덮인 산등성이 위로 태양이 떠올라 있었다. 오랜만에 대한 풍경에 아름답거나 그리운 감흥은 없었다. 무의 눈에 세상은 예전과 다름없이 한없이 황량하고 덧없게만 보였다.

무는 태양으로부터 시선을 거두고 오른손을 뻗어보았다. 오른쪽 어깨에 뼈를 긁는 듯한 시린 통증이 일며 검 날이 빠져나오는 것이 보였다. 그와 동시에 등줄기에 차디차고 어두운 기운이 끼쳤고 그 기운은 목덜미를 타고 머리끝까지 뻗어나갔다. 자신 속에 살아 숨 쉬는 청공이, 그의 어두운 내면 일부가 기뻐하며 내지르는 환호가 들렸다.

세상 밖으로 나온 청공은 검푸른 빛을 내뿜는 아름다운 검이었다. 푸른빛을 흩뿌리며 빛나는 날카로운 검날, 신들의 언어가 새겨진 검신과 영롱한 보석이 박힌 자루. 무는 검을 들어 신들의 언어를 읽었다.

〈우리가 완전히 하나가 되었을 때 파멸은 시작될 것이다.〉

그가 읽어 내려가자 검신이 유혹하듯 빛나기 시작했다.

"내가 너를 받아들이면 파멸이 시작된다. 그것이 지금 내가 원하는 건가?"

무는 스스로에게 물어보았다. 내가 원하는 것이 정녕 무엇인가. 계속 깊은 잠에 드는 것인가, 아니면 갖고 싶은 것이 생길 그날까지 힘을 갖는 것인가. 그것도 아니면 검날에 새겨진 언어대로 파멸의 신답게 세상을 파괴하는 것인가. 파괴(破壞). 종말(終末). 어쩌면 그것도 나쁘지 않을 거란 생각이 들었다. 이 지겨운 시간의 흐름을 끊고 아무것도 존재하지 않는 무(無)로 돌아간다면 그것이야 말로 진정한 평화가 아닐까.

　무는 또 다른 자신인 청공(靑空)을 힘껏 움켜쥐었다. 그리고 청공을 제어하던 힘을 조심스럽게 풀어놓았다. 검에서부터 시작된 뜨거운 기운이 팔과 어깨를 지나 심장에 다다른 순간 무는 강렬한 아픔을 느끼며 비틀거렸다. 검속에 어둠이 사납게 들고 일어나 몸의 근육을 쥐어짜고 뼈를 긁어댔다.

　무는 검을 놓으려 했지만 한 번 들러붙은 청공은 좀처럼 떨어지지 않았다. 사악한 검의 기운은 몸을 제압하고 머릿속까지 파고들어 의식을 갉아먹었다.

　[세상의 모든 욕망을 저주하라.

　세상을 파멸시켜라.

　그동안 네가 그래 왔던 것처럼.]

　청공이 울부짖자 먼 곳에서 쌓였던 눈이 무너져 내리는 소리가 들렸다. 하늘이 찢겨져 울고 산이 괴로움에 몸을 떨었다. 무 또한 고통스러웠다. 몸이 타는 듯 뜨겁고 뇌와 뇌수가 얼어붙어 산산이 부서지는 것 같았다. 그는 끔찍한 고통에 몸을 비틀며 신음을 내뱉었다. 그의 일부가 청공을 거부하면 할수록 어두운 내면의 울부짖음은 더욱 거세게 무를 흔들었다.

　[모든 평화를 깨뜨리고 짓밟아라.

　내게 붉은 피를 다오.

　고통과 저주가 담긴 피를!]

　청공이 소릴 질렀다. 기괴하고 난폭한 목소리. 무는 자신도 모르게 뒷걸음질 치며 고개를 지었다. 그러자 심장에 어마어마한 고통이 찾아왔다.

[날 받아들여라.

이 순간만 지나면 더없는 평화가 찾아오고 넌 네가 원하는 것을 얻을 수 있다.]

"아아악!"

무의 입에서 고통스런 비명이 터져 나왔다. 청공의 힘은 생각했던 것보다 강했다. 오랜 시간동안 억눌린 욕망이 한꺼번에 폭발한 듯 강렬했다. 그 욕망이 무의 심장을 비틀며 원하는 것을 가지고 해달라고 소리쳤다.

"뜨거워. 건딜 수 없이 뜨겁고 고통스러워. 온몸이 타버릴 것만 같다."

무는 청공을 거부할 수가 없었다. 이 뜨거움을, 고통을 이겨낼 수가 없었다. 어쩌면 그 자신도 이런 것을 바란 건지도 모른다. 참을 수 없는 허무와 고독을 청공이 모조리 파괴해 주길, 그래서 고통을 영원히 끝내주기를 무도 바라고 있었다. 그리하여 마침내 무가 청공에게 굴복하자 거짓말처럼 고통이 멎고 참을 수 없는 허기와 갈증이 찾아왔다. 청공이 어서 원하는 것을 달라고 음흉한 혀를 날름거리며 채근했다.

"네가 원한다면."

무가 조용히 말했다. 그의 눈빛은 죽어버린 고목 같았고, 얼굴은 폐허처럼 황폐해졌다. 잠시 스친 미소는 죽음보다 차갑고 잔인했다. 무는 순식간에 안개로 변해 허공을 날았다. 그는 피에 굶주린 짐승처럼 희생자를 찾아다녔다. 자신이 죽이는 이가 누군지는 중요하지 않았다. 그저 무언가를 찢고 베어내고 싶은 욕망만이 들끓을 뿐이다. 무가 찾아낸 신들은 하나같이 유약하고 가련했다. 그들은 최후를 맞는 순간까지 무를 향해 무릎 꿇고 간청하거나 울며 매달렸다. 무는 눈조차 깜빡이지 않고 그들의 몸뚱이를 베었다. 나약한 몸뚱이가 두 동강 나면서 붉은 피가 뿜어져 나와 무와 청공을 적셨다. 피를 맛본 청공이 기분 좋게 울었다.

[더, 더 많은 피와 죽음을 원해. 크하하하.]

청공에게 만족은 없었다. 타는 갈증은 아무리 많은 이들을 죽여도 쉽사리 채워지지 않았다.

수많은 신들이 무의 손에 죽어갔다. 정확히 말하면 청공에 의해서.

무는 신들의 피와 절규를 온몸으로 느끼면서 점점 무뎌져 갔다. 어느 순간 정신을 차리면 또 다른 누군가를 죽이고 있는 자신이 보였다. 누구인지 알지 못하는 몸뚱이가 그 앞에서 피를 흘리며 쓰러졌다. 멈추고 싶지만 그럴 수가 없었다. 이젠 죽이는 것 말고는 해야 할 것이 없었다.

'이것이 내가 원하던 것인가.'

몹시 지쳐 버렸지만 청공은 그를 놓아주지 않았다. 몸과 마음이 고통에 찌들어 있었지만 청공은 그를 일으켜 또다시 죽음 속에 파묻어 버렸다. 그렇게 피와 어둠, 분노에 휩쓸려 바람처럼 떠돌던 무렵이었다. 안개의 모습을 한 무는 어느 소박한 집에 찾아들었다. 그곳에 자신이 죽여야 할 존재들이 있었다.

악연은 그렇게 시작되었다.

문틈으로 새어 들어간 안개가 막 침상에 다가갔을 무렵이었다. 여인의 나른한 신음이 휘장 밖으로 새어나왔다. 뒤이어 달콤하고 부드러우며 교태 어린 속삭임이 이어졌다.

무는 벌어진 휘장 사이로 나신을 보았다. 눈부시도록 흰 살결, 더없이 풍만하고 부드러운 선을 가진 여인과 구릿빛에 단단하고 탄력적인 몸을 가진 사내가 아무런 거리낌 없이 서로 탐닉하고 있었다. 그들은 열기에 들뜬 얼굴로 상대방의 몸을 핥고 빨고 보듬었다. 그 모습은 여느 짐승들의 짝짓기와는 달랐다. 새끼를 낳기 위한 교미라고 하기엔 몹시 즐거워 보였고, 단순한 유희라고 하기엔 오가는 눈빛이 깊었다.

안개가 되어 그들을 지켜보던 무는 자신에게 작은 변화가 일고 있음을 느꼈다. 아무것도 느낄 수 없었던 텅 빈 가슴에 이유를 알 수 없는 혼란이 일었다. 그들이 나누는 쾌락이 낯설었다. 손길이 닿을 때마다 입술 밖으로 새어나오는 한숨과 나누는 눈빛의 의미가 궁금했다.

'저들은 왜 저렇게 웃는 걸까. 왜 서로를 안는 걸까, 무엇을 느끼기에 저리 행복한 얼굴일까.'

무가 아는 것은 오직 피와 죽음뿐이었다. 그가 휩쓸고 지나간 자리엔 생명이 사라지고 산과 들판이 불타 잿더미가 됐다. 살아 있는 것은 고통이었다. 모든 것은 태어나면서부터 죽음으로 달려가고 그것은 마땅한 일이었다. 그런데 저들은 무엇을 하는 걸까. 마치 시간이 영원할 것처럼 서로 바라보고 웃는다. 서로를 향한 완벽한 몰입이 딴 세상 속에 있는 것처럼 보였다.

'저들이 느끼는 것은 무엇인가. 왜 나는 느낄 수 없나.'

무는 여전히 혼란스러워하며 그들을 지켜보았다.

열어놓은 창을 통해 들어온 빛에 그들의 몸이 하얗게 빛났다. 바람이 비단 휘장을 부드럽게 흔들고 잔에 따라놓은 차 냄새가 방 안에 은은하게 퍼졌다. 폭풍이 일기 직전 불안한 고요 속에서 실오라기 하나 걸치지 않은 알몸이 뒤엉켜 달콤한 애무를 나누었다. 그가 그녀의 목덜미와 어깨에 차례로 입을 맞추며 말했다.

"또 어디에 입 맞춰줄까."

"네 입술이 한 번도 닿지 않은 곳에."

슬쩍 미소 지은 그가 그녀를 돌려 눕히고 목덜미와 등줄기, 허리와 엉덩이에 이르기까지 입술로 문지르고 혀로 핥고 아프지 않게 살짝 깨물었다. 그녀의 입술에서 흐느낌과 감탄 섞인 신음이 흘러나왔다.

"황홀해. 정신이 나가 버릴 것만 같아. 하지만 거긴 이미 네 입술이 닿은 곳인걸."

그는 그녀를 다시 앞으로 눕히고 풍성한 음모를 부드럽게 쓰다듬다가 그 자리에 입을 맞췄다. 그녀가 도리질을 하며 까르르 웃음을 터뜨렸다. 그는 그녀의 두 다리를 벌리고 가장 은밀한 곳으로 입술을 가져갔다. 그녀는 길게 숨을 내쉬며 고개를 뒤로 젖혔다. 그녀의 몸은 그의 입술 움직임을 따라 섬세하게, 때론 격정적으로 반응했다. 사내가 부드러우면 낮고 은근한 숨소리와 함께 그녀의 몸이 바람에 흔들리는 비단처럼 잔잔하게 일렁였다. 반면 그가 거친 격정에 몸을 맡기면 여인은 흐느끼는 듯한 한숨과 함께 괴로운 듯 몸을 비틀며 떨었다. 점점 격정에 휘날린 그녀는 더는 견디지 못하고 그를 끌어당겨 목에 팔을 두르고 가쁜 숨을 내쉬었다.

"역시 이곳도 아니지?"

사내가 장난꾸러기처럼 웃자 그녀는 대답 없이 그의 가슴에 얼굴을 묻었다.

"아, 이제 생각났어. 고개를 들어봐."

그녀가 고개를 들었다. 기쁨과 관능에 찬 두 신의 시선이 실타래처럼 엉클어져 좀처럼 풀리지 않았다. 사내는 그녀의 뺨을 감싸고 은근한 목소리로 말했다.

"이곳이야, 내 입술이 닿지 않은 곳이."

사내의 입술이 그녀의 눈을 향해 다가갔다. 그녀의 눈이 스르르 감겼다. 그는 그녀의 양쪽 눈에 가만히 입을 맞추었다.

"상(霜), 너와 영원히 함께할 수 있다면 좋겠다."

"영원히 함께할 수 있어. 설(雪), 너만 변하지 않으면."

“변하지 않겠어. 언제나 네 옆에 있을 거야.”

그들은 마주 보며 웃었다. 앞날에 조금의 먹구름도 없다는 듯, 너무나도 환하고 맑게.

무는 그들 주위를 맴돌며 쓰게 웃었다. 그들은 영원히 함께할 수 없다. 머지않아 청공이 그들의 머리를 벨 테니. 청공은 신들의 기억을 지우고 죽인다. 하지만 그것은 완전한 죽음이 아니어서 오랜 시간 동안 잠을 잔 후 다시 태어날 수 있다. 그들이 먼 훗날 다시 태어난다고 해도 기억이 남아 있지 않으니 지금 이 순간을 기억할 수 없다. 어리석다. 아무리 신이라 할지라도 영원이란 단어는 함부로 쓰면 안 된다. 이 세상에 영원한 것은 아무것도 없다.

“말해줘. 지금 이 순간 내가 가장 듣고 싶은 말을 해줘.”

그가 그녀의 등 아래에 손을 넣어 끌어안으며 속삭였다. 그녀는 그의 허리를 두 다리로 감싸며 말했다.

“사랑해. 내 모든 것을 걸고 널 사랑해.”

그는 행복해 어쩔 줄 모르는 표정으로 그녀의 몸속 깊숙이 파고들었다. 벌어진 입술에서 녹아내릴 듯 달콤한 신음이 동시에 흘러나왔다.

‘사랑.’

무는 그들을 바라보며 낯선 단어를 거듭 되뇌었다.

‘이것을 사랑이라 부르는가. 서로 안고 입을 맞추고, 기쁨에 들떠 신음하고, 행복해 웃는 것을 사랑이라고 하는가.’

텅 빈 마음에 전에는 느껴보지 못한 감정이 차 오르기 시작했다. 질투나 시기가 아닌 놀라움이었다. 상대방을 보는 눈빛, 손길, 미소가 참으로 따뜻하고 부드러워 보였다. 저런 눈빛을 받는다면 심장을 억누르는 고통 따윈 까맣게 잊을 것 같았다. 무는 홀린 듯한 눈빛으로 그들의 사랑을 지켜보았다.

두 몸이 녹아서 하나가 될 것처럼 꼭 끌어안고 천천히, 부드럽게 움직였다. 서로 원하는 눈빛, 격정을 애써 누르는 조심스러운 움직임과 숨소리가 애틋하다. 그녀가 타오르는 불꽃같다면 사내는 물결치는 물 같았다.

싱은 제 몸의 열기를 그에게 나누어주며 타올랐다. 그녀의 눈빛에 담긴 열정은 오직 그를 향한 것이었다. 상에 비해 크고 강인한 뼈와 두꺼운 근육을 가진 설은 여린 그녀를, 견딜 수 없는 열정으로 타오르는 그녀를 감싸 안고 물결이 출렁이듯 부드럽고 완만하게 움직였다. 그들은 시간이 흐를수록 통제할 수 없는 격정에 사로잡혀 마침내 부드러움을 넘어서서 미칠 듯한 풍랑에 몸을 맡겼다. 설은 거칠게, 또는 아득하게 그녀를 몰아세웠다. 불꽃은 세상 모든 것을 태울 듯 밝고 격렬하게 타올랐다. 고통과 기쁨이 뒤섞인 신음이 뒤섞이고 잠깐 정적이 흘렀다가 그의 입에서 커다란 숨이 터져 나왔다. 설은 그녀 위로 무너져 내렸고 상은 그를 끌어안고 가쁜 숨을 골랐다. 그리고 열정이 지나간 여운을 느끼며 다시 한 번 긴 입맞춤을 나누었다.

그들이 혼곤한 잠 속으로 곯아떨어졌을 때 무가 비로소 모습을 드러냈다. 그의 표정은 차분했지만 눈빛은 그답지 않게 흔들리고 있었다. 낯선 것을 보아서만은 아니었다. 그의 마음이, 황무지같이 공허한 심장이 무언가를 느끼고 있었다.

'세상엔 혼란과 고통만이 가득하다 생각했어. 조금이라도 더 많은 것을 갖기 위해 싸우고 죽이는 혼돈. 그 속에서 느낀 고통이 세상의 전부라 생각했어. 헌데 아니었어? 온통 끔찍하고 더럽고 추한 것들로 가득 찬 게 아니었던 거야? 이들은 나와는 다른 곳에 있는 것 같아. 무척이나 행복해 보여.'

무는 문득 슬퍼졌다.

'나는 그저 청공이 주는 고통에서 벗어나기 위해 발버둥친 것에 불과한가. 검의 노예에 지나지 않은 건가. 나는 지금껏 무얼 해온 거지? 이제 어떻게 해야 하지?'

혼란스럽고 고통스러웠다. 처음 들어설 때만 해도 흥미로웠던 이곳에서 벗어나고 싶어졌다. 아니, 도망치고 싶었다.

무는 몸속에서 청공을 뽑아내고 오른손에 움켜쥐었다. 지금 느끼는 살의는 청공의 욕망이 아닌 무의 의지였다. 무는 그들을 죽이고 이 혼란을 잠재우고 싶었다.

무는 청공을 자고 있는 사내의 목에 들이댔다. 갑자기 끼치는 차가움과 살기에 잠이 깬 설은 자신을 차갑게 내려다보는 무를 발견하고 크게 놀랐다. 그 바람에 옆에서 잠을 자던 상도 깨어났다. 그녀는 무와 손에 들린 검을 알아보고 날카로운 비명을 질렀다.

“설! 안 돼!!”

두려움에 몸을 떠는 그녀에 비해 설은 침착했다. 그는 그녀의 손을 꼭 쥔 채로 무를 바라보며 말했다.

“난 네가 누군지 안다. 이 자리에서 내가 죽게 될 거란 것도 안다. 하지만 그녀는 보내줘. 그녀는 죽어선 안 돼.”

“싫어! 난 널 두고 도망가지 않을 거야.”

상이 설을 끌어안으며 고개를 저었다. 그녀의 눈에서 눈물이 흘러내렸다.

“무, 제발 부탁이다. 그녀는 놓아줘.”

“싫다면?”

무의 차가운 대답에 설의 눈빛이 어두워졌다. 그는 자신의 품에 안겨 흐느끼는 상을 보다 말했다.

“네가 원하는 것은 죽음이잖아. 죽음이 꼭 둘이어야 할 이유는 없다. 나만으로 만족할 수 없나?”

“내가 원하는 것이 죽음이라고?”

무는 설의 말이 진실인데도 사실이 아니라고 생각했다. 죽음 그 이상의 것을 원하지만 그것이 무엇인지 무도 알지 못했다.

“네가 원하는 죽음을 주겠다. 어떤 방식이든, 어떤 고통이든 기꺼이 네 뜻대로 해라. 대신 그녀는 놓아줘.”

“설, 그러지 마. 제발 그러지 마!”

상이 울며 매달렸다. 설은 그런 그녀를 바라보며 꼭 안아주었다. 그에게 두려움은 없었다. 무는 그 모습을 좀처럼 이해할 수 없어 물었다.

"내가 어떻게 죽여도 상관없다는 건가? 죽음보다 더 끔찍한 고통을 주어도 상관없다고? 그녀가 그토록 소중한 존재인가?"

"그녀를 사랑한다. 내 목숨보다도 더."

무는 잠시 말을 잃었다.

'어떻게 자신보다 다른 이가 더 소중할 수 있을까. 난 내가 느끼는 고통조차 어찌할 줄 모르고 비틀거리는데 다른 이의 죽음까지 떠안다니. 너희들이 한다는 사랑은 그토록 강한 것인가.'

무의 눈빛이 점차 잔인해지기 시작했다. 그 눈빛 속에 담긴 의미를 읽은 상은 공포에 사로잡혀 어찌할 바를 몰랐다. 그녀는 두려움에 떨며 무에게 간청했다.

"무, 부탁이야. 제발 그를 다치게 하지 마."

무가 그녀를 보며 무덤덤하게 말했다.

"내가 왜 그래야 하지?"

"그는 내게 너무나도 소중한 사람이야. 그를 죽이면 안 돼. 차라리 날 죽여줘."

"상."

설이 괴로운 신음을 흘리며 상을 끌어안았다. 연인이 안타까운 눈빛을 나누는 동안 무의 눈빛이 더욱 냉정해졌다.

"난 지금껏 누구도 살려 보내주지 않았다. 하지만 이번만은 예외로 하지. 이자의 말대로 도망가라. 넌 살려주겠다."

상이 두려움과 희망이 얽힌 눈빛으로 소리쳤다.

"그럼 나 대신 설을 보내줘. 내가 죽겠다!"

"상!"

그들은 고통스런 눈빛으로 서로 보았다. 그 눈빛은 제발 살아 달라고 간청하는 듯했다.

"넌 죽음이 두렵지 않나?"

그녀의 용기에 내심 감탄하며 무가 물었다.

"내가 두려운 건 그를 잃는 거야. 그가 우리가 함께한 시간들을 잃는다고 생각하니 견딜 수가 없어."

"기억 따윈 아무것도 아니다."

"아니, 기억은 가장 소중한 거야. 그와 함께한 기억을 잃는다는 건 죽는 거나 마찬가지야. 난 무서워. 그가 나를 영영 잊는다는 것이."

"너의 두려움을 무어라 부르지?"

상이 눈물을 흘리며 간신히 중얼거렸다.

"사랑……."

무는 그녀가 내뱉은 말을 가만히 중얼거려 보았다.

"사랑."

심장에 시린 통증이 일었다. 공허와 허무가 몸을 짓눌렀다. 무의 혼란을 느낀 청공이 어서 둘을 죽이라고 소리쳤지만 무는 가만히 서 있었다.

"상, 너만이라도 살아야 해. 어서 도망가."

"같이 있을 거야. 너와 끝까지 함께할 거야."

상이 설을 끌어안았다. 슬픔에 젖은 두 눈에서 눈물이 흐르고, 떨리는 입술에서 흐느낌이 새어나왔다.

"제발 부탁이야. 그를 살려줘. 부탁이야, 무! 제발!"

상의 울부짖음을 듣고서 간신히 정신을 차린 무가 고개를 들어 그들을 보았다. 그의 검 끝이 희미하게 흔들렸다.

'그런 눈빛으로 보지 마. 그렇게 슬픈 표정으로 울지 마. 사랑 따윈 세상에 없어. 그가 죽어 네가 살 수 있다면 그것을 택해. 다른 이가 죽어 네 고통이 덜어질 수 있다면 그래야 해. 내가 그랬어. 내 고통을 덜기 위해 지금껏 많은 이들을 죽였어. 사랑 따윈 아무것도 아니야.'

무의 눈 속에 깊은 절망과 어둠이 번진 순간, 청공이 설의 심장에 깊숙이 박혔다. 뒤이어 상의 긴 비명이 터져 나왔다. 무는 담담한 얼굴로 설의 심장에 박힌 검을 뽑아냈다. 붉은 피가 무에게까지 튀고 설을 끌어안은 상의 몸이 온통 피에 젖었다.

"설! 안 돼! 이럴 순 없어!!"

설의 가슴에서 쿨럭쿨럭 붉은 피가 흘러나왔다. 상이 그의 가슴을 누르고 어쩔 줄 몰라 하는 사이 설은 그녀의 눈물을 바라보다 숨을 거뒀다. 곧 상의 긴 절규가 터져 나왔다. 그녀가 느끼는 끔찍한 고통이 무에게까지 전해졌다.

무는 그녀와 설을 번갈아 바라보았다. 손에 쥔 청공은 어느덧 몸으로 흡수되어 버리고 그는 허깨비처럼 제자리에 선 채로 움직이지 않았다. 식어가는 몸을 끌어안고 있는 그녀가 슬프고도 아름다워 보였다.

"내가 두려운 건 그를 잃는 거야."

"난 무서워. 그가 나를 영영 잊는다는 것이."

그녀가 한 말들이 끊임없이 무를 흔들었다.

"사랑."

무는 사랑이 무엇인지 짐작조차 할 수 없었다. 그가 느낀 것은 오직 고통과 황폐함뿐, 시간이 흐를수록 딱딱하게 굳어간 심장은 이젠 다른 감정을 느낄 수 없었다. 무는 문득 모든 것을 파괴한다 하여 고통이 끝나는 것이 아니며 파멸이 평화를 가져다주지 않을 거란 걸 깨달았다. 그로 인해 자신을 시방하던 것들이 송두리째 흔들리면서 그는 천천히, 보이지 않게 무너졌다.

'아니야. 내가 원하는 것은 세상의 파멸이야. 나는 아무것도 존재하지 않는 고요를 원해.'

애써 마음을 추스르려는데 다른 목소리가 들렸다.

'넌 두려운 거야. 네가 알지 못하는 무언가가 널 흔들까 봐 겁이 나는 거야. 모든 이들이 너처럼 괴롭고 외롭지 않다는 것을 인정해야 해. 넌 잘못된 생각에 사로잡혀 세상을 파괴하고 있어.'

'아니야. 내가 잘못한 게 아니야. 세상은 온통 고통뿐이야. 그 것을 잠재우고 싶어. 이젠 평화롭고 싶어!'

무는 혼란스러웠다. 차즘 숨이 막히고 누군가가 심장을 쥐어싸는 것처럼 아팠다. 그는 차갑게 식어가는 설과 흐느끼는 상을 차분히 내려다보았다. 그리고 자신의 몸을 적신 그의 피를 보았다. 여전한 고통과 혼란. 죽음은 죽음일 뿐이라 생각하자 깊고 시린 허무가 밀려왔다.

무가 막 자리를 벗어나려고 하자 설을 끌어안고 울던 상이 그를 노려보며 소리쳤다.

"저주할 거야!"

그녀의 얼굴은 견딜 수 없는 고통으로 일그러져 있었다.

"내가 느끼는 고통을 너도 느끼게 해주겠어. 오늘 일을 두고 두고 후회하게 만들어주겠어!"

무는 걸음을 멈추고 상을 바라보았다. 그녀의 눈동자 속에 슬픔과 고통, 분노와 경멸이 얼크러져 불꽃처럼 일렁이고 있었다.

"넌 네 생명보다 절실한, 세상 어떤 것과도 바꿀 수 없는 사랑을 만나게 될 거야. 네 생명이 소진하는 그날, 마지막 순간까지 단 하나의 사랑을 위해서 살 거야. 살면서 느낄 수 있든 모든 행복과 고통을 그녀를 통해 느끼겠지. 이따금씩 그녀를 잃을까 두려워 숨이 막히고 괴로울 거야. 죽을 것처럼 아프면서도 너무나도 사랑해 놓지 못할 거야. 그 끔찍한 사랑이 네 목숨을 갉아먹으며 우리 대신 널 천천히 죽여줄 거야."

그녀의 절규가 날카로운 칼날이 되어 심장에 박혔다. 마치 지나간 일을 떠올리는 것처럼 사랑 때문에 슬프고 고통스러운 감각에 몸 안에서 되살아나 숨 막힐 듯한 아픔을 주었다. 무의 눈빛은 점점 속절없이 흔들리기 시작했다.

"영원히 그 고통 속에서 헤어나오지 못하도록 저주할 거야. 끔찍하게 사랑하고 처참하게 죽어라."

그녀의 저주는 어떤 무기보다도 무를 두렵게 했다. 날카롭게 벼린 검이 뱃속을 찌르고 수백 번 휘젓는 듯했다.

무는 그녀의 오열을 뒤로한 채로 서둘러 집을 빠져나왔다. 그는 안개로 몸을 바꿔 허공으로 흩어졌다. 몸을 바꾸고 나서도 심장의 고통은 여전히 그를 따라다녔고 그녀의 핏빛 절규가 끝없이 귓속을 맴돌았다.

"네 생명이 소진하는 그날, 마지막 순간까지 단 하나의 사랑을 위해서 산 거야. 영원히 그 고통 속에서 헤어나오지 못하도록 저주할 기야."

"내게 사랑 따윈 없어. 이 세상에 영원한 것은 아무것도 없어!"

아무리 외쳐도 고통은 사그라지지 않았다. 발버둥칠수록 더욱 아프게 옥죄어오는 덫처럼 상의 목소리가 끊임없이 따라다녔다. 무는 그녀의 목소리를 지우려고 미친 짐승처럼 떠돌아다녔다. 전과 다름없이 닥치는 대로 신들을 죽이고 산과 들을 남김없이 태워도 마음속 고통은 사라지지 않았다.

고통과 광기에 사로잡힌 채 여러 날이 흘렀을 무렵이었다. 그가 비로소 정신을 차리고 고개를 들었을 땐 어느 낯선 강가에 서 있었다. 무는 미덧한 냄새가 나는 피를 뒤집어쓴 채로 멍하니 허공을 응시하고 있는 자신이 낯설었다.

'여긴 어딜까. 나는 무엇을 하고 있는 거지?'

알 수 없었다. 오직 견딜 수 없는 혼란과 고독만이 그를 비웃고 있었다. 외로웠다. 자신이 세상을 홀로 부유하는 먼지 같아서, 두 다리가 잘린 채 햇빛이 들지 않는 음지에서 천천히 죽어가는 동물 같아서 서글펐다. 살아 있는 것이 버겁다. 이대로 살아가야 한다고 생각하니 진저리가 쳐질 만큼 끔찍하다. 무는 죽을 수조차 없는 자신의 처치가 저주스러웠다.

그가 고독과 허무 속에 천천히 가라앉고 있을 때였다. 무언가 다른 기운이 다가오고 있음이 느껴졌다. 고요하고 침착한, 맑고 투명한 기운. 지금껏 무가 느꼈던 어떤 기운보다도 맑고 선한 기운이었다. 손만 갖다 대도 깨질 듯 섬세하고 여린 느낌.

"다가오지 마라."

무는 조용히 그 기운을 밀어냈다. 해치고 싶지 않다. 이 순간만큼은 누구도 해치고 싶지 않다. 하지만 몸속에 청공은 어서 내보내 달라고, 다가오는 기운을 죽일 수 있게 해달라고 음험하게 속삭였다.

"많이 다쳤나 봐요. 피가……."

무가 고개를 돌리자 시야에 맑은 얼굴을 가진 여인이 들어왔다. 티없이 고운 얼굴과 각기 색이 다른 눈동자. 그 맑고 깨끗한 눈동자에 빨려든다고 느낀 순간 심장이 묵직해지며 숨 끝이 저렸다. 문득 그녀의 눈동자를 오래전에 본 느낌이 들었다. 그립고 슬픈 기분이다.

낯선 아득함에 망연히 서 있을 때 그녀가 다가와 얼굴에 피를 닦아주었다. 얼굴에 와 닿는 부드러운 손길과 표정을 보며 무는 마음속에 일던 공허와 고통을 잊고 자신이 누군지도 잊었다. 그저 자신의 앞에 선 아름다운 이만을 바라볼 뿐이었다.

무는 그녀에게 자신이 두렵지 않느냐고 물었다. 그녀는 왼쪽 가슴에 손을 얹고 그 자리가 아프다고 했다. 무는 그녀를 따라 자신의 심장에 손을 얹었다. 여느 때보다 빠르게 뛰는 심장, 시큰하고 저린 감각들. 무는 혼란스러운 마음을 숨기며 그녀의 얼굴을 가만히 들여다보았다.

갑자기 다가온 아름답고 성이로운 존재.

가슴을 뛰게 하며 동시에 마음의 평화를 가져다준 이.

무는 문득 그녀가 미칠 듯이 갖고 싶어졌다. 지금껏 무언가를 이토록 간절히 원해본 적이 없었다. 그의 손에 들어온 것은 모두 모래알처럼 흩어지거나 죽을 뿐이었다.

'그녀의 아름다운 두 눈을, 따뜻한 표정을, 뛰는 심장을 내 것으로 만들 수 있다면. 그럴 수만 있다면.'

무는 로라는 이름을 가진 이에게 청공을 들이대는 대신 함께 있고 싶다고 말했다. 그녀와 함께 있으면 이 피비린내가, 견딜 수 없는 고독이 지워질 것만 같았다. 아니, 이미 지워졌다.

로가 손을 잡아주었을 때 몸속 청공이 거짓말처럼 잠잠해졌다. 오래전부터 그곳에 없었던 것처럼 아무것도 느껴지지 않았다. 지금 몸속을 채우는 것은 그녀의 얼굴과 향기, 전에는 느껴보지 못한 뜨거움이었다.

　그녀가 손을 잡아주었을 때 또 다른 세계가 열렸다. 있으리라고 믿지 않았던 세계, 감히 상상도 못해본 감정.

　세상엔 고통만이 있는 것이 아니었다.

　세상엔 로가 있었다.

　무에게 그것이면 충분했다.

2. 심장이 말하다

꿈결처럼 조용하고 촉촉한 비가 내렸다. 물에 젖은 흙과 풀냄새가 진하게 퍼지고 나뭇잎과 물 위로 떨어지는 빗방울 소리, 빗속을 날아가는 새들의 울음소리가 어우러져 주위는 평화로웠다. 이처럼 싱그러운 비는 좋은 손님을 맞이하는 비다. 로는 무를 자신의 집으로 이끌었다. 그는 얌전히 따라오며 신기한 듯 주위를 둘러보았다. 세상을 처음 보는 것처럼 순진무구한 눈빛. 로는 무의 그런 눈빛이 좋았다.

그들이 집에 들어서자 반가워 달려오던 정령들이 무를 보고 기겁하며 멈칫했다. 피로 얼룩진 알몸과 그에게서 흘러나오는 어두운 기운에 겁을 집어먹은 것이다. 그러나 정령들의 걱정스러운 눈빛에도 아랑곳하지 않고 로는 태연히 미소를 지었다.

"난 괜찮으니까 걱정하지 마. 가서 목욕물 좀 받아주겠니? 그리고 이분이 입으실 옷 좀 준비해 줘."

정령들이 물러가자 로는 그를 집 뒤편 작은 초막으로 데려갔다. 대나무 문을 열고 들어서자 훈훈한 김이 자욱한 가운데 정령들이 나무 목욕통에 따뜻한 물을 붓고 있었다. 그녀들이 물러가자 로는 그를 목욕물 안으로 이끌었다.

"몸이 몹시도 차가워요. 따뜻한 목욕을 하면 한결 나아질 거예요."

무는 김이 피어오르는 물을 낯설게 바라보며 들어가길 주저했다. 로가 미소 지으며 그의 손등에 따뜻한 물을 조금 끼얹었다.

"어때요? 따뜻하죠? 안에 들어가면 기분이 좋아질 거예요. 어서요."

무는 순한 아이처럼 고개를 끄덕이고는 물속으로 몸을 담갔다. 로는 그 옆에 앉아 검고 풍성한 머리에 더운 물을 부어주었다. 머리를 감기는 그녀의 손길이 마냥 부드럽고 나른해서 무는 자꾸만 눈이 감겼다.

"어때요?"

"따뜻하다."

"마음에 들 줄 알았어요."

로가 무의 얼굴에 물을 끼얹으며 장난스럽게 웃었다. 누구도

지어주지 않았던 미소와 맑은 웃음소리. 무는 꿈을 꾸고 있는
듯했다.

"물에 이 꽃을 넣으면 은은한 향기도 나고 피부가 한결 부드
러워져요. 어때요? 향기가 근사하죠?"

다정하게 웃으며 노란 꽃묶음을 흔들어 보인 그녀가 목욕물
속에 꽃을 담갔다. 로의 말대로 근사한 향이 피어오르며 기분이
개운해졌다. 무는 물에 몸을 맡기고 눈을 감은 채 편안한 숨을
내쉬었다. 처음 느껴보는 아늑함이었다. 따뜻한 물속에서 향기
와 노란 빛깔을 자아내는 꽃처럼 천천히 녹아 없어질 것 같았
다.

향기와 따뜻함에 취해 머릿속이 먼 하늘을 둥둥 떠다니는 것
처럼 몽롱해질 즈음, 그녀가 다정한 손길로 얼굴을 씻겼다. 로
의 손이 닿은 자리마다 얼얼함이 퍼졌다. 몸을 감싸는 물의 감
촉보다 그녀의 손길이 더 부드럽고 따뜻했다. 무는 조용히 눈을
뜨고 그녀의 손을 잡았다. 그리고 가늘고 고운 손가락 하나하나
에 입을 맞추었다. 그는 그것이 어떤 의미를 갖는지 알지 못했
다. 그저 따뜻한 감정을 불러일으키는 그녀의 손에 경의를 표하
고 싶었다.

"전에 어떤 동무가 그랬어요. 모든 몸짓에는 그 의미가 있다
구요. 손가락에 입을 맞추는 것이 무슨 의미인지 알아요?"

무는 사반히 고개를 저었다.

"나의 사랑은 당신보다 깊다."

그 말을 하는 로의 얼굴이 붉어지는가 싶더니 얼른 옆에 있던 물통을 들어 목욕통에 부었다. 그녀는 보지 못했지만 무의 얼굴 또한 붉어졌다. 가슴이 쿵쾅거리고 몸을 도는 피가 뜨거워졌다.

목욕을 끝내자 로는 무를 일으켜 세워 젖은 머리칼과 몸을 닦아주었다. 정령들은 그가 무서워서 밖에 선 채 발만 동동 굴렀기 때문에 처음부터 끝까지 로가 나서서 해야 했다. 로는 한 정령의 손에 들린 옷을 가져와 무에게 입혔다. 달빛과 바다안개, 구름으로 짠 옷감으로 지은 옷이었다. 깨끗이 목욕하고 옷을 입은 그는 참으로 아름다웠다. 조용한 얼굴과 단정한 자태를 보고 있으면 이렇게 아름다운 이가 그 많은 신을 죽였다는 것이 좀처럼 믿기지 않았다. 분명히 사실이 아니라고, 무언가 잘못된 거라고 로는 생각했다.

"이리 와요. 집 구경시켜 줄게요."

로는 천진하게 웃으며 그의 손을 잡았다. 무는 얼떨떨한 표정을 지으며 그녀에게 이끌려 초막을 나왔다.

로의 집은 산 아래 대나무 숲 가운데에 자리 잡고 있었다. 정원 한쪽 작은 연못엔 수련이 피었고 다른 편엔 붉은 꽃이 가득한 배롱나무와 능소화, 참나리가 사이좋게 피어 있었다. 소박하고 단정한 집엔 늘 정령들의 웃음소리가 가득했다. 로는 이따금씩 처마에 등을 걸고 정원을 어지러이 노니는 반딧불과 보름달을 구경하기도 했으며 더운 날엔 들창을 열어두고 산에서 내려온 시원한 바람을 맞았다. 그리고 이렇듯 비가 오는 날엔 빗방울이 정원에 놓인 소리돌을 두드리는 소리를 들었다. 그 소리가 너무나도 맑고 고와서 모두들 비 오는 날을 좋아했다. 로는 정원이 환히 보이는 방으로 무를 안내한 다음 휘장을 걷고 들창을 열었다.

"이 소리는 무엇이지?"

로의 옆에 앉으며 무가 물었다.

"저기 작은 바위에서 나는 소리예요. 소리돌이라고 하지요. 빗방울이 돌을 두드리면 종소리처럼 맑고 고운 소리가 나요. 꼭 노랫소리 같죠?"

로는 창턱에 기댄 채 작게 노래를 흥얼거렸다. 로를 바라보며 노래를 듣던 무는 몸이 나른하고 점점 눈이 감겼다. 늘 깨어질 듯 예민한 긴장과 고통 속에서 살다가 이처럼 한가로운 평화 속에 있으니 잠이 쏟아졌다. 그가 졸음을 이기지 못해 어깨에 살며시 기대오자 로는 무를 조심스럽게 무릎에 뉘었다. 로가 잠시 노래를 멈추자 그가 잠긴 목소리로 중얼거렸다.

"계속 불러줘. 듣기 좋다."

로는 그의 머리칼을 쓰다듬으며 노래를 불러주었다. 아주 먼 옛날의 사랑 이야기였다. 엇갈리는 인연으로 끊임없이 서로를 찾아 헤매는 연인이 있었다. 이별하고 만나고 다시 헤어지면서 그들은 몹시 슬펐지만 행복했다. 그립고 아련한 느낌이 드는 노래였다.

빗방울이 소리돌을 두드리는 소리와 로의 청아한 노랫소리에 귀 기울이던 무는 로의 무릎에서 까무룩 잠이 들었다. 잠든 그의 모습은 모든 고통을 잊은 듯 무척이나 평화로웠다.

단잠에서 깨었을 때 무는 혼자였다. 문득 로가 없다는 사실을 깨달은 그는 자리에서 벌떡 일어나 주위를 살폈다. 자신이 누워 있던 자리엔 들꽃과 메밀로 속을 채운 베개와 홑이불이 있을 뿐 그녀의 흔적은 어디에도 없었다. 무는 지난 일이 아련한 꿈처럼 느껴져서 슬그머니 겁이 났지만 이곳은 분명히 로의 집이었다. 밖을 보니 내리던 비는 어느덧 멎어 있었다. 정원에 소리돌을 잠깐 동안 응시한 무는 몽롱한 정신을 수습하고 로를 찾아 나섰다.

집 안 어디에서도 로의 모습은 보이지 않았다. 복도에서 만난 한 정령이 그의 얼굴을 보자마자 외마디 비명을 지르며 도망을 쳤고 다른 정령들도 사정은 마찬가지였다. 무가 자신 때문에 난리법석이 된 집을 나와 후원에 들어섰을 때였다.

대나무 숲을 향해 난 길에서 로가 걸어왔다. 막 찬물에 얼굴을 씻은 듯 깨끗하고 신선한 얼굴과 또렷하고 생생한 눈동자가 한눈에 들어왔다. 무를 발견한 로의 눈동자는 금세 반짝이기 시작했다. 무는 그녀의 눈동자를 보며 가슴이 두근거렸다. 누군가가 반가운 눈으로 자신을 봐준다는 것이 이토록 설레는 일일 줄은 생각지도 못했다. 무는 그녀를 안고 싶은 충동을 억제하며 가만히 서 있었다. 로가 먼저 명랑하게 말을 건넸다.

“깨셨네요. 얼굴이 좋아 보여 다행이에요. 아까는 무척이나 창백해서 걱정했었거든요.”

다정한 말에 무의 마음속에서 뜨거운 무언가가 치밀었다. 따뜻한 말 한 마디에 이토록 약해지고 뭉클해지는 걸 보면 메말라 텅 빈 줄만 알았던 가슴이 사실은 무수한 상처로 가득했었나 보다. 무는 그녀에게 안겨 위로받고 싶었다. 그동안 얼마나 외로웠냐고, 얼마나 아팠냐고 걱정하며 한숨 쉬는 것을 듣고 싶었다.

로의 눈빛과 말은 무를 약하게 하고 또 간절해지게 만들었다. 지금껏 한 번도 무언가를 간절히 원한 석이 없었건만, 그녀의 눈빛과 따뜻한 말이 너무나도 절실해 믿을 수 없을 만큼 강렬한 욕망을 불러일으켰다.

'너를 온전히 내 것으로, 그 누구도, 그 어떤 것과도 나누지 않고 오롯이 내 것으로 만들고 싶다.'

문득 그녀가 사라져 버리면 어찌 될지 눈앞이 아득해졌다. 무는 로를 향해 성큼성큼 걸어가 여린 손목을 꽉 움켜쥐고 퉁명스럽게 말했다.

“사라진 줄 일았나.”

로의 얼굴에 놀람이 스쳐 갔다. 그녀가 놀란 것은 손목의 아픔이 아니라 그의 얼굴에 스쳐 간 감정들 때문이었다. 무엇이 그를 이토록 괴롭게 만들까. 로는 그의 불안과 고통을 이해할 수 없었지만 안심시켜 주고 싶었다.

"떠나지 않아요. 함께 있겠다고 했잖아요."

로의 미소를 보며 무는 그제야 움켜쥐었던 손목을 놓았다. 그의 얼굴에 스치는 그늘을 보고 로가 얼른 손을 잡았다.

"앞으론 이렇게 잡아요. 너무 세게 쥐면 손목이 아파요. 그러니까 이렇게 부드럽게 잡으면 돼요."

로는 무의 손을 잡고 밝게 미소 지었다. 그는 순순히 고개를 끄덕이며 로의 손을 조심스럽게 쥐었다. 로는 그의 얼굴에 드러난 불안과 두려움이 자신을 어떻게 대해야 할지 모르기 때문이라 짐작했다. 마음을 표현할 줄 모른다는 건 얼마나 괴로운 일일까. 비록 표현이 서투르지만 로는 그 마음을 느낄 수 있었다. 자신을 원하고 소중히 여기는 마음이 고맙고 기뻤다. 그 마음이 그에 관한 불안들을 잠재웠다. 로는 무도 자신의 마음을 느끼고 두려움을 걷어내길 바랐다.

"비가 그치고 난 뒤에 무지개가 떴어요. 저쪽에 가면 볼 수 있어요. 같이 보러 갈래요?"

좀 전에 갑자기 화를 낸 것이 마음에 걸렸는지 그는 어두운 얼굴로 아무 말도 하지 않았다. 로는 그의 손을 잡아끌며 대나무 숲으로 들어갔다. 비가 그친 지 얼마 되지 않아 숲은 흠뻑 젖었고 물 흐르는 소리가 가까이 들렸다.

막 대나무 숲을 가로질러 나왔을 때였다. 시야가 탁 트이며 넓은 들판이 나왔다. 마치 명주 천으로 공들여 윤을 낸 것처럼 선명한 초록빛을 띤 들판 위로 누군가가 그린 듯 고운 무지개가 드리워져 있었다. 그 위로 바람에 흘러가는 구름과 구름 사이로 간간이 드러나는 푸른 하늘이 보였다.

"무지개예요. 아름답죠?"

무는 대답 없이 하늘을 흐르는 구름과 무지개를 보았다. 전에도 보아왔던, 아무런 관심도 두지 않았던 것들인데 문득 더없이 눈이 부셨다. 마음이 느낀다. 이 세상의 아름다움을, 찬란한 눈부심을. 무는 자신 안에 이는 변화를 분명히 느끼며 이런 낯섦을 안겨준 로를 가만히 내려다보았다. 먼 하늘에 시선을 둔 그녀의 얼굴에 아련한 기쁨이 서려 있었다.

너는 왜 그런 눈빛으로 세상을 보는 거지?

너는 왜 그런 눈빛으로 나를 보아주는 거지?

역겹다, 두렵다 하지 않고

무섭다 도망가지 않고

내 옆에서

행복한 눈빛으로

세상과 나를 바라주는 네게서 시선을 뗄 수 없어.

심장이 무겁고 아파.

기쁘고 들뜨고 슬프고 두려워.

무는 그녀와 잡은 손을 꼭 쥐었다. 그녀가 무지개에서 시선을 돌리고 자신을 보았다. 눈빛이 마주치자 그녀가 자신의 심장을 꽉 움켜쥔 것인 것만 같아 숨이 잤다. 무는 로의 눈동자에서 시선을 떼지 못한 채 중얼거렸다.

"네가 보아주어서 아름다운 거다."

로가 알 수 없다는 표정을 지으며 고개를 갸웃했다. 무는 떨리는 마음으로 그녀에게 다가섰다.

"저 무지개가 아름다운 것은 네가 아름답게 보아주었기 때문이다. 그 고운 눈빛으로 날 보아주어서 고마워."

무는 그녀의 하얀 뺨을 가만히 쓰다듬다가 그 감촉에 이끌려 다가섰다. 자신을 부드럽게 휘감는 눈동자를 응시하던 그는 그녀의 손을 끌어당겨 손가락마다 입을 맞췄다. 얼굴이 붉어진 로가 가만히 숨을 멈추었다. 무는 그녀를 끌어당겨 붉고 도톰한 입술에 자신의 입술을 지그시 눌렀다. 부드러움이 마음속 내밀한 곳을 간질이고 뜨겁게 덥혔다. 얼음이 녹듯 몸이 줄줄 녹아내리는 것만 같았다. 이대로 그녀 안으로 젖어들어 흔적없이 사라지고 싶었다.

무는 그녀의 아랫입술을 부드럽게 빨며 입술을 열고 깊숙이 들어갔다. 전신에 번지는 부드럽고 따뜻한 감촉. 꽃봉오리가 천천히 꽃잎을 펼치듯 입술이 열리고 몸이 열리고 마음이 열렸다. 전신에 열기가 퍼지고 들이마시는 숨에 섞인 향기가 폐 속 깊숙이 스며들어 와 몸속 가득 향긋함이 퍼졌다.

무는 마음에 이는 허기로 난폭해지지 않도록 자신을 억누르며 서투른 몸짓으로 로를 끌어안았다. 그녀의 모든 것이 그를 미치게 했다. 부풀어 오르기 시작한 입술은 미칠 듯이 달콤하고 살갗에 닿는 체온과 향기로운 체취에 피가 끓어올랐다.

'어찌할까. 어쩌면 좋을까. 이 난폭함을, 굶주림을 어떻게 다스려야 할까. 너무나도 소중해서, 아름다워서, 갖고 싶어서 머릿속이 돌 지경인데 어찌하면 다치지 않게 마음을 전할 수 있을까.'

무의 입맞춤이 차츰 거칠어지자 로는 머릿속이 아득했다. 게다가 너무나도 힘껏 안은 탓에 숨 쉬는 것이 힘들었다. 로는 눈을 꼭 감은 채 무의 가슴에 두 손을 대었다. 너무나도 분명하게 느껴지는 심장 박동. 그의 심장 소리가 천둥 소리처럼 크게 들렸다. 그의 심장이 내는 소린 세상을 쿵쿵 울리고 로를 심장과 몸 전체를 울렸다.

당신을 따라 내 심장이 뛰어요.

그동안은 내 몸속에 심장이 있었는지조차 몰랐는데

이젠 내 몸속에 심장 하나만 들어 있는 것 같아요.

당신의 눈빛과 입술이 내 심장을 움켜쥐고 놓아주지 않아요.

이대로 영원히 벗어날 수 없을 것만 같아요.

로는 그의 심장과 나란히 공명하는 자신의 심장 소리를 들으며 넓은 품에 온전히 안겼다. 그의 뜨거운 입술과 신경을 훑는 저릿한 감각과 몸속에 스며드는 향기를 음미하며 그의 모든 걸 받아들였다. 그의 입술이 입술과 뺨을 지나 목에 닿았을 때, 로는 몸이 공기로 채워지는 듯 붕 뜨는 것을 느꼈다. 이대로 그의 품속에서 정신을 잃는 것은 아닐지 두렵기까지 했다.

"심장이 뛰어요. 숨을 쉴 수가 없어요. 머릿속이 아득해."

로가 힘겹게 속삭이자 무는 그제야 자신이 너무 꽉 끌어안았다는 것을 깨닫고 팔에 힘을 풀었다. 하지만 여전히 그녀를 품에 가둔 채, 왼쪽 가슴 위에 놓인 로의 손에 자신의 손을 얹고 말했다.

"지금 이 순간부터 내 심장은 네 것이다."

로는 아득함에 감아버렸던 눈을 뜨고 그를 보았다.

그의 눈이, 심장이 말했다.

모든 것이 진실이라고. 지금 이 순간, 너만이 내 모든 것이라고.

로는 그만 눈앞이 아득해져서 다시 눈을 감아버렸다. 이 떨림을, 기쁨을 어찌해야 좋을지 알 수 없었다. 그저 눈을 감고 그의 숨소리에 귀 기울이고 심장 박동을 느낄 뿐.

그때 무가 말했다.

"또한, 네 것은 모두 내 것이다. 눈동자, 미소, 눈물, 한숨, 두려움 모두 내가 가져가겠다. 영원토록 내가 갖겠다."

무는 로를 번쩍 안아 들었다. 작은 그녀가 몸에 꼭 맞게 들어오자 새알을 품은 것처럼 조심스럽고 소중하게 감싸 안았다. 그는 그녀를 안은 채 대나무 숲을 지나 창을 열어놓고 빗소리를 듣고 방으로 되돌아왔다.

방 안은 부드러운 오후 빛으로 가득했다. 처마 끝에는 아직도 물방울이 똑똑 떨어지고 물기를 머금은 촉촉한 바람이 부드럽고 밀려들어 왔다. 무는 빛이 드는 창 아래 폭신한 자리에 로를 눕히고 천천히 옷을 벗었다.

문밖에서 옷자락 스치는 소리와 낮은 속삭임이 들렸다. 누군가가 창밖에서 대나무 발을 조심스럽게 드리우고 정령들은 곧 멀어져 갔다.

로와 처음 만났을 때처럼 나신이 된 무는 그녀의 손을 잡아 자신의 뺨으로 가져갔다. 로의 손은 그의 뺨과 쇄골을 훑듯이 내려와 빠르게 뛰는 심장 언저리에 머물렀다.

"잊지 마, 이것은 네 것이라는 걸. 그리고 넌 영원히 내게 속해 있다는 걸."

로는 아무런 말도 하지 못했디. 그의 상렬한 눈빛을 보고 있으면 머릿속에 가득했던 밀들이 입속에서만 맴돌다가 숨과 함께 목으로 넘어갔다. 떨린다. 아니, 단순한 떨림이 아닌 땅이 솟구쳤다가 내려앉고 거꾸로 뒤집히는 듯한 현기증이었다. 지금껏 단 한 번도 자신을 위해 생각해 본 적이 없었다. 세상이 아름답게 흘러가는 것을 보며 자신이 해야 할 일들을 기쁘게 할 뿐 원하는 것, 하고 싶은 것이 무엇인지 몰랐다. 하지만 이젠 모든 것이 명확했다.

'그를 원한다. 그를 갖고 싶다. 그에게 영원히 속하고 싶다.'

로는 그와 자신이 하나가 되는 것을 떨리는 마음으로 기다렸다. 그의 눈빛이 깊어질수록 그를 향한 마음은 더욱 간절해졌다.

무는 로와 시선을 맞춘 채 부드러운 손길로 로의 뺨을 쓰다듬고는 그녀를 감싼 옷을 한 겹씩 신중하게 벗겨냈다. 마침내 하얀 나신이 드러나자 무는 숨 쉬는 것도 잊은 채 로의 몸을 보았다.

무엇으로 만들어졌을까. 무엇으로 만들었기에 이리도 아름답고, 부드럽고, 눈부실까. 그녀의 절반은 햇살의 눈부심으로 채워진 듯했고, 남은 절반 중 반은 안개와 구름의 부드러움과 신비, 나머진 신의 질투와 탄식으로 이루어진 듯했다. 티없이 고운 살결, 가녀린 긴 목과 가지런한 쇄골은 여리디여린 느낌이었고 안아주고 싶은 어깨, 사랑스런 두 팔, 작은 손을 보고 있으면 절로 미소가 지어졌다. 그리고 보는 것만으로도 탄식이 흘러나오는 그녀의 젖가슴. 무는 소복하게 부풀어 오른 가슴에서 한동안 눈을 떼지 못했다. 단물을 한껏 머금은 과실처럼, 부드럽게 출렁이는 물결처럼, 안개에 푹 젖은 꽃잎처럼 부드럽고 촉촉한 로의 가슴. 무는 로의 몸을 숭배하듯 경이로운 눈으로 빠짐없이 보았다. 로가 그의 뜨거운 시선이 부끄러워 가리려고 하면 손을 잡고 놓아주지 않았다. 할 수만 있다면 이대로 오래 바라보고 싶지만 무는 더는 기다릴 수 없었다. 온몸의 신경과 근육들이 아프게 날뛰고 피가 끓어 견딜 수 없었다. 지금 당장 그녀를 안지 않으면 전보다 더 미쳐 버릴 것만 같았다.

무는 로를 안고 이마에 한 번, 입술에 두 번의 짧은 입맞춤을 했다. 그리고는 고개 숙여 자신을 수줍게 기다리는 젖가슴에 긴 입맞춤을 했다. 앙증맞은 젖꼭지를 입속에 머금고 부드럽게 빨자 로의 입술이 벌어지며 흐느끼는 듯한 신음이 흘러나왔다. 무는 아이를 달래듯 부드러운 손길로 그녀를 안심시키며 로의 몸에 입을 맞추었다. 로는 그의 입술이 닿은 자리가 뜨거워서 벗어나고 싶었지만 무가 꼭 붙들고 놓아주지 않았다. 그의 눈길과 입술, 섬세한 손길이 가져다주는 낯설고 놀라운 감각이 몸의 중심에서 시작해 머리와 발끝으로 퍼져 나갔다. 격렬한 물살에 떠내려가는 듯한 아득함에 로는 눈을 감고 그의 몸에 매달렸다.

"괜찮아. 눈을 떠."

무의 속삭임에 로는 간신히 눈을 떴다. 뜨거운 욕망에 사로잡힌, 하지만 놀랍도록 다정하게 부딪혀 오는 그의 눈빛에 그만 가슴 한쪽이 뭉클해졌다.

"나를 봐. 내게서 시선을 떼지 마. 나 또한 너만 보겠다. 어느 누구도 아닌 너만."

로는 그의 눈을 보며 가쁜 숨을 골랐다. 그리고 잠시 부끄러운 듯 주저하다 입술을 달싹거렸다.

"당신만 볼게요. 영원히……."

사랑스런 속삭임에 무의 눈빛이 불꽃처럼 크게 일렁였다. 그의 눈 속에 가득한 환희를 보며 로는 또한 숨 끝이 저리도록 기뻤다. 그의 몸이 아득하게 겹쳐 왔을 때, 그의 얼굴이 가까이 다가왔을 때 그 기쁨은 헤아릴 수 없을 만큼 깊어졌다.

누 손을 잡고 눈을 맞춘 채로 그가 몸 안으로 천천히 들어왔다. 로는 여리고 촉촉한 살 속으로 파고드는 강렬한 아픔에 눈을 감을 뻔했지만 입술을 깨물며 간신히 견뎌내었다. 무 또한 난폭해지려는 욕망을 간신히 다스리며 그녀 안으로 부드럽게 밀고 들어갔다가 천천히 나왔다. 둘의 입술에서 달뜬 신음이 흘러나왔다. 뜨겁고 단단한, 부드럽고 촉촉한 서로의 몸이 너무나도 뚜렷하게 느껴졌다. 무는 온갖 인내를 그러모아 느리게 움직였고, 로는 몸의 근육이 팽팽하게 수축하는 것을 느끼며 몸속에 들어온 그를 휘감고 좀 더 깊이 받아들였다. 고통스럽지만 충만한 기쁨과 전율이 그들을 뒤덮었다. 한 번 파고들 때마다 몸이 산산조각나는 듯했고 긴 물러섬에 몸 일부가 허물어지는 것만 같았다.

무는 더는 자신을 제어하지 못하고 그녀 안으로 거칠게 밀고 들어갔다. 곧 믿을 수 없을 만큼 뜨겁고 강렬한 절정이 찾아왔다. 그들은 서로 힘껏 안고 잠시 숨을 멈춘 채 쾌락의 끝, 그 무서운 고요를 느꼈다. 짧지만 긴 순간이 흐르고 그들은 절정 끝에 터져 오는 긴 한숨을 내쉬며 가쁜 숨을 몰아쉬었다. 무와 로는 가쁘게 오르내리는 가슴을 맞대고 심장 소리를 들으며 긴 입맞춤을 나누었다. 여운은 길고 기쁨은 헤아릴 수 없이 컸다. 무는 여전히 그녀의 몸속에 머문 채로 수없이 많은 입맞춤을 나누었다. 그리고 서로의 가슴에 기대 심장 소리를 들으며 가만히 눈을 감았다.

심장이 말했다.

내 심장은 네 것이니
너의 모든 것은 내가 갖겠다.
영원히.

霧露

3. 빛과 어둠 사이에서

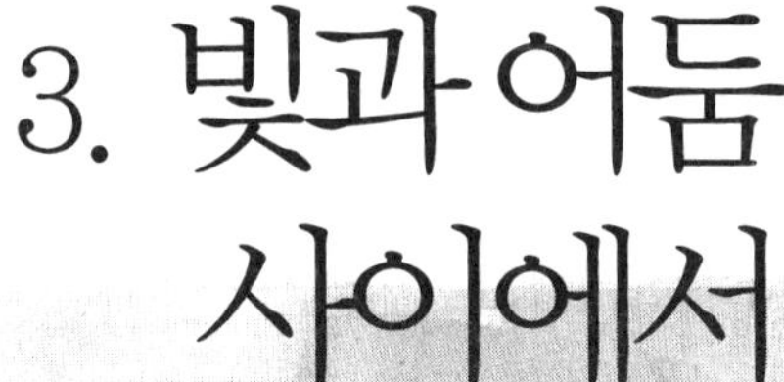

[날 내보내 줘.

모두 망가뜨리고 죽여야 해.

그녀의 심장 깊이 나를 찔러줘.

그녀의 피를 맛보고 싶어.]

몸 속 깊숙한 곳에 도사리고 있는 청공(靑空)이 속삭였다. 검에서 흘러나오는 사악하고 음산한 기운에 숨이 얼어붙는 것만 같다. 무는 점차 다가오는 검은 기운을 밀어내며 사납게 소리쳤다.

"꺼져! 도는 설대 안 돼! 이제 난 누구도 죽이고 싶지 않아!"

[거짓말! 넌 거짓말을 하고 있어.

넌 욕망과 파멸의 신.

넌 피와 죽음을 원해.

아주 오래전부터 그래 왔지.

어서 나를 들어 그녀의 목을 베어줘.

달콤한 피로 온몸을 적셔줘.]

어두운 기운이 무의 심장으로 손을 뻗었다. 심장에 선뜩한 기운이 훅 끼치고 온몸에 소름이 돋았다. 무는 지독한 공포에 질식할 것만 같았다. 날카로운 발톱을 세운 짐승이 내장을 파헤치고 찢어발기는 듯 어마어마한 고통이 밀려왔다. 무는 자신도 모르게 뒷걸음치며 외쳤다.

"닥쳐! 넌 로를 해칠 수 없어. 절대로 그렇게 두지 않아!"

[흐흐흐…… 넌 어리석어.

그래서 그녀를 제대로 볼 수 없지.

그녀는 사악해.

그 예쁜 얼굴에 잔인한 본성을 숨기고 있지.

그녀는 널 파멸시킬 거야.

고통받기 전에 네가 먼저 끝내야 해.

나를 꺼내.

내가 대신 그녀를 처단해 줄 테니.]

"로의 머리칼 하나라도 건드린다면 널 없애 버리겠어!"

[하하하. 어리석긴.

나는 너의 또 다른 일부.

너의 어둡고 사악한 내면.

넌 날 없앨 수 없어.

하지만 난 그녀를 없앨 수 있지.

크흐흐흐……]

어둠 속에서 쇠를 긁는 듯한 끔찍한 웃음소리가 울려 퍼졌다. 무는 두려움에 떨며 몸을 움츠렸다. 몸속에서 뛰쳐나오려 날뛰는 청공이 느껴졌다. 그는 솟구치는 검의 기운을 억누르며 외쳤다.

"안 돼! 너는 그녀를 해칠 수 없어. 내가 지켜줄 거야. 내가 지켜……."

격렬하게 소리치던 무는 공기 중에 떠다니는 익숙하고 친근한 향을 맡고 입을 다물어 버렸다.

'뭔가 이상해. 이 익숙한 향은…… 로의 향이다.'

무는 두려운 예감에 떨며 주위를 살폈다. 곧 한줄기 빛이 비치고 그 아래 로가 나타났다. 천진하게 웃으며 무에게로 다가오는 로. 좀 전의 괴로움을 잊은 채 그녀에게 한 걸음 다가섰을 때였다. 갑자기 몸이 차가워지고 오른쪽 어깨에 시린 통증이 일었다. 무심결에 고개를 숙인 무는 자신의 오른손에 쥐어져 있는 청공을 발견하고 소스라치게 놀랐다.

[저길 봐. 너와 나의 제물이 있어.

신선한 피 냄새가 나는군.

그녀의 피는 얼마나 달콤할까.]

세상 밖으로 나와 즐거워하는 청공을 보며 무는 공포에 휩싸였다.

"로, 오면 안 돼! 오지 마!"

그의 외침에도 로는 아랑곳하지 않고 계속 걸어왔다. 자신을 보며 행복해하는 그녀의 눈빛에 공포는 극에 달하고 도망치려 했지만 몸이 움직여지질 않았다. 무의 몸은 이미 청공에게 장악되어 눈조차 제 의지대로 깜빡일 수 없었다.

[내가 뭐랬어.

그녀는 내 것이라고 했지!

어떻게 죽여줄까.

어떻게 죽여서 너를 즐겁게 해줄까.]

무가 뭐라 대답하기도 전에 팔이 들리고 청공이 서늘한 검날을 빛내며 앞으로 쭉 뻗어나갔다. 경악에 떨며 비명을 질렀지만 입속에서만 맴돌 뿐, 비명은 터져 나오지 않았다. 무는 너무나도 절망적인 눈으로 어두운 내면에 장악된 자신의 행동을 지켜봐야 했다.

로에게 다가간 청공이 희열에 몸을 떨며 즐거워 견딜 수 없다는 듯 음흉하게 웃었다. 허공을 내지르는 검의 날카로운 웃음소리. 살을 찢고 뼈를 부수고 뛰는 심장 한가운데에 정확하게 박힌 검. 순간 무와 로의 얼굴이 하얗게 질렸다. 로는 믿기지 않는 눈으로 그를 보았고, 무는 그녀의 가슴에 박힌 청공을 경악에 찬 눈으로 응시했다.

"내가…… 내가 무슨 짓을……."

무가 입술을 떨며 간신히 중얼거렸을 때였다. 그의 고통을 비웃으며 청공이 찢긴 심장 깊숙이 파고들었다. 손과 팔, 어깨와 온몸에 로의 가슴을 꿰뚫는 둔탁한 감각이 그대로 전해졌다. 무는 경악하여 비명을 질렀다.

"로! 안 돼! 안 돼!"

무의 울부짖음이 마침내 터져 나왔다. 제정신으로는 견딜 수 없는 고통이 밀려와 그를 집어삼켰다. 무는 고통에 떨면서 로의 눈빛이 서서히 식어가는 것을 보았다. 그녀의 몸 안에서 타오르던 빛이 꺼져 가는 듯했다. 그녀의 얼굴엔 어떤 원망이나 슬픔노 깃들어 있지 않았다. 공허하고 메마른, 마치 과거의 자신을 보는 듯한 얼굴이었다. 무는 너무나도 낯선 그녀의 얼굴에 절망하며 허물어지기 시작했다. 숨이 쉬어지지가 않았다. 끔찍한 고통에 심장은 이미 멎어버린 듯했고, 영혼이 송두리째 빠져나간 듯 머릿속이 텅 비어버렸다.

무가 무기력하게 서 있는 사이 청공이 그녀의 심장에서 쑥 빠져나왔다. 뜨거운 피가 뿜어져 나오면서 무의 얼굴을 적셨다. 비릿한 피 냄새. 너무나도 익숙한 죽음의 냄새. 무는 바닥에 무너지는 로를 보면서도 손을 내밀어 잡아주지 못했다. 움직일 수 없었다. 아무것도 할 수 없었다.

"로……."

바싹 마른 나뭇잎처럼 버석버석한 목구멍에서 메마른 흐느낌이 새어나왔다. 간신히 내뱉은 그녀의 이름은 허공에 덧없이 사라지고 주위는 정적에 휩싸였다. 무는 바닥에 쓰러져 피를 흘리는 로를 보다 천천히 주저앉았다. 떨리는 손으로 로를 끌어안으려 했지만 바람이 먼지를 쓸어가듯 그녀의 몸이 허공으로 사라졌다. 무는 허공에 대고 미친 듯이 울부짖었다.

"로! 나를 두고 가지 마. 제발……. 나를 버리지 마……."

무는 자신의 흐느낌을 들으며 잠에서 깨어났다. 지독한 악몽이었다. 그는 꿈에서 깨고 한참이 지나도록 멍하니 허공만 응시했다. 로의 근육을 찢고 뼈를 부수던 감각이 생생하게 남아 있어 진저리가 쳐졌다.

'꿈이야. 끔찍한 꿈일 뿐이야.'

문득 정신을 차린 무는 자리에서 황급히 일어났다. 잠들기 전만 해도 품에 안겨 있던 로가 보이지 않았다. 푸른 새벽빛이 새어 들어오는 창을 열자 차가운 공기가 폐로 흘러들었다. 시원한 공기를 들이마셔도, 새들의 활기차고 분주한 울음소리를 들어도 여전히 꿈속인 양 고통이 사라지지 않았다. 지금 이 순간 로가 너무나도 간절했다. 그녀의 미소, 체온, 체취를 맡아야만 사라질 고통이었다.

무가 로를 찾으려고 문을 나서자 밖에서 기다리고 있던 정령이 조심스럽게 예의를 갖추며 말했다.

"지금 로님께서는 숲에 계세요. 깨어나시면 꼭 말씀드려 달라고 당부하셨어요. 제가 안내해 드릴까요?"

"괜찮다. 나 혼자 가겠다."

무는 조급한 걸음으로 집을 나섰다. 아침을 맞는 숲에는 옅은 안개가 깔려 또다시 꿈속에서 헤매는 것 같았다. 걸음을 옮길 때마다 발 아래 안개가 흩어졌다가 다시 모이며 무의 뒤를 따랐다.

얼마쯤 걸었을까. 멀리 선 로가 눈에 들어왔다. 그녀 곁에는 이제 막 깨어난 정령들이 명랑하게 허공을 날고 있었다. 무가 다가서자 작은 불빛들이 일시에 흩어지며 작은 비명이 들리고 이에 로가 뒤돌아섰다. 그녀의 반가운 눈빛을 대하자 꿈속에서 느꼈던 고통이 다시금 심장을 찔렀다. 몸속에 청공은 잠든 듯 조용했지만 그녀를 잃게 될지도 모른다는 공포로 말미암아 무의 얼굴이 창백하게 질렸다. 무가 성큼성큼 다가가 팔을 끌어당겨 안자 로는 무척 놀라면서도 그의 등을 가만히 쓸어주며 속삭였다.

"괜찮아요? 낯빛이 안 좋아요."

무는 대답 없이 로의 목덜미에 고개를 묻고 한동안 가만히 서 있었다. 로의 체온과 체취를 맡고 있자니 마음속 두려움이 조금은 누그러졌다. 이렇게 힘껏 안고 있으면 어느 누구도, 그 자신이라고 해도 로를 해치지 못할 것 같았다.

"무슨 걱정이라도 있어요?"

로가 조심스럽게 물었다.

"아니."

“손이 차가워요.”

“괜찮아.”

“괜찮지 않은 것 같아요. 슬퍼 보여.”

“나쁜 꿈을 꾸었어.”

“꿈?”

“너를 잃는 꿈.”

로는 그의 긴 머리칼을 가만히 쓸어내리며 말했다.

“내가 당신을 떠났나요?”

“아니.”

“그럼 당신이 나를 떠났어요?”

무는 고개를 젓고 잠시 주저하다 말했다.

“내가…… 너를…… 죽였어.”

로는 무의 고개를 들게 하고 눈을 맞췄다. 그녀의 눈빛은 한 없이 따뜻했고 그를 향한 믿음으로 굳건했다.

“지금은 절대로 그럴 리 없다고 믿지만, 영원할 것 같은 마음 이 언젠간 변할지 몰라요. 내가 당신을 미워하거나 당신이 나를 미워하게 된다면, 너무 미워서 해치고 싶다는 마음이 든다면 우 리가 함께했던 순간들을 떠올려요. 당신이 나를, 내가 당신을 얼마나 사랑했는지, 우리가 함께한 매 순간 얼마나 행복하고 아 름다웠는지 생각해요. 난 믿어요. 당신은 절대로 날 해치지 않 아요. 그 어떤 순간에도 날 믿고 지켜줄 거예요. 난 알아요. 그 러니까 두려워하지 말아요.”

그녀의 맑고 침착한 눈을 들여다보고 있자니 무의 가슴에 서럽고 간절한 감정이 북받쳤다. 이처럼 소중하고 고마운 이가 믿어주는 자신은 피로 얼룩진 위험한 짐승이었다. 수없이 많은 이들을 죽인 자신의 두 손이 원망스러웠다. 어느 순간 미쳐 버려서 그녀를 해칠지도 모른다는 생각을 하면 눈앞이 캄캄했다. 할 수만 있다면 두 팔을 잘라내고 싶었다. 몸속에 청공이 있는 자리를 도려내고 싶었다.

"널 다치게 할까 두려워. 내가 변할까 봐 두려워."

무는 로를 으스러질 듯이 안으며 말했다. 한 번도 약하지 않았던 마음이 그녀 앞에선 한없이 불러지고 천천히 무너져 내렸다. 그녀를 원하는 마음이 크고 강렬할수록 그만큼의 고통이 뒤따랐다. 하지만 아무리 큰 고통이 따라도 로를 놓을 수 없었다. 고통에 비명을 지르면서도 로를 놓지 못하고 몸과 마음을 다해 견뎌냈다. 그것은 살기 위한 필사적인 몸부림이었다. 무의 고통을 이해한다는 듯 로가 다정하게 속삭였다.

"당신이 흔들리지 않도록 내가 지켜줄게요."

무의 얼굴에 슬픈 미소가 스쳤다. 그 미소를 아프게 바라보던 로는 그의 뺨을 두 손으로 감싸고 가만히 입을 맞추었다. 무는 두 눈을 감고 그녀의 입술을, 가슴에 퍼지는 따스함과 아늑함을 느꼈다.

"날 떠나지 마."

"떠나지 않아요."

로의 입술이 그의 감은 눈에 살짝 닿았다 떨어졌다.

"날 지켜줘. 내가 널 지킬 수 있도록."

"지켜줄게요. 걱정하지 말아요."

로의 속삭임은 세상 무엇보다 달콤하고 사랑스러웠다. 무는 로의 목덜미에 입을 맞추며 한 손으로 가슴 위를 묶은 옷고름을 풀었다. 옷자락을 끌어내리자 부드러운 아침볕에 한쪽 어깨가 드러났다. 무는 황홀하면서도 절실한 눈빛으로 흰 살결을 탐하기 시작했다. 그녀는 분명히 품 안에 있는데 금방이라도 사라져 버릴 것만 같아 꼭 감싸 안고 거듭 느끼었다. 무는 로의 살결을 잇자국이 나도록 아프게 물었다가 혀로 부드럽게 어르고 입술로 거칠게 쓸어내렸다.

"내 손이, 내 입술이 느끼는 이가 너 맞지?"

"네, 맞아요."

"안개처럼 희미해지지 않을 거지? 이슬처럼 사라져 버리지 않을 거지? 내 곁에 남아 있을 거지?"

"어디에도 가지 않아요. 당신 곁에만 있을 거예요."

무의 입술이 로의 입술을 급히 열고 들어갔다. 그의 입술과 손길이 너무나도 절박하고 뜨거워서 로는 머릿속이 아득했다. 늘 괴로워하는 그를 볼 때면 한없이 안쓰럽다. 기쁜 마음이 기쁨으로 끝나지 않고 행복한 마음이 행복으로 끝나지 않는다는 것은 몹시도 슬픈 일. 그의 고통을 조금이라도 나눠 가지고 싶지만 무는 아무것도 내어주지 않고 혼자 견디려고 했다.

'아, 가여운 당신. 어찌하면 그 고통을 나눠 가질 수 있을까요. 이렇게 당신 곁에만 있으면 되는 걸까요. 내가 할 수 있는 게 아무것도 없는 것 같아 슬퍼요.'

로는 그의 얼굴을 쓰다듬다가 옷을 조심스럽게 벗겼다. 델 듯이 뜨거운 살결을 부드럽게 쓰다듬으며 그의 아픔을 위로했다. 그 마음이 전해진 듯 몸을 통해 전해지는 고통이 조금씩 덜해졌다. 그의 손길은 차츰 부드러워지고 기쁨을 그대로 받아들이기 시작했다. 무는 로의 머리칼을 쓸어 넘기고 매끄러운 목과 어깨를 어루만졌다. 흘러내린 로의 옷자락은 가슴 언저리에 머물렀다가 그의 손길에 허리 아래로 내려왔다. 로는 아직 이슬이 마르지 않은 풀밭 위에 누워 무가 자신을 온전히 가질 수 있도록 내어주었다. 무엇을 주어도 아깝지 않았다. 몸과 마음을 아낌없이 내어주면 그는 자신의 모든 것을 맡겼다. 준 것보다 더 많은 것을 돌려받으면 가슴이 먹먹하고 한없이 기뻤다. 그리고 더욱 따뜻하고 부드러운 마음으로 그의 아픔을 감싸야겠다는 생각이 들었다. 로는 상처뿐인 그를 안고 위로했다.

"두려워하지 마요. 날 믿어요. 우린 이렇게 같이 있잖아요."

로가 속삭이자 그는 힘껏 안아주었다. 온몸으로 전해져 오는 그의 절실함에 가슴이 뜨거워진다. 그의 손길과 입술이 스칠 때마다 숨 쉬기가 힘들 만큼 심장이 팔딱거렸다. 어쩌면 그를 위로 하는 것이 아니라 자신이 위로받는 건 아닐까 싶기도 했다. 그와 함께하는 매 순간이 온통 놀라움이었다. 어느 순간엔 너무

거칠어서 머릿속이 하얗게 부서져 내렸고, 어느 땐 한없이 부드
럽고 달콤해서 몸이 나긋나긋한 깃털이 된 것 같았다. 가장 강
렬한 순간은 그의 단단한 일부가 몸속으로 파고들 때였다. 태양
에 삼켜진 것처럼 몸이 뜨거웠다. 자신도 모르게 입술이 벌어지
고 등이 휘었다. 나뉘었던 두 개의 몸이 하나가 되어 눈부신 폭
발이 일었다. 들숨과 날숨이 하나가 되고 심장이 공명하며 뛰었
다. 그와 사랑을 나누는 것은 태초부터 하나였음을 확인하는 의
식 같았다. 뼈와 살이 녹아 없어질 것 같은 전율과 함께 찾아온
절정. 아득히 높은 곳에서 천천히 떨어지는 것 같은 아찔함, 뜨
거운 입술과 입술이 닿으며 온몸에 퍼지는 희열. 로는 자신 위
로 무너지는 그를 안고 눈물을 흘렸다.

　'어찌 이런 사랑이 있을까요. 혹여 꿈결이 아닐까 싶고, 내 것
이 아닌 것만 같고, 만약 내 몫이 아니라면 빼앗아 갖겠다는 욕
심이 나요. 내가 이토록 욕심 많았던가요. 내가 이토록 뜨거웠
던가요. 사랑이 나를 변하게 한 건가요. 이렇듯 놀라운 사랑이
어떻게 왔을까요.'

　로는 자신의 두 눈을 들여다보는 그의 눈길에 긴 숨을 내쉬었
다.

　'당신이 내 눈을 가만히 들여다볼 때면 그만 눈앞이 아득해져
요. 당신 눈빛 속에 빨려들 것 같아요. 당신은 내 눈동자 색이
다른 것은 푸름에 날 담고 어둠에 당신을 담아서라고 했지요.
당신을 내 눈에 담고 있었기 때문에 한눈에 알아본 걸까요. 당

신이 내 일부이기 때문에 이렇듯 깊이 사랑에 빠진 걸까요.'

로는 그를 끌어당겨 짧은 입맞춤을 했다. 애틋하게 바라보던 그가 짧은 입맞춤을 되돌려 주고 길고 긴 입맞춤을 해주었다. 아침볕에 차츰 이슬이 마르고 안개가 물러갔다. 잎사귀 사이로 밝은 햇살이 비쳐들어 그들의 몸을 비췄다. 무와 로는 햇살 아래 부끄럼없이 속살을 내보이며 눈빛과 입술을, 뜨거운 손길과 한숨을 나눠 가졌다. 그들에겐 많은 시간들이 있었지만 함께하는 하루하루가 너무나도 짧았다. 너무나도.

정령을 깨우고 돌뵈주는 일로 바쁜 로 때문에 무는 아침 이슬이 다 마르기 전까신 혼자 있어야 했다. 가까이서 그녀를 지켜보고 싶었지만 그가 근처라도 갈라치면 소스라치게 놀라 도망치는 꼬마 정령들 때문에 멀리 떨어져 있어야 했다. 로가 곁에 없으면 무는 무기력해졌다. 무엇을 해야 할지 아무것도 생각나지 않았다. 그가 할 수 있는 것은 오직 로를 기다리는 것뿐이었다.

막 숲에서 돌아온 로는 정원 연못가에 우두커니 서 있는 무를 발견하고 반갑게 다가갔다.

"저 왔어요. 그동안 적적했죠?"

로는 발꿈치를 들고 무의 뺨에 살짝 입을 맞추었다. 내내 무표정히던 무의 얼굴에 그제야 생기가 감돌았다.

"우리 오늘은 무엇을 할까요? 강 구경을 갈까요, 아니면 바다

구경을 갈까요? 아니다, 오늘은 당신 집에 가보고 싶어요. 무산이요."

"거긴 아무것도 없어."

무산 애길 꺼내자 무의 얼굴이 삽시간에 어두워졌다. 과거의 기억들이 떠올랐다. 잊고 싶은 기억들이.

"당신이 지내던 곳이잖아요. 가보고 싶어요. 네?"

아이처럼 떼쓰는 로에게 그는 결국 지고 말았다. 무가 고개를 끄덕이자 로는 손뼉을 치며 좋아했다.

"정말로 가는 거예요? 아이, 신나."

무는 그녀의 해맑은 모습을 보며 마음 깊은 곳에서 이는 불안을 잠재우려 노력했다.

'아무 일도 없을 거야, 아무 일도. 우린 이대로 행복할 거야.'

무는 간절히 믿고 싶었다.

무산에 도착하자 로는 놀란 입을 다물지 못했다. 아무것도 없다는 그의 말에 그저 여느 산과 같겠거니 했는데 막상 와보니 정말 아무것도 없었다. 안개가 자욱이 낀 산엔 죽은 고목과 거친 바위만이 가득하고 물은 메말라 있었다. 새도, 풀벌레도 없이 들리는 것은 오직 바람 소리뿐. 살아 있는 것은 아무것도 없었다.

"맙소사. 무산은 죽어 있는 산이군요."

로는 가슴 아픈 눈빛으로 무산을 보다가 무를 따라 성으로 향했다. 안개의 성에 당도한 로는 여전히 벌어진 입을 다물지 못했다. 보이는 것은 짙은 안개에 둘러싸인 음침한 성. 그의 성은 무산만큼이나 황폐했다.

"외롭고 슬픈 느낌이 드는 곳이에요. 어떻게 이런 곳에서 살았어요?"

로는 그의 손을 꼭 쥐고 안타깝게 쳐다보았다. 무는 아무런 대꾸도 없이 어두운 눈빛으로 걸음을 옮겼다.

묵은 공기와 먼지만이 쌓여 있는 성안으로 깊숙이 들어가자 넓은 정원이 나왔지만 그곳은 폐허나 다름없었다. 로는 황폐한 신과 싱이 그의 어두운 과거 같아서 가슴이 아팠다. 이곳에 고독과 슬픔 대신 기쁨과 행복으로 가득 채우면 이따금씩 보이는 그의 그늘이, 넌 하늘을 보며 짓는 슬픈 표정이 사라질까? 어느 날 갑자기 사라져 버릴 것만 같은 불안에 시달리지 않게 될까? 그의 마음에 켜켜이 쌓인 고통만 덜 수 있다면 로는 무엇이든 할 수 있었다. 온 세상을 바꾸는 한이 있더라도.

로는 서글픈 표정을 지우고 애써 쾌활하게 웃으며 말했다.

"이곳을 가꿔도 될까요? 나무도 심고, 꽃도 심고, 연못도 만들면 한결 더 따뜻한 곳이 될 거예요."

"굳이 그렇게 하지 않아도 돼."

"하고 싶어요. 조금만 신경 써주면 한결 아름답고 따뜻한 곳이 될 거예요. 아참, 무산도 제 손길이 필요해요, 산이 고통스러워하는 소리가 늘리지 않던가요? 이대로 내버려 두면 정말 안 된다구요."

무는 눈을 반짝반짝 빛내며 서 있는 로를 응시하다가 간신히 고개를 끄덕였다. 로는 기쁨에 어쩔 줄 몰라 했다.

로는 허락이 떨어지기가 무섭게 부지런히 움직이기 시작했다. 정령들을 불러 모아 성에 쌓인 먼지를 쓸어내고 바람을 불러내 묵은 공기를 내보냈다. 정원 곳곳에 나무와 꽃을 심자 새들이 날아들고 나비와 풀벌레들이 모여들었다. 성엔 금세 활기가 감돌고 칙칙했던 성벽은 반짝반짝 윤이 났다. 그의 성과 마찬가지로 무산에도 변화가 찾아왔다. 로를 비롯한 정령들은 무산 곳곳에 빛을 가져다주고 나무와 꽃을 심었다. 메말랐던 계곡에 다시 물이 흐르고 크고 작은 들짐승이 찾아와 둥지를 틀었다. 무는 낯설게 변하는 자신의 성과 무산을 지켜보며 그저 감탄할 뿐이었다.

"이리 와봐요."

아침부터 바쁘게 오가던 로가 갑자기 무의 손을 잡고 성으로 이어지는 동굴로 끌고 갔다. 동굴에 들어선 지 얼마 되지 않아 높은 절벽 바위틈에서 빛을 머금은 채 흘러내리는 폭포가 보였다. 로는 폭포수를 가리키며 자랑스럽게 말했다.

"무산에 생기를 불어넣어 주는 폭포예요. 여기서 흘러나온 물에 나무와 풀을 비롯한 모든 생명이 자라요. 아름답지 않아요?"

무는 로의 머리를 쓰다듬어 주며 웃었다. 로는 그의 미소에 기분이 더욱 좋아졌다. 그 다음에 이끈 곳은 동굴 안 넓은 호수였다. 어제까지만 해도 먼지만 날리는 텅 빈 곳에 수정처럼 맑은 호수가 반짝이는 것을 보고 무가 감탄을 내뱉었다.

"이곳은 천호라 이름 지었어요. 지상에 있는 모든 것을 보여주는 호수예요. 날 찾고 싶으면 천호에게 말을 걸어봐요. 내가 어디에 있든지 보여줄 거예요. 마음에 들어요?"

"가장 마음에 든다."

"정말요? 기뻐요."

로는 무척이나 좋아하며 아이처럼 폴짝폴짝 뛰었다. 무는 그런 그녀를 가만히 내려다보다가 살며시 끌어당겨 품에 안았다.

"한 번 더 말해줘."

"무엇을요?"

"방금 전에 한 말."

로는 그를 꼭 끌어안으며 말했다.

"기뻐요. 당신이 기뻐해 줘서 정말 행복해요."

기쁘다는 말에 가슴 한쪽이 왜 이리 시큰해지는 걸까. 자신과 함께한 누구도 이렇게 기쁜 얼굴을 하지 않았다. 늘 고통스러운 표정으로 공포에 찬 비명만 질러댔다. 무는 비굴하게 일그러지는 얼굴과 분노에 찬 얼굴을 보며 생각했었다.

'저들이 보는 나는 어떤 모습일까. 저들이 느끼는 두렵고 끔찍한 고통은 모두 내게서 우러나온 것이니 그것이 내 본모습인가. 나는 고통만을 몰고 다니는 자인가.'

하지만 로는 달랐다. 비명을 지르거나 두려워하지 않았다. 오히려 밝은 미소를 지으며 다가와 상처뿐인 가슴을 안아주었다.

그녀의 아름다운 미소를 보며 무는 비로소 자신을 찾은 것만 같았다.

"정말 나와 함께 있어서 행복해?"

무의 조심스런 물음에 로가 당연하다는 듯이 대답했다.

"그럼요. 매 순간이 믿을 수 없을 만큼 놀랍고 기뻐요. 당신이 만나지 않았다면 지금쯤 어떻게 살고 있을까요. 상상할 수가 없어요."

'널 만나지 않았다면 나는 죽음과 고통만이 전부인 곳에서 살았겠지. 널 만나지 않았다면 나는 아무것도 아니었을 테지.'

무는 허리 숙여 로의 이마에 따뜻한 입맞춤을 해주었다. 눈을 살짝 감았다가 뜬 로는 그의 입술에 쪽 소리가 나도록 입을 맞추고 품에서 냉큼 빠져나갔다. 그리고는 무가 아쉬운 표정으로 끌어당기자 고개를 저으며 말했다.

"아직 끝난 게 아니에요. 조금 더 남았어요."

"아직도?"

"따라와 봐요."

로는 무를 끌고 성안으로 들어갔다. 그들이 머무는 동쪽 궁에 들어서자 로가 어딘가로 급히 뛰어가더니 품 안에 작은 무언가를 소중히 품고 돌아왔다. 무는 그녀의 품속에 든 것을 낯설게 쳐다보았다. 아주 조막만한 호랑이 새끼였다.

"이게 뭐지?"

"산을 지키는 선인(仙人)이에요. 호랑이 모습을 하고 있는 건

호랑이의 강인함을 받고 태어났기 때문이에요. 태어난 지 얼마 되지 않아서 한참 자라야 하지만 자라고 나면 무산을 지켜줄 거예요. 그리고 당신도요.”

“나를?”

“몽우한테 부탁했어요. 당신을 잘 보살펴 달라구요. 아참, 이름이 몽우예요. 자욱이 오는 가랑비라는 뜻인데 예쁘죠? 부디 빨리 자랐으면 좋겠어요.”

로가 잠든 몽우를 품에 꼭 안고 뺨을 비비자 무는 불만에 찬 눈빛으로 성을 내었다.

“날 지켜줄 이는 필요치 않아. 그리고 이런 허약한 짐승이 날 어떻게 보호한다는 거지?”

“영물(靈物)의 기운을 받고 태어난 선인은 원래 이렇게 작아요. 하지만 완전히 자라고 나면 세상 무엇보다 힘이 세고 강해요. 마음에 안 드는 거예요? 좋아해 줄 줄 알았는데.”

로는 무를 올려다보며 울상을 지었다. 이렇게 예쁜 얼굴에 어떻게 화를 낼 수 있을까. 한숨을 푹 쉰 무는 로를 끌어당겨 품에 안고 다독였다.

“마음에 들어. 나반…….”

“다만?”

“네가 그 짐승을 안고 있는 게 보기 싫어서 그랬어.”

“애요?”

“널 뺏기는 것 같아서.”

로의 동그란 눈이 더욱 커졌다. 흥미로운 것을 발견했을 때나 기분이 좋을 때 나타나는 버릇이었다.

"지금 질투하는 거예요?"

"질투?"

무가 얼떨떨해하는 동안, 새침한 표정을 지은 로가 몽우에게 속삭였다.

"몽우야, 주인님께서 질투하신다. 내가 네게 마음을 뺏길까 봐 걱정되나 봐."

그의 얼굴이 붉어지는 동안 따뜻한 품속에서 잠자던 몽우가 작게 하품을 하며 꼬물거렸다. 로는 무를 올려다보며 약 올리듯 새치름하게 말했다.

"세상에, 날 믿지 못하는군요? 아무것도 모르는 몽우에게 질투나 하고. 미워요!"

로가 획 돌아서서 궁 안으로 들어가자 금세 얼굴이 창백하게 질린 무가 그녀를 붙잡고 다급하게 말했다.

"아니야, 로. 그런 게 아니라…… 나는 그저……."

로는 쌀쌀맞은 얼굴로 무를 빤히 보았다. 늘 밝던 얼굴에 미소가 사라지자 무는 당황한 나머지 제대로 말을 잇지도 못하고 허둥댔다.

"네가 다른 것에 눈길만 주어도 가슴이 답답해서…… 나만 바라봐 줬으면 해서…… 네 마음을 몰라서가 아니라…… 그게……."

그냥 장난 삼아 해본 말에 무가 크게 놀라자 로는 쿡쿡 웃음이 나면서도 한편으론 걱정이 되었다. 로는 슬쩍 미소를 지으며 말했다.

"괜찮아요. 그저 놀려주려고 해준 말일 뿐이에요."

로가 그의 뺨을 어루만지며 싱글거리자 무는 잠시 말문이 막혔다가 짧은 한숨을 내쉬었다.

"휴우, 놀랐어. 정말로 날 미워하는지 알고."

"맙소사. 그런 걸로 당신을 미워하다니 말도 안 돼요."

"정말이야? 날 미워하지 않는 거지?"

"걱정되어서 이젠 놀리지도 못하겠다. 내가 미워하는 게 그렇게 겁나요?"

무는 진심으로 안도하며 고개를 끄덕였다.

"미안해요. 다시는 안 그럴게요. 내가 아무리 몽우를 예뻐해도 당신을 향한 마음엔 닿을 수 없어요. 알죠?"

무가 얌전한 아이처럼 고개를 끄덕였다. 로는 여전히 생글거리며 말했다.

"그리고 우리 귀여운 몽우도 잘 보살펴 줄 거죠?"

"그래."

무와 로는 서로 빤히 보다가 웃음을 터뜨리며 다정하게 입을 맞추었다. 입술이 가볍게 닿았다가 떨어지면서 몸에 부드러운 전율이 퍼졌다. 누군가를 사랑하고 사랑받는 그 달콤함. 가까이만 있어도 느낄 수 있는 행복한 기운. 무와 로는 두려움없이 건

네는 마음에 자신의 진심을 가득 담아 되돌려 주었다. 그들이 입맞춤을 나누는 동안 로의 품속에 있던 몽우가 잠에서 깨어나 빤히 올려다보았다. 몽우가 태어나 처음 본 것은 사랑이었다.

짧은 여름이 물러가고 가을이 왔다. 새벽 공기가 제법 쌀쌀해진 때에 무의 성으로 작은 새가 날아들었다. 신이 자신의 안부나 급한 소식을 전하는 때에 날려 보내는 흰 비둘기였다. 로는 비둘기에게 콩 몇 알을 주고는 다리에 묶인 서신을 풀어 펼쳐 보았다. 편지를 읽어 내려가던 로의 얼굴에 금세 화색이 돌았다.

"아, 벌써 신들의 모임이 다가오는 건가."

신들의 모임은 오십 년에 한 번, 가을의 절정에 천신의 궁에서 열리는 주연(酒宴)이었다. 아주 오랜 옛날부터 한 번도 거르지 않고 지내온 모임에 모든 신들이 참석했다. 편을 나눠 전쟁을 벌인다 해도 이 모임만큼은 아무 말썽 없이 치러왔다. 모임을 이끄는 이는 천신으로 로가 가장 좋아하고 따르는 신이었다. 로는 천신을 만난다는 생각에 너무 기쁜 나머지 무에게로 한달음에 뛰어갔다.

"신들의 모임?"

로의 말을 듣던 무의 눈빛이 삽시간에 어두워졌다. 로는 그의 얼굴이 굳어가는 것을 미처 보지 못하고 마냥 흥분에 들떠 말했다.

“천신님이 주관하는 모임이에요. 오십 년에 한 번 신들이 모여 술과 다과를 하죠. 가고 싶어요. 같이 갈 거죠?”

“난 가지 않아.”

무가 냉정하게 잘라 말하자 로의 얼굴이 금세 시무룩해졌다.

“왜요? 신들 사이에 다툼이 있어도 이 모임엔 다들 참석해요. 천신님의 궁에선 누구도 싸울 수 없어요. 오랜 법률이죠. 아무런 말썽도 일어나지 않을 거예요. 그러니 같이 가요.”

“가지 않는다고 했어.”

로는 갑자기 차가워진 그가 너무나도 낯설었다.

“왜 그래요? 이유를 밀해줘요.”

로의 물음에 무는 대꾸 없이 몸을 획 돌려 반대편으로 걸어갔다. 로는 성큼성큼 걷는 그의 걸음을 뛰다시피 따라가며 재차 물었다.

“왜 갈 수 없는데요? 같이 가요. 오십 년 만에 한 번 있는 연회예요. 만나고 싶은 이들이 많단 말이에요.”

무는 문득 걸음을 멈추고 로를 보았다. 그의 표정과 눈빛이 너무나도 무거워 로의 마음도 묵직해졌다.

무가 말했다.

“왜 갈 수 없는지 정말 모르겠어? 내가 무이기 때문이야. 살육을 일삼는 파멸의 신이기 때문이라고. 내가 무슨 짓을 했는지 너는 심삭소자 못하겠지만 다른 이들은 알고 있어. 그런 곳에 너와 살 수 없다.”

"당신은 달라졌잖아요. 같이 가요. 가서 이제 당신은 누구도 해치지 않는다고 말해요. 이제 변했다고 말해요."

"소용없어. 그런다고 내가 했던 일들이 없어지지 않아."

"당신이 다른 이들을 해친 것은 소문을 들어 알고 있었어요. 분명히 사정이 있었을 거라 생각해요. 지금 당신은 따뜻하고 다정한 분이잖아요. 달라진 당신을 보면 어쩌면 다들 이해해 줄 거예요."

무의 얼굴이 괴로움으로 일그러졌다.

"그만 해! 가지 않는다고 했잖아! 아직도 모르겠어? 내가 두려운 건 그들의 비난이 아니야. 네가, 네가 상처받을까 봐 두려운 거야. 날 알고 실망할까 봐, 그래서 날 떠날까 봐 두려운 거라고!"

로는 말문이 막혀 망연히 서 있었다. 그의 얼굴에 스치는 고통에 가슴이 먹먹했다. 어떻게 해야 그의 고통이 덜어질까. 어떻게 해야 슬픔이 가셔질까. 로가 슬픈 얼굴로 다가서자 무는 팔을 벌려 가만히 안아주었다.

"미안하다. 화내려던 게 아니었는데."

그의 한숨에 로가 고개를 저었다.

"내가 미안해요. 모임에 안 갈래요. 당신이 가기 싫다면 나도 싫어요."

"로."

무의 침통한 얼굴에 로는 더욱 마음이 아프고 시렸다.

"과거 때문에 괴로워하지 말아요. 다른 이들이 아무리 두려워하고 비난해도 난 당신을 사랑했을 거예요. 난 느낄 수 있어요. 당신의 외로움과 고통이 얼마나 깊은지, 그것에 가려진 마음이 얼마나 따스하고 다정한지. 난 당신만 믿을래요. 당신이 보여주는 것만 보고 당신이 들려주는 것만 들을래요."

무가 로를 힘주어 안으며 말했다.

"네가 상처받는다면 난 견디지 못할 거야."

"저 보기보다 강해요. 그리고 만에 하나 상처받아 아프다면 당신이 고쳐 줄 거잖아요. 맞죠?"

무는 로와 이마를 맞대고 가만히 눈을 감았다. 그녀가 자신을 느끼는 것처럼 그도 로를 느꼈다. 티없이 맑아 쉽게 상처받을 것 같은 영혼이지만 그녀는 참으로 단단했다. 그녀 안에 뜨거운 열정과 굳건한 믿음으로 알 수 있었다. 무는 그녀가 세상 누구보다 강해져서 쉽게 상처받지 않기를 바랐다.

"그래, 네가 날 치유해 줬듯이 나도 널 위해 뭐든 할게."

"그래요. 우리 그렇게 서로를 위해 살아요. 난 그거면 충분해요. 아무것도 바라지 않아요."

로는 무를 포근하게 감싸 안으며 말했다. 무는 진심으로 안도하면서도 자신의 고독과 아픔까지 짊어져야 하는 그녀가 가여웠다. 이 위태로운 평화가 언제까지 지속될까. 걸음을 내디딜 때마디 바짝 뒤따라서 오는 어둠이 느껴졌다. 금방이라도 목덜미를 잡혀 땅바닥에 내동댕이쳐질 것 같았다. 자신은 아무래도 좋으나 상처받을 그녀가 걱정되어 견딜 수 없었다.

'로가 내 본모습을 본다면 어떤 표정을 지을까. 나조차 내가 두려운데 로가 이해해 줄까.'

태어나 처음으로 사랑받고 사랑한다는 것이 어떤 건지 알았다. 소중한 이를 가슴에 품고 있자니 하루살이가 된 것처럼 삶이 짧게 느껴졌다. 한 번의 눈 깜빡임에 불과한 낮과 밤을 보내며 허무 대신 삶의 고마움과 기쁨을 가득 채웠다. 그녀와 함께 있으면 미칠 듯한 공허와 광기는 어둠 너머로 사라지고 매 순간이 빛이었다.

무는 무슨 일이 있어도 로를 잃고 싶지 않았다. 자신이 비굴해진대도, 그녀의 희생이 필요하다 해도 이 사랑을 놓칠 수 없었다. 이런 이기심이 자신에게 더 많은 고통을 준대도 상관없었다.

'너는 사랑 앞에 당당하고 강해. 나도 너처럼 용기를 내고 싶지만 혹여 널 잃을까 두려워.'

로 앞에 떳떳하고 싶다는 생각보다 그녀를 잃을 수 없다는 생각이 앞서는 한 무는 세상 앞에 당당히 나설 수 없었다.

'네 두 눈과 귀를 막아 오랫동안 함께할 수 있다면 기꺼이 그렇게 하겠다. 다른 이들이 이 사랑을 깨어놓으려면 한다면 너만 모르게 모두 죽여 버릴 수 있어. 세상을 모두 파괴해야만 널 얻을 수 있다면 하나도 남김없이 없애 버리겠어. 널 위해서라면 난 무엇이든 할 수 있다.'

무는 까마득한 과거와 현재, 미래를 통틀어 하나뿐일 이 사랑이 너무나도 간절했다. 간절함이 집착을 넘어서는 순간 큰 위험이 뒤따름을 알면서도 멈출 수가 없었다. 무는 로의 천진한 눈빛을 들여다보며 마음으로 속삭였다.

'너와 이 사랑을 위해서라면 못할 것이 없어. 너를 잃느니 차라리 죽음을 택하겠다.'

두려움이 한층 깊어진 탓일까. 전과 달리 마음 한쪽이 못 견디게 불안했다. 마치 사냥꾼에 쫓기는 들짐승처럼 미래에 대한 불길한 예감을 떨칠 수가 없었다. 한 발만 더 내딛으면 무쇠 덫이 발목을 으스러뜨릴 것만 같다. 부는 자신이 다치는 것도 모르고 로의 눈과 귀를 가리는 데만 열중했다. 그렇게 하면 이 사랑을 지킬 수 있을 거라고 굳게 믿었다.

霧路

4. 영혼의 산

새벽이 오려면 아직 멀었다. 무산은 고요하고 무를 제외한 모든 이들은 깊이 잠들었다. 무는 침상에 누워 차분한 눈으로 어둠을 응시했다. 옆에서 곤히 잠자는 로의 숨소리가 자장가처럼 나른했지만 잠이 오지 않았다. 로는 무의 심장 소리를 들으며 잠드는 것을 좋아했다. 가슴에 기대 심장이 뛰는 소릴 들으면 지금 이 순간이 꿈이 아닌 걸 알 수 있다고 했다. 무는 잠든 로를 조심스럽게 끌어당겨 이마에 입을 맞추었다. 로가 몸을 뒤척이며 포근히 안겨왔다.

무는 느리게 눈을 깜빡이며 로가 주는 안락함을 음미했다. 늘 혼자여서 같이 있는 기쁨을 몰랐고, 늘 어두워 밝음이 주는 눈부심을 몰랐고, 전쟁 속으로 자신을 몰아가 평화가 주는 고요함을 몰랐다. 세상을 다 안다고 생각했는데 알고 보니 아는 것이 없었다. 무산에 구름과 안개가 물러가 햇빛이 비치고 생명이 자라는 것이 기적처럼 느껴지듯 자신 안에 이런 평화가 깃든 것이 기적 같았다. 이런 삶을 살 수 있을 거라고 한 번도 생각하지 못했다. 세상은 오직 고통뿐이었고 무의 적은 그 자신이었다.

'이렇듯 평화로워도 되는 것일까.'

로의 편안한 숨결, 머리카락의 부드러운 감촉, 따스한 체온과 체취 속에서 이런 의문은 더욱 커졌다.

'이렇게 너 하나만 바라보며 살도록 운명이 허락해 줄까.'

어둠 속에 자신이 했던 일들이 담담하게 펼쳐졌다. 끔찍한 살육, 비명, 붉은 피. 이젠 너무나도 낯설고 두려운 기억들. 과연 그 모든 것들에게서 벗어날 수 있을까.

무가 긴 상념에 젖어 있을 때였다. 무산에 들어서는 낯선 기운이 느껴졌다.

'뭐지?'

온몸의 감각이 예리하게 들고 일어나 위험을 알리자 무의 몸은 삽시간에 뻣뻣하게 굳었다. 섬뜩한 기운이 발끝에서부터 심장 쪽으로 슬금슬금 기어오른다. 너무나도 익숙한 이 느낌. 몸속에 청공이 크게 꿈틀거렸다.

'그들이야. 그들이 오고 있어.'

무는 긴 신음을 내뱉었다. 이럴 순 없다. 그토록 간절히 바라던 평화가 이토록 빨리 깨지다니.

'아니야. 어쩌면 지금까지 주어졌던 것이 길었던 건지도 모르지. 이제 꿈에서 깨어나야 하는 건가. 제발 시간을 조금 더 줘. 무엇이든 할 테니 조금이라도 더 로와 함께 있게 해줘.'

잠시 외면할 수 있을지 몰라도 영원히 떨칠 순 없는 과거의 어두운 그림자. 그 그림자가 다가오고 있었다. 무의 평화를 짓밟고 파멸시키기 위해 온다. 무는 이대로 가진 걸 빼앗길 수 없었어. 어떻게 만난 사랑인데, 어떻게 얻은 평화인데.

무는 지독한 피곤을 느끼며 로가 깨지 않도록 조심스럽게 몸을 일으켰다. 그의 품에서 떨어지는 게 싫은지 로가 잠결에 안겨오며 몸을 뒤척였다. 무는 그녀의 어깨에 살짝 입을 맞추고 따뜻한 침상을 빠져나와 알몸 위에 옷을 걸쳐 입었다.

낯선 기운은 점점 성을 향해 다가오고 있었다. 목적은 당연히 무산의 주인일 것이다. 무산에 오랫동안 머문 것을 생각하면 그들의 방문은 늦은 감이 있었다. 잠에서 깨어난 후 무산 밖을 떠돌며 많은 습격을 받았지만 로를 만난 후론 아무도 찾아오지 않았다. 무는 그동안 잠잠했던 그들이 조금은 고마웠지만 그토록 원하던 평화가 깨진 것에 불안과 분노를 느꼈다.

무가 성을 빠져나와 호젓한 숲 속에 들어섰을 때였다. 그들이 어둠 속에서 모습을 반쯤 드러냈다.

"소문으로 듣던 것과는 다르구나."

어둠에서 차분한 음성이 들렸다. 동시에 그 말을 한 이가 꺼낸 장검이 무겁게 반짝이는 것이 보였다.

"네가 모두가 두려움에 벌벌 떠는 파멸의 신인가? 도무지 믿을 수가 없군."

반대편에서 또 다른 이가 모습을 드러내 얼음처럼 찬 눈빛으로 무의 전신을 훑었다. 무는 차분한 눈으로 두 신을 보았다.

"날 죽이기 위해서 왔나?"

"너를 벌할 수 있는 이는 오직 천신뿐. 우린 널 천신께 데려가려고 왔다."

"가서 천신에게 전해라. 난 더는 누구도 해치지 않을 것이다. 나를 이대로 내버려 둬."

정면에 대치해 서 있는 자들의 입술에서 비웃음이 새어나왔다.

"로의 품에 칼날이 무뎌지기라도 한 건가. 네 입에서 그런 말이 나올 줄 몰랐는데."

"네가 한 짓을 떠올려 봐. 너 자신이 뻔뻔하다 생각지 않나?"

그들의 조소에도 무의 표정은 변하지 않았다.

"나는 다만 그녀와 조용히 살고 싶을 뿐이다. 우릴 내버려 둬."

그의 말에 또다시 비웃음이 터져 나왔다.

"조용히 살고 싶다니, 꿈도 야무지군. 네 검에 죽어간 이들을 위해 넌 반드시 처단 받아야만 해!"

"널 천신께 데려가 영원히 소멸시키겠다!"

말이 끝나기가 무섭게 앞에 선 이들이 사라지고 무의 목덜미에 차고 뜨거운 기운이 훅 끼쳤다. 그들이 무의 목에 올가미를 씌울 찰나, 그는 이미 제자리에 없었다. 그들이 예리한 눈빛으로 사라진 무를 찾는 동안 어느새 그들 뒤에 선 무가 입을 열었다.

“이대로 돌아간다면 너희를 해치지 않겠다. 또한 앞으로 그 누구도 해치지 않겠다. 그래도 안 되겠나?”

무의 입술을 빌려 나온 말은 비굴함 없이 침착하고 당당했다. 두 신은 너무나도 낭랑한 그의 어조에 눈살을 찌푸리며 서로 보았다. 무의 눈빛이 무척이나 진지함에도 그들은 지독한 농담으로 받아들이며 조소했다.

“웃기는 소리 집어치워!”

“왜 이러는 거지? 넌 무야! 이건 너답지 않다!”

그들이 또다시 무를 향해 검과 올가미를 날렸다. 순식간에 안개로 변했다가 멀리 모습을 드러낸 무가 소리쳤다.

“너희들이 원한다면 무산 밖으로 나가지 않겠다. 이 세상에 없는 것처럼 살겠다!”

누로서는 온 힘을 쥐어짜 내뱉은 말이었지만 그들은 냉정하게 뿌리쳤다.

“닥쳐! 비굴하게 애원하지 마라. 차라리 검을 들고 싸워.”

“무덕이나. 가서 전신에게 전해. 나는 변했다. 그리고 후회하고 있다. 앞으로는…….”

무가 말을 끝내기도 전에 날카로운 검이 그의 뺨을 아슬아슬하게 스치고 지나갔다. 무는 그들을 피해 뒤로 물러서며 외쳤다.

"내가 원하는 것은 로뿐이다! 그녀에게 약속했어. 아무도 해치지 않겠다고."

"네 본성을 숨기지 마라. 넌 피와 살육을 즐기는 신일 뿐이야. 어서 네 검을 꺼내."

무는 몸속에서 뛰쳐나오기 위해 발버둥치는 청공을 누르며 이를 악물었다.

'여기서 물러설 순 없어. 로와 한 약속을 지켜야 해.'

그들은 무의 주위를 돌며 빈틈을 노렸다. 날카로운 시선과 시선이 부딪치고 긴장이 몸을 조여 가쁜 숨이 흘러나왔다. 무는 그들을 향해 다시 한 번 말했다.

"돌아가라. 마지막 부탁이다."

"닥치고 어서 검을 들어! 네 검에 죽어간 많은 신을 더는 모욕하지 마라!"

차르르르.

무가 잠시 빈틈을 보인 사이 어둠 속에서 가늘고 날카로운 은빛 사슬이 뻗어나와 무의 목을 휘감았다.

"으윽!"

무는 목을 죄어오는 고통에 신음을 흘리며 주춤했다. 이번엔 반대편에서 올가미가 날아와 몸을 휘감았다. 사슬이 팽팽하게 당겨지며 살갗을 파고들자 무의 입술에서 신음이 흘러나왔다. 끔찍하게 고통스러웠지만 무는 청공을 빼 들지 않았다. 청공을 꺼내면 로와의 약속이 깨어진다. 어떻게든 저들을 설득해야 하지만 방법이 보이지 않았다.

무가 고통에 신음하는 사이 사슬이 몸의 기운을 빨아들여 점차 무기력하게 만들었다.

"흥! 파멸의 신도 별거 아니구나!"

그들의 비웃음이 멀리서 들렸다가 일순간 귓가에 속삭이는 듯 가깝게 들렸다. 시야가 일렁이며 현기증이 났다. 무는 끔찍한 구토감에 비틀거리며 바닥에 무릎을 꿇었다.

"부디…… 가라. 난 아무도 해치고 싶지…… 않아."

무의 중얼거림에 교만한 웃음소리가 울려 퍼졌다.

"이대로 널 천신께 끌고 가겠다. 천신께서 태아(太阿)로 널 처벌하면 영혼마저 소멸하게 된다."

"영혼……."

영혼이라는 말에 무의 머릿속으로 수많은 광경이 스쳐 갔다. 로를 처음 만났을 때 보았던 푸른 강물, 함께 보았던 붉은 노을, 안개 낀 숲, 그녀의 푸르고 검은 눈동자.

'영혼이 소멸한다면 로를 떠올리며 슬퍼하지도, 그리워하지도 못하겠지. 무(無)로 돌아가는 거야.'

무는 이 급박한 순간에 로가 몹시 그리웠다. 늘 사랑한다고 속삭이는 로에게 한 번도 사랑한다고 말해주지 못했다. 사랑이라는 말을 입 밖으로 내뱉으면 그 말이 저주가 되어 둘 사이를 갈라놓을까 봐 두려웠다. 무는 온몸을 죄어오는 고통 속에서 로의 미소를 떠올렸다.

'로, 널 사랑해. 너와의 약속을 지키고 싶었어. 어떻게든 지키고 싶었어. 미안해……. 더는 약속을 지키지 못할 것 같아.'

무는 깊이 탄식하며 몸속에서 사납게 날뛰는 청공을 풀어놓았다. 억압에서 풀려나 자유로워진 청공이 세상 밖에 나오자마자 크게 울부짖었다.

[크르르릉. 크하하하하.]

난데없는 검 울음에 놀란 그들이 무의 목과 몸을 옭아맨 사슬을 팽팽하게 잡아당기며 바짝 긴장했다. 무는 고개를 들어 자신을 붙든 두 신을 노려보았다. 순간 그들이 움찔하며 마른침을 삼켰다. 무는 완전히 다른 이로 변해 있었다. 달빛을 받아 아름답게 빛나던 얼굴은 소름 끼치도록 으스스한 빛을 띠고, 호수처럼 조용하던 눈매는 수천 번 벼린 칼날처럼 예리하고 날카롭게 빛났다.

무를 둘러싼 두 신은 그 시린 눈빛을 보며 몸이 찢기는 고통이 엄습해 자신도 모르게 진저리를 쳤다. 그들이 긴장된 숨을 간신히 삼켰을 때 무의 오른손에 들린 청공이 달빛을 받아 검푸르게 빛났다. 그 매혹적이고 음험한 기운은 영혼을 잡아끄는 힘이 있었다. 검기에 홀린 신들이 문득 정신을 차렸을 땐 이미 늦은 뒤였다. 손에 쥐고 있던 올가미는 끊어지고 사로잡은 무는 흔적조차 없었다. 당황한 그들이 정신없이 주위를 살피고 있을 때 그들 뒤로 홀연히 무가 나타났다. 신들이 마지막으로 본 것은 청공과 비슷한 빛을 띤 무의 어두운 눈동자였다.

여명이 밝아올 무렵, 무는 비로소 정신을 차리고 자신을 보았다. 청공은 이미 몸속으로 사라지고 난 후였고 그는 고개를 깊이 숙인 채 흙바닥에 주저앉아 있었다. 무는 눈을 뜨고 피에 젖은 두 손을 내려다보았다. 붉고 끈적이는 피가 엉긴 두 손. 진한 피비린내에 전신에 소름이 끼쳤다. 무는 천천히 주위를 보았다. 형체를 알아볼 수 없이 길기갈기 찢긴 주검들이 흩어져 있었다. 광기와 질망의 흔석늘이었다. 주검의 형체로 보아 그들의 숨이 끊긴 후에도 몇 번이고 훼손한 흔적이 역력했다. 잔인한 살육의 광경이 어렴풋하게 떠오르자 무는 그만 눈을 감아버렸다. 자신의 몸이 찢기는 듯한 고통이 엄습했다.

"내가…… 무슨 짓을 한 거지?"

무의 입술에서 깊은 절망이 흘러나왔다. 한참을 망연히 있던 무는 간신히 정신을 수습하고 온통 피 칠을 한 제 몸을 훑어보았다. 그의 얼굴은 금세 공포로 일그러졌다.

"안 돼! 로가 이걸 보면 안 돼!"

무는 급히 계곡으로 달려가 물속에 뛰어들었다. 얼음처럼 찬 물에 들어가사 뼛속까지 얼어붙는 통증이 일었지만 무는 몇 번이고 몸을 씻고 또 씻었다. 이때 귓가에 청공의 기괴한 웃음소리와 속삭임이 들렸다.

[크흐흐흐. 거봐, 넌 변하지 않아.

이런 널 받아들여야 해. 세상의 모든 욕망을 저주하라.

세상을 파멸시켜라. 그동안 네가 그래 왔던 것처럼.]

"아니야! 난 달라졌어."

무는 떨리는 손으로 얼굴을 닦았다. 이미 핏자국은 지워지고 없었지만 그는 몇 번이고 닦고 또 닦았다.

[저주할 거야! 내가 느끼는 고통을 너도 느끼게 해주겠어. 오늘 일을 두고두고 후회하게 만들어주겠어!]

여인의 절규가 사방에서 들려왔다. 무는 몸을 덜덜 떨며 귀를 틀어막았다.

[넌 네 생명보다 절실한, 세상 어떤 것과도 바꿀 수 없는 사랑을 만나게 될 거야. 네 생명이 소진하는 그날, 마지막 순간까지 단 하나의 사랑을 위해서 살 거야. 살면서 느낄 수 있든 모든 행복과 고통을 그녀를 통해 느끼겠지. 이따금씩 그녀를 잃을까 두려워 숨이 막히고 괴로울 거야. 죽을 것처럼 아프면서도 너무나도 사랑해 놓지 못할 거야. 그 끔찍한 사랑이 네 목숨을 갉아먹으며 우리 대신 널 천천히 죽여줄 거야.]

무는 부들부들 떨면서 몸을 문지르고 또 문질렀다. 살갗이 쓸려 까지도록 미친 듯이 닦아도 그의 눈엔 붉은 핏자국이 지워지지 않고 남아 있었다.

"피 냄새가 나. 내 몸에서 나는 피 냄새를 지울 수가 없어. 지워지지가 않아!"

무의 입술에서 고통 어린 고함이 흘러나왔다.

[넌 파멸의 신이다. 네 본성을 속일 순 없어. 넌 영원히 암흑 속을 살게 될 거다.]

죽은 이들이 안개처럼 희미한 형체로 주위를 배회하며 속삭이자 무는 귀를 막고 긴 비명을 질렀다.

"꺼져! 꺼지라고! 날 내버려 둬!"

형체들은 사라지지 않고 더욱 무 옆으로 모여들었다. 너무나도 괴로워 죽을 것 같다는 생각이 스친 그때 모든 소리를 잠재우는 외침이 들렸다.

[끔찍하게 사랑하고 처참하게 죽어라.]

무에게 사랑하는 이를 잃은 그녀가 나타나 목을 조르고 흔드는 것만 같았다. 무는 더는 견디지 못하고 물 위로 허물어졌다. 물에 잠기자 그녀의 목소리와 몸의 고통이 사라졌다. 하지만 마음을 짓누르는 시린 아픔은 형언할 수 없을 만큼 끔찍하게 그를 짓눌렀다.

'난 영원히 암흑 속에 살게 될 거야. 로와 함께할 수 없을 거야.'

세상을 향해, 운명을 향해 욕설을 퍼붓고 싶지만 지금은 지쳐 아무런 기운이 남아 있지 않았다. 몸이 무거웠다. 이대로 오랜 잠을 자고 싶었다.

'지금 뭐 하는 거야. 로가 기다릴 텐데 가야지. 가서 아침 산

책을 다녀왔다고 말해야겠어. 아무 일도 없었던 것처럼 태연하
게 그녀를 봐야 해.'

무는 자신이 안쓰러웠다. 늘 외면만 했던 자신을 동정한 것은
처음이었다.

'파멸만이 고통을 잠재우고 평화를 얻을 수 있다니. 내가 조
금 더 내 자신을 알려고 노력했더라면 그런 어리석은 생각 따윈
하지 않았을 텐데. 그랬다면 청공에게 그리 쉽게 굴복하지도 않
았을 텐데. 그러면 이토록 괴롭지도, 두렵지도 않을 텐데.'

문득 눈가가 뜨거웠지만 무는 자신이 눈물을 흘리고 있다는
것을 알지 못했다. 그는 물속에 누워 푸른 여명을 보았다. 로의
눈처럼 푸르고 시린 빛. 그녀와의 약속을 어긴 아침은 여느 날
과 다름없이 푸르렀다. 무는 자꾸만 흐려지는 하늘을 보다가 두
눈을 감았다. 뜨거운 뭔가가 흘러내렸다.

'이렇게 있을 때가 아니야. 로에게 가야지. 내 사랑에게로 가
야지.'

무는 비틀거리며 일어섰다. 돌아갈 곳이 있는데 왜 이리 슬플
까. 사랑하는 이에게 가는데 왜 이리 아플까. 청공이 심장까지
도려낸 듯 왼쪽 가슴이 공허했다.

무는 어떻게 성까지 왔는지 기억이 나지 않았다. 문득 눈을
뜨니 정원 계단에 멍하니 앉아 있었다. 오래지 않아 뒤편에서
가벼운 발소리가 들렸다.

"어머, 어쩌다 이리 젖었어요?"

로의 목소리였다. 무는 그녀의 목소리를 듣자 왠지 안심이 되어서 들리지 않게 한숨을 내쉬었다. 조금 전 폭풍은 기억하고 싶지 않은 악몽처럼 흐릿하고 대신 그녀가 주는 따뜻함이 생생하게 다가왔다. 로와의 약속을 지켰더라면 좋았을 텐데. 아니, 처음부터 그런 잘못을 하지 않았더라면. 후회와 절망이 그의 머릿속을 헤집어놓았다.

"알몸으로 헤엄이라도 치고 온 거예요? 가을이라 제법 쌀쌀하다구요. 세상에, 몸이 얼음장 같아요. 어서 침실로 가요."

무의 어깨에 손을 얹은 로는 어쩔 줄 몰라 하며 황급히 침실로 이끌었다. 무는 로의 손에 끌려가며 그녀의 뒷모습을 멍하니 쳐다보았다. 그 눈빛이 무척이나 깊고 어두웠다.

침상에 가자 로는 제 옷을 훌훌 벗고 무를 감싸 안았다. 조금의 망설임이나 부끄럼없는 그 모습이 새끼를 품는 어미처럼 다정했다. 그녀의 따뜻한 체온이 몸에 퍼지자 무는 가슴이 뭉클했다.

"찰 텐데. 난 괜찮아."

"몸이 너무 차요. 이렇게 하는 게 빨라요."

"차다고 죽진 않아. 난 신이니까."

로가 무를 곱게 흘겨보며 말했다.

"그건 나도 알아요. 하지만 이렇게라도 당신과 고통을 나누고 싶은걸요. 근데 무슨 일이 있었어요? 얼굴이 창백해요. 처음 만났을 때도 이렇게 낯빛이 안 좋았는데."

무는 로의 시선을 피하며 가는 목덜미에 얼굴을 묻었다. 그녀의 향기가 숨을 타고 폐 속으로 흘러들자 몸의 고통이 한결 누그러졌다.

고통 속에 파묻힌 자신을 비춘 한 가닥 빛. 무는 로만 있으면 세상이 어찌 되든 아무 상관이 없었다. 이제 로가 아니면 아무것도 할 수 없는데 그녀를 떠올리지도, 그리워할 수도 없는 죽음은 생각하기도 싫었다.

"널 천신께 끌고 가겠다. 천신께서 태아(太阿)로 널 처벌하면 영혼마저 소멸하게 된다."

영혼마저 소멸된다는 것은 영원한 죽음을 의미한다. 신에게 내려지는 가장 잔인한 형벌. 일찍이 그 누구도 받지 않는 형벌이 자신에게 내려지다니. 왜 하필 이때에.

'이렇게 죽을 순 없어. 너희들이 원하는 대로 되지 않아!'

무는 목적없이 방황하던 지난날의 그가 아니었다. 이제 삶의 목표가 생겼고, 지켜야 할 것이 생겼다. 로와 함께하는 것. 이것이 지금 그의 유일한 목표이자 바람이다.

'내겐 오직 로뿐이야. 너희들이 우리를 갈라놓으려 한다면 나는 천지를 찢어버리고 세상을 파괴할 것이다. 로와 함께할 수 있다면 난 무엇도 두렵지 않아.'

무의 분노와 울분이 전해진 탓일까. 로는 무의 얼굴을 근심스럽게 들여다보며 괜찮냐고 거듭 물었다. 무는 애써 미소 지으며 괜찮다고 말했다.

‘괜찮다. 모든 것이 다 잘될 거야. 넌 아무 걱정도 하지 마. 그저 내 옆에서 웃어주면 돼.’

무는 로를 끌어안으며 그녀의 품에 얼굴을 묻었다.

하루가 다르게 부쩍부쩍 자라는 몽우는 이제 마음껏 뛰놀며 로의 뒤를 졸졸 따라다녔다. 로는 제 주인을 지키라고 했더니 자신의 뒤만 따라다니는 몽우가 어이없었지만 한편으론 마냥 귀여워서 품에 꼭 안고 무산을 누볐다. 오늘도 어김없이 몽우와 풀밭을 뒹굴며 놀고 있을 때였다. 가까이서 인기척이 나자 로가 화들짝 놀라며 몽우에게서 떨어졌다. 실상은 놀란 나머지 힘껏 밀친 거나 다름없었다.

“여기 있었구나. 찾았다.”

언덕을 걸어 올라온 무가 어색하게 웃고 있는 로에게 미소를 던졌다. 같이 있는 걸 뭐라 하는 것도 아닌데 로는 무 앞에선 몽우를 안아주지 않았다. 이미 주인의 무서움을 간파한 몽우 또한 로에게 사정없이 밀쳐지는 것을 서러워하지 않고 의젓하게 굴었다.

반가움에 무에게 다가선 로는 그가 등 뒤에 뭔가 숨긴 것을 보고 눈을 반짝이며 물었다.

“그게 뭐예요?”

“네 선물.”

“선물?”

로는 기뻐서 어쩔 줄 모르며 발을 굴렀다. 로가 두 손을 내밀자 무가 미소를 지으며 고개를 저었다.

"우선 약속 하나 해."

"무슨 약속이요?"

"상처받지 않겠다고."

로가 무슨 의미인지 몰라 고개를 갸웃하는 동안 무가 거듭 채근했다.

"약속해."

로는 묻고 싶은 것이 많았지만 그의 진지한 말투와 얼굴을 보곤 고개를 끄덕였다.

"약속할게요. 상처받지 않을게요."

"어떤 일이 닥쳐도."

"네, 어떤 일이 닥쳐도."

무는 그제야 등 뒤에 숨긴 것을 앞으로 내놓았다. 무가 말한 선물이 무엇인지 안 순간 로는 놀란 얼굴로 가만히 서 있었다.

"이건……."

"내일 연회에 입고 갈 옷이야."

그가 말하는 연회가 신들의 모임임을 깨달은 로는 크게 놀라며 무의 눈을 보았다.

"우리, 가지 않기로 했잖아요."

"널 위해서라도 가야 한다고 생각했어. 언젠간 알게 될 진실인데 내 두려움을 네게까지 강요할 순 없지."

"그렇지 않아요. 난 괜찮다구요."

"가자. 가서 내가 어떻게 살아왔는지 두 눈으로 확인해 보는 거야. 네가 날 미워하고 두려워해도 어쩔 수 없어. 이젠 돌이킬 수 없으니까."

"만약에 내가 두려워하면요? 도망치고 싶어하면요?"

"붙잡아야지. 용서를 빌어야지."

"그래도 가버리면 어쩌려구요?"

"쫓아가서 데려와야지."

"그래도 안 오면?"

"네 곁에 영원히 머물러 있을 거야. 가라고 밀어내도 가지 않을 거야. 너 없이 난 아무것도 아니니까. 네가 곁에 없다면…… 차라리 죽어버리는 게 나아."

"무서운 소리 하지 말아요."

로는 겁에 질려 무의 품으로 뛰어들었다.

"갈게요. 가요, 우리."

"내게 실망하더라도 상처받지는 마. 네가 아픈 건 싫다."

루는 고개를 끄덕이며 무가 들고 있는 옷을 부드럽게 쓸어보았다. 섬세하고 우아한 옷감이었다.

'근래에 정령들이 몰래 만들던 것이 이것이었구나.'

루는 아름다운 옷을 보며 감탄했다. 고유 빛깔을 머금은 천 위에 꽃이 흐드러지게 피었다. 마치 꽃이 가득 핀 들판을 오려 다 고대로 붙여둔 것 같았다.

"이렇게 고운 옷을 입고 어찌 당신을 미워할까요."

"마음에 들어?"

"지금껏 제가 본 옷 중에 가장 아름다워요."

로는 눈물을 글썽이며 무의 가슴에 기댔다. 무가 로의 등을 토닥이며 말했다.

"이렇게 기뻐하니 정령들에게 고맙다는 인사를 해야겠군."

"그 겁쟁이들을 어떻게 달랜 거예요?"

"세상에서 가장 아름다운 옷을 만들어주지 않으면 다 잡아먹어 버리겠다고 했지?"

"네에?"

깜짝 놀란 로가 눈을 동그랗게 뜨자 무의 입에서 웃음이 터져 나왔다.

"하하하, 아니야. 아주 정중히 부탁했어. 네가 기뻐할 일이라고 했더니 흔쾌히 승낙하더군."

로는 그제야 안심하며 고개를 끄덕였다. 옷을 바라보는 그녀의 눈빛에 호기심과 설렘이 가득했다.

"아, 빨리 가서 입어보고 싶어요. 꼭 나비가 된 것 같은 기분일 거예요. 하늘을 훨훨 날고 싶어지면 어쩌죠?"

"너무 멀리 가진 마."

로는 맑은 소리로 웃으며 무의 손을 잡았다.

"어서 가요. 몽우야, 가자."

주위에 날아다니는 나비와 풀벌레들에 정신이 팔려 있던 몽우가 로의 말에 얼른 뒤따라왔다.

먼 하늘에 지는 석양이 피처럼 붉고 아름다웠다.

천신의 궁궐은 지상에서 가장 높은 영혼의 산에 있었다. 아주 오랜 옛날, 신들은 이 영혼의 산에서 태어나 세상으로 흩어졌다. 신이 죽음을 맞이하면 그 영혼은 이곳 영혼의 산으로 돌아왔다. 모든 것의 시작과 끝은 영혼의 산에서 이루어지는 것이다. 그래서일까, 아무리 오만한 신이라 해도 영혼의 산에 오면 고개를 숙인 채 흙에 입을 맞추고 경건한 마음을 가졌다. 수천 년 시간의 깊이가 느껴지는 산봉우리, 깎아지른 절벽과 바위, 엄청난 굉음과 함께 하늘 높은 곳에서 땅으로 내리꽂히는 폭포수 줄기마다 신들의 숨결과 흔적이 배어 있었다. 영혼의 산엔 구르는 돌과 이끼마저도 소중한 의미를 담아 특별했고 이 신령스런 곳엔 신과 선인, 정령을 제외한 그 누구도 발을 디딜 수 없었다.

영혼의 산은 밑동부터 중턱까지 짙은 구름에 둘러싸여 꼭 세상에 없는 곳 같았다. 운해(雲海)를 뚫고 위로 올라가서야 제대로 된 산의 경치가 드러나니 그 풍광이 장엄하고 아름다웠다. 수백 개의 봉우리가 있는 영혼의 산엔 여인의 등허리처럼 부드럽고 완만한 산등성이가 있는가 하면 베인 듯 날카롭고 뾰족한 바위로 이루어진 봉우리와 지금껏 한 번도 녹지 않은 만년설로 덮인 봉우리가 있었다. 그중 가장 완만하고 경치가 좋은 봉우리에 천신의 궁궐이 있었다.

천신의 궁궐이 영혼의 산에 있다는 것은 신계에서 그의 위치를 능히 가늠케 한다. 천신은 모든 신이 존경하고 두려워하는 이. 가장 강력한 권위와 능력을 가진 그는 유일하게 무(無)에서 태어난 신이었다. 천신은 낮엔 노인으로, 밤엔 아름다운 젊은 여인의 모습으로 지내며 신을 영원히 소멸시킬 수 있는 검 태아(太阿)를 몸속에 지니고 있었다. 천신의 아름다움과 위엄은 늘 존경의 대상이었다. 그가 여는 신들의 모임에는 모든 신이 참석했다. 아니, 모두는 아니다. 오직 하나. 파멸의 신 무(霧)만이 그동안 오지 않았다. 그 스스로를 깊은 잠에 가두었기 때문이다.

천신의 궁궐은 지상에서 가장 아름다운 건축물이었다. 그의 궁은 크고 웅장하며 놀라우리만치 섬세하고 미려(美麗)했다. 백옥으로 만든 난간과 계단, 피처럼 붉은 홍옥으로 만든 꽃과 나무, 금과 은으로 만든 기둥과 지붕, 무엇 하나 아름답게 반짝이지 않는 것이 없었다. 구백구십구 개의 문마다 지키고 있는 선인들과 시중을 드는 수천 명의 정령들. 천신의 위세는 실로 대단했다. 그 위세를 더욱 뽐내려는 듯 이번 주연을 맞이해 궁궐 안팎이 무척이나 화려하게 치장되어 있었다. 곳곳을 장식한 꽃과 등(燈), 기기묘묘한 보주들이 손님들의 시선을 잡아끌고 음악 소리가 끊이지 않으며 달콤한 과실과 술 냄새가 사방에서 풍겼다. 신들이 양편으로 나뉘어 전쟁 중이라는 사실조차 까맣게 잊을 정도로 흥겨운 분위기였다.

　한 선인의 안내를 받아 궁궐 한쪽에 있는 누각에 오르던 무와 로는 그 화려함과 떠들썩함에 질려 입을 꾹 다문 채 걸음을 옮겼다. 모임이 열리는 열흘 중 첫날이지만 이르게 당도해 술판을 벌인 이들이 꽤 되었다.

　누각에 올라 연회로 향하는 계단에 한 발 내려섰을 무렵이었다. 생각했던 것보다 많은 신들이 자리에 와 있는 것이 보였다. 상마다 산해진미와 술들이 가득한 가운데 편히 누울 수 있는 긴 의자에 비스듬히 누운 신들이 저마다 술을 마시고 요리를 맛보고 있었다. 모두 다 조금은 흐트러지고 나른한 기운에 싸여 있었다. 떠들썩한 웃음소리와 음악 소리로 좌중이 시끄러운 가운데 로는 차분한 눈으로 주위를 살폈다. 만나고 싶었던 동무들은 보이지 않고 반갑지 않은 얼굴들만 보였다.

　로는 언젠가 자신에게 행패를 부린 이들을 발견하고 미간을 살짝 찌푸렸다. 죽은 자들의 신과 불화의 신, 허영과 관능의 신이 거나하게 취해 있었다. 그들이 지난번 자신에게 한 놀림을 생각하자 로의 얼굴이 금세 어두워졌다. 자신을 가운데 놓고 낯 뜨거운 농담을 하며 지분거린 것을 떠올리면 몹시 속이 상했다.

　로는 그들에게서 시선을 돌려 연회장 가장 높은 자리에 앉아 있는 천신을 보았다. 그가 자신을 본다면 얼마나 반가워할까. 로는 자신의 손을 잡고 있는 무를 보았다. 오늘 내내 그의 얼굴이 밝지 않아 마음에 걸렸다. 손을 꼭 움켜쥐자 무가 고개를 돌렸다.

"기분이 어때요?"

"여긴 시끄러운 곳이군."

무의 말투는 담담했지만 언짢아하고 있는 것이 그대로 느껴졌다. 로는 자신을 위해 애써 참고 있는 그가 고마웠다.

"오늘 하루만이에요. 날이 저물기 전에 무산으로 돌아가요."

무는 대답 대신 고개를 끄덕였다. 로는 여느 때처럼 해사하게 웃으며 명랑하게 말했다.

"웃어요, 내게 웃어주는 것처럼."

로는 그의 손을 잡고 계단 아래로 내려갔다. 연회장에 막 발을 디딜 무렵이었다.

갑자기 주위 모든 소리가 멈췄다. 음악 소리도, 신들의 웃음소리도 멎은 채 무서우리만큼 무거운 정적이 감돌았다. 로는 당황하여 주위를 돌아보았다. 모든 이들의 시선이 무와 로에게로 향해 있었다. 초대하지 않은 불청객을 보는 듯 낯설고 차가운 눈빛들. 로는 놀란 가슴을 억누르며 멀리 앉아 있는 천신을 보았다. 로를 발견한 천신이 자리에서 서서히 일어나는 것이 보였다. 로는 점차 굳어가는 천신의 얼굴을 보며 돌연 가슴이 뛰었다. 이유를 알 수 없는 막연한 두려움이 일어 로는 자신도 모르게 무의 손을 꼭 쥐었다.

그 가운데 무는 무표정한 얼굴로 로의 손을 잡은 채 연회장 한가운데로 걸어갔다.

5. 저주詛呪

무거운 침묵과 적대적인 시선이 무와 로의 뒤를 따랐다. 주연에 참석한 신들은 입을 다문 채 지금 이 순간, 이 자리에서만 느낄 수 있는 감정의 소용돌이에 휩싸였다. 무의 등장은 예견하지 못한 폭풍이었고 로를 제외한 모든 이들이 동요했다.

지금 눈앞에 있는 이가 소문으로만 듣던 파멸의 신인가!

저토록 아름다운 자가 적과 아군을 가리지 않고 닥치는 대로 죽인 그자란 말인가!

신들은 무의 아름다움에 경악하는 한편 과거에 느꼈던 공포가 떠올라 몸을 떨었다. 마음속 동요를 침묵으로 가장한 그들은 싸늘한 시선으로 연인을 보았다.

분노와 경멸에 찬 시선을 애써 무시하며 무와 로는 천신에게로 걸어갔다. 주위 시선이 비수처럼 날카롭게 변해가는 동안 무의 눈빛은 잔잔한 호수처럼 미동없이 침착했다. 그는 두려움없는 야수처럼 무리 가운데로 걸어가 당당히 섰다. 오만하게 느껴질 만큼 당당함하고 태연한 모습에 몇몇 신들의 얼굴이 혐오로 일그러졌지만 그는 개의치 않았다. 무는 눈부시도록 아름다웠고 이 순간만큼은 무엇도 두렵지 않았다. 살기 위해선, 원하는 것을 지키기 위해선 강해야 했다. 조금이라도 흐트러진 모습을 보이면 저들은 이와 발톱을 세우고 덤벼들 것이다.

'절대로 너희들이 원하는 대로 되지 않을 거다. 나와 로는 영원히 함께 있을 거야.'

모든 기와 소리를 빨아들이고 두려움마저 일게 하는 강렬한 기운에 억눌려 주위는 무덤처럼 고요했다. 그 적막 속에 무와 천신이 서로 마주 보고 있었다. 낮에는 노인, 밤에는 아름다운 여인의 모습으로 지내는 천신. 생과 사, 젊음과 늙음, 추함과 아름다움을 한 몸에 가진 신들의 아버지, 혹은 어머니. 천신은 시간의 깊이가 한층 깊게 배인 차분한 눈빛으로 한때 자신을 가장 위협했고 현재 또한 그러한 파멸의 신을 바라보았다.

"어서 오게, 파멸의 신이여. 영혼의 산에 온 걸 환영하네."

천신은 담담한 얼굴로 무를 맞이했다. 두 신은 신들의 인사법인 두 손을 맞잡거나 화려한 미사여구로 상대방에게 예의를 갖추지 않았다. 그저 차분한 시선과 무표정한 얼굴로 바라볼 뿐이었다. 하지만 담담한 눈빛 아래 도사리고 있는 묵직한 감정을 연회에 자리한 이들은 분명히 느낄 수 있었고 머지않아 광풍이 불어닥칠 것임을 예감했다.

로 또한 막연한 불안에 사로잡혀 몸과 마음이 답답했다. 꼭 잡은 무의 손길이 언제부턴가 더는 마음을 위로해 주지 않았다. 침묵이 비난보다 아프다는 걸 처음 느꼈고, 신들 앞에 변한 무를 보이고 싶다는 열망이 이루어지지 않을까 걱정이 되었다. 닫아버린 모두의 마음이 너무나도 단단해 아무리 두드려도 열리지 않을 것 같았다. 하지만 여기까지 온 이상 있는 힘껏 그들을 설득해 볼 참이었다. 로가 느낀 무를 모두에게 알려주고 싶었다.

'모두의 감정이 온몸으로 느껴져서 아프고 괴로워. 하지만 실망하지 않을 거야. 이들은 아직 몰라서 그래. 그가 얼마나 따뜻하고 다정한 이인지 모르니까 이러는 거야. 우리의 진심을 보인다면 언젠가는 인정해 줄 거야. 무가 더는 위험하지 않다는 것을 알아줄 거야. 끝내 아무도 받아주지 않아도 괜찮아. 나는 그의 편이니까, 그를 믿고 함께 있는 모습을 모두에게 보여준 것만으로도 충분해.'

로는 긴장된 숨을 속으로 삼킨 후 미소를 지으며 앞으로 나아갔다.

"천신님,"

로는 무심결에 무와 잡은 손을 놓고 천신에게 다가가 그의 두 손을 잡았다. 무에게서 시선을 거두고 로를 바라보는 천신의 얼굴이 부드럽게 바뀌었다. 천신은 인자한 노인의 얼굴로 미소를 띤 채 로를 보았다.

천신과 로가 예의 바르게 인사를 나누는 사이 무는 자신의 손을 놓은 로를 물끄러미 바라보았다. 그녀가 손을 놓는 순간 왠지 모를 불안함이 스쳤다. 마치 몸의 일부분이 떨어져 나가는 듯했다. 무는 무언가를 말하려다 입을 다물었고, 로는 아무것도 모른 채 마냥 반가운 얼굴로 천신을 보았다.

"오, 사랑스런 대지의 딸. 그동안 왜 찾아오지 않았니. 네 소식이 무척이나 궁금하던 참이었다. 이런, 그새 많이 변했구나. 눈은 더욱 반짝이고, 고운 얼굴이 빛을 머금어 눈부시구나. 네 마음 또한 이렇게 밝고 아름답기를. 모든 창조자의 이름으로 축복해 주마."

천신이 로의 손등에 입을 맞추자 그것을 보는 무의 눈길이 더욱 날카로워졌다. 천신도 그런 무를 느끼고 있는 듯했지만 겉으로 드러내지 않았다. 셋 사이에 짧고 긴장된 침묵이 흐른 후 무와 로는 곧 자리를 비켜났다. 뒤이어 새로운 손님들이 들이닥쳤고 무의 등장이 알려진 듯 뒤쪽에서 작은 소요가 일었다. 무와 로는 담담하게 신들 사이에 섞였지만 연회 분위기는 이미 무겁게 가라앉은 후였다. 이를 의식한 듯 경쾌한 음악 소리가 울려 퍼졌지만 뜬금없고 어색하게만 들릴 뿐이었다.

무와 로는 연회에서 완전히 소외되었다. 아무도 그들에게 말을 걸어주지 않고 가까이 오거나 눈길조차 건네는 법이 없었다. 모두 그들이 없는 것처럼 행동했지만 호기심 어린 눈으로 몰래 관찰하며 저마다 수군거렸다.

무는 이 순간이 견딜 수 없이 답답해 당장이라도 떠나고 싶었다. 모두가 자신을 비난하고 경멸해도 상관없었다. 자신 곁에는 로가 있으니 그것으로 충분했다. 하지만 여기 온 이상 애당초 계획했던 일을 해야만 했다. 로조차 모르는 그 어떤 것.

무는 담담한 눈길로 천신을 보았다. 손님을 맞이하는 천신은 인자한 노인의 미소를 짓고 있었다. 자신을 죽이려는 자라 믿을 수 없을 만큼 넉넉한 미소가 가식적이다 못해 역겹기까지 했다. 모든 이들이 말한다. 천신은 선(善). 자신은 악(惡). 무는 자신 안에 나쁜 본성이 있음을 인정하지만 선이라 불리는 자들 속이 온통 선함으로만 채워진 거라 믿지 않았다. 애당초 마음속 선악을 어찌 구분한단 말인가. 저들의 마음속에도 분명히 자신과 같은 악한 기운이 꿈틀댄다. 다만 감추거나 망각했을 뿐.

그의 마음 한쪽이 천신에 대한 혐오로 비틀어지는 동안 로는 무겁게 가라앉은 무의 얼굴을 걱정스럽게 지켜보다 작게 속삭였다.

"혹여 내 욕심으로 당신을 힘들게 하는 건 아닌가요? 미안해요. 괜히 나 때문에."

무는 깊은 눈빛으로 로를 응시했다. 로의 얼굴에 떠오른 불안한 빛이 안쓰러웠다. 그녀의 눈빛은 너무나도 순수하고 여리다.

그녀를 다치지 않게 지켜야 한다는 생각으로 머릿속이 다시 한 번 복잡해졌다. 무는 조금 전 냉랭했던 표정을 지우고 따뜻한 눈빛으로 로를 보았다.

"그렇지 않아."

무는 로를 가까이 끌어당겨 뺨을 어루만졌다. 로는 그의 다정한 눈빛과 손길을 대하자 무겁기만 하던 마음이 한결 따뜻해졌다. 다른 이들의 차가운 눈빛도, 침묵도 까맣게 지워지고 그와 함께 있는 가슴 뿌듯한 기쁨이 마음에 가득 찼다.

"내가 미안해. 내 과거가 널 고통에 빠뜨릴까 걱정된다."

로는 그의 말에 숨 끝이 여리게 아팠다. 그녀는 자신의 뺨을 어루만지는 그의 손에 자신의 손을 얹고 말했다.

"두려워하지 마요. 아무 일도 없을 거예요. 우리는 전처럼 사랑하고 행복할 거예요. 그러니까 걱정하지 말아요."

무는 로를 품에 안았다. 등 뒤로 자리한 모든 이들의 시선이 느껴졌지만 상관없었다. 어차피 그들이 자신의 변화를 알아줄 거란 기대는 하지 않았다. 로는 분명 변했다고 믿고 있지만 무조차 자신이 변했다는 것을 믿을 수 없었다. 몸속에 꿈틀대는 청공의 기운. 그 사악하고 뜨겁고 거친 욕망이 이따금씩 가슴을 휘저어대는 것을 똑똑히 느끼고 있기 때문이다.

'로, 난 변하지 않았어. 그저 숨이 막히도록 아름다운 네가 앞에 있고 그런 널 사랑할 수밖에 없다는 것에 굴복했을 뿐. 이런 나여서 미안해. 이런 날 사랑해 줘서 고마워. 너와 언제까지나

함께 있고 싶어. 내가 원하는 것은 그것뿐이야.'

무는 로의 맑은 눈동자를 들여다보다 가만히 입을 맞추었다. 입술과 입술이 닿자 훈훈한 봄바람처럼 따스한 기운이 시린 마음을 뒤덮었다. 둘은 눈을 감은 채 부드럽고 저린 기운이 온몸에 퍼지는 것을 가만히 음미했다. 어떤 걱정이나 불안이 끼어들지 못한, 평화롭고 행복한 이 순간. 아무리 긴 시간이 흘러도 이 순간만큼은 영원히 기억에 남을 것만 같아 로는 가슴이 시렸다. 이 모습을 보는 신들이 어떤 표정을 짓고 어떤 생각을 할지는 생각하고 싶지 않았다. 그저 이렇게 사랑하고 서로 원하는 것을 알아주기를. 이 사랑이 그의 거진 마음을 달래 아무도 해치지 않을 것임을 그들이 알아주길 바랐다.

무가 입술을 떼자 로는 가만히 눈을 떴다. 무의 눈동자 속에 자신의 얼굴이 보였다. 그 또한 자신의 눈동자 속에 담긴 그를 볼 것이다. 이렇게 서로를 담고 느끼며 오래도록 평화롭게 살았으면. 로는 행복한 미소를 지으며 무의 뺨을 쓸어내렸다.

"이곳에 있는 것이 괴롭다면 억지로 노력하지 않아도 돼요. 이만 돌아가요. 우리의 무산으로."

무는 로가 한 것처럼 똑같이 뺨을 쓰다듬으며 말했다.

"아직 못한 일이 있어. 천신을 만나야 해."

무의 말이 자못 비장하게 들렸다. 로는 무슨 일인지 물으려 했지만 선뜻 말이 나오지 않았다.

"곧 돌아올게. 어디 가지 말고 꼭 기다리고 있어."

무가 로의 손을 힘껏 잡아준 다음 자리에서 일어났다. 로는 돌연 불안해져서 무의 손을 놓지 않았다. 무가 안심하라는 듯 따스한 미소를 짓자 로는 그제야 손을 놓아주었다. 천신에게로 걸어 간 무는 심각한 얼굴로 몇 마디를 나누었다. 여전히 밝은 미소를 짓던 천신은 흔쾌히 자리에서 일어나 무와 함께 연회장을 떠났다. 로는 걱정스런 눈길로 그들을 지켜보며 무가 빨리 돌아오기만을 기다렸다.

천신은 내궁 가장 깊은 곳으로 무를 인도했다. 큰 창으로 빛이 가득 들어오고 복도엔 기둥과 걸어가는 이들의 그림자가 길게 늘어졌다. 곧 해가 지려는지 햇빛이 부드러운 황금색을 띠었다. 복도를 걸어가며 들리는 것은 묵직한 발소리뿐, 누구도 입을 열지 않았다. 열 명의 선인에게 둘러싸여 걸음을 옮기던 무는 앞서 걷는 천신의 등을 가만히 응시했다. 조용히 얘기할 것이 있다고 하자 천신은 궁 어딘가로 안내하겠다고 했다. 그가 어디로 데려가려는지, 무엇을 하려는지 감이 잡히지 않았다.

선인 하나가 복도 끝에 있는 육중한 문을 열자 빛으로 가득한 넓은 공간이 나왔다. 천장엔 둥그런 구멍이 뚫려 빛이 내려오고 햇빛 아래 아름다운 꽃들이 무리 지어 피어 있었다. 방 안에는 꽃들이 내뿜는 그윽한 향기로 가득했다.

"실로 아름답지 않은가."

천신이 부드러운 음성으로 중얼거렸다. 무는 꽃에서 시선을 거두고 천신을 보았다.

"굳이 이곳으로 데려온 이유가 뭐지?"

"이 꽃은 신의 영혼이다. 대부분 네 검에 희생당한 이들의 영혼이지."

무는 다시 한 번 은은한 빛을 머금은 꽃에 시선을 주었다. 그의 얼굴엔 어떠한 감정도 드러나지 않았다.

"내게서 죄책감을 바라는 건가?"

"죄책감은 쉬운 변명일 뿐, 아무것도 해결해 주지 않지. 난 이 세계에서 벌어지는 혼란을 잠재우고 싶다."

"그래서 네가 찾은 방법이 나를 영원히 소멸시키는 것인가."

"그렇다."

무는 꽃을 응시한 채 몇 걸음을 떼었다. 그의 얼굴은 얼음보다도 차갑고 무거웠다.

"내가 한 일에 대해 변명하지 않겠다. 내가 어떤 말을 내뱉더라도 과거와 현재, 미래를 설득할 수 없을 테니까. 헌데 묻고 싶은 것이 있다. 내가 없어진 후 이 세계에 평화가 올 거라 진정 확신하는가? 애초에 전쟁을 일으킨 건 내가 아니다. 환과 네가 벌인 전쟁에 잠시 끼어든 것뿐. 책임을 져야 할 것은 너희들인데 왜 내가 없어져야 하지? 지금 넌 평화라는 구실로 위험을 제거할 핑계를 찾는 건 아닌가?"

"네가 과거에 한 일들을 굳이 되새겨 주지 않아도 너는 충분히 위험하다. 모두 네가 없어져야 이 세계에 평화가 올 수 있다

확신하고 있지.”

“내가 없어져도 평화가 오지 않을 거란 걸 알지 않는가.”

“환과 나는 오랫동안 전쟁을 해왔다. 애초에 무엇을 위한 전쟁인지조차 까마득할 만큼 오랜 전쟁이었어. 우린 이 오랜 전쟁을 끝내고 싶었지만 끝내는 방법을 찾지 못했지. 그때 네가 나타난 거다. 우린 이 세계를 위협하는 가장 위험한 존재인 너를 처단함으로써 전쟁을 끝내기로 했다. 마침내 다시 평화가 오는 것이다.”

‘결국 그렇게 이용된 건가.’

무의 얼굴에 씁쓸함이 짙게 배었다.

“이해할 수 없군. 나를 희생시키는 것이 평화의 시작이란 말인가. 이것이 너희들이 말하는 절대 선인가? 너희 선은 누군가의 죽음이 아니면 유지될 수 없는 것인가?”

“네 죽음이 억울한가. 그럼 네 검에 죽어간 신들의 죽음을 어찌할 텐가. 너는 분명 무수한 죄를 지었고 그것에 대한 책임을 지라는 것이다.”

“내 죽음을 평화라는 이름으로 너희들의 전쟁에 이용하지 말란 말이다. 애초에 나를 끌어들인 건 너희들이야!”

“누구도 너에게 무참한 살상을 강요하지 않았다. 네 스스로 한 일이야.”

무는 천신을 노려보며 어금니를 악물었다. 그리고는 입고 있던 옷을 거칠게 풀어헤쳐 가슴을 내보이며 소리쳤다.

"그럼 지금 이 자리에서 나를 죽여라. 네 검으로 내 심장을 찔러라."

천신은 가만히 서서 무의 얼굴을 응시했다. 무엇도 천신을 동요시킬 수 없다는 듯 침착하게 가라앉은 눈빛이 조용하게 빛났다.

"신들의 연회에선 아무리 적이라 해도 해칠 수 없다. 그것은 오래된 법률. 지금은 널 죽일 수 없다."

무는 천신을 경멸하며 비웃었다.

"그게 너희들이다. 선이라는 이름으로, 법률에 묶여 아무것도 하시 않고 있다가 뒤늦게야 나서지. 네가 원하는 것이 진정 평화라면 이 자리에서 날 죽여라."

"지금 네 말은 다 억지처럼 들린다. 모든 미련을 버리고 떳떳하게 죽음을 맞이해. 그렇지 않으면 많은 이들이 다치고 너 또한 상처받을 것이다."

천신의 목소리는 담담하면서도 위엄이 있었다. 자신의 생각에 그 어떠한 의문도 없었다. 무는 영원히 그를 설득시킬 수 없다는 것을 새삼 깨달았다. 애초에 그와 독대를 한 것도 설득하기 위함은 아니었다. 그에게 또 다른 전쟁을 선포하기 위한 자리. 자신을 죽이려고 한다면 더 큰 희생을 치르게 될 거라는 걸 알려주기 위해 이곳에 온 것이다.

"다른 이들의 상처나 평화 따윈 관심없다. 내가 원하는 것은 오직 로와 함께 있는 것뿐. 내 평화를 깬 것은 너희들이다. 더 이상 우리들에게 접근하지 마라."

"로는 아름답고 순수한 아이다. 그 아이가 네가 벌인 일들을 다 알게 된다면 그때도 지금처럼 곁에 있을까? 더 많은 것을 잃기 전에 이쯤에서 끝내는 것이 옳다."

"나는 결코 끝내고 싶지 않아! 너희들은 내게서 로를 뺏을 수 없어!"

"인정하지 않는다고 해도 나는 앞으로 계속 신들을 보낼 생각이다. 너는 끊임없이 그들을 죽이며 마음에 분노를 쌓아가겠지. 아무리 숨겨도 언젠가는 로도 알게 될 것이다. 그리고 그녀를 잃게 되겠지."

"내가 막을 것이다. 네가 지키겠다는 이 세계를 모두 파괴해서라도 지킬 것이다!"

"그것이 가능할 거라 생각하는가? 사랑이 널 어리석게 만들었구나."

"내 사랑을 위협하는 것은 무엇도 용서할 수 없다. 모두 찢어발기고 망가뜨려 주겠다. 남김없이 불태우고 파괴하겠다."

"과거의 너보다 더 잔인해졌구나. 그래서 그리했나? 너의 잔인함을 보여주기 위해 그런 짓을 저질렀나."

천신의 눈빛이 조금 흐려졌다. 그의 말은 무가 영혼의 산에 오기 직전 한 일을 가리키는 것이다.

"그렇다. 네가 나에게 죽음의 사자를 보낼 때마다 나 또한 네가 그 대가를 받게 할 것이다. 네가 멈추든지, 내가 멈추든지 언젠가는 끝이 나겠지."

"그토록 로를 원하는가."

"원한다. 나의 모든 것을 걸고."

천신의 얼굴엔 미소가 사라진 지 오래였다. 천신은 어두운 얼굴로 꽃들을 응시했다.

무가 자리를 뜨자마자 연회장 안의 공기는 돌연 달라졌다. 차갑고 무거웠던 정적이 깨어지며 여기저기에서 말소리가 흘러나왔다. 마치 정지됐던 시간이 다시 흐르는 것만 같았다. 음악 소리는 좀 더 크고 분명하게 들렸고 웃음소리가 간간이 섞여 비로소 연회에 온 듯했다. 로는 주위를 살피며 동무들을 찾았지만 보고 싶은 얼굴이 보이지 않았다. 아무도 말을 걸어주지 않고 피하는 통에 로는 완벽한 외톨이가 되었다. 그때 그녀의 귓속에 여러 말들이 어수선하게 파고들었다.

"어떻게 그럴 수가 있지? 무는 적이야. 이건 천신님을 배반한 거라고."

"무가 우리에게 무슨 짓을 했는지 제대로 알고나 있는 걸까? 신들을 닥치는 대로 죽여 없앤 잔악무도한 자야. 어떻게 그런 끔찍한 자의 연인이 될 수 있지?"

"게다가 보란 듯이 무를 데려오다니. 그리고 아까 벌이던 난잡한 짓을 보았어? 난 말문이 막히더라고. 천박하기 그지없어."

로는 억울하고 화가 나 입술을 지그시 깨물었다. 자신은 어떤 말을 들어도 상관없지만 무에 대한 오해를 풀어주어야 했다. 그녀는 마구 험담을 하는 신에게로 다가가 간신히 숨을 고르고 입을 열었다.

"그는 나쁜 이가 아니에요. 과거에 사연이 있어서 그리했지만 이젠 누구도 해치지 않아요."

로의 말에 신들이 일제히 등을 보였다. 그들은 이 자리에 로가 없는 듯 자기네들끼리 속닥이며 비웃음을 흘렸다. 로는 아무 말도 들으려고 하지 않는 그들을 보며 가슴이 턱 막혔다.

"믿어주세요. 그는 이제 달라졌어요. 위험하지 않아요. 자상하고 따뜻한 분이라구요. 그러니까……."

"닥쳐! 이 배신자!"

"사악한 놈에게 제 몸을 팔아버리다니. 더러워!"

군중 틈에서 누군가가 소리쳤다. 서슴없는 욕설에 로는 말문이 막혔다.

"동무들에게 부끄럽지도 않니? 죽은 그들에게 미안하지도 않아?"

"네 친구들은 모두 죽었어. 그가 닥치는 대로 죽여 없앴다고! 그런데 그의 여자가 돼? 이 배신자!"

로는 그만 눈앞에 캄캄해져서 비틀거렸다.

'그가 내 친구들을 죽였다고? 아니야. 그럴 리가 없어……. 그럴 리가 없어.'

이후 쏟아지는 비난은 귀에 들어오지 않았다. 로는 속으로 그럴 리가 없다고, 거짓말이라도 그런 말은 해선 안 된다고 정신 없이 중얼거렸다.

그때 그들이 다가왔다. 로는 자신 위에 드리운 긴 그림자를 보며 고개를 들었다. 죽은 자들의 신과 불화의 신, 허영과 관능의 신이었다. 그들은 맛있는 먹잇감을 보듯 잔인한 표정과 웃음을 흘렸다.

"순진한 얼굴로 대단한 거물을 유혹했구만."

죽은 자들의 신 흑(黑)이 말했다. 육중한 체구를 가진 그가 다가와 몸을 숙이자 죽은 자들에게서 나는 악취가 풍겨 로는 순간적으로 고개를 돌리고 미간을 좁혔다. 그 모습을 본 불화의 신 사(沙)가 로의 주위를 뱅글뱅글 돌며 음흉하게 웃어댔다.

"내 눈으로 직접 보지 않았다면 믿지 않았을 거야. 무가 말이지, 그 강하다는 파멸의 신이 조그만 정령 앞에서 맥을 못 추더란 말이지. 보고 있자니 꽤나 눈물겹더군. 히히히."

작고 볼품없이 마른 사는 흐리멍덩한 눈알을 굴리며 로의 긴 머리칼을 손가락으로 배배 꼬았다. 로가 자리를 피하려 했지만 성큼 다가온 허영의 신 경(鏡)이 어깨를 잡아 눌렀다.

"겁낼 거 없어. 무가 우리 편이니만큼 너 또한 이제 우리 편이 된 거야. 자, 내 술을 받아. 같은 편이 된 기쁨을 나누자고."

경의 길고 흉측한 손톱과 징그러운 얼굴을 보며 로는 흘러나오는 신음을 간신히 삼켰다. 신들의 음흉한 눈초리에 안절부절 못하는 로를 보며 관능의 여신 단(丹)이 안쓰럽다는 듯 중얼거렸다.

"이런, 가엾게도 겁을 집어먹었네. 두려워하지 마. 무가 우리 편인 이상 널 괴롭히지 않을 거야. 이 애들은 그저 너와 친해지고 싶어서 짓궂게 구는 거란다."

단은 짙은 향수 냄새를 뿌리며 로의 어깨를 감싸 안았다. 단은 독을 내뿜는 꽃처럼 위험하고 숨 막힐 듯 아름다웠다. 그녀의 붉은 머리카락과 풍만한 가슴이 스치자 로는 자신도 모르게 몸을 움츠렸다.

"우린 말이야, 무에 대해 궁금한 것이 많아. 그는 도통 얼굴을 보이지 않거든. 그에 대해 말해주겠어? 이를테면 너를 안아줄 때 얼마나 뜨거운지, 그 부드러운 손길로 너의 어디를 만져 주었는지 말해주면 돼."

단의 끈적끈적한 목소리에 사가 박수를 치며 팔딱팔딱 뛰었다.

"맞아. 좋은 생각이군. 우리도 그게 궁금해."

로의 얼굴이 보기도 안쓰러울 만큼 창백하게 질렸다. 그 모습을 보고 신들이 웃음을 터뜨렸다. 그때 차갑고 단호한 목소리가 그들의 흥을 깨어놓았다.

"그만 비켜라."

화들짝 놀란 신들은 뒤에 선 이를 보자마자 황급히 옆으로 물러났다. 로는 고개를 들고 낯익은 얼굴을 보았다.

'아, 전쟁의 신 환(煥).'

로가 당황하는 사이 그는 성큼성큼 걸어와 로 앞에 섰다. 잔뜩 위축된 신들이 몇 걸음 더 물러났지만 단만큼은 오만한 표정으로 제자리에 버티고 섰다.

"물러가라고 했다."

그래도 단이 비키지 않자 환은 무서운 표정으로 그녀를 노려보았다. 단은 그제야 콧방귀를 뀌며 어정쩡하게 서 있던 신들과 함께 자리를 떠났다.

"오랜만이구나."

조금 전 신들을 바라보던 눈빛과 달리 한층 부드러운 눈빛이 건너왔다. 하지만 아직도 충격에서 헤어나오지 못한 로는 멍하니 그를 바라볼 뿐이었다.

"나를 기억하느냐."

로는 대답 대신 무겁게 고개를 끄덕였다.

"마지막으로 만났을 때 너를 거의 잡을 뻔했었는데. 그래서 다음엔 꼭 잡을 수 있겠다 싶었는데, 그사이 다른 이가 채갔더구나."

농담처럼 씁쓸하게 중얼거렸지만 왠지 진심처럼 들렸다. 로는 아무런 대답도 하지 못하고 시선을 떨어뜨렸다.

로의 눈 속에 가득한 슬픔을 보고 환은 마음 한쪽이 묵직하게 내려앉는 것을 느꼈다. 무와 로가 처음 이곳에 들어섰을 때 모든 이들의 시선이 무에게 향해 있는 사이 환은 오직 로만 바라보았다.

그녀를 보고 있자니 처음 만나던 날 느꼈던 열기가 다시금 몸 전체에 퍼졌다. 차츰 숨이 가빠지며 몸을 흐르는 붉은피톨이 뜨거워지고 털들이 올올히 일어나 소름이 돋았다. 강렬하고 저릿한 욕망이 전신을 뒤덮어 당장이라도 그녀의 손목을 낚아채 이곳을 벗어나고 싶었다. 환은 정신없이 로만 바라보느라 그녀 옆에 서 있는 이가 누군지 한참 후에야 보았다. 그녀 옆에 있는 이는 무였다. 천신과 싸우는 데 이용하기 위해 오랜 잠에서 깨운 무. 그가 왜 로의 곁에서 손을 잡고 있는지 처음엔 이해가 되질 않았다. 그들이 나누는 눈빛을 보고 모든 걸 깨닫자 환은 깊은 실망과 함께 격렬한 분노를 느꼈다.

'왜 내가 아닌 무지? 왜 저자 옆에서 눈부시게 웃고 있는 거지?'

새벽 별 아래 정령들에 둘러싸여 환히 웃던 로. 그 신비롭고 부드러운 미소에 반해 버렸다. 세상 무엇보다 깨끗하고 맑은 눈망울에 마음을 뺏겨 자신만의 것으로 만들고 싶은 강한 욕망을 느꼈다. 지금껏 갖고 있던 모든 것들이 갑자기 시시해졌고 천신을 이기기 위해 일으켰던 전쟁마저도 하찮게 느껴졌다. 과거엔 세상 모두를 갖고 싶었는데 이젠 오직 하나만 갖고 싶었다.

'로. 널 갖고 싶다.'

환은 그런 자신이 낯설었다. 어느 누구보다 야심찼던 자신이 아닌가. 천신을 뛰어넘는 권력을 갖고자 수단방법을 가리지 않고 싸웠던 자신이 아닌가. 그런데 한순간에 정령에게 마음을 빼

앗겨 그녀를 쫓아다니며 얻기 위해 발버둥치고 있었다.

그렇게 그녀를 얻으려고 했는데…….

그녀 옆에 무가 서 있었다.

서로 손을 잡고 미소를 나누며 입을 맞추었다.

환은 혼란과 슬픔에 빠져 있는 로를 바라보며 앞으로 자신이 해야 할 일을 분명히 깨달았다. 그녀를 되찾는 것. 그리고 무를 없애 버리는 것. 환은 로를 갖기 위해선 그 무엇이라도 할 수 있었다.

"네가 무의 연인이 될 줄은 몰랐다. 그때 그 손을 놓아선 안 되는 거였는데. 후회가 되는군."

환의 말에 문득 정신을 차린 로가 고개를 들었다. 딴생각 속에 사로잡혔다가 문득 깬 얼굴에 슬픔과 두려움이 가득했다.

"저들 말이 사실인가요? 정말로 그가 정령들을 죽였나요?"

그녀는 자신이 내뱉은 말에 스스로 놀라며 두려움에 떨었다. 무가 한 짓은 그녀가 상상하는 것 이상으로 잔인하고 끔찍하다. 환은 로의 흔들리는 눈빛을 보며 본능적으로 상대방의 약점이 무엇인지 간파했다.

"저들 말은 사실이다."

"그, 그럴 리가 없어요."

로가 흘러나오는 비명을 삼키며 두 손으로 얼굴을 감쌌다

"신계의 절반이 그에 의해 파괴되었다."

"아니야. 그럴 리가 없어!"

환은 그녀의 손가락 사이로 흘러내리는 눈물을 보았다. 그 눈물을 보고 있자니 무를 향한 그녀의 깊은 마음이 느껴졌다. 내 것이 될 수도 있었던 것. 환은 그 마음이 갖고 싶어 견딜 수 없었다.

"무는 파멸의 신이다. 파괴하는 것은 그의 본능이야. 그는 잔인하고 위험하다. 네가 다치기 전에 벗어나야 해."

"그렇지 않아요. 그는 변했어요."

"잠깐 동안 잠잠해진 것뿐이야. 그는 다시 사나운 짐승이 되어 널 삼킬 거다."

로는 고개를 들고 환을 노려보았다.

"난 내가 보고 느낀 것만 믿을 거예요. 그 누가 뭐래도, 난 그를 믿어요."

로는 더는 아무것도 듣고 싶지 않다는 듯 귀를 막고 그대로 밖으로 뛰쳐나갔다. 환은 그녀를 따르지 않고 멀어져 가는 뒷모습을 가만히 응시했다.

"저 아이가 마음에 들어? 저런 애송이는 당신 취향이 아니잖아."

어느새 다가온 단이 날 선 목소리로 물었다. 환은 오래도록 로가 사라진 곳을 바라보다 낮게 중얼거렸다.

"저 아이를 갖겠어."

욕망이 서린 진지한 목소리에 단의 얼굴에 가득했던 비웃음이 점차 가시기 시작했다.

"설마 진심은 아니겠지?"

환은 단의 말에 대꾸하지 않고 반대편으로 걸어갔다. 단은 불안한 눈빛으로 환의 뒷모습을 응시했다.

무는 천신과 헤어져 연회장으로 향했다. 안내하겠다는 선인을 두고 홀로 복도를 걸었다. 혼자 있고 싶었다. 머릿속이 복잡하고 숨이 막혀 조용히 쉴 곳이 필요했다. 그는 우연히 먼 산이 보이는 정원에 들어섰다. 어느덧 해가 지기 시작해 정원은 붉은 노을에 젖어 있었다. 무는 정원 양편에 늘어선 기둥의 긴 그림자를 밟으며 천천히 걸음을 옮겼다. 조용한 공간을 울리는 그의 발소리가 묵직하면서도 쓸쓸하게 들렸다. 무의 시선은 앞을 향해 있었지만 아주 먼 세상을 보고 있는 듯 초점이 없었다. 천신 앞에서 조금의 빈틈도 보이지 않기 위해 있는 힘껏 애쓰다 혼자 남겨지니 몸에 힘이 빠져나가며 속이 텅 빈 듯했다. 낯선 곳, 적들의 한복판에서 무는 외롭고 혼란스러웠다.

'로, 나는 잘하고 있는 걸까. 이렇게 하면 우릴 지킬 수 있는 걸까. 난 이 사랑을 지키기 위해선 뭐든 할 수 있어. 그런데 애를 쓰면 쓸수록 다른 곳으로 향하는 것 같아. 이젠 너무 멀리 와버려서 돌아갈 수 없어. 나는 어디로 흘러가는 걸까. 이 사랑을 지킬 수 있을까.'

바람이 불어와 나뭇가지를 흔들자 떨어진 나뭇잎이 새털처럼 흩날렸다. 그중 하나가 무가 서 있는 곳까지 밀려와 발치에 떨어졌다. 무는 바싹 마른 나뭇가지를 주웠다. 손에 움켜쥐자 바스락거리며 부스러져 손가락 사이로 흘러내렸다. 꼭 무의 마음 같았다.

'로, 이 마음이 사랑인 걸까. 우릴 위해 누구든 죽일 수 있고 파괴할 수 있는 마음을 사랑이라 부를 수 있을까. 어쩌면 난 너와 다른 사랑을 하는지도 몰라. 난 내 사랑이 두렵다.'

무는 로의 얼굴을 떠올렸다. 맑고 순수한 미소가 날카로운 비수처럼 심장에 박혀 견딜 수 없이 아팠다.

'네가 모든 것을 알게 된다면 어떤 표정을 지을까. 그때도 우리가 같은 사랑을 하고 있다고 말할 수 있을까. 그때도 함께 있자고, 사랑만 있으면 행복할 거라고 말할 수 있을까.'

그녀가 보이지 않을 때도 늘 곁에 머물고 있다고 느꼈었는데 지금은 아니었다. 몸의 일부를 칼로 베어낸 것처럼 허전했다.

'네가 너무나도 멀리 있는 것처럼 느껴져 견딜 수가 없어. 넌 어디에 있지?'

무가 로에게 가기 위해 정원을 나가려는 때였다. 문득 숨어서 지켜보는 시선을 느꼈다.

'천신이 보낸 누군가일까. 아니다. 영혼의 산에 있는 한 그들은 공격해 오지 않을 것이다. 그럼 누구지?'

무가 상대방의 존재를 의식하며 자연스럽게 걸음을 옮기는 사이 기둥 뒤에 숨은 그림자는 일정거리를 유지하며 무의 뒤를 따랐다. 살기 같은 건 느껴지지 않았다. 그저 조용히 뒤를 따르는 것뿐. 무의 걸음이 점차 느려지다 마침내 멈추자 그림자도 멈춰 섰다. 무는 뒤 돌아서서 기둥 그늘에 가려 보이지 않는 그림자를 응시했다.

"누구지?"

무의 조용한 목소리가 회랑에 울려 퍼졌다. 그늘 속에서 누군가가 걸어나왔다. 낯익은 얼굴이었다. 누군지 오래 생각할 겨를도 없이 머릿속에 무수한 장면들이 스쳐 갔다. 무의 얼굴이 순식간에 굳어지며 입술에서 낮은 신음이 새어나왔다.

"저주……."

무는 신음을 삼기며 그녀를 보았다. 과거보다 한결 차가워진 표정이 낯설지만 그때 그녀가 분명했다.

"날 기억하는군."

상(霜)은 여전히 아름다웠지만 전과는 많이 달라져 있었다. 빨간 불꽃처럼 정열적으로 일렁이는 눈빛은 푸른 호수처럼 고요해지고 서리처럼 차가웠다. 원망과 복수심으로 차갑게 가라앉은 얼굴을 본 순간부터 무의 얼굴이 창백하게 질리기 시작했다. 그녀가 내뱉었던 많은 말들이 다시금 뇌리를 스치며 서늘한 전율이 등줄기를 훑었다. 그땐 자신이 무슨 짓을 저질렀는지 알지 못했다. 사랑을 몰랐고, 사랑을 잃는 것이 얼마나 고통스러운 건지 알지 못했다. 이제야 그녀가 느낀 고통이 얼마나 끔찍했는지 손끔으로 느끼며 무는 공포에 사로잡혔다.

"혹시나 기억하지 못할까 봐 마음을 졸였어. 그때의 날 생생하게 기억해 줘야만 하거든."

상이 다가오자 그녀의 눈빛이 또렷하게 보였다. 이미 자신이 원하는 것을 이룬 듯 만족감에 차 있는 눈빛. 그 눈빛이 무의 목을 움켜쥐고 흔들었다. 숨이 막히고 괴롭다. 무는 애써 그녀의 시선을 피했다.

"네가 갑자기 자취를 감추어서 모두 궁금해했어. 혹시나 변했을지도 모른다고 생각했었는데, 예전처럼 돌아왔더군. 다시 만나서 반가워."

상의 얼굴에 차츰 표정이 드러나기 시작했다. 고통과 증오, 그리고 복수심. 그녀의 아름답고 처연한 얼굴에 떠오르는 격렬한 감정들을 보며 무는 두 눈을 감아버리고 싶었다. 그녀의 고통이 자신의 것처럼 생생하게 느껴졌다. 거듭 후회가 밀려들었다. 그는 이 자리를 벗어나고 싶었지만 상의 차가운 눈빛에 결박당해 꼼짝할 수 없었다.

"네가 물었지, 나의 두려움을 무어라 부르느냐고. 그때 나는 사랑이라고 대답했고 넌 날 비웃었어. 그런데 이젠 너도 두려움을 알아버렸더군. 기분이 어때?"

무는 대답하지 못했다. 머릿속이 하얗게 지워져서 어떤 생각도 떠오르지 않았다.

"내가 한 말 기억해? 특히 마지막 말."

상이 한 걸음 가까이 다가오자 무의 가슴을 짓누르는 고통이 농밀해졌다.

“끔찍하게 사랑하고 처참하게 죽어라.”

상의 마지막 말이다. 무의 두려움과 고통을 보기라도 한 듯 상의 입가에 희미한 미소가 드리워졌다.

“마지막 말을 떠올리면서 내 말을 들어. 내 이름은 상(霜), 운명의 여신이야. 그 말은 곧 네 적이 운명이라는 뜻이지.”

순간 무의 눈빛이 눈에 띄게 흔들렸고, 상의 눈빛은 무한히 빛났다.

“네 사랑이 운명 앞에 어찌 되는지 잘 지켜봐. 우리가 느꼈던 고통과 그녀가 느낄 고통까지 고스란히 네 몫이 될 거야. 그것은 분명히 고통스럽고 끔찍하겠지. 그게 네 운명이야. 영원히 반복될 네 운명.”

어디선가 쿵하고 무언가가 내려앉는 소리가 들린 듯했다. 무는 미간이 아득해지는 것을 느끼며 비틀거렸다. 그런 무를 바라보는 상의 얼굴에 슬프고 고통스러운 빛이 스쳤다. 그녀는 그대로 무를 지나쳐 회랑을 빠져나갔다. 홀로 남은 무의 머릿속에는 상이 내뱉은 ‘운명’이라는 말이 끊임없이 맴돌았다.

로는 어느 나무 아래서 몸을 동그랗게 말고 숨어 있었다. 고개를 숙인 채 두 귀를 막고 눈을 감았다. 아무것도 듣고 싶지 않은데 그들의 외침이 귓속을 파고들었다.

“동무들에게 부끄럽지도 않니? 죽은 그들에게 미안하지도 않아?”

로는 목이 아프도록 흐느꼈다.

"아니야. 그럴 리가 없어."

로는 그를 처음 만나던 날을 생생히 기억했다. 투명하고 맑은 눈동자에 깃든 고독과 슬픔. 그런 슬픔을 가진 사람이 그토록 잔인한 짓을 했을 리 없다.

'하지만 그것이 진실이라면 어쩌지? 내가 아끼는 이들이 그의 손에 죽었다면 나는 어찌해야 하지?'

혼란스럽고 두려웠다. 이미 각오하고 온 일인데 막상 눈앞에 닥치자 겁이 나고 괴로웠다.

'이미 지나간 과거는 어쩔 수가 없잖아. 그도 괴로워하고 있잖아. 그는 이제 변했어. 더는 그런 짓을 하지 않을 거야. 그러니까…… 그러니까 용서해야 해. 모두 비난해도 나는 그를 용서하고 감싸야 해.'

로는 두 팔로 몸을 감싼 채 자신은 흔들리지 않을 거라고 되뇌었다. 그럼에도 몸의 떨림은 멈추지 않았다. 무언가가 다가오고 있는 것이 느껴졌다. 그와 자신을 뒤흔들 그 어떤 것. 로는 흐르는 시간을 되돌리고 싶었다.

간신히 마음을 진정하고 주위를 살펴보니 처음 와보는 낯선 곳에 있었다.

'여긴 어디지? 그가 어디 가지 말고 기다리고 있으라고 했는데……'

그를 영영 잃어버린 것 같아 두려움이 왈칵 몰려왔다. 로는 정신없이 무를 찾아 헤매 다녔다. 해가 져 주위는 어두웠고 곳곳을 밝혀놓은 등불만이 어둠에 완전히 묻히지 않게 해주었다. 로는 울고 싶은 심정이 되어 제자리에 주저앉았다. 그때였다.

"여기 계셨군요. 한참을 찾았습니다."

낯선 목소리에 고개를 들자 한 선인이 자신을 내려다보고 있었다. 그는 반쯤 얼이 나간 로를 부축하며 걱정스럽게 말했다.

"천신님이 걱정하고 계십니다. 어서 가시지요."

로가 선인의 손길을 밀어내며 물었다.

"저와 같이 온 분은 어디 계시지요?"

"천신님을 먼저 뵈러 가시지요. 천신님이 그분께로 안내해 주실 것입니다."

로는 더는 거부하지 못하고 선인이 이끄는 대로 향했다. 미로처럼 얽힌 몇 개의 복도를 지나 긴 계단을 걸어 올라가자 화려하게 치장된 누각이 나왔다. 로는 누각 한쪽에 서 있는 한 여인을 보았다. 길고 풍성한 머리를 늘어뜨린 아름답고 고결한 여인. 그녀는 밤의 옷을 입은 천신이었다. 누각에 발을 내디딘 로를 발견한 천신이 반가운 얼굴로 맞이했다.

"그동안 어디에 있었느냐. 다들 너를 찾았다."

로는 천신에게 다가서자 무너지듯 쓰러졌다. 천신은 깜짝 놀라며 로를 안아 부축했다.

"로야, 무슨 일이 있었던 거니?"

로의 눈망울에 눈물이 그렁그렁 맺혔다. 그녀는 너무나도 고통스런 얼굴로 천신의 옷을 잡아끌었다.

"천신님…… 절 그가 있는 곳으로 데려다 주세요. 그는 지금 어디에 있나요?"

천신이 로의 머리를 쓰다듬으며 말했다.

"진심으로 그를 사랑하는구나."

"함께 떠날래요. 무산으로 돌아갈래요."

"로야."

천신은 로의 젖은 뺨을 가만히 닦아주었다. 그녀의 깊은 눈빛이 진실을 말해줄 것 같아서 로는 더욱 두려웠다.

"네가 알아야 할 것이 있다. 넌 알아야 해."

"싫어요. 듣지 않을래요."

로는 천신 품에서 벗어나 천천히 뒷걸음쳤다. 천신이 그런 그녀를 안타깝게 바라보며 말했다.

"너를 위해서, 우리 모두를 위해서야."

"싫어요. 나는 진실 같은 거 필요없어요. 그를 불러주세요. 이곳을 떠나겠어요."

로는 뒤돌아서서 계단을 내려가려 했다. 그때 주위가 돌연 환해지며 낯익은 풍경이 펼쳐졌다. 로는 이곳이 어디인지 금세 알아보았다. 자신과 동무들이 황금 숲이라 부르던 곳이었다. 아름답게 우거진 나무들과 들판에 가득한 들풀, 물안개가 피어오르는 호수와 순한 들짐승이 모여 사는 평화로운 곳.

'천신님은 왜 이곳을 보여주는 것일까.'

얼떨떨한 얼굴로 몇 걸음을 떼던 로는 반가운 얼굴을 발견하고 자신도 모르게 미소 짓고 말았다. 보고 싶었던 이들의 얼굴이 보였다. 무의 손에 죽었다고 말했던 동무들이었다. 로는 기쁨에 눈물이 글썽해져서 그들에게 다가섰다.

"향(珦)아, 슬(瑟)아, 무사했구나. 그럴 줄 알았어. 모두 잘 지내고 있을 줄 알았어."

그들에게로 다가가 팔을 뻗었지만 손에 잡히는 것은 찬 공기일 뿐. 허공을 휘저은 손이 그대로 굳어버렸다. 그때 주위 공기가 피부로 느낄 수 있을 만큼 달라졌다. 무언가 위험한 것이 다가오는 게 분명했다. 향과 슬이 위험을 감지하고 뒤돌아서자 로 또한 그들이 바라보는 곳으로 시선을 돌렸다.

"다, 당신은……."

로는 자신의 눈을 믿을 수가 없었다. 그녀가 보는 것은 분명히 무(霧)였다. 아니다. 무가 아니다. 그의 눈은 어떤 감정도 읽을 수 없을 정도로 텅 비었고, 표정과 몸짓 하나하나가 잔인한 맹수처럼 보여 섬뜩했다. 그는 무가 아니다. 무와 얼굴 생김이 같은 무서운 존재일 뿐. 그가 다가오면 올수록 서늘한 공포는 로의 심장 가까이까지 번졌다. 로는 입술을 떨며 중얼거렸다.

"얘들아, 도망가. 어서 도망가!"

로의 말이 떨어지기가 무섭게 향과 슬이 비명을 지르며 도망쳤다. 이에 숲 전체가 동요하며 모든 것이 떨기 시작했다. 그때 그가 손에 든 무언가를 치켜들었다. 로는 뒤늦게야 그것이 청공임을 알아보았다. 검붉은 빛을 띤 채 피가 뚝뚝 흘러내리는 검. 그의 어두운 기운은 모두 청공에서 흘러나오고 있었다. 그는 검을 들고 도망가는 향의 등을 향해 던졌다. 로는 공기를 가르는 미세한 소리를 들으며 숨을 멈췄다. 그리고 눈앞에 벌어지는 처참한 광경을 비명조차 지르지 못한 채 지켜보았다.

허공을 날아간 검이 향의 등 한가운데에 박히자 그녀가 외마디 비명을 지르며 쓰러졌다. 그녀의 등을 관통한 검은 앞가슴까지 뚫고 나왔고 검 끝에선 붉은 핏방울이 뚝뚝 떨어졌다. 무는 향이 쓰러진 곳까지 천천히 걸어가 등에 박힌 검을 뽑아 들었다. 들풀 위로 붉은 핏방울이 뿌려지고 검은 더욱 붉은빛을 뿜어내며 기괴하게 울었다.

앞서 달려가던 슬은 뒤늦게야 향이 쓰러진 걸 발견하고 제자리에 얼어붙었다. 슬은 향의 이름을 부르며 흐느꼈다. 끔찍한 공포에 얼어버린 로는 그러면 안 된다고, 어서 도망가라고 외쳤다. 하지만 겁에 질린 슬은 제자리에 주저앉은 채 파멸의 신이 자신에게로 다가오는 것을 멍하니 쳐다보았다.

"그러…… 지 마. 안…… 돼."

로의 목에서 고통에 억눌린 쉰 목소리가 흘러나왔다. 로의 애원이 들리지 않는 듯 무는 걸음을 멈추지 않았다. 들판 위에 붉은 피가 점점이 뿌려지고 검의 기쁨에 찬 웃음소리가 허공에 울려 퍼졌다. 로는 무의 등에다가 크게 외쳤다.

"제발 그러지 마요. 그러면 안 돼!"

로의 비명과 동시에 그가 검을 치켜들었다. 순간 시간은 멈춘 듯했고 모든 것은 천천히 흘러갔다. 구름이 만든 그림자가 그들 위를 지나고 바람이 불어와 이마와 머리칼을 스쳤다. 나뭇가지에 나뭇잎이 천천히 떨어지고 검 끝에 맺힌 핏물이 사방에 흩뿌려졌다. 잠시 후 예리한 검에 잘려진 슬의 머리가 땅 위로 툭 떨어졌다.

"아아악! 안 돼! 안 돼!"

로의 공허한 비명이 허공을 흔들었다. 눈물이 걷잡을 수 없이 흘러내리고 온몸이 찢기는 듯한 고통이 찾아왔다. 눈앞이 온통 붉은빛으로 보이는가 싶더니 언제부터인가 모든 것이 불타고 있었다. 향과 슬, 로가 사랑하고 아끼던 황금 숲이 그의 손에 의해 처참하게 파괴되었다. 남은 것은 아무것도 없었다. 불에 타버린 잿더미만 남았을 뿐이다.

풍경은 다시 천신의 누각으로 바뀌었다. 천신은 바닥에 쓰러져 흐느끼고 있는 로에게 다가갔다.

"너에게 이런 광경을 보여주는 것이 얼마나 잔인한 것인지 안다. 하지만 이럴 수밖에 없었어. 모두 널 위해서다."

로는 천신의 얼굴을 외면한 채 소리 죽여 울었다. 천신은 그런 로를 안타깝게 쳐다보며 한숨을 내쉬었다.

"지금 네가 본 것은 일부분에 지나지 않아. 그는 네가 생각하는 것 이상으로 잔인하고 위험해. 난 네가 상처받는 걸 원하지 않아. 지금이라도 그를 떠나라."

"저는……. 저는…… 떠날 수 없어요."

로는 이렇게 말하는 자신이 두려워 떨었다. 친구들이 죽는 처참한 장면을 보고도 그를 떠날 수 없는 이 사랑이 고통스러웠다. 눈으로 본 것보다 더한 짓을 했다 해도 그를 버릴 수 없다. 사랑하니까. 그를 떠나지 않겠다고, 영원히 함께하겠다고 약속했으니까.

천신은 슬픈 눈빛으로 로를 보며 말했다.

"넌 말하고 싶겠지. 이건 다 과거의 일이라고, 지금 그는 달라졌다고 말이야. 하지만 아니야. 지금 보는 건 네가 여기 오기 직전에 벌어진 일이다."

천신의 말이 끝나기가 무섭게 다시금 주위 풍경이 바뀌었다. 로는 고통스런 얼굴로 고개를 들었다. 그녀의 눈빛이 또 한 번 크게 흔들렸다. 눈에 들어온 것은 영혼의 산 일부인 넓은 들판이었다. 흐드러지게 핀 들꽃 위로 수많은 정령들이 노닐던 아름다운 곳이 처참하게 불타 폐허가 되어 있었다.

"무가 이곳에 오기 전에 한 짓이다. 그는 자신을 건드리면 영혼의 산 전체를 이렇게 만들어놓겠다고 했어."

"그럴 리가…… 없어요."

"그는 이 세상을 파괴하려고 해. 그를 잡아 벌하려고 했지만 그는 번번이 내가 보낸 이들을 죽였다. 그를 멈추게 하려면 영원히 소멸시키는 것밖에는 없어."

"그가 한 짓이 아니에요. 그가 이랬을 리 없어요."

"로, 네가 본 것은 그의 일부분일 뿐이야. 그의 본성은 파괴적이고 위험해. 이대로 두면 이 세계가 파멸하고 말 거야."

"그렇지 않아요. 지금 거짓말을 하고 있는 거죠? 우릴 떼어놓기 위해서 속이고 있는 거죠?"

로는 원망 어린 눈으로 천신을 바라보았다. 천신이 그 어떤 걸 보여준다고 해도 믿지 않겠다는 듯 그녀의 눈빛은 단호하고 절박했다.

"그 누가 뭐라고 해도 믿지 않을 거예요. 그가 한 짓이 아니에요. 믿지 않을 거야. 믿지 않을 거예요."

"로야!"

"그는 천신님이 생각하는 것처럼 위험하지 않아요. 그를 해치려 한다면 저 또한 나서서 도울 거예요. 제발 우리를 내버려 둬요!"

로는 그대로 누각을 뛰쳐나갔다. 천신이 붙잡아 설명하려 했지만 소용이 없었다. 천신은 괴로운 얼굴로 로가 사라진 곳을 응시했다.

"당신, 참으로 잔인하군."

천신은 고개를 돌려 기둥 뒤에서 걸어나오는 환을 바라보았다. 싸늘한 냉소에 천신의 얼굴이 차갑게 굳었다.

"그렇게까지 할 필요는 없었잖아."

"안됐지만 어쩔 수 없는 일이야. 나는 그 아이가 알아야 할 진실을 보여줬을 뿐이다."

"지금은 어떤 걸 보여줘도 믿지 않을 거다."

"지금은 받아들일 수 없겠지만 곧 무가 이 세상에 얼마나 위험한 존재인지 저 아이도 깨닫게 될 거야. 난 그녀가 다치기 전에 떠나길 바랄 뿐이다."

"과연 무가 그녀를 놓아줄까. 로가 그를 떠나기 전에 무를 없애는 것이 먼저야."

"우습군. 우리의 전쟁에 무를 끌어들인 것이 네가 아니던가?"

"무를 깨운 건 아주 훌륭한 전략이었어. 덕분에 꿈쩍도 하지 않던 천신이 동요했으니까. 하지만 그의 힘을 얕잡아본 것이 실수였어. 그는 우리 모두를 위협할 만큼 강력한 힘을 가졌지. 너 혼자선 무를 감당할 수 없을 거다. 내가 무를 없애는 것을 도와주지."

"네가 직접 나서겠단 말인가?"

"내가 먼저 시작한 일이니 끝맺음도 내가 해야 하지 않을까."

천신은 환의 알 수 없는 눈빛을 한참 동안 응시했지만 무슨 꿍꿍이인지 좀처럼 알 수가 없었다.

"알았다. 우선 네게 맡겨보지."

천신은 싸늘히 돌아서서 계단을 내려갔다. 환은 의미심장한 미소를 지으며 멀어져 가는 천신의 등을 바라보았다.

로는 천신과 천신이 보여준 광경들에게 벗어나기 위해 있는 힘껏 도망쳤다. 뿌옇게 흔들리는 시야 너머로 소름 끼치도록 선

명한 핏빛이 꽃잎처럼 번져 갔다. 로는 두 눈을 질끈 감고 고개
를 흔들었다.

'천신님은 거짓을 보여줬어. 난 믿지 않아. 믿지 않는다고!'

세상 모두가 자신을 속이려고 덤벼드는 것만 같았다. 누군가
가 목덜미를 잡아채고 또다시 끔찍한 광경들을 보여줄 것 같아
서 겁이 났다. 로는 있는 힘껏 달렸다. 혼란이 감각을 망가뜨린
듯 아무것도 느껴지지 않고 자신이 공기 속을 부유하는 먼지처
럼 가볍고 하잘것없이 생각되었다.

'우리를 질투해 갈라놓으려 하는 거야. 난 속지 않아.'

마음속 외침과 달리 눈앞에 천신이 보여준 과거가 끊임없이
스쳐 지나갔다. 거부하면 할수록 더욱 예리하게 파고드는 비명
과 노을처럼 붉은 핏빛, 향과 슬의 주검.

"아니야! 아니야!"

로는 몸에 징그러운 벌레라도 붙은 것처럼 진저리를 치며 외
쳤다. 한 번 망막에 새겨진 광경은 쉽게 지워지지 않은 채 날카
로운 발톱을 세우고 로의 영혼을 할퀴었다. 동무들의 공포 어린
눈빛, 그들이 흘린 피 한 방울 한 방울이 눈앞에 떠오를 때마다
로의 가슴에 무수한 상처가 남았다. 상처받지 않겠다고 한 그와
의 약속은 이미 기억 어딘가로 사라져 버렸다. 로의 의지로는
어찌할 수 없는 일이었다. 시간이 흐를수록 상처는 벌어지고 피
가 철철 흘렀다. 혹시 모른다는 불신과 그럴 리 없다는 확신이
부딪치는 가운데 그를 잃을지도 모른다는 공포가 가슴에 자리

잡기 시작했다.

'제발, 아니죠? 내가 본 게 사실이 아니라고 말해줘요. 당신
이 한 게 아니라고 말해요!'

공허한 외침이 머릿속을 떠다니다 스러졌다. 정말 그에게 물
을 수 있을까. 차마 그에겐 말하지 못할 것 같다. 그의 눈빛이
불안에 흔들린다면, 혹은 너무나도 태연하다면. 로는 생각만으
로도 온몸이 떨렸다.

'천신이 보여준 것이 진실이라면 나는 어쩌죠? 나는 어떻게
해야 하죠? 아니야, 아닐 거야. 당신이 그랬을 리가 없어요. 나
를 안던 그 손으로 다른 누군가를 죽였을 리 없잖아요. 내 눈과
귀를 가리고 그런 거짓말을 했을 리 없잖아요. 안 믿을 거야. 절
대로 믿지 않을 거야.'

모든 감각을 닫고 무의식 속을 흘러가던 로는 그녀만이 느낄
수 있는 기운을 느끼며 비로소 눈을 떴다. 그녀는 완전히 낯선
곳에 서 있었다. 주위는 어둠에 잠겨 고요했지만 그 너머에 있
는 존재가 온몸으로 느껴졌다. 보지 않아도, 만져 보지 않아도
그란 걸 알 수 있었다. 온몸으로, 마음으로 그를 느낀다.

미칠 듯한 그리움과 절망이 발끝에서 서서히 차 올라 목 언
저리에 넘실거렸다. 이대로 입을 벌리면 두려운 말들이 쏟아져
나올 것만 같아서 로는 힘주어 입을 꾹 다물었다. 다시 담을 수
도, 이대로 흘려보낼 수도 없는 이 고통스런 마음을 어찌해야
할까. 로는 아무리 아프고 혼란스러워도 한 가지만은 분명하게

알았다.

'그가 기다리고 있어. 그에게 돌아가. 이 세상에 네 자리는 그곳뿐이야.'

로는 돌아갈 곳이 그의 곁뿐이라는 사실이 눈물겹도록 기뻤다. 그토록 절망하고 두려워하면서도 그에게 달려가 안기고 싶은 열망으로 마음이 뜨거웠다.

'내가 원해. 내가 그를 간절히 원해. 이 마음이 진실인 거야.'

지금 로가 믿을 수 있는 것은 아무것도 없었다. 그를 향한 마음. 이 마음이 움직이는 대로 따라갈 뿐. 로는 조금 전까지 자신을 뒤흔들던 두려움을 가슴 밑바닥으로 밀어내고 눈가에 흐르는 눈물을 닦았다. 그리고 얼굴에 상처가 드러나지 않기를 바라며 길게 숨을 골랐다. 로는 먼 곳에 있는 그에게로 걸음을 옮겼다. 그에게 가까이 다가갈수록 두려움은 먼 옛날 얘기처럼 아득하고 그를 향한 그리움은 손에 잡힐 듯 가까이 느껴졌다. 심장이 점점 빨리 뛴다. 마치 자기 주인을 알아본 것처럼 기쁘게.

로는 자신을 찾는 듯 여기저기를 서성이는 그를 보며 달려가 품속에 뛰고 들고 싶은 생각이 간절했지만 무슨 일인지 금방 발길이 떨어지지 않았다. 몸에 각인되어 있는 끔찍한 광경들 때문일까. 로는 두 손이 아플 정도로 세게 움켜쥐었다가 서서히 힘을 풀었다. 그리고 간신히 그를 불렀다.

"저 여기에 있어요."

자신에게도 들릴 듯 말 듯한 미약한 음성. 하지만 무는 정확히 로가 서 있는 곳을 보았다. 그가 달려오는 것을 보며 로는 마음으로 애원했다.

지금 제가 믿고 있는 것이 거짓이 아니라는 걸 보여주세요.

지금 내가 느끼고 있는 것이 진실이라고 말해주세요.

우리가 하는 이 사랑이, 아침이면 물러갈 안개가 아니라고

햇살에 사라져 버릴 이슬이 아니라고 말해주세요.

우리의 이 사랑이, 거짓이 아니라고,

제발 말해주세요.

그가 다가왔다. 로는 무의 얼굴을 바라보며 몸에 남은 힘을 있는 힘껏 짜내 미소를 지었다.

"어디 갔던 거야. 계속 찾았어."

여느 때와 다름없는 그의 음성에 로는 그만 눈물이 날 것 같았다.

"아무리 기다려도 오지 않아서 찾으려고 나섰다가 길을 잃었어요."

"걱정 많이 했어. 괜찮은 거야? 얼굴이 창백해."

무언가를 찾으려는 듯 유심히 들여다보는 그의 눈빛. 로는 치미는 울음을 삼키며 웃었다.

"그냥 그대로 있을 걸 그랬나 봐요. 괜히 걱정만 시켰네요. 길을 헤맸더니 너무나도 피곤해요. 우리 이만 무산으로 돌아가요."

로의 모습은 금방이라도 쓰러질 것처럼 위태로워 보였다. 무

는 로의 팔을 부축하며 말했다.

"정말 괜찮은 거야?"

로는 진심으로 걱정하는 그를 보며 따뜻하게 안아주고 싶었지만 차마 할 수 없어 고개만 끄덕였다. 무는 더는 묻지 않고 입을 다물었다.

이대로 무산으로 돌아가면 다시 전처럼 돌아갈 수 있을 거라고 로는 생각했다. 그렇게 믿고 싶었고, 그래야만 했다.

하지만…….

6. 그리고 운명···

영혼의 산에서 돌아온 지 며칠이 흘렀다. 무산은 평화로웠고, 몽우는 여전히 로의 뒤를 따라다니며 안아주기만을 기다렸다. 겉보기에 무산을 떠나 있는 동안 일어난 변화는 아무것도 없었다. 하지만 무는 분명히 무언가가 변했다고 느꼈다. 눈에 보이는 것이 아니라 마음으로만 느낄 수 있는 변화. 무도, 무산도 그대로였다. 변한 건 로였다.

영혼의 산에서 돌아온 그날부터 로의 시간은 멈췄다가 느리게 가기를 반복했다. 멍하니 선 채로 허공을 응시하는 일이 많아졌고 무가 하는 말을 제대로 알아듣지 못해 엉뚱한 대답을 하고서 당황해 시선을 피했다. 먼 하늘을 응시하며 한숨을 쉬는 것을 보고 다가가면 갑자기 바쁜 일이 생긴 것처럼 자리를 떠났다.

그녀는 뭔가를 숨기고 있다. 그것이 그녀를 변하게 했다.

무는 가슴 깊은 곳에서부터 올라오는 불안에 사로잡혀 무엇도 할 수 없었다. 그녀는 애써 태연한 척했지만 절망과 슬픔에 제 몸 하나 가눌 수 없는 것이 눈에 보였다. 영혼의 산에서 무슨 일이 있었던 걸까. 무는 절대로 바라지 않는 상황을 머릿속으로 그려보다 연신 고개를 저었다.

'혹시 그들이 말했을까? 아, 잠시라도 그녀의 곁을 떠나는 것이 아니었는데. 로가 모든 것을 알게 됐으면 어쩌지?'

생각이 거기까지 미치자 무는 무거운 납덩어리를 하나 삼킨 것 같았다. 목과 가슴이 막혀 숨 쉬는 것이 괴롭고 등에선 식은 땀이 흘러내렸다. 그녀의 원망 어린 시선과 절규, 싸늘히 돌아서며 멀어지는 뒷모습이 눈앞에 아른거렸다. 로를 향해 손을 힘껏 뻗어보아도 잡히지 않고, 그녀가 없는 무산은 다시 회색빛으로 천천히 말라간다. 이따금씩 스쳐는 환영에 무는 견딜 수 없이 불안해졌다.

"안 돼. 무슨 일이 있어도 로가 알아선 안 돼."

무는 제자리를 서성이며 허깨비처럼 중얼거렸다. 어쩌면 그녀가 알게 될 날이 올지도 모른다고 내심 각오해 두었는데 막상 닥치자 견고하고 단단했던 마음이 한순간에 물러지고 힘없이 부스러졌다.

'로가 알면, 알게 된다면⋯⋯.'

생각하고 싶지 않았다. 아니, 상상조차 되질 않았다. 그 충격을 그녀가 받아들일 수 있을까. 무는 진심으로 두려웠다. 그녀가 상처받고 자신을 미워하고 두려워할까 봐 겁이 났다. 그가 원한 건 그녀의 마음을 지키며 자신 곁에 두는 것뿐이었다. 그것이 그토록 힘든 일이란 말인가.

무는 이제 그녀가 없는 시간은 상상조차 할 수 없었다. 그녀의 부재는 고통과 절망을 넘어서 무(無)였다. 그 너머로 아무것도 존재하지 않는다. 죽음처럼 고요하고 텅 빈 껍데기.

'아니야, 로가 알았을 리 없어. 알았다면 무엇이라도 얘기했겠지.'

단순히 싸늘한 시선들 때문에 상처받아서인지 몰라 유심히 살폈지만 그런 이유 때문은 아닌 듯했다. 그 때문이라면 그녀는 분명히 품속을 파고들며 따뜻한 온기와 위로가 필요하다고 속삭였을 것이다. 지금처럼 이렇게 시선을 피하며 자신도 깨닫지 못한 슬픔에 젖어 방황하고 있지 않을 것이다.

'그녀에게 상처 주지 않겠다고 한 천신의 약속은 거짓이었을까?'

시간이 지날수록 무는 자신이 점점 더 미쳐 가는 것만 같았다. 그녀에게 내색하지 않은 채 수없이 많은 걱정과 갈등을 하고 가장 두려워하는 일이 벌어질까 노심초사하는 것이 고통스러웠다.

'차라리 모든 것을 솔직히 털어놓을까.'

딱 한 번 그녀에게 고백하고 싶은 충동을 느낀 적이 있었다. 영혼의 산을 떠나기 직전, 길 잃은 그녀를 만났을 때였다. 그녀의 얼굴 표정만 보고 모두 끝났다고 생각했다. 로는 모든 것을 알아버린 얼굴로 서 있었다. 그녀의 입에서 괜찮다는 말이 나오기 전까지 무는 세상 밑바닥까지 곤두박질치다 간신히 끌려 올라온 기분이었다.

그때 그녀에게 말하고 싶었다. 사실 내 과거는 네가 상상하는 것 그 이상으로 추하고 끔찍하다고, 나의 광기는 너를 만나 잠시 다스려지긴 했지만 너와 같이 있고 싶어 또 다른 누군가를 죽였노라고. 하지만 무는 결국 고백하지 못했다. 두려웠다. 영원히 소멸되는 것보다 그녀가 자신을 증오하며 떠나는 것이 더 무서웠다. 마지막 순간까지, 모든 방법으로 그녀를 지킬 것이다. 운명이 어떤 농간을 부린다 해도 끝까지 로를 놓지 않을 것이다.

'하지만 모든 걸 알아버린 그녀가 스스로 떠나려고 한다면 어쩌지? 그녀를 붙들 수 있을까?'

무는 이제는 습관처럼 멍해 있는 로에게 다가갔다. 그녀는 맑은 물처럼 투명한 얼굴로 무언가를 생각하고 있었다. 어깨에 가만히 손을 얹자 흠칫 놀란 로가 고개를 돌려 무를 보았다. 슬픈 꿈을 꾸다 막 잠에서 깬 것처럼 애써 태연한 얼굴엔 옅은 그늘이 져 있었다. 그 얼굴을 보며 무는 자신의 깊은 두려움에 한층 더 다가섰다.

"무슨 생각 해?"

무는 그녀처럼 마음을 숨기고 물었다. 그의 눈엔 로의 얼굴에서 조그만 실마리라도 찾고 싶은 간절함이 배어 있었다.

"정원에 연못이 있었으면 좋겠다고 생각했어요. 나무를 조금 더 심고, 계곡에 가서 예쁜 돌을 골라와야겠어요."

잠시 머뭇거린 로가 여전히 멍한 눈으로 무언가를 열심히 중얼거렸다. 지금 내뱉은 말들이 진심이 아니라는 게 환히 보였다. 그녀의 눈빛, 무심결에 내쉬는 숨소리만 들어도 마음의 명암을 느낄 수 있는 무였다. 로가 내뱉은 말은 물거품처럼 의미를 담지 못한 채 허공으로 흩어졌다. 무는 로가 호수에 피어오르는 물안개처럼 희미해서 마음이 쓸쓸해졌다. 무는 담담히 고개를 끄덕이며 그녀가 혼자 있을 수 있도록 자리를 피했다. 지금 그가 해줄 수 있는 것은 고작 이것뿐이었다.

무와 로는 지금 살얼음판 한가운데에 서서 오도 가도 못한 채서 있었다. 발밑에 작은 균열이 일며 점점 깨어지는 것을 뻔히 보면서도 움직이지 못했다. 조금만 움직여도 모든 것이 깨지고 둘 다 심연으로 추락할 것만 같았다. 그저 두 눈을 뜬 채로 지켜볼 수밖엔 없었다. 그렇게 불안한 하루하루가 지났다.

하루 내내 어두웠던 하늘에서 빗방울이 떨어지기 시작했다. 처음엔 굵은 빗발이 성기게 떨어지더니 얼마 되지 않아 거센 바람과 함께 폭우가 내렸다. 하늘에서 땅으로 내리꽂히는 빛줄기, 허공을 찢어발기는 천둥 소리가 무산을 뒤흔들었다. 들짐승의 고통스러운 울음 같기도 한 천둥 소리를 들으며 로는 혼곤한 잠에서 깨어났다. 눈을 뜨니 보이는 것은 온통 어둠이었다. 순간 이곳이 어디인지 가늠이 되지 않아 멍하니 주위를 살피던 로는 한참이 지나서야 산책 중에 작은 바위 동굴로 찾아든 것을 기억해 냈다.

흐린 날만큼이나 몸과 마음이 무거워 안개의 성까지 갈 여력도 없이 졸음이 밀려왔다. 로는 작고 아늑한 동굴에 들어와 편편한 곳을 찾아 몸을 뉘였다. 그리고 눈을 감자마자 기절하듯 잠들어 이제야 깨어난 것이다.

영혼의 산에서 돌아온 후 이렇듯 자꾸만 잠이 쏟아졌다. 잠을 자지 않을 때는 멍하니 앉아 생각에 빠져 있거나 품으로 자꾸 안겨드는 몽우의 등을 쓰다듬으며 시간을 보냈다. 자신이 왜 이런지 그녀도 알 수 없었다. 그저 무의 얼굴을 제대로 볼 수가 없었다. 그의 얼굴을 보면 천신이 보여주었던 광경이 눈을 찔러 견딜 수 없었다.

로는 아무것도 하지 않은 채 하루를 보내고 밤이 오면 무와 나란히 침상에 누웠다. 그의 손길이 목과 어깨를 스치면 뜻하지 않게 몸을 움츠러들고 그런 자신에게 놀라 심장이 덜컥거렸다. 몸이 긴장으로 굳으면 무는 더는 만지지 않고 자는 척 두 눈을 감았다. 로는 그가 이 밤 내내 잠들지 않을 걸 알면서도 아무런 말도 건네지 않고 조용히 돌아누었다. 밤은 끔찍하리만큼 길고 서로가 무척이나 멀게 느껴졌다.

시간이 흐를수록 로는 점점 망가져 갔다. 그에게서 진실을 듣지 않으면 이 고통은 더해만 가고 끝내 돌이킬 수 없는 지경에 이르게 될 것이다. 하지만 로는 그에게 물어볼 용기가 나지 않았다. 차라리 아무것도 모른 채 살았더라면 좋았을 것을. 뒤늦은 후회와 원망만이 들 뿐이었다.

동굴 밖에서 빛이 번쩍하더니 곧이어 세상을 뒤흔드는 천둥소리가 울려 퍼졌다. 로는 깜짝 놀라 귀를 막고 눈을 감았다. 세상 모든 것이, 그리고 자신이 못 견디게 두려웠다.

얼마나 흘렀을까. 동굴 입구로 누군가가 들어오는 기척이 났다. 곧 작은 공간이 꽉 차며 온기가 퍼졌다. 로는 고개를 들고 자신 곁으로 다가오는 무를 멍하니 쳐다보았다. 비에 흠뻑 젖은 채 물을 뚝뚝 흘리는 그는 로와 닿지 않게 조금 떨어져 앉았다.

"어, 어떻게 찾았어요?"

"천호에게 널 찾아달라고 했어."

어두워서 그의 표정을 제대로 읽을 수 없지만 목소리가 무척이나 쓸쓸했다. 로는 그의 얼굴로 손을 뻗었다. 비에 젖은 그의 뺨이 몹시도 찼다.

"많이 젖었네요. 몸이 차요."

"나는 괜찮지만 넌 괜찮지 않은 것 같다."

어슴푸레한 동굴 안에서도 그의 눈빛만큼은 또렷이 보였다.

그의 눈이 물었다. 왜 이렇게 괴로워하느냐고, 무엇이 널 힘들게 하느냐고. 로는 차마 말할 수 없어 옷소매로 그의 젖은 얼굴을 묵묵히 닦아주었다. 로가 하는 양을 말없이 지켜보던 무가 한참이 지나서야 무겁게 입을 뗐다.

"그때 난 아무것도 몰랐어. 무엇이 옳고 그른지, 기쁘고 슬픈 감정이 무엇인지 알지 못했다."

무의 젖은 음성에 로가 손길을 멈추고 그를 바라보았다. 그의 괴로움이 온몸으로 느껴졌다.

"무, 말하지 말아요. 괴로우면 말하지도 않아도……."

로가 막으려도 해도 무는 계속 말을 이어나갔다.

"나는 그저…… 참을 수 없었어. 이 세상은 미쳐 있는 것 같았고 온통 끔찍한 광기와 고통만이 가득하다고 여겼어. 내 안에 광기가 나를 휘젓는 것에 화가 났고, 고통에서 벗어나고 싶은 생각에만 사로잡혀 있었어. 내가 했어. 내가 죽이고 파괴했어. 이 두 손으로……."

"그만! 그만 해요."

로는 그를 끌어안고 눈을 감아버렸다. 두려움에 떠는 그녀를 무가 힘껏 안았다.

"어리석은 나 때문에 상처받지 마. 괴로워하지 마. 혼자 이겨내려 하지 마. 내게 원망하고 화내. 날 비난하고 조롱해. 난 괜찮아."

그의 목소리가 너무나도 괴롭고 쓸쓸했다. 모든 것을 덮어주고 잊고 싶을 만큼.

"왜……."

로의 입술에서 흐느낌이 새어나왔다. 왜 그랬냐고, 도대체 무슨 짓을 한 거냐고 원망하고 화내고 싶었지만 차마 그럴 수가 없었다. 그가 아파하고 있었다. 사랑하는 이가, 목숨처럼 소중한 이가 절망하고 괴로워한다. 살면서 가장 하기 힘들었을 말을, 죽어도 하고 싶지 않은 말을 했다. 이런 그를 어떻게 원망하고 비난할까. 세상 모두가 무에게 칼을 들이대도 자신만큼은 그를 감싸고 지켜야 했다. 사랑하니까. 사랑하기 때문에.

"말해. 제발 무슨 말이라도 해봐."

"나, 나는……."

로의 눈에서 뜨거운 눈물이 흘렀다. 천신과 동무들의 얼굴, 불타 폐허가 된 황금 숲, 자신을 비난하던 수많은 눈빛들이 눈앞에 스쳐 갔다.

'모두 미안해. 정말 미안해.'

로의 눈에선 뜨거운 눈물이 쉴 새 없이 흐르고, 떨리는 입술에서 무가 알아들을 수 없는 말들이 흘러나왔다. 무는 그녀의 팔을 붙들고 힘주어 말했다.

"로, 나를 봐. 날 떠나고 싶어?"

그 말에 로는 고개를 들고 무의 눈을 보았다. 단호하면서도 슬픈 눈빛, 떠난다고 해도 절대로 놓아주지 않을 것 같은 눈빛, 하지만 정녕 원한다면 보내주겠다는 눈빛이었다. 그에게 자신이 세상 전부이듯 무는 로의 모든 것이었다. 로는 그를 떠나선 살 수 없었다.

"떠나고…… 싶지 않아요."

마침내 로의 입술이 벌어지며 울음 섞인 흐느낌이 터져 나왔다.

"사…… 랑…… 해요. 내 자신도 어찌할 수 없을 만큼 당신을 사랑해요."

로는 아무리 아파도 이 사랑을 놓을 수 없었다. 이미 자신도 어쩔 수 없는 힘에 의해 그에게 단단히 묶여진 것 같았다. 그와 함께 가는 길이 고통이고 파멸이라 해도 도망치지 않을 것이다. 차라리 같이 끝나는 것을 선택하리라.

"당신 곁에 있고 싶어요. 떠나지 않을래요."

그의 찬 입술이 다가와 떨리는 입술을 눌렀을 때 로는 자신을 향한 그의 사랑이 얼마나 깊은지 온몸으로 느꼈다.

당신을 사랑합니다.

그리하여 당신이 이끄는 악몽 속으로

기꺼이 걸어 들어갑니다.

고통조차 눈물겹도록 달콤하고

슬픔조차 가슴 시리도록 벅찹니다.

당신을 사랑합니다.

그리하여

당신이 이끄는 운명 속으로 기꺼이 걸어 들어가겠습니다.

무의 손길이 로의 뺨과 목을 지나 쇄골 언저리에 머물렀다. 로는 옷 앞섶을 풀어 그의 손을 가슴 위에 가져갔다. 가슴을 부드럽게 감싸 쥔 그의 손. 살갗을 통해 전해져 오는 그의 떨림. 그 손끝에 서린 뜨거운 열망과 시린 슬픔이 로의 마음에 켜켜이 사무쳤다. 로는 입술을 열어 그를 깊이 받아들였다. 축축하고 부드러운 속살이 정신을 아득하게 헤집어놓는다. 숨과 숨이 섞이고 타액과 타액이 섞이고 체온과 체온이 섞여 뜨거움이 되는 동안 너와 나의 경계가 무너지고 마음에 고여 있던 두려움이 씻겨 내려갔다.

농굴 밖에는 빗줄기가 더욱 굵어지고 번개와 천둥이 번갈아가며 내려쳤지만 그들에겐 휘황하고 아련한 불꽃이 이는 것처럼 보였다. 불빛에 비치는 서로의 몸이 눈물겹도록 아름다웠다. 느린 춤사위처럼 고요한 몸짓으로 옷을 벗기고 마침내 하나로 포개졌을 때 로는 하늘을 훨훨 날고 있는 것만 같았다.

그의 어깨 너머로 보이는 하늘은 눈부시도록 푸르고 맑았다. 가벼운 구름이 바람에 흘러가고 세상으로 퍼지는 빛은 따스했다. 로는 두 팔을 펼치고 그 속을 날았다. 행복했다. 생이 이대로 끝난다 해도 후회는 없었다. 몸속 깊이 파고드는 그를 느낀 순간, 아랫배가 팽팽해지며 마치 태양을 품은 듯 뜨거운 열기가 온몸으로 퍼졌다. 한순간 나비가 된 것처럼 가볍고 자유로웠다. 로는 몸속에 들어온 태양을 힘껏 안고 비상했다. 그의 거친 숨소리가 동굴에 가득하고, 자신의 숨 또한 그를 따라 오르내렸다.

더 높이, 그 무엇도 따라잡을 수 없도록 훨훨 날아가자.

거칠 것이 없는 자유로운 곳에서 너와 나 사랑하며 살아가자.

만약 그럴 수 없거든

네 안에 흔적없이 녹아

영원히 네 핏속을 흘러다니며

그렇게라도 함께 있고 싶다.

무는 로를 힘껏 안고 자신을 깊이 묻으며 속삭였다.

"사랑한다."

그리움과 회한이 얽혀 무겁고 진득하게 가슴을 파고드는 목소리. 어찌 들으면 슬픔 같고, 어찌 들으면 기쁨 같은 말. 로는 손을 뻗어 무의 얼굴을 어루만졌다.

'어쩌면 당신에게 사랑이 온 것은 지난 잘못을 스스로 깨우치고 갚아나가란 의미일지도 몰라요. 운명이 그러하다면 당신과 함께 갚아나갈게요. 아무리 오랜 시간이 걸린다 해도 당신과 함께라면 기꺼이 할 수 있어요. 당신의 고통을 이 손으로 기꺼이 씻어줄게요. 내가 당신을 구해줄게요.'

로는 눈을 감고 그에게 몸과 마음을 모두 모았다. 세상을 향해 그의 잘못을 용서해 달라고, 그가 더는 아파하지 않게 해달라고 빌었다. 그리고 어둠에서 그를 구해 평화를 얻고 영원히 하나가 되게 해달라고 빌었다.

로의 간절한 소망에 답하듯 몸속에서 뜨겁고 눈부신 폭발이 일었다. 로는 고개를 뒤로 젖히며 입술을 벌려 숨을 들이마셨다. 그와 자신이 하나가 되는 듯 아프고 경이롭도록 충만한 기쁨이 온몸을 휘저었다. 로는 무의 어깨를 힘껏 안고 절정 위로 성큼 올라섰다. 용암 속에 뛰어든 듯 뼈와 살이 흔적없이 녹아 없어질 것 같았다. 온몸이 조각조각 깨어진 것처럼 고통스럽고 가슴 한복판을 뚫린 듯 시리고 절절한 환희가 밀려왔다.

무는 동굴 안이 울리도록 크게 신음을 내지르며 로를 끌어안았다. 몸의 것이 모두 빠져나가 로에게로 빨려 들어갔다. 몸 전체가 텅 빈 듯 뿌듯한 공허가 찾아오고 빈 곳에 다시금 안도와 기쁨이 채워졌다. 둘은 가쁜 숨을 고르며 서로의 입술을 찾았다. 몸에 남아 있는 여운이 아득한 행복을 안겨주었다.

뜨거운 폭풍이 지나가고 평화가 찾아오자 로는 졸리고 나른했다. 그의 품에 기대 눈을 감자마자 곧 잠이 밀려왔다. 무는 입가에 미소를 띤 채 로의 머리칼을 가만히 어루만졌다. 그의 부드러운 손길이 로를 깊은 잠 속으로 안내했다.

잠든 로를 보고 있자니 무의 머릿속에 많은 생각이 스쳐 갔다. 로가 용서해 주었다. 모든 걸 알고서도 자신을 용서해 주고 떠나지 않겠다고 했다. 그녀의 사랑이 무를 구원해 주었다. 어둠 속에 갇힌 그를 빛이 가득한 곳으로 끌어올려 주었다.

'날 믿어줘서 고마워. 더는 마음 아프게 하지 않을게. 당장 천신을 만나러 가야겠어. 세상과 그를 다시 한 번 설득해 볼 거야. 진심을 다해 용서 받도록 노력할 거야. 영원히 소멸만 되지 않

으면, 너와 사랑할 수 있으면 난 무엇이든 할 수 있어.'

무는 그녀의 얼굴을 가만히 들여다보다 이마에 조심스럽게 입을 맞추었다.

'네 앞에 떳떳해지고 싶어. 이 사랑을 지키고 싶어. 곧 돌아올게. 사랑한다.'

그녀에게 자신의 옷을 덮어주고 일어났을 때였다. 등줄기를 훑는 한기에 무의 얼굴이 돌연 굳었다. 온몸에 신경이 하나도 빠짐없이 곤두서며 위험을 알렸다.

낯선 자들이 다가오고 있었다.

지금껏 만난 자들보다 강하고 위험하다.

몸속에 청공이 크게 꿈틀거리자 무가 낮은 신음을 흘렸다.

'왜 하필 이때에. 아직 때가 아니야.'

상대는 모두 네 명이었다. 강하고 파괴적인 힘을 가진 이들. 그들은 무와 로가 있는 동굴을 향해 빛처럼 빠르게 다가오고 있었다.

'지금은 안 돼! 잘못하다간 로가 다칠지도 몰라!'

무는 로의 얼굴을 보며 터져 나오는 비명을 삼켰다. 평화로운 그녀의 얼굴 위에 빗줄기를 뚫고 자신을 향해 달려오는 이들의 형체가 겹쳐 보였다.

운명은 정녕 나를 저주하는가. 어찌 이다지도 가혹하단 말인가.

무는 더는 이곳에 머무를 수 없었다. 가능한 한 로에게 멀리 벗어나야만 했다. 무는 잠든 로의 얼굴을 가만히 내려다보았다. 한 번 더 만져 보고 싶어 손을 뻗었다가 거두고 벗은 몸 그대로 동굴 밖으로 뛰쳐나왔다. 빗속에 서자 몸에 남아 있던 그녀의 체온과 향기가 빗줄기에 씻겨 나갔다. 뼛속까지 한기가 파고들고 자꾸만 불길한 생각이 엄습해 와 몸이 떨렸다.

'로, 지금 그대로 있어줘. 제발 다치지 마.'

무는 로가 있는 동굴을 한번 바라본 후 그대로 안개로 몸을 바꿔 빗속을 날아갔다. 그들과 자신의 거리가 점점 짧아지고 있었다.

심연처럼 아득하고 시린 어둠, 살갗을 아프게 두드리는 빗방울, 번쩍이는 불꽃과 고막이 찢기는 듯한 뇌성. 그 속에 그들이 있었다. 죽은 자들의 신 흑(黑), 불화의 신 사(沙), 허영의 신 경(鏡), 관능의 여신 단(丹). 그리고 파멸의 신 무(霧).

신들에 둘러싸인 무의 손엔 청공이 들려 있었다. 신계의 위대한 검으로 불리는 태아(太阿), 청공(靑空), 흑풍(黑風) 중 가장 아름답고 위험하다 일컫는 청공. 청공이 위험한 이유는 의지와 욕망을 가지고 있어서였다. 청공은 자신의 주인을 송두리째 차지하길 원했고 나아가 자신이 주인이 되고자 했다. 지금 청공은 자신이 욕망하는 것에 마지막 한 다마을 남겨두고 있었다. 무의 주인이 되는 것. 청공은 세상 무엇보다 무를 잘 알았다. 무는 지금 어느 때보다 약해져 있었다. 그의 마음속에 깃든 불안과 초

조를 갉아먹으며 청공은 차갑게 비웃었다. 오늘이 지나기 전에 무는 자신의 것이 된다.

무와 청공은 서서히 하나가 되어가고 있었다. 무의 눈빛은 어둠에 취해 음울하게 빛났고 검신에 새겨진 파괴의 언어가 오른팔과 어깨를 지나 심장으로 향하고 있었다. 청공이 무의 심장을 손에 넣었을 때, 무는 청공이 된다. 그것을 알면서도 무는 심장에까지 손을 뻗는 청공을 거부하지 않았다. 청공이 자신을 장악할수록 힘은 더욱 커졌고, 그래야 그들을 빠르게 없앨 수 있기 때문이다.

적들을 본 순간 무는 그들과 타협할 수 없음을 깨달았다. 강하고 사악한 자들이 무의 말에 귀 기울일 리 없었다. 시간을 오래 끌어선 안 된다. 시간이 길어지면 그들에게 당하거나 아니면 청공에게 당하게 될 터였다.

'심장이 조금씩 차가워지는 것이 느껴져. 빨리 끝내야 해.'

무는 앞에 버티고선 적을 노려보며 청공을 움켜쥐었다. 곧 있을 피의 향연을 기대하는 듯 청공이 푸르고 어둡게 빛났다. 무의 전신에서 흘러나온 검은 기운이 축축하게 젖은 땅으로 스며드는 동안 적은 만만찮은 상대를 경외에 찬 눈으로 주시했다.

"아름답군. 죽이기엔 너무나도 아까워."

무의 몸을 아래위로 훑어본 단이 혀로 붉은 입술을 쓱 핥으며 중얼거렸다.

"뭐야, 발정 난 암캐처럼."

제 몸보다 긴 창을 휘휘 돌리며 장난을 치던 사가 킬킬거렸다. 단은 정염 가득한 눈매를 살짝 찌푸리며 콧방귀를 뀌었다.

"하긴, 너같이 추한 것이 아름다움을 알기나 하겠어? 무는 소멸시키기엔 정말로 아깝다고. 저 희고 미끈한 몸, 신비로운 표정, 검푸른 눈동자를 보고 있으면 나도 모르게 온몸이 뜨거워져. 저 어둠에 취한 눈빛을 봐. 눈빛 하나만으로도 온몸이 찢겨 나갈 것 같아. 내가 직접 소멸시킬 수 있다면 좋을 텐데. 아름다운 몸뚱이가 내 손안에서 찢겨지는 걸 느껴보고 싶어."

단은 무의 몸을 만지고 있는 듯한 착각마저 느끼며 살기 어린 눈을 번뜩였다. 경은 위험한 적을 앞에 두고 태연한 이들을 질린 표정으로 보았다.

"너희들은 겁도 없냐? 우리는 지금 무 앞에 서 있다고. 당장 목이 날아갈지도 모르는데 무슨 헛소리야?"

"난 즐거운데. 그가 어떻게 나오는지 빨리 보고 싶어."

단의 교태 어린 웃음에 흑과 사도 따라 웃었다. 그들의 웃음소리가 낭자하게 퍼지는 가운데 묵직한 음성이 흘러나왔다.

"너희들은 천신이 보낸 자들이 아니다."

무의 눈빛이 검게 일렁였다.

"맞아. 우린 환이 보내서 온 자들이지."

흑이 비금비금 웃으며 말했다.

"내가 쓸모없어졌나 보규."

"네가 기대 이상으로 잘해주었기 때문이야. 이대로 내버려 두었다간 자기 자릴 위협할지도 모르니 없애는 수밖에."

사가 큰 눈을 굴리며 킥킥 웃었다.

환이 한 것은 자신을 깨운 것뿐. 처음부터 그의 명령에 의해 움직인 것도 아니기에 놀랄 것도, 분할 것도 없었다. 무에게 그들은 평화를 깨뜨리는 방해물에 불과했다.

"흠, 그녀가 가까이에 있군. 네가 붙잡혀 가는 것을 보면 어떤 표정을 지을까? 우린 널 사로잡고 난 뒤엔 로와 즐거운 시간을 보낼 생각이다. 우린 전부터 그녀가 탐났거든."

흑의 말에 무의 얼굴이 더욱 차갑게 굳었다. 이들의 말을 받아줄 만큼 시간이 넉넉하지가 않다. 로가 깨기 전에 모두 없애야 한다. 무는 심장을 향해 손을 뻗는 청공을 거부하지 않고 자신을 장악해 가도록 내버려 두었다. 무의 힘은 점점 강해져 갔다.

"이런이런, 갈수록 무서워지는데. 이제 잡담은 그만 하고 슬슬 몸 좀 풀어볼까."

흑의 말이 끝나기가 무섭게 신들이 자취를 감추었다. 무 또한 안개로 변해 허공으로 흩어졌다. 그들은 허공 속을 맴돌며 상대방이 빈틈을 보일 때를 기다렸다. 하늘에선 세찬 바람과 함께 엄청난 비가 쏟아지고 있었다.

무를 유인하려는 듯 단이 처음 모습을 드러냈다. 그러자 기다렸다는 듯 무가 나타나 단의 가는 허리를 힘껏 베었다. 하지만 청공이 가른 것은 허공일 뿐. 그녀는 검이 닿기 전에 사라지고 뒤이어 나타난 흑이 무의 등에 긴 검을 박아 넣었다. 하지만 무 역시 검이 닿기 전에 안개로 흩어져 흑의 검은 고목을 두 동강 이 내는 데 그쳤다. 검과 검이 부딪히면서 불꽃이 튀고 두꺼운 얼음이 깨지는 것 같은 파열음이 허공을 흔들었다. 누구 하나 허점을 보이지 않는 완벽한 싸움이었다.

사가 흑을 공격하는 무의 옆구리에 긴 창을 찔러 넣었다. 일시에 안개로 변해 아슬아슬하게 창날을 피한 무는 어느 틈엔가 다시 나타나 사의 정수리를 향해 검을 내리쳤다. 하지만 청공에 닿은 것은 부서져 내리는 모래알뿐. 사를 공격하느라 잠시 벌어진 틈으로 단이 나타났다. 단의 손에서 뻗어나간 붉은 실이 무를 휘감았지만 그것은 곧 불에 타 공중으로 흩어졌다. 무가 공격하려고 검을 뻗었을 땐 이미 단은 사라져 버린 후였다. 그때 갑자기 등 뒤로 경이 나타났다. 상대방의 모습을 그대로 복제하는 경은 무의 모습으로 변해 청공을 휘둘렀다. 무는 옆구리로 파고드는 청공을 받아치며 경을 공격했지만 곧 안개로 흩어져 버리고 말았다.

'이들은 직접적인 공격을 하지 않고 있어! 이유가 뭐지?'

무는 점점 조급해져 갔다.

사방에서 비웃음이 들렸다. 그들이 원하는 것은 시간이었다.

우르릉 쾅!

시독한 천둥 소리가 온 세상을 뒤흔들고 그 바람에 로는 잠에서 깨어났다. 로는 잠결에 옆을 더듬다 온기가 느껴지지 않자 슬그머니 눈을 떴다. 곁엔 아무도 없었다. 로는 한기를 느끼며 바닥에 떨어진 옷을 주워 입고 자리에서 일어났다.

"무, 어디 있어요?"

무심히 동굴 입구에 시선을 준 로는 긴 그림자를 발견하고 아직 잠에서 덜 깨 흐릿한 눈을 비볐다.

"당신이에요?"

그림자는 대답하지 않았다. 로를 향해 선 그림자는 한동안 로를 응시하다가 밖으로 걸어나갔다.

"어디 가요?"

로는 황급히 그림자를 따라나섰다. 동굴 밖으로 나오니 굵은 비로 앞이 잘 보이지 않았다. 주위를 휘휘 살피던 로는 저만치 멀어져 가는 그림자를 발견했다.

"무!"

로는 그의 이름을 부르며 뒤를 쫓아갔다. 아무리 열심히 따라가도 검은 그림자와의 거리는 좀처럼 좁혀지지 않았다. 로는 자꾸만 두렵고 불안한 기분이 들었다. 그를 따라가선 안 된다는 생각이 들었지만 한편으론 무가 위험하다는 생각이 들었다. 무슨 일이 벌어지는 거지? 로는 두려운 마음을 애써 누르고 그의 뒤를 따랐다.

무의 모습을 한 경이 청공을 크게 휘두르며 무를 공격했다.

무가 검을 가볍게 피하자 경이 다시금 날카롭고 예리한 몸놀림으로 무의 옆구리를 파고들었다. 어쩐지 이번엔 제대로 들어간 것 같았다. 확신에 찬 경이 무의 옆구리 깊숙이 검을 박아 넣을 찰나였다. 무언가 잘못됐다. 경은 몸에 퍼지는 뜨거운 기운을 느끼며 고개를 숙였다가 자신의 복부 밖으로 튀어나온 검을 발견하고 눈을 크게 떴다.

'당했다.'

순간 머릿속이 멍해지면서 참을 수 없는 욕지기가 치밀었다. 그리고 경은 보았다. 청공에 의해 자신의 몸이 두 동강이 나는 것을. 빗줄기 속에 경이 흘린 피가 낭자하게 뿌려지고 그의 몸이 진흙탕 위로 볼품없이 나뒹굴었다.

"제길."

잠깐 모습을 드러낸 흑이 낮은 신음을 흘렸다. 무의 움직임이 너무나도 빨라서 조금만 집중하지 않으면 놓쳐 버리기 일쑤였다.

"모두 정신 차려! 조금만 방심하면 저 꼴이 되고 말아!"

허공을 향해 크게 소리친 흑이 다시 어둠 속으로 모습을 감추었다.

살갗이 아프도록 세차게 퍼붓는 비바람은 또 다른 적이었다. 완벽하게 모습을 감추기가 쉽지 않고 공기의 흐름을 흐트러뜨려 공격 방향을 예측하기가 어려웠다. 모두가 이 싸움이 결코 만만하지 않다고 느낄 있을 때였다. 쉼없이 천둥과 번개가 내리치는 가운데 무가 모습을 드러냈다. 사는 이때를 놓치지 않고 무에게 창을 던졌다. 창은 빗줄기를 뚫고 무의 심장 한복판으로 정확히 날아갔다.

'됐어!'

사는 속으로 쾌재를 불렀다. 하지만 곧바로 얼굴이 굳고 말았다. 사의 창을 낚아챈 무가 자신에게로 던졌기 때문이다. 사는 재빠르게 피하며 다시 창을 잡으려고 팔을 뻗었다. 그때 돌연 무가 나타났다. 사는 기겁하며 모래로 변하려 했지만 창을 잡는 오른팔은 이미 잘려진 후였다.

"아아악!"

사는 비명을 지르며 비틀거렸다. 콧속을 파고드는 비릿한 피 냄새가 몹시도 역했다. 다시 모래로 모습을 바꾸려 했지만 상처가 깊어 쉽지 않았다. 사는 어쩔 수 없이 모래로 검을 만들어 무를 공격했다. 하지만 형체가 다 만들어지기 전에 청공과 부딪혀 그의 무기는 어이없이 부서져 내렸다.

'이럴 수가! 너무나도 빨라. 갈수록 강해지고 있어.'

사는 두려움에 질린 얼굴로 무를 보았다. 죽음이 가까이 다가오고 있었다. 무기력하게 서 있는 사의 목으로 청공이 날아왔다. 그때였다.

"무, 안 돼요!"

자리에 있던 모두가 소리가 난 쪽으로 고개를 돌렸다.

빗속에 로가 서 있었다.

아무것도 담지 않은 듯 공허했던 무의 눈빛이 일순간 흔들렸다. 그 짧은 순간을 놓치지 않고 단이 모습을 드러냈다. 단이 손을 뻗자 핏물이 뚝뚝 떨어지는 붉은 실이 무의 목을 휘감았다. 그 와중에도 무의 눈은 창백한 얼굴로 자신을 바라보는 로를 응시했다.

"보…… 면…… 안…… 돼."

무가 작게 신음했다. 단의 실이 무의 목을 강하게 조이는 가운데 살갗이 찢어지고 피가 배어나왔다. 허나, 무의 얼굴은 아픔을 모른다는 듯 창백하게 굳은 채 로를 보았다. 하늘에서 번개가 내리쳤다. 온 하늘이 밝아지면서 로의 표정이 생생하게 드러났다. 그녀는 두려워하고 있었다. 무가 죽인 다른 신들처럼, 경악과 공포가 얼굴에 그대로 드러났다. 무는 로의 공포를 보며 속이 뒤틀리는 것만 같았다.

"보…… 지…… 마. 고개…… 돌려."

무가 쉰 목소리로 신음했다. 단의 실이 살 속을 파고들면서 끔찍한 아픔이 밀려왔지만 무는 움직일 수 없었다. 몸의 척추가 쑥 뽑힌 듯 무기력했다. 심장이 차갑게 식고 뇌수가 남김없이 태워지는 듯 고통스러웠다. 이때 청공이 무를 비웃으며 킬킬거렸다.

[저 아이의 얼굴에 드러난 공포를 봐. 다른 이들과 똑같이 널 두려워하고 있어. 킬킬킬. 저 아이가 널 떠나기 전에 없애 버려!]

청공의 말에 무의 얼굴이 더욱 일그러졌다. 순간 단이 날카로운 웃음을 흘리며 실을 잡아당기자 참을 수 없는 고통과 분노가 밀려왔다. 그때 모습을 드러낸 흑이 무를 향해 거대한 도끼를 휘둘렀다.

[어서 저것들을 모두 죽여 버려! 이 세상을 끝내 버려!]

무는 청공의 외침을 들으며 반사적으로 공격을 피했다. 그 순간에도 그는 로에게서 시선을 떼지 못했다. 몸을 적시는 빗줄기가 너무나도 차갑다. 로의 고통 어린 눈빛을 보는 것이 끔찍하리만치 괴롭다.

'이런 날 보여주고 싶지 않았어. 태아에 소멸되는 것보다 이런 모습을 보이는 것이 더 두려웠어. 이렇게 끝나선 안 되는 건데. 네가 다치면…….'

순간 무의 영혼을 지탱하던 끈이 툭하고 끊어져 버렸다. 너무 많은 시간이 흘러가 버린 탓에 청공이 그의 심장을 손에 넣은 것이다. 무의 얼굴에 차츰 감정이 사라지고 심장이 허옇게 얼어붙어 딱딱해져 갔다. 분노와 허기가 온몸을 뒤덮고 몸 깊숙한 곳에서 살기가 용암처럼 끓어 넘쳤다.

무는 이제 청공의 것이었다.

"아아아아아악!"

무의 비명이 무산을 뒤흔들었다. 어둠이 무에게로 빨려 들어가고 청공이 믿을 수 없을 만큼 강한 빛을 내뿜기 시작했다.

마침내 청공은 무의 손에서 떠나 자유롭게 풀려났다. 고막이 찢어질 듯한 웃음을 흘리며 허공을 날던 청공은 삽시간에 사의 몸을 태우고 무의 목을 휘감고 있는 단의 실을 끊어냈다. 갑자기 실이 끊어지자 단이 뒤로 튕겨져 나갔다. 청공은 단을 쫓아가 그녀의 사타구니부터 어깻죽지까지 단숨에 베어냈다. 단의 비명이 울려 퍼지고 사방으로 피가 튀었다. 흑은 자신보다 더 검고 강력한 어둠을 대하자 겁에 질렸다. 그는 어둠 속으로 몸을 숨기고 도망쳤다. 하지만 더 진한 어둠으로 둘러싸인 청공이 그의 정체를 알아채고 파고들어 왔다.

"윽!"

흑은 심장을 꿰뚫는 고동에 떨며 밖으로 모습을 드러냈다. 청공이 그의 심상으로 파고들어 와 몸을 비틀고 있었다. 청공에 의해 심장이 갈가리 찢기면서 흑은 어둠 속 한곳을 향해 손을 뻗었다.

"도와…… 줘."

어둠 속 그림자는 미동없이 흑을 지켜보았다. 어둠을 향해 애원하던 흑은 얼마 안 가 축 늘어지며 젖은 땅 위로 쓰러졌다.

'지금 내가 보고 있는 건 누구?'

로는 익숙하고도 낯선 얼굴을 멍하니 바라보았다. 피에 얼룩진 하얀 몸 위로 빗물이 쏟아지고 있었다. 어디선가 본 것 같은데 충격으로 멍한 의식이 그가 누구인지 가르쳐 주지 않았다. 그때 눈이 아프도록 강렬한 빛이 번쩍였다. 눈앞에 천신이 보여주었던 장면이 물 흐르듯 스쳐 갔다. 하늘을 뒤덮은 붉은 노을. 공중에 뿌려지는 붉은 피. 잘려진 누군가의 머리. 불태워지는 산과 들. 다시 한 번 날카로운 빛이 번쩍이고 빗속에 서 있는 그가 보였다. 그가 검을 들고 어둠 속에서 움직였다. 어찌 보면 우아하고 아름답기까지 한 움직임이었다. 허공을 춤추던 검에 누군가의 팔이 잘려져 나가고 붉은 피가 사방으로 뿌려졌다.

'또다시 과거를 보는 걸까.'

가까이에서 누군가가 죽어간다는 것을 어렴풋이 느끼지만 먼 과거에 벌어졌던 광경을 보는 것처럼 현실감이 없었다.

엄청난 천둥이 천지를 뒤흔들고 난 후였다. 또 한 번 번개가 내리쳤다. 그리고 로는 보았다. 핏물이 뚝뚝 흐르는 검을 든 이는 그녀가 아는 이었다.

"무, 안 돼요!"

로는 자신이 내뱉은 말을 듣고서야 비로소 그가 무임을 깨달았다.

'당신 왜 거기에 있어요. 지금 무얼 하는 거예요.'

무와 눈이 마주쳤다. 그의 눈빛이 너무나도 낯설었다. 너무나도 검고 차가운 눈동자. 다른 이를 보고 있는 것만 같았다.

"그가 이 세상을 파괴하려 해."

과거 천신이 했던 말이 떠올랐다.

'아니야.'

로는 거듭 고개를 저음 부정했다. 몸이 얼어붙어 가는 것처럼 한기가 몰려왔다. 그를 불러 보고 싶었지만 목이 메말라 붙어버린 듯 소리가 터져 나오지 않았다.

"그를 멈추게 하려면 영원히 소멸시키는 것밖에는 없어."

너무나도 고통스런 천신의 목소리.

'아니야. 지금 내가 보는 이는 그이가 아니야.'

자신을 바라보는 그의 눈빛이 너무나도 차가웠다. 도저히 무라고 믿을 수 없었다. 무의 얼굴을 한 다른 이가 분명하다. 저이가 조금 전까지만 해도 날 따스하게 안아주었던 말인가.

"사랑한다."

따뜻한 그의 목소리가 귓가에 맴돌았다. 순간 눈시울이 뜨거워지며 뜨거운 눈물이 흘러내렸다.

'아니야. 그가 아니야.'

그는 정녕 로가 사랑하는 무가 아니었다. 로가 사랑하는 무는 저런 눈빛을 하지도, 저런 표정을 짓지도 않았다. 슬프지만 부드러운 눈길, 마음을 따뜻하게 뒤덮던 정다운 미소, 뺨을 부드럽게 스치던 손길, 귓가를 간질이던 햇살 같은 속삭임.

로의 눈앞에 무와 함께한 시간이 혼란스럽게 스쳐 갔다.

푸른 하늘. 막 씻어 헹군 듯한 햇살, 바람에 흔들리는 들꽃, 주위를 뱅글뱅글 맴돌며 장난치는 몽우, 은빛 비늘처럼 반짝이던 물결, 자욱한 안개와 풀잎에 맺힌 이슬. 그 속에 아름다운 그.

"네가 본 것은 그의 일부분일 뿐이야. 그의 본성은 파괴적이고 위험해. 이대로 두면 이 세계는 파멸하고 말 거야.”

천신의 말이 정녕 사실일까. 아니다. 그럴 리가 없다.

'뭔가가 잘못됐어. 분명 잘못된 거야. 아니야. 내가 보고 있는 이는 그가 아니야!'

말라 붙어버린 듯한 입속에서 비명이 울려 퍼졌다. 로는 눈앞에 있는 이가 너무나도 두려웠다. 자신을 응시하는 저 검은 눈동자가 몸을 갈가리 찢어놓고 피를 태울 것만 같았다.

'당신은 누구에요? 왜 그의 얼굴을 하고 있죠? 그를 돌려줘요!'

자신을 응시하는 그의 눈빛이 분노로 일그러진 순간, 손에 들려 있었던 검에서 빛이 뿜어져 나오기 시작했다. 따사롭고 밝은 빛이 아닌 숨이 얼어붙을 것처럼 차갑고 온몸을 태워 버릴 듯이 강렬한 빛이었다. 날카로운 빛을 사방에 흩뿌리던 검이 그의 손을 떠나 허공을 날았다. 검이 지나간 자리마다 까맣게 타 들어가며 뼈와 살이 잘리기 시작했다. 로는 신들의 몸이 무참히 찢어지는 것을 멍하게 바라보았다. 몸에 아무런 감각도 느껴지지 않았다. 여전히 먼 과거를 보는 것처럼 낯설고 비현실적인 광경들.

로는 문득 고개를 돌려 그를 바라보았다. 검이 살육을 계속하는 동안 그는 로에게서 시선을 놓지 않고 있었다. 로는 문득 다음 차례는 자신이라는 걸 느꼈다. 분노로 일렁이는 그의 눈빛이 금방이라도 목을 조를 것만 같았다. 로는 두려웠지만 도망갈 수

가 없었다. 두 다리가 땅에 붙어버린 것처럼 움직여지지 않았
다. 견딜 수 없는 공포가 온몸을 뒤덮었다.

　마침내 살육을 끝낸 검이 방향을 바꿔 로를 향해 날아오기 시
작했다. 어둠을 찢고 자신에게 달려드는 검. 검에 부딪히는 빗
방울 소리가 로의 귀에 생생하게 들렸다.

　'당신 지금 어디 있어요. 도와줘요. 도와줘요 제발.'

　로는 애타게 무를 불렀다.

7. 암흑暗黑

무는 청공이 날아가는 방향을 무표정한 얼굴로 응시했다. 검이 향하는 곳에서 낯선 이가 자신을 바라보고 있었다.

'넌 누구지? 왜 그런 눈빛으로 날 보는 거야.'

그녀를 보고 있자니 기분이 나쁜 뭔가가 몸을 타고 슬금슬금 기어오르는 것 같다.

'불쾌해.'

마음을 건드리는 슬픈 눈빛이 그의 서슬 푸른 광기를 더욱 자극했다.

'저 여린 몸뚱이를 어서 빨리 찢어놓고 싶다.'

마치 오랫동안 굶주림과 갈증에 시달린 것처럼 그녀의 피가 절실했다. 무는 잔인한 눈빛을 빛내며 로를 응시했다. 청공은 그녀의 푸른 눈을 향해 곧장 날아가고 있었다. 예리한 검이 기분 나쁜 푸른 눈동자를 단숨에 뚫어버리는 상상을 하자 무는 왠지 모르게 안도가 되었다.

청공이 그녀의 얼굴 가까이까지 다가갔을 무렵이었다. 어둠 속에서 불꽃이 튀며 날카로운 금속성이 울려 퍼졌다. 청공이 허공으로 튕겨져 나간 사이 어둠을 찢고 환(煥)이 모습을 드러냈다. 환의 손에는 신을 죽일 수 있는 세 번째 검, 흑풍(黑風)이 들려 있었다.

"이젠 로를 알아보지 못하는 건가."

로 앞을 막아선 나타난 환이 무에게 검을 겨누며 말했다. 흑풍의 공격에 뜻을 이루지 못한 청공이 다시 무의 손으로 돌아갔다.

"로……."

무는 낯선 이름을 중얼거려 보았지만 누군지 떠오르지 않았다. 다만, 형언할 수 없는 뭔가가 가슴을 짓눌러 답답했다. 그리고 그녀를 빨리 해치워 버리고 싶은 조급함, 왠지 모를 우울함이 차례로 밀려왔다.

"어리석군. 그녀가 네게 그렇게 중요한 존재였나? 청공에게 자신을 모두 던져 줄 만큼?"

무는 환의 말을 이해할 수 없었다. 그저 그가 자신을 방해했다는 불쾌감만이 더 커졌을 뿐이다.

"그녀가 누구든 관심없어. 내겐 거추장스러운 존재일 뿐이
다."

환의 등 뒤에 서 있던 로가 놀란 듯 급히 숨을 들이마셨다. 이
를 들은 환이 입매를 일그러뜨리며 조소했다.

"본래의 너로 돌아갔구나. 그래, 그게 네 본성이지. 파멸의
신, 무(霧)."

환의 말에 로가 힘없이 허물어졌다. 흙바닥에 주저앉은 그녀
는 충격을 받아 멍한 얼굴로 자그맣게 중얼거렸다.

"그가…… 아니에요. 날 못 알아보잖아요."

"무가 맞아. 저게 그의 본모습이야. 지금까지 네가 본 것은 더
는 존재하지 않아!"

"아니야! 어서 빨리 아니라고 해요. 무가 아니라고 말해요!"

로가 멀리 서 있는 무에게 애원했다. 하지만 무는 차갑고 어
두운 눈빛만 조용히 빛낼 뿐이었다.

'믿겨지지 않아. 그가 아니야. 그일 리가 없어!'

로는 환의 말을 믿고 싶지 않아 거듭 부정했다.

'날 알아보지 못하다니. 그런 이가 어찌 무일 수 있어. 조금
전까지만 해도 사랑한다고 안아주던 사람이 어떻게 날 몰라볼
수 있냐고!'

가슴이 뻥 뚫리면서 그 한가운데로 음습한 바람이 지나가는
것이 역력히 느껴졌다. 뚫린 자리는 동굴처럼 어둡고 깊었다.
그 안으로 뜨거운 눈물이 스며들었다.

‘하지만 그가 진짜 무라면 어쩌지? 정말 그라면……. 아, 맙소사.’

로의 얼굴에 절망이 스쳤다. 그녀는 간절한 눈빛으로 무를 불러보았다.

“무…….”

“내 이름을 부르지 마라.”

얼굴을 일그러뜨린 무가 짐승처럼 으르렁거렸다. 세상천지가 갑자기 암흑으로 변하는 것 듯했다.

“무, 제발 본래의 모습으로 돌아와요.”

“난 너를 몰라!”

차갑게 비웃은 무가 돌연 안개로 변해 어둠 속에 몸을 감췄다. 환은 로의 어깨를 감싸 안고 흑풍을 힘껏 움켜쥐었다. 주위에 팽팽한 긴장이 감도는 가운데 환이 중얼거렸다.

“왔다!”

그의 말이 끝나자마자 로의 목을 노리고 청공이 파고들었다. 환은 로를 안은 채 크게 돌며 청공을 받아쳤다. 청공의 푸른빛과 흑풍의 검은빛이 허공에 부딪히면서 불꽃이 튀고 뼈를 긁는 듯한 금속성 마찰음이 났다. 로가 비명을 지르며 귀를 막는 동안 환은 로를 안고 바람 속을 달리기 시작했다. 로는 얼결에 환의 목을 끌어안고 두 눈을 꼭 감았다.

로는 여전히 무가 자신을 해치려고 한다는 사실을 받아들일 수 없었다. 지독한 악몽을 꾸고 있는 것처럼 머릿속이 멍하고 몸에 감각이 없었다.

"무, 제발 정신 차려요. 나예요. 로란 말이에요."

로가 뒤따라오는 무를 향해 소리쳤다.

로의 외침의 듣고 무의 몸 안에 있는 무언가가 또다시 크게 꿈틀거렸다. 마치 알을 깨고 나오기 위해 발버둥치는 새끼처럼 필사적인 움직임. 무는 이상한 기분에 휩싸였다. 자신의 몸 안에서 무언가가 거칠게 싸우고 있는 듯했다. 불쾌한 무언가를 뒤집어쓴 듯 뜨겁고 축축하고 기분이 나쁘다. 무가 무언가를 느끼기 시작하자 청공이 그것을 놓치지 않고 더욱 검고 사악한 어둠으로 감싸 버렸다. 그러자 흔들리던 무의 눈빛이 다시금 차갑게 가라앉았다.

"참으로 시끄럽군. 귀찮아."

안개로 변해 사라진 무가 눈 깜짝할 사이에 로의 옆으로 다가와 옆구리를 노렸다. 하지만 또다시 청공을 받아친 흑풍. 환은 나무가 빽빽하게 들어찬 숲으로 들어갔다. 그들의 뒤를 무가 빠른 속도로 뒤쫓았다. 로를 안고 있어 행동이 둔한 환에 비해 무는 자유롭고 재빨랐다. 무가 그들을 따라가며 청공을 크게 휘두를 때마다 주위 나무들이 번개 맞은 것처럼 두 동강이 나고, 바위는 산산조각이 났다. 이대로 있다간 무산이 통째로 잘려 나갈 것만 같았다. 무산에 청공과 흑풍이 부딪치는 불꽃과 검 울음이 낭자한 가운데 로가 무를 향해 외쳤다.

"무, 제발 정신 좀 차려봐요!"

로의 간절한 외침에도 무의 눈빛은 조금도 흔들리지 않았다.

"아무리 그래도 무를 깨울 수 없어! 지금 그는 청공에게 완벽하게 조종당하고 있으니까. 방법은 사로잡아 천신에게 데려가거나 내 검으로 끝내는 수밖엔 없어."

"안 돼요! 그는 돌아올 거예요. 분명히 돌아올 거예요."

로의 말이 끝나기가 무섭게 뒤를 따라잡은 무가 청공을 휘둘렀다. 검푸른 청공이 로의 뺨을 아슬아슬하게 비켜가며 붉은 자국을 남겼다. 그녀의 뺨을 타고 붉은 피가 흘러내렸다.

"이런."

짧은 신음을 흘린 환이 로를 힘껏 안고 하늘 높이 솟았다. 무는 진심으로 로를 해치려고 하고 있다. 상황은 환이 예상치 못한 곳으로 흘러가고 있었다. 처음 의도는 로에게 무의 본래 모습을 보여주는 것이었다. 개처럼 끌려가는 처참한 모습을 본다면 로는 분명 그들의 사랑이 얼마나 부질없고 나약한 것인지, 얼마나 쉽게 깨어질 수 있는 것인지 알 거라고 생각했다. 세상엔 강한 것만이 살아남는다. 강한 것만이 모든 것을 차지한다. 무가 없어지면 로는 자신의 차지가 될 거라고 환은 믿어 의심치 않았다. 하지만 환이 미처 알지 못한 것이 있었다. 무(霧). 그의 어리석음이 그를 망쳤다. 자신의 모든 것을 내던져 가면서까지 싸우다니. 그렇게까지해서 지키고 싶었던 사랑을 환은 이해할 수 없었다.

'지금의 무는 너무나도 강해. 무슨 일이 있어도 완전히 소멸

시켜야 해.'

하지만 무를 생포하기엔 너무나도 불리한 상황이었다. 어쩌면 로가 크게 다칠지도 모른다. 환은 로가 다치는 것만은 막고 싶었다. 무를 잡으려고 그녀를 이용하긴 했지만 결코 다쳐서는 안 된다. 그의 사랑은 이제 시작이었다. 무가 없어지면 빈자리는 환의 것이다.

'널 꼭 지키겠다. 반드시 내 것으로 만들겠어.'

그녀를 향한 환의 감정이 뜨겁고 맹목적이었다. 그 탓인지 지금껏 어떤 전투에서도 흔들린 적이 없는 그가 로의 작은 상처에 조급해하고 있었다.

"겁내지 마. 절대로 다치게 하지 않아."

환이 자신의 품에서 떨고 있는 로에게 속삭였다. 하지만 지금 로가 떠는 이유는 무가 두려워서가 아니라 낯설게 변한 그에 대한 걱정 때문이었다. 환은 로를 안은 채 비구름을 뚫고 높이 날아올랐다. 구름을 벗어나자 보름달과 별이 밝게 빛나는 고요한 모습이 드러났다. 지상의 폭풍이 거짓말처럼 느껴질 만큼 평화롭고 아름다운 광경이었다.

환이 뒤이어 따라올 무를 견제하며 말했다.

"무가 오면 곧바로 모습을 바꿔 도망쳐. 내게서 도망갔던 것처럼 주저하지 말고 있는 힘껏 날아야 해."

달빛을 머금은 로의 얼굴이 더욱 창백하게 빛났다.

"그를 해치면 안 돼요!"

“안 그랬다간 네가 다쳐!”

“하지만!”

“그가 왔다.”

구름을 뚫고 올라온 무가 청공을 치켜든 채 달려들었다. 굶주린 짐승의 눈빛처럼 번뜩이는 눈을 보고 로는 자신이 알던 무가 아님을 새삼 깨달았다.

‘무, 나예요. 조금 전만 해도 당신이 사랑한다고 말하던 로예요. 제발 돌아와요. 나의 사랑으로 돌아와 줘요.’

로는 눈물을 흘리며 무에게 손을 뻗었다. 그때 환이 안고 있던 로를 갑자기 놓아버렸다. 로는 무를 바라보며 빠른 속도로 추락했다.

“변해. 어서!”

환이 로에게 달려들려는 무를 막으며 소리쳤다. 로는 환의 외침을 듣고서야 이슬로 변해 비구름 속에 묻혔다. 무는 흑풍의 공격을 받아내며 악착같이 로를 쫓아갔다. 청공과 흑풍이 부딪히며 튀는 불꽃이 사방으로 흩어지고 검들의 울부짖음이 고막을 찢을 듯 비구름 속을 흔들었다.

“나를 방해하지 마라!”

무가 이를 갈며 소리쳤다.

“완전히 자신을 놓고 말았군. 넌 지금 자신을 파괴하고 있어!”

“파괴되는 것은 너희들이다.”

검을 맞댄 채 싸우는 환과 무는 질릴 만큼 완벽한 적이었다. 누구 하나 허점을 보이지 않았다. 흑풍이 몸에 닿기도 전에 안개로 변해 흩어진 무는 빠르게 환의 뒤통수를 노리며 공격해 왔다. 청공이 닿으려는 순간 환은 불꽃으로 변해 사방으로 흩어졌다가 뒤에서 나타나 무의 목덜미를 힘껏 베었다. 하지만 흑풍이 목적을 이루기에 전에 청공이 받아치며 온몸이 울릴 만큼 강한 힘으로 밀쳐 냈다.

'무의 두 팔을 잘라내 청공과 떨어뜨려야 해. 그렇지 않으면 내가 불리해져.'

환은 머릿속을 차갑게 식히며 무의 약점을 찾았다. 신들 중 어느 누구도 그들만큼 강하지 못했다. 그들의 검에 하늘은 조각조각 찢겨 허연 속살을 드러낼 듯했고, 검이 지난 자리마다 검게 타 들어가는 것 같았다. 무는 환을 공격하고 또 방어하면서 미친 듯이 로의 뒤를 쫓았다.

그러다 어느 순간 무가 갑자기 멈춰 섰다. 로의 움직임이 멎었기 때문이다. 환 또한 정신없이 로를 찾았지만 비구름 속에 숨은 그녀를 쉽게 찾을 수 없었다.

"제발요. 예전의 무로 돌아와 줘요."

갑자기 허공에 모습을 드러낸 로가 간절한 몇 마디를 남기고 다시 사라졌다. 무는 허공을 노려보며 사납게 외쳤다.

"닥쳐!"

"우리가 함께했던 순간들을 떠올려 봐요. 서로가 얼마나 소중했는지, 같이 있는 동안 얼마나 행복했는지 생각해요.”

빗줄기에 로의 얼굴 형상이 나타났다가 다시 사라졌다. 빗줄기를 향해 청공을 휘둘렀지만 그가 벤 것은 물줄기뿐이었다.

“닥쳐! 닥치라고!”

허공을 향해 씹어뱉듯 일갈하는 무. 그의 뒤편에서 로가 다시 나타났다.

“제발 돌아와요. 부탁이에요. 자신을 괴롭히지 말아요.”

순간 청공이 다르르 떨더니 무의 입을 빌어 말했다.

“큭큭큭, 이 몰골을 보고도 무를 원하나. 이제 무는 없어. 남은 것은 나, 청공뿐이야.”

“그이를 돌려줘요!”

“웃기지 마! 나를 택한 건 그야!”

“무! 제발!”

로가 잠깐 모습을 드러낸 사이를 놓치지 않고 청공이 그녀의 오른쪽 어깨 깊숙이 파고들었다. 이에 환이 재빠르게 막아섰지만 로는 이미 크게 다친 후였다. 다친 로는 이슬로 변하지 못한 채 힘없이 아래로 떨어졌다. 간신히 그녀를 쫓아가 안아 든 환이 물었다.

“로, 괜찮아?”

“되돌려야 해요. 다시…… 그를…… 찾아야 해요.”

로가 고통스런 얼굴로 연신 중얼거렸다. 이때 환의 등 뒤로 무가 나타났다.

"크흐흐흐. 네 피 맛은 정말로 달콤하군. 더 마시고 싶어! 더!"

환의 뒤를 쫓아가며 청공이 사악하게 외쳤다. 피 맛을 본 청공은 더욱 광포해져 쏟아 붓는 빗줄기처럼 환을 공격했다. 미친 듯이 청공을 막던 환은 품 안에서 축 늘어진 로 때문에 중심을 잃고 크게 비틀거렸다. 그 바람에 안고 있던 그녀를 놓쳤고, 로는 힘없이 아래로 추락하기 시작했다.

무는 로를 구하려는 환을 저지했고 환은 빠른 속도로 하강하며 무의 검을 받아쳤다. 이에 방향을 바꾸고 환보다 더 빨리 로에게 디가긴 무. 그가 휘두른 청공이 로의 복을 뚫기 위해 달려들었을 때였다.

"로! 정신을 놓으면 안 돼!"

다급한 환의 외침에 빠르게 추락하던 로가 가까스로 이슬로 변했다. 그 바람에 갑자기 속도를 줄인 무가 허공에서 크게 한 바퀴를 굴렀다. 순간 왼쪽에 허점이 드러났다. 환은 무의 왼쪽 팔을 향해 흑풍을 아래로 힘껏 내리그었다.

"아아악!"

무의 비명과 함께 왼팔이 날아가고 동시에 로의 비명이 터져 나왔다.

"환, 안 돼요!"

어느새 나타난 로가 환을 힘껏 밀어냈다. 하지만 환은 그녀를 끌어안은 채 다시금 위로 날아갔다.

"무!"

로는 사방으로 피를 뿌리며 비틀거리는 무를 향해 손을 뻗으며 울부짖었다.

"로, 그는 네가 알던 무가 아니야. 그는 위험해. 이대로 내버려 두면 신계와 인간계를 모두 파괴해 버릴 거야. 천신이 끝나면 모두 끝인 거야!"

이대로 무를 살려두면 후에 어떤 상황이 벌어질지 모른다. 만약 무가 천신이 가진 태아를 손에 넣는다면 그야말로 신계에는 종말이 온다. 모두를 위해서 무는 소멸돼야만 했다. 하지만 로는 무를 믿고 싶었다. 자신을 지켜주겠다고, 영원히 함께하겠다고 한 그의 약속을 믿고 싶었다. 이렇게 허무하게 자신을 버릴 무가 아니었다.

"그는 다시 돌아올 거예요. 잠시 청공에게 조종당하는 것뿐이라구요. 내가 되돌려 놓을 거예요. 내가 되찾을 거예요."

"아직도 모르겠어? 이미 늦었어! 돌이킬 수 없다고!"

무가 피를 사방에 뿌리며 그들에게로 날아왔다. 한 팔을 잃은 그의 움직임은 확실히 전과 달랐다. 환이 무의 허점을 빠르게 살피는 동안 무는 여전히 로에게 달려들었다. 로를 향한 공격을 맞받아치며 환이 외쳤다.

"다시 변할 수 있겠어?"

환의 말에 로는 힘없이 고개를 저었다.

"내가 놓을 테니 아래로 내려가. 땅에 닿기 전에 잡아줄게."

“그이는요!”

“제길! 시간이 없어!”

환이 안고 있던 팔을 풀자 로는 또다시 빠른 속도로 추락하기 시작했다. 그 뒤를 무가 쫓고 무의 뒤를 환이 쫓았다. 그들은 번개 치는 비구름 속으로 다시 들어갔다. 한 치 앞이 안 보이는 상황. 다친 무와 로는 제 몸으로 변하는 것이 힘겨웠지만 환은 가능했다. 환은 불꽃으로 변해 무를 앞질렀다. 그는 무의 남은 오른팔을 노렸다. 마침내 청공이 틈을 보이고 무의 오른팔은 무방비 상태에 놓였다.

‘이때나!’

환은 청공을 든 오른팔을 향해 흑풍을 치켜들었다. 성공이라는 확신과 함께 그가 강하게 내리쳤을 때였다.

“안 돼요!”

갑자기 로가 모습을 드러냈다. 마지막 남은 힘을 그러모아 무의 앞을 막아선 것이다. 환은 경악하며 흑풍을 거두었지만 이미 때는 늦었다. 청공은 로의 어깨에 깊이 박힌 채 뼈를 부수고 안으로 파고들었다. 순식간에 벌어진 일이었다.

“아악! 안 돼!”

환이 황급히 검을 거두었지만 로는 이미 돌이킬 수 없는 상처를 입고 힘없이 땅으로 추락하고 있었다.

“로! 로!”

환은 로를 쫓아가며 절규했다. 자신의 손으로 로를 베었다는 사실이 믿기지 않았다. 그녀의 뼈를 부수고 파고들던 감각이 손에 남아 있어 그 끔찍함에 전율이 흘렀다.

환이 붙잡기 전에 로는 땅 위에 그대로 추락했다. 진흙탕에 떨어진 그녀는 이미 죽은 듯 움직임이 없었다. 환은 미칠 듯한 심정으로 힘없이 축 늘어진 로를 끌어안고 소리쳤다.

"왜 그랬어! 도대체 왜 그런 짓을 했어!"

피와 흙탕물로 얼룩진 로의 모습은 참담했다. 로의 숨이 희미해지는 것이 온몸으로 느껴져 고통스러웠다. 그때 로가 힘겹게 눈을 뜨고 들릴 듯 말 듯한 목소리로 중얼거렸다.

"그를…… 살려…… 줘요."

그 와중에도 로의 눈동자는 무를 찾는 듯했다. 슬프고 걱정스런 눈빛. 환은 미칠 것만 같았다.

"안 돼! 이렇게 죽으면 안 돼!"

"돌아오게…… 해야…… 해요. 꼭…… 그래야만…… 다시……."

말을 다 잇지 못한 채 로의 몸이 힘없이 축 늘어졌다. 환은 로의 품에 얼굴을 묻은 채 울부짖었다.

"아아아! 안 돼!"

비에 젖은 그녀의 몸은 너무나도 찼다. 환은 처음 그녀의 손을 잡았을 때 느꼈던 온기가 그리웠다. 그는 뜨거운 눈물을 흘리며 로의 얼굴을 가만히 들여다보았다. 그동안 수없이 많은 주검을 보아왔지만 이토록 슬픈 얼굴은 처음이었다. 환은 그것이 자신을 위한 슬픔이 아니라는 것에 원망하며 분노했다. 그녀는 죽는 순간까지 무의 것이었다.

'왜 이렇게 잔인해. 어떻게 내 손으로 너를 죽이게 만들어. 왜 내겐 기회조차 주지 않는 거야!'

환은 고통에 몸을 떨면서 그녀를 안아 편편한 바위 위로 옮겼다. 반듯이 누워 있는 그녀의 모습을 보자 더욱 분노가 치밀었다. 환은 결코 무를 용서할 수 없었다. 무와 로, 그들의 끔찍한 사랑을 증오하고 또 증오했다.

환은 흑풍을 움켜 쥔 채 하늘을 올려다보았다. 무를 찾아 영원히 끝장내고 말리라. 허공을 힘껏 노려본 환은 그대로 불꽃으로 변해 비구름 속으로 파고들었다.

그녀의 몸이 아래로, 아래로 추락한다. 크게 벌어진 상처에서 흘러나오는 붉은 피가 꽃잎처럼 사방으로 흩어진다.

무는 자신도 모르게 청공을 놓아버리고 떨어지는 그녀를 향해 손을 뻗었다. 그녀의 얼굴에 희미한 미소가 스쳤다. 엷은 슬픔을 머금은 미소와 눈물을 본 순간, 무는 까닭없이 그녀가 전실해져서 좀 더 힘껏 팔을 뻗어보았다. 손끝이 그녀의 손에 간신히 닿았다가 떨어진다. 그녀의 체온이 닿자 손이 불에 덴 것처럼 뜨거웠다. 열기는 순식간에 심장까지 번져 뜨겁고 무거웠다. 그 무거움이 견딜 수 없는 지경에 이르렀을 때, 심장 한복판이 죽 찢어지며 뜨거운 무언가가 왈칵 쏟아져 나와 전신을 적셨다.

무는 자신에게 무슨 일이 벌어지는지 깨닫지 못한 채 멍한 얼굴로 추락하는 그녀를 응시했다. 그녀의 작은 몸이 구름 아래로 사라지고도 그는 시선을 뗄 수 없었다.

'왜 나를 막아선 거지? 난 널 죽이려 했어. 그런데 왜⋯⋯.'

그녀를 구하기 위해 환이 쫓아가는 동안 무는 제자리에 멈춰 있었다. 움직일 수 없었다. 혼란스러웠다. 그녀의 눈빛과 표정, 손에 닿았던 온기가 감각을 어지럽히는 가운데 몸에선 변화가 일고 있었다. 미미하게 시작한 변화는 점점 커지며 무를 뒤덮었다. 마치 폭풍 한가운데에 들어온 듯 찌를 듯한 아픔이 스치며 눈앞에 섬광이 지나갔다. 자신도 모르게 눈을 감았다 뜨자 낯익은 풍경 속에 조금 전 추락한 그녀가 보였다. 그녀는 자신과 시선을 맞추며 웃었다. 아까와는 달리 행복한 미소다.

"앞으론 이렇게 잡아요. 너무 세게 쥐면 손목이 아파요. 그러니까 이렇게 부드럽게 잡으면 돼요."

다정한 목소리와 부드러운 감촉이 손을 휘감자 무는 전율에 몸을 떨었다. 마치 기다리고 있었던 듯 몸의 감각들이 기꺼워하는 것이 또렷이 느껴졌다.

'왜 내게 다정하게 구는 거지?'

무는 웃고 있는 그녀를 이해할 수 없는 눈길로 바라보았다. 또다시 눈을 찌르는 섬광. 섬광이 사라지자 다시 그녀가 보였다. 자신의 몸이 제멋대로 움직이기 시작했다. 무는 그녀의 손을 잡아 자신의 심장 위에 덮었다.

"지금 이 순간부터 내 심장은 네 것이다."

가슴에 뿌듯하게 차 오르는 한없는 열망과 기쁨이 남의 것처럼 낯설다.

'내가 무얼 하고 있는 거지? 이것이 정녕 나인가?'

무는 그녀의 얼굴을 보았다. 무척이나 행복해 보이는 그녀는 자신이 하는 말을 온전히 믿고 기뻐하고 있었다. 두려움이나 의심없이 맑고 천진한 눈빛. 그 깨끗한 눈동자 속에 비친 얼굴을 본 순간 둔중한 무언가가 무의 가슴을 강타했다.

'저건 나야. 내 얼굴이야. 내가 웃고 있어. 내가 웃고 있어.'

날카롭고 예리한 뭔가가 가슴을 쓱 베고 지나갔다.

"으윽!"

무는 짧은 신음을 흘리며 비틀거렸다. 몸 어딘가에 난 상처가 벌어지며 뜨거운 피가 쏟아지고 끔찍한 고통이 밀려왔다.

"잊지 마. 이것은 네 것이라는 걸. 그리고 넌 영원히 내게 속해 있다는 걸."

자신의 목소리에 심장이 뛴다. 그녀의 심장 또한 하나가 되어 뛰고 있음을 느낀다. 심장과 심장이 더불어 공명하고 운명과 운명이 하나로 이어진다.

'이것이 내 기억인가! 내가 이토록 널 느끼고 원했나.'

무는 믿을 수 없었다. 너무나도 분명히 자신과 그녀를 느끼면서도 걷잡을 수 없는 두려움과 혼란에 거듭 부정했다.

"아니야. 이건 내가 아니야!"

무는 몸을 움츠린 채 머릿속에 떠오르는 기억과 수많은 목소리를 밀어냈다. 그때 마지막 목소리가 모든 혼란을 잠재웠다.

"사랑한다."

자신의 말 한 마디가 모든 것을 뒤흔들기 시작했다. 온 세계가 거꾸로 뒤집힌 채 와르르 쏟아졌다. 고통스럽다. 몸이 갈가리 찢기는 것 같다. 무는 제 몸을 감싸 안고 소릴 질렀다.

"괴로워. 괴로워서 미칠 것 같아. 더는 듣고 싶지 않아!"

"사랑한다. 사랑한다. 사랑한다."

목소리는 여운을 남기며 몇 번이고 계속되다 몸에 차곡차곡 쌓여 심장과 폐를 짓눌렀다. 무는 귀를 막으며 비명을 질러댔다.

"아악! 사라져! 사라지라고!"

속절없이 흔들리는 무를 보며 청공이 외쳤다.

[아무것도 듣지 마! 네가 보고 듣는 건 사실이 아니야!]

하지만 무는 그 소릴 듣지 못했다. 지금 그에게 들리는 것은 오직 자신의 목소리뿐이었다. 무는 손톱으로 제 몸을 할퀴며 고통에 몸부림쳤다. 청공은 무가 세상 밖으로 나오기 위해 발버둥 치고 있음을 깨달았다. 무가 자신을 밀어내게 해선 안 된다. 청공이 겁에 질려 소리쳤다.

[넌 파멸의 신이야! 이 세계를 모조리 파괴해야 해! 그게 네 운명이야!]

끔찍한 고통과 함께 시작된 마음속 균열이 멈추지 않고 계속
됐다. 청공이 아무리 외쳐도 균열을 막을 순 없었다.

"제발요. 예전의 무로 돌아와 줘요. 우리가 함께했던 순간들
을 떠올려 봐요. 서로가 얼마나 소중했는지, 같이 있는 동안 얼
마나 행복했는지 생각해요."

그녀의 목소리에 심장을 덮고 있던 두꺼운 껍질이 마침내 하
나둘 떨어져 나가기 시작했다. 어둠이 힘을 잃은 가운데 빛이
밝아오고 있었다. 그 속에 그녀가 서 있었다. 과거의 기억이 아
닌 현재 일처럼 생생하게 느껴진다. 로가 자신을 향해 슬픈 미
소를 지으며 말했다.

"당신을 보고 있으면 여기가 아파요."

그녀가 왼쪽 가슴에 가만히 손을 얹자 무도 자신의 가슴에 손
을 얹었다.

두근두근.

살아 있다는 증거.

무는 놀란 표정으로 그녀에게 물었다.

"뛴다. 이곳이…… 뛴다. 이곳을 무어라 부르지?"

"심장."

"심장."

무는 그녀를 따라 중얼거리며 고개를 들어 하늘을 올려다보
았다. 무거운 비구름 속에서 빗방울이 세차게 떨어지고 있었다.

"하늘에서 떨어지는 이것은 무엇이지?"

"빗방울."

"빗방울."

무는 가만히 입술을 달싹거렸다. 그의 어두운 눈빛에 차츰 빛이 감돌기 시작했다. 마치 긴 암흑 끝에 여명이 밝아오는 것 같았다.

"네 이름은 무엇이지?"

"로(露)."

"로(露)."

그녀의 이름을 듣는 순간 가슴이 벅찼다. 몸에 들러붙었던 무언가가 떨어져 나간 듯 홀가분했다. 무는 로를 향해 미소 지었다.

"로, 나는 널 알아."

"알아요. 돌아와 줘서 기뻐요."

로가 두 손을 내밀자 그녀 주위에 눈부신 빛들이 모여들기 시작했다. 마치 살아 있는 듯 생기 넘치고 즐겁게 재잘거리는 빛무리. 무가 로에게 다가가 손을 뻗자 손에 잡힌 것은 빈 허공뿐이었다. 손엔 희고 부드러운 빛이 물들어 있었다. 빛은 핏줄을 타고 팔과 어깨로 퍼지기 시작했다. 무는 영문을 몰라 로를 쳐다보았다. 무를 향해 다정한 미소를 보내던 로는 곧 빛과 함께 희미해졌다. 그는 사라진 로를 찾다가 자신의 팔과 어깨를 뒤덮은 검은 문신들이 차츰 지워지는 것을 발견했다. 청공이 무에게 남긴 정복의 징표. 청공은 무가 다시 예전의 그로 되돌아가는 것을 보며 비명을 질러댔다.

[안 돼! 아악! 여기서 멈출 순 없어!]

거기서 끝이 아니었다. 무에게 흘러나온 빛이 청공으로 옮겨 가자 검신에 새겨진 언어들이 차츰 희미해지기 시작했다. 그것은 청공 안에 있는 파괴적인 의지와 잔인한 욕망이 사라져 가는 걸 의미했다. 청공은 마지막으로 온몸을 떨며 발악했다.

[무, 넌 내 것이야! 내 것이라고!]

마침내 검의 언어가 다 지워지고 의지와 욕망마저 사라졌다. 검푸른 빛을 잃은 청공은 태아와 흑풍처럼 주인을 위하는 검으로 돌아갔다. 청공에게서 안전히 놓여나자 무의 눈빛은 전과 같이 빛나기 시작했다.

"로, 이제 나는 자유로워졌어. 네가 날 구했어."

환희가 감돌던 무의 얼굴이 다시금 얼어붙기 시작했다. 로의 마지막 모습이 떠오른 것이다. 슬프게만 보이는 미소와 공중에 흩뿌려지던 붉은 피, 그리고 추락.

"로……"

불길한 예감이 들었다. 가슴이 이토록 허전한 것은 청공에게서 벗어났기 때문이 아니다.

바로 그때, 강력한 무언가가 놀랍도록 빠른 속도로 무를 향해 다가왔다. 온몸으로 전해져 오는 어마어마한 분노와 살기. 환은 순식간에 무에게 덤벼들었다. 무는 본능적으로 환의 공격을 받아냈지만 충격에 뒤로 휙 튕겨져 나갔다.

“네가 그녀를 죽였어. 네가 죽인 거야!”

환이 외쳤다. 늘 차갑고 냉정했던 그의 눈빛이 불꽃처럼 이글거리고 있었다. 무는 선뜻 환의 말을 이해할 수가 없었다.

“무슨 소릴 하는 거지?”

“로가 죽었어. 너를 구하려다 죽었다고!”

“거짓말! 그럴 리 없어!”

“끝까지 지켜주지 못할 거면 사랑하지도 말았어야지. 그런 식으로 상처 낼 거면 네가 먼저 떠났어야지. 네 욕심 때문에 로가 죽었어. 네가 죽이고 말았다고!”

환이 상처 입은 짐승처럼 고함을 지르며 달려들었다. 그의 검은 숨 가쁘게 빠르고 강했다. 무는 정신없이 흑풍을 받아치며 반쯤 정신을 놓아버렸다.

로가 죽었다.

로가…… 죽었다.

무는 자신도 모르게 헛웃음을 흘렸다.

“지독한 거짓말이다. 신을 죽일 수 있는 건 천신과 나. 그리고…….”

무는 입을 다물고 말았다. 그 나머지 하나는…….

“나지. 내가 가진 흑풍에 죽은 신은 인간으로 태어나 영원히 인간으로 살아가야 해. 죽고 태어나길 반복하면서 영원토록 고통받는단 말이다.”

“영원히…… 고통…….”

무는 절망에 비틀거렸다. 신계에서 신을 죽일 수 있는 검은 세 자루뿐. 영원히 소멸되는 태아, 기억을 잃은 채 다시 태어나는 청공, 그리고 인간으로 태어나는 흑풍. 그 흑풍에 로가 죽었단 말인가.

"아아……."

무의 입술 밖으로 흘러나온 것은 절망에 억눌린 신음뿐이었다.

'믿을 수 없다. 로가 죽다니. 무언가가 잘못됐다. 환의 말은 다 거짓이다.'

로의 죽음을 받아들이시 못하고 망연히 있는 무를 보고 환이 말했다.

"네가 다시 돌아왔다 해도 난 널 용서할 수 없다. 그녀가 아무리 부탁했어도 들어줄 수 없어. 널 소멸시켜 버리겠다. 너희들의 끔찍한 사랑을 끊어버리겠다."

다시 환이 달려들었다. 매섭게 파고드는 흑풍의 공격을 맞받아치자 천둥이 울리는 것처럼 콰쾅 소리가 났다. 팔과 어깨를 통해 전해지는 어마어마한 고통에 무는 비틀거렸다. 왼팔이 잘려진 자리에 붉은 선혈이 쏟아졌다. 이대로라면 절대로 환을 이기지 못한다. 환은 남은 오른팔을 자르고 천신에게로 끌고 갈 것이 분명했다. 무는 그전에 확인해야 할 것이 있었다.

무는 환을 피해 높이 솟았다가 빼르게 아래로 내려갔다. 이를 본 환이 쓰디쓰게 웃었다.

"로를 찾겠다는 거냐! 네가 한 짓을 두 눈으로 확인하고 싶다면 보여주지."

환은 무보다 빨리 로가 누워 있는 곳으로 향해 갔다. 무는 그를 따라가며 환의 말이 사실이 아니길 바랐다.

굵은 빗줄기가 끊임없이 내리자 계곡 물이 점점 불어나고 있었다. 계곡 하류 바위에 로가 누워 있었다. 금방이라도 로를 삼킬 듯 차 오르는 물. 로를 발견한 무는 좀처럼 다가가지 못한 채 멀리서 바라만 보았다.

'악몽. 그래, 이건 악몽일 뿐이야.'

악몽이니까 손으로 만져 보아도 아무런 느낌이 없을 거라 생각하면서도 차마 다가갈 수가 없었다. 악몽이 아니란 걸 알았을 때 다가올 절망이 두려웠다.

'하지만 확인해야 해. 로일 리가 없잖아. 환의 계략일 뿐이야.'

무는 무거운 다리를 끌며 로에게 다가갔다. 허리를 굽혀 로에게 손을 가져가자 닿기도 전에 손끝이 다르르 떨렸다. 잠시 주저하다 뺨으로 손을 뻗자 뭉클하고 느껴지는 차가운 감촉. 무는 소스라치게 놀라며 뒷걸음질쳤다.

'이토록 차갑게 식은 몸이 로라니. 믿을 수 없다.'

무는 온몸을 떨며 로를 바라보았다. 비명이 목까지 차 올랐지만 흘러나오지 않았다. 아니라고 부정하고 싶지만 그럴 수 없었다. 가까이 다가간 순간 그는 본능적으로 그녀를 알아보았다.

"네 사랑이 그녀를 어떻게 만들었는지 똑똑히 봐라."

등 뒤에 환의 목소리가 들렸다. 그의 말이 찢겨져 너덜너덜해진 심장에 칼날처럼 와 박힌다.

"로가 애원할 때 넌 그녀를 죽이려고 달려들었어. 네 대단한 사랑도 결국은 검에 지고 말았던 거야. 네 사랑은 허약해. 그래서 로가 죽은 거다."

무는 아니라고 말하고 싶었지만 입을 다물고 말았다. 환의 말은 사실이었다. 자신의 사랑이 너무나도 허약해서 그녀가 죽였다. 다른 방법이 있었을 텐데, 분명 그녀만은 지킬 수 있는 방법이 있었을 텐데. 허약한 사랑이, 부질없는 소망이 로를 죽였다.

그가 망연히 서 있는 사이, 청공이 무의 몸 안으로 스르르 사라졌다. 이를 본 환이 말했다.

"청공을 다시 들어. 넌 싸워야 해."

로가 죽은 이상 싸움은 아무 의미가 없었다. 무는 이대로 천신에게 끌고 간다고 해도 상관없었다. 그는 고개를 떨어뜨린 채 꿈쩍도 하지 않았다.

"너답지 않은 짓 따윈 집어쳐. 네 자신을 지키기 위해 발악해봐. 그게 네 본모습이잖아!"

무가 아무런 반응이 없자 환이 이를 갈며 달려들었다. 환의 공격에 무의 몸은 무기력하게 날아가 큰 바위 한가운데에 내동댕이쳐졌다. 무는 아무런 저항도 하지 않은 채 환의 공격을 온몸으로 받아냈다. 몸이 종잇장처럼 구겨지고 찢겨 다쳐도 제 일이 아니라는 듯 무의 눈빛은 텅 비어 있었다.

"어서 청공을 들어! 이대로 소멸되도 괜찮다는 거냐!"

'어떻게 되든 상관없어.'

무는 계곡 한쪽에 처박히며 차라리 환이 어서 빨리 끝내주기를 바랐다. 이대로 로와 같이 죽어버린다면 이 고통도 끝날 텐데.

"로, 넌 저런 자식을 위해 죽은 거냐? 저런 비겁한 놈을 위해 기회를 달라고 부탁한 거야? 난 들어줄 수 없다. 먼지 하나 남기지 않고 깨끗이 소멸시키고 말겠어."

더 이상 시간을 끄는 것은 의미가 없다. 남은 팔을 마저 잘라버리고 천신에게 데려가면 끝이다. 환은 흑풍을 들고 바위틈에 널브러진 무를 향해 다가갔다. 그가 막 검을 들고 남은 한 팔을 자르려 할 때였다. 부드럽고 밝은 빛이 무의 몸을 감싸 흑풍의 공격을 받아냈다. 환과 무의 시선이 일제히 한곳으로 향했다. 그곳에 상(霜)이 서 있었다.

"무슨 짓이야! 네가 여기엔 왜 왔지?"

상은 환의 물음에 대꾸하지 않고 엉망이 된 무를 보았다. 그녀의 아름다운 얼굴에 처연한 슬픔이 배어 있었다.

"왜 날 방해하는 거지? 너 또한 무를 증오하고 있었잖아!"

상은 여전히 무를 응시한 채로 입을 열었다.

"증오라……. 그렇게밖에 표현할 수 없을까. 내 마음을 담아

내기엔 너무나도 가벼운 말이야. 그래, 난 누구보다도 그가 소멸되길 원해."

"그런데 왜!"

"운명."

"운명이라고?"

뜬금없이 나타나 운명이라니. 환은 어이가 없었다.

"운명이 내게 말해줬어. 아직 끝이 아니라고. 아직 가야 할 길이 많이 남았다고."

"무슨 소리야!"

"아직 무가 소멸될 때가 아니라는 거야. 난 그를 지켜줘야 해. 아직까진."

"미쳤군."

환이 실소를 흘렸다.

"무와 로, 설과 나, 그리고 너. 우리는 운명의 끈으로 연결되어 있어. 이대로 무가 끝나 버리면 우리 모두 영원히 불행한 채로 남겨지고 말아."

"그럼 이대로 무를 살려두자는 거야?"

"아직 우리가 할 수 있는 일은 없어. 그가 선택하게 해야 해. 그만이 이 고통의 끈을 잘라낼 수 있어."

"헛소리 집어치워! 무만 끝나면 돼. 그러면 모든 것이 끝나. 그까짓 운명 따윈 두렵지 않아."

"언젠가 그렇게 쉽게 내뱉은 것에 대해 후회할 날이 올 거야.

누구도 운명의 테두리에서 벗어날 수 없어."

"닥쳐! 네가 뭘 알아!"

환은 흑풍을 고쳐 쥐고 몸에 있는 기운을 증폭시켜 무에게로 던졌다. 큰 폭발음과 함께 무가 날아갔다. 하지만 상이 만든 빛 무리에 둘러싸인 그는 작은 상처만 입었을 뿐이다. 환은 더욱 분노해 미친 듯이 공격을 해왔다. 상은 그때마다 번번이 무를 감싸며 버텼다.

"환, 난 너처럼 싸우는 법을 몰라. 하지만 무를 보호할 수는 있지. 난 네가 포기할 때까지 기다릴 거야."

환은 거친 숨을 내쉬며 태연한 얼굴로 서 있는 상을 노려보았다.

"이렇게 하면 설을 다시 만날 수 있을 거라 생각해?"

상의 얼굴에 슬픈 미소가 떠올랐다.

"언젠가는."

"너희들의 사랑이란 정말로 이해할 수 없다."

"너도 언젠간 깨닫게 될 거야."

상의 담담한 눈빛에 환은 이를 악물며 검을 거뒀다.

"오늘은 검을 거두겠다. 언제라도 무를 끝내 버릴 수 있으니까. 하지만 이것으로 끝난 건 아니야. 네가 말한 운명이 어떻게 돌아갈지 지켜보고 있겠다."

환은 무를 노려본 뒤 그대로 뒤돌아서서 어둠 속으로 사라졌다. 상은 환의 뒷모습을 바라보다가 진흙탕 위에 쓰러져 있는 무에게 걸어갔다. 무는 초점 없는 눈으로 허공을 응시한 채 누워 있었다. 그는 이미 죽어버린 것 같았다.

"일어나."

무는 꿈쩍도 하지 않았다.

"운명 앞에 무릎이라도 꿇은 거야? 이대로 포기해 버리는 거야?"

상의 목소리는 차갑고 냉정했다. 무가 떨리는 입술을 간신히 달싹였다.

"로가…… 죽었어."

상의 얼굴에 쓸쓸한 빛이 감돌았다.

"그 마음 잘 알지. 사랑하는 이를 잃는 것은 정말로 힘겨운 일이야."

"눈물이 나오질 않아. 눈물이…… 나오질 않아."

물기 하나 없이 메마른 그의 목소리. 상은 왠지 무가 측은했다.

"대신 하늘이 울어주고 있나 봐. 좀처럼 비가 그치질 않아."

그녀는 하늘을 올려다보다가 무기력하게 쓰러져 있는 무에게 다가섰다.

"넌 무엇이든 해야 해. 네가 시작한 일이니까 끝내는 것 또한 네 몫이야."

"내가 어찌해야 하지?"

"내게 묻지 마. 내가 선택할 일이 아니니까."

"넌…… 어떻게 견뎌냈지?"

상은 그의 말이 뻔뻔하다 생각하며 쓸쓸한 미소를 지었다.

"어떻게 해야 할지 모를 땐 시간에 몸을 맡겨. 그뿐이야. 아무리 신이라도 그것밖에는 할 수 있는 일이 없어."

상은 뒤돌아서 걸어가다가 다시 돌아보며 말했다.

"이것으로 끝이라고 생각하지 마. 이 세상에 끝은 없어. 죽음은 또 다른 시작일 뿐이야. 우리는 그 속에서 끊임없이 선택하고 실수하고 또다시 선택하는 것을 반복하며 살아가지. 그러니까 너도 뭔가를 해야 해. 그래야 다시 시작할 수 있어."

쓸쓸한 눈빛으로 무를 바라본 상은 곧 빗줄기 사이로 사라져버렸다. 혼자 남은 무는 빗속에 미동없이 쓰러져 있었다.

그가 몸을 일으켰을 때는 새벽이었다. 빗줄기는 차츰 잦아들고 바람에 비구름이 밀려가면서 먼 하늘이 밝아오고 있었다. 무는 비틀거리며 일어나 로에게로 걸어갔다.

무는 그녀에게 다가가 옆에 누웠다. 이미 차갑게 식은 그녀의 몸을 끌어안고 뺨에 입술을 가져다 댔다. 입술에 닿는 차가운 기운. 내장을 다 걷어낸 짐승의 뱃속처럼 속이 휑한 느낌이 든다.

"무엇이든 해야 해."

상의 목소리가 귀에 젖어들었다.

'무엇을 해야 하지. 아무것도 생각나지 않아.'

아침이 오면 로의 몸은 이슬로 변해 흩어지고 말 것이다. 다시는 그녀와 얼굴을 마주하고 웃을 수 없다는 생각이 스치자 비로소 눈물이 흐르기 시작했다. 깊은 후회와 자책. 운명을 향한 원망, 미칠 듯한 그리움.

"지켜주지 못해 미안해. 그땐 그게 널 지키는 것이라 생각했어."

무는 로를 끌어안고 흐느꼈다. 그의 울음은 계곡을 흐르는 물소리에 묻혔지만 온 산이 그를 따라 우는 듯했다.

"미안해. 이렇게 보내서 미안해."

무는 그녀를 안으며 로도 자신을 안아주기를 바랐다. 하지만 로는 그를 안아주지 않았다. 몸에 닿는 로의 체온이 너무나도 차가웠다.

로가 없는 세상은 희미한 물빛이었다. 이대로 투명해지다가 끝내 아무것도 남지 않고 지워질 것만 같았다. 그렇게 되게 둘 순 없었다. 로가 건네준 많은 의미들이 덧없이 지워지는 걸 원치 않았다. 그녀만은 영원해야 한다. 무는 다시 로를 만나고 싶었다. 그녀에게 전해줄 말이 너무나도 많았다. 그는 다시 청공을 꺼냈다. 손에 차가운 검이 잡히자 가슴이 서늘해졌다. 무는 고개를 숙여 로의 입술에 자신의 입술을 가만히 포갰다가 떼었다.

"다시 만나자."

무의 얼굴에 희미한 미소가 스쳤다. 그는 이제야 마지막에 로가 보내준 미소의 의미를 깨달았다. 다시 만나자는 무언의 약속. 무도 이제 그녀를 만날 준비가 되었다.

"윽."

무의 입술에서 짧은 신음이 새어나왔다. 청공이 몸 깊숙이 들어오자 끔찍한 고통이 밀려왔다. 온몸을 휘젓는 아픔, 하지만 무는 견딜 수 있었다. 그는 남은 힘을 쥐어짜 좀 더 깊숙이 찔러 넣었다. 그의 몸에서 흘러나온 피가 로의 몸을 적시고 빗물에 씻겨 흘러내렸다. 시간이 흐르자 고통으로 일그러진 무의 얼굴이 차츰 평온을 찾아갔다.

비가 개기 시작하면서 주위가 밝아오고 있었다. 곧 해가 뜨면 로의 몸은 이슬로 변해 사라질 것이다. 분명 아름답겠지. 보고 싶지만 눈꺼풀이 너무나도 무거웠다. 무는 마지막 순간까지 로의 얼굴을 담다가 천천히 눈을 감았다.

로, 너도 눈 감을 때 이런 느낌이었니?

외롭지 않아.

그 어느 때보다도 네가 가까이 느껴져.

고마워.

내 곁에 있어줘서.

무는 로의 곁에서 마지막 숨을 내쉬었다.

구름이 걷히고 깨끗한 햇살이 무산을 비추었다. 조용한 아침이었다.

등 뒤에서 맑고 서늘한 바람이 불어온다. 바람은 몸을 가볍게 휘감고 앞으로 달려간다. 로는 손을 뻗어 바람을 만져 보았다. 부드럽고 간지러운 감촉에 절로 미소가 떠올랐다. 바람이 들판을 훑고 지나가자 키만큼 자란 갈대가 파도처럼 일렁였다. 흔들리는 갈대 사이로 무와 몽우의 모습이 나타났다가 다시 묻히기를 반복했다. 언제 자랐는지 제법 크고 늠름해진 몽우는 어리광 부리던 습관이 남아 있는지 자꾸만 무의 뒤를 졸졸 따라다녔다. 무는 귀찮아하며 이리저리 피해 다녔지만 싫지 않은 얼굴이었다.

"이 녀석, 갈수록 왜 이런지 모르겠어."

무기 로를 보며 큰 소리로 외쳤다. 로는 대답 대신 웃음을 터뜨렸다. 몽우는 무의 뒤를 따라다니다 이따금씩 기분 좋게 으르렁거렸다. 바짝 다가서서 느긋하게 꼬리를 흔드는 모습이 한번 쓰다듬어 달라고 보채는 것 같다. 잠시 망설이던 무는 마지못해 몽우의 등을 조심스럽게 쓸어주고 멋쩍은 얼굴로 로에게 다가왔다.

"당신이 좋은가 봐요."

로가 흐뭇한 미소를 지으며 말했다.

"난 주인이야. 무서워할 줄도 알아야 한다고. 게다가 이 녀석은 선인이잖아. 짐승이 아니라고. 그런데 왜 자꾸 저 모습으로 지내는 거지?"

"몽우는 지금 모습이 좋대요."

몽우가 맞는다는 듯 고개를 주억이며 꼬리를 흔들어 보였다.

"이젠 저 녀석이 날 무서워하지 않는 거 같아."

"당신 눈빛이 따뜻해서 그래요."

"내 눈빛이 따뜻하다고?"

그가 놀란 눈빛으로 말했다. 로는 가만히 고개를 끄덕이며 무의 손을 잡았다.

"누구나 느낄 수 있잖아요. 상대방이 나를 좋아하는지, 싫어하는지."

"흠, 그럼 내가 널 어떻게 느끼는지도 알 수 있어?"

"그럼요."

"어떤데?"

로는 대답 대신 싱긋 웃으며 몽우에게로 뛰어갔다.

"어디 가! 대답을 해줘야지!"

"내 생각이 어떤지 당신이 먼저 맞춰봐요."

"내가 먼저 물어봤잖아!"

무가 로에게 뛰어가며 외쳤다. 로는 몽우와 함께 도망가며 깔깔깔 웃었다. 몽우는 제가 더 신나서 갈대 사이를 이리저리 뛰어다녔다.

물안개가 뭉글뭉글 피어오르는 강 위에 달을 베어내 깎은 듯한 조각배 하나가 미끄러지듯 가고 있었다. 거울처럼 매끄러운 물 위로 배가 나아갈 때마다 부드러운 물결이 일었다. 뱃전에 물결이 부딪혀 흩어지는 소리, 모래톱에 있던 물오리가 푸드득

날갯짓하는 소리, 저희들끼리 부르고 화답하는 물새들의 다정한 울음이 조용한 아침을 깨우고 있었다.

조각배는 물결에 몸을 맡긴 채 흘러갔다. 그 안에 나란히 누운 무와 로는 서로를 꼭 안고 반쯤 잠들어 있었다. 로는 무의 가슴에 안겨 귀를 기울였다. 숨 쉴 때마다 가슴이 오르내리고 심장 박동을 듣는 게 좋았다. 금세 잠 속으로 굴러 떨어질듯 나른하고 간지러운 느낌. 로는 눈을 감은 채로 소곤거렸다.

"이 강이 어디까지 이어지는지 알아요?"

"글쎄."

그가 잠이 잔뜩 묻어난 목소리로 중얼거리자 부드러운 울림이 로에게까지 전해졌다.

"하늘로 이어진대요. 강물은 푸른 하늘이 되고 안개는 구름이 되고 물고기는 새가 된대요."

무는 잠든 듯 대답이 없었다. 로는 그의 따뜻한 품속으로 깊숙이 파고들며 말했다.

"우리 하늘로 이어질 때까지 가봐요."

"으, 응."

무는 눈을 희미하게 뜨고 로를 보았다. 그녀와 눈이 마주치자 그의 입가에 미소가 번졌다.

"하늘을 지나면 어디로 갈까요? 하늘보다 더 넓은 곳으로 가게 될까요?"

"가보자. 어디까지 이어지는지."

무가 다시 눈을 감으며 로의 등을 가만히 쓸어내렸다.

'이제 우린 영원히 함께 있겠지요. 절대로 헤어지지 말아요.'

로는 마음으로 간절히 바라며 그의 가슴에 고개를 묻고 눈을 꼭 감았다. 무가 그녀의 어깨를 포근히 안으며 중얼거렸다.

"그래, 헤어지지 말자."

무의 음성을 들으며 로는 깊은 잠 속에 빠져들었다. 그의 목소리가 여운처럼 메아리치며 몸을 감쌌다. 무척이나 따뜻하고 편안했다.

"로."

로는 자신을 부르는 목소리에 눈을 떴다. 푸른빛에 감싸여 다정한 미소를 짓는 천신이 눈에 들어왔다.

"천신님."

"좋은 꿈을 꾸었나 보구나. 미소를 짓고 있었어."

"아, 꿈이었나요. 그와 함께했던 지난날이 보였어요. 행복했어요. 영원히 깨지 않았으면 하고 바랄 만큼."

로는 몹시도 아쉬운 얼굴로 비로소 주위를 둘러보았다. 그녀는 천신과 함께 하늘말이 끄는 마차를 타고 새벽 하늘을 날고 있었다. 로의 혼란스런 눈빛을 보고 천신이 먼저 입을 열었다.

"영혼의 산으로 가는 중이란다. 넌 곧 긴 잠을 자게 될 거야."

긴 잠. 로는 그제야 자신이 죽었다는 것을 깨달았다. 기억들이 아득하게 스쳐 가자 로의 눈에 슬픈 빛이 흘렀다.

"그는 어떻게 됐나요?"

"무도 곧 영혼의 산으로 올 거란다. 그 또한 깊은 잠을 잘 거야."

"그럼 소멸되지 않은 건가요?"

"그래, 자신의 검에 죽는 길을 택했지. 하지만 그리 슬퍼하진 마라. 그는 아주 오랜 후에 다시 태어날 거란다."

가슴 위에 얹힌 큰 돌덩이를 내려놓은 것만 같았다. 로는 다행이라고 몇 번이고 중얼거리면서도 슬픔을 감출 수가 없었다.

"이런, 울고 있구나."

천신은 로의 눈물을 닦아주다가 다정하게 안아주었다.

"많이 아프고 힘들었나요?"

"힘들었을 테지. 하지만 바른 선택이었어. 어쩌면 내가 직접 나서야 할지도 모른다고 생각했는데 그런 일까진 벌어지지 않아서 다행이다."

"그를 용서해 주시는 건가요?"

"용서라……. 내가 해야 할 일을 그 스스로 했으니 남은 건 너희들을 영혼의 산으로 인도하는 것뿐이란다. 그것으로 내 할 일은 끝이야. 이제 남은 건 무가 자신으로 인해 어긋나고 망가진 것들을 다시 만들어가는 거야. 아주 오랜 시간이 걸리겠지만 희망이 보이는구나. 네가 곁에 있어줬기에 가능한 일이야."

로는 천신에 가슴에 기대 한숨처럼 중얼거렸다.

"다행이에요. 정말 다행이에요."

"그가 그렇게 좋으니?"

"네. 말로 표현할 수 없을 만큼, 못 견디게…… 좋아요."

"사랑이란…… 참으로……."

천신은 말꼬리를 흐리며 빙긋이 미소 지었다. 로는 먼 하늘을 바라보며 무의 얼굴을 떠올려 보았다.

"천신님, 그가 보고 싶어요."

"언젠간 다시 만나게 될 거란다. 언젠가는……."

밝아오는 아침 하늘은 황금처럼 눈부신 빛을 품고 있었다. 로는 아득한 눈빛으로 하늘을 바라보며 인사를 건넸다.

내 행복했던 기억이여 안녕.

내 아름다운 사랑이여 안녕.

다시 만나는 날까지

모두 안녕.

8. 눈물을 마시다

그가 눈을 떴을 때 눈에 들어온 것은 물결처럼 일렁이는
희뿌연 빛이었다. 무(霧)는 천천히 눈을 깜빡이다 자신이 울고
있었음을 깨달았다.

'로, 좀 전에 두려운 꿈을 꾸었어. 네가 죽고 나 혼자 남겨졌
었어.'

아직도 로의 차가운 체온이 몸에 남아 있는 것 같아 떨렸다.
그 절망, 그 슬픔, 그 외로움. 다신 떠올리고 싶지 않다. 뇌리 속
에서 싹싹 긁어내어 치워 버리고 싶다.

"나 꿈이야. 꿈일 뿐이야."

자신에게 위로하듯 중얼거리던 무는 주위를 살펴보다 문득

그것이 꿈이 아니란 걸 깨달았다. 그는 지금 낯선 곳에 누워 있었다. 여기는 어디지? 이곳은 무산이 아니었다. 로와 함께 잠들고 깨던 침실은 더더욱 아니다. 주위는 희뿌연 안개로 가득했다. 뿌연 빛은 물결처럼 일렁이며 무를 감싸고 그 너머엔 아무것도 보이지 않았다. 잠깐 동안 머릿속이 멍해 아무 생각도 나지 않았다. 끄집어내려 해도 좀처럼 떠오르지 않는 현실의 기억. 그러다 아주 천천히 기억이 돌아왔다.

"그래, 나는 로를 찾기 위해 시간의 틈으로 들어왔어. 그리고 나를 만났어. 그럼 내가 본 것이 과거의 기억인가."

잃어버린 기억이 다시 한 번 무의 뇌리를 흘러갔다. 흐르고 흘러 로의 차가운 주검에까지 이르렀을 때 무는 고통으로 숨도 쉴 수 없었다.

"로, 내가 널…… 널 죽였어."

자신에 대한 분노와 로를 향한 그리움이 미칠 듯한 고통을 안겨주었다.

"내가 무슨 짓을 한 거지? 로에게 무슨 짓을 한 거야!"

무는 청공으로 자신을 찌르던 순간이 떠올라 몸을 동그랗게 웅크리고 아픔에 신음했다. 그리고 끔찍한 고통과 함께 과거와 현재가 서서히 맞물리며 그제야 모든 걸 깨닫기 시작했다.

'왜 널 한눈에 알아보지 못했을까. 그토록 사랑했는데, 그토록 그리워했는데, 왜 알아보지 못했을까. 알아봤더라면 네 눈을 빼앗는 일 따윈 하지 않았을 텐데. 혼자 쓸쓸히 길거리를 떠돌

게 하지 않았을 텐데. 사랑한다고, 다시 내게 와줘서 고맙다고 말했을 텐데.'

후회와 그리움이 주체할 수 없이 차 올랐다. 로가 못 견디게 보고 싶다. 무는 바닥에 손을 짚으며 몸을 일으켰다. 바닥엔 깨끗한 하얀 모래가 깔려 있고, 주위는 물속처럼 푸르렀다.

'시간의 틈 어딘가에 로가 있어. 로를 찾아야 해. 꼭 찾아야 해.'

무는 로를 찾기 위해 천천히 걸음을 뗐다.

시간의 틈은 엷은 안개에 싸여 잠든 것처럼 조용했다. 가도 가도 보이는 것은 아무것도 없었다. 어찌다 기억의 파편을 만날 때면 그녀의 얼굴을 나시 볼 수 있어 기뻤다. 그 속에서 웃고 있는 로는 무척이나 행복해 보였다.

시간의 틈은 너무나도 광활하고 아득했다. 로를 찾지 못할 거라는 상(霜)의 말이 떠올랐지만 무는 결코 믿지 않았다.

'로가 어디에 있든 우린 꼭 만날 거야. 우리의 심장은 하나로 묶여 있으니까. 그것이 우리의 운명이니까.'

그녀가 가까이에 있음을 무는 본능으로 느끼고 있었다.

안개 속을 헤매고 있자니 한순간이 몇 천 년처럼 길고, 긴 시간이 허무하도록 짧게 스쳐 갔다. 기억이 마구 얼크러져 그녀의 죽음과 처음 만난 순간이 뒤섞이기도 했다. 무는 시린 가슴으로 옛 기억과 비주해야만 했다.

정처없이 시간 속을 떠놀아다닐 즈음이었다. 어디선가 노랫

소리가 들렸다.

> 하늘과 대지가 물에 잠기면
> 그 물길을 따라 임이 오시네.
> 하지만 나는 물 깊숙이 가라앉아
> 임이 날 찾을 수 없구나.
> 내가 있는 곳은 이승도 저승도 아니니
> 임은 날 찾을 수 없어.
> 내 가여운 사랑,
> 나를 찾아 세상을 떠도네.

무척이나 그리운 로의 목소리였다. 무는 노래가 들리는 쪽으로 뛰어갔다.

"로!"

무의 외침이 물결의 파문처럼 주위로 퍼져 갔다. 그러자 노래가 뚝 끊겼다.

"무, 당신이에요?"

로의 목소리가 가까이 들렸다. 무는 정신없이 그녀를 찾아 헤맸다. 로의 목소리는 귓가에 속삭이는 것처럼 가까이 들리다가도 아득히 멀리서 들렸다. 무는 마음을 졸이며 로를 힘껏 불렀다.

"로, 어디에 있어!"

"저 여기 있어요. 여기에……."

그들은 마치 눈을 가리고 술래잡기를 하는 것처럼 서로를 찾아다녔다. 허공을 향해 정신없이 팔을 휘젓는데 손에 무언가가 잡혔다. 따뜻하고 부드러운 손. 간신히 잡은 손을 꼭 움켜쥐고 힘껏 당기자 품 안에 로가 들어왔다. 무는 로를 끌어안으며 그녀의 목덜미에 고개를 묻었다. 아무 말도 할 수 없었다. 기뻐서, 견딜 수 없이 기뻐서 눈물이 났다.

"다신 못 만나는 줄 알았어요. 다시는."

그녀가 울먹였다.

"어디에 있든 찾아낼 거라 했잖아."

무는 로의 두 뺨을 감싸고 가만히 들여다보았다. 과거에도, 지금도 그녀의 얼굴은 아름다웠다. 지금은 비록 밝게 빛나던 두 눈을 잃었지만 무의 눈엔 그녀의 맑은 눈동자가 선연하게 보였다.

"로, 보았어. 우리의 과거를 보았어."

"알아요. 저도 보았어요."

가슴이 벅차 무슨 말을 해야 할지 갈피를 잡을 수가 없었다. 로는 다시 만난 기쁨에 벅차서인지, 과거 때문인지 쉼없이 눈물을 흘렸다. 무는 로의 눈에 사뿐히 입술을 대었다. 촉촉이 젖은 속눈썹이 호르르 떨렸다. 그는 속눈썹 물기를 가만가만 빨아 삼켰다. 나른 쪽 눈도 그리했다. 그리고는 물기가 뺨으로 흘러내린 자국을 더듬어 입술로 내려갔다. 그녀의 차가운 입술 위에 자신의 입술을 포개었다. 로의 두려움과 떨림이 전해져 왔다.

'괜찮아, 두려워하지 마. 이렇게 내가 옆에 있잖아.'

무는 따뜻한 입술로 그녀의 아픈 마음을 부드럽게 달래주었다. 로는 가만히 입술을 떼고 두 손으로 무의 얼굴을 더듬었다. 머릿속으로 그의 얼굴을 다시금 떠올리는지 슬프고 그리운 감정이 스쳤다.

"오래전 기억을 만났을 때 사실 겁이 났어요. 이것이 정녕 내 것일까, 내가 보아도 되는 것일까 걱정했어요. 오랜 옛날에도 당신을 사랑했네요. 내 모든 것을 주어도 아깝지 않을 만큼 사랑했네요. 날 사랑해 줘서 고마워요. 옛날에도, 지금도 행복하게 해주어서 고마워요."

"행복만 주지 못해 미안해. 아프고 슬프게 해서 미안해."

"아니에요. 난 마지막 순간까지 행복했는걸요. 당신을 사랑해서 정말 다행이라고 생각했어요."

"다시 내게 와주어서 고마워. 이런 날 받아주어서 고마워."

"당신이 안개처럼 사라져 버릴까 봐 겁이 나요. 안아주세요. 꼭 붙들어주세요."

무와 로는 서로를 꼭 안은 채 흰 모래 위에 누웠다. 주위는 고요해 들리는 것은 오직 서로의 숨소리뿐. 애끓는 듯한 숨소리만으로도 서로에 대한 갈증을 느낄 수 있었다. 무는 로의 입술을 헤치고 안으로 파고들었다. 그녀를 느끼고, 들이마셨다. 메말라 텅 비어버린 것 같던 몸이 그녀로 가득 흘러넘쳐 가슴이 벅찼

다. 무어라 말해야 할까. 어떤 말로 이 마음을 표현할까. 무는
정신없이 로에게 휩쓸리며 한숨처럼 내뱉었다.

"그리웠어."

그는 로의 가늘고 흰 목에 입을 맞추며 다시 한 번 속삭였다.

"보고 싶었어. 꿈에라도 만나고 싶었어. 널 보지 못하면 죽어
버릴 것만 같았어."

무는 로의 귓불을 살짝 깨물었다가 빨며 쇄골 근처까지 물 흐
르듯 내려왔다. 로는 가쁜 숨을 몰아쉬며 그의 어깨를 끌어안았
다. 꿈도 옛 기억도 아니었다. 손에 잡히는 단단한 뼈와 부드러
운 살결, 이 모든 것이 현실이라고 말해주고 있었다. 로는 그의
넓은 등을 끌어안으며 울음 섞인 목소리로 말했다.

"그리웠어요. 저도 못 견디게 보고 싶었어요."

무가 이마와 두 눈에 입을 맞추자 로 또한 그대로 되돌려 주
었다. 로는 그의 입술이 너무나도 뜨겁고 부드러워 현기증이 났
다. 그의 손길이 닿을 때마다 더없이 기쁘고 슬펐다. 얼마나 걱
정하고 그리웠던가. 그가 걱정되어 이곳에 오지 않기를 바라면
서도 다시 한 번 볼 수 있기를 간절히 원했다. 그리고 과거의 자
신과 그를 만났을 때 두렵고도 기뻤다. 로는 지금껏 무엇이 굳
은 심장을 녹이고 그에게 다가서게 했는지 알고 싶었다. 둘을
끌어당긴 강력한 힘은 무엇이었을까. 로는 시간의 틈에서 과거
를 만나고 나서야 그 이유를 깨달았다. 로는 무를 사랑하기 위
해 다시 태어난 것이었다. 죽어서 인간으로 태어났어도 그를 그

리워하며 찾은 것이다. 로는 그토록 오랜 시간 동안 그를 사랑해 왔다는 것에 놀라면서 그럴 수밖에 없는 운명을 기꺼이 받아들였다.

'이젠 당신 혼자 아픔을 짊어지고 가지 말아요. 홀로 외로워하거나 슬퍼하지 말아요. 내가 안아줄게요. 내가 나누어 가질게요. 아무리 고통스럽고 슬퍼도 당신과 함께라면 두렵지 않아요."

로는 무에게 더 많이 내어주기 위해 몸을 활짝 열고 그를 맞았다. 무가 희고 둥근 젖가슴을 입에 물고 촉촉하게 젖어들기 시작한 곳으로 부드럽게 쓰다듬자 금방이라도 절정에 휩쓸릴 것처럼 몸이 뜨거워졌다.

"너를 통해 나는 살아 있는 것을 느껴. 너 없인 난 아무것도 아니야."

무의 음성은 절절하다 못해 비통하기까지 했다.

"이제 괜찮을 거예요. 다 잘될 거예요."

로는 이제 안심하라는 듯 그의 머리를 가만히 쓰다듬어 주었다. 그가 몸 깊숙이, 더는 들어올 수 없는 곳까지 이르자 로의 등이 천천히 휘어지며 입술이 벌어졌다. 무는 로의 입술에서 흐느낌이 새어나올 때까지 그녀를 밀어붙였다. 그리고 더는 견딜 수 없어 어쩔 줄 몰라 하고 있을 때 그녀 안에 미칠 듯한 자신을 풀어놓았다. 그들은 마치 처음이자 마지막이 될 것처럼 소중히 서로를 안고, 느끼며 소용돌이 속으로 향해 갔다. 다시는 안지 못해도 후회없을 만큼 온몸으로 사랑했다. 같이 있는 이 순간만이 생의 전부라는 걸 알아버렸기 때문이다. 무와 로는 자신을 오롯이 바치며 사랑하고 또 사랑했다.

　시간의 틈은 조용했다. 시간이 멈춰진 채 그 어떤 고통도 슬픔도 없었다. 어쩌면 이곳이야말로 가장 완벽한 곳일지도 모르지만 언제까지 있을 순 없었다. 삶은 계속되어야만 했다.
　무는 로의 손을 잡고 시간의 경계 밖으로 나가기 위해 걸었다. 로는 무의 손에 이끌려 가며 빙긋이 미소를 지었다. 이젠 어둠 속을 헤매고 있어도 혼란스럽거나 두렵지 않았다. 잡은 손을 동해 서로의 마음이, 심장의 두근거림이 전해져 와 외롭지 않았다.
　시간의 틈을 지나는 것은 사막을 통과하는 것처럼 길고 고된 여정이었다. 무척이나 긴 시간이 흘렀다고 생각될 즈음해서 무가 멈춰 섰다.
　"이곳이 경계야."
　무와 로 앞에는 거대한 휘장이 드리워진 것처럼 시간의 경계가 버티고 있었다. 이 너머엔 세상의 법칙대로 시간이 흘러가고 있었다. 무는 푸른 물과 희뿌연 빛의 경계에 서서 서슴없이 팔을 뻗었다. 뒷목이 쭈뼛 설 정도로 차고 시린 감각이 전해져 왔다. 무는 로의 손을 잡은 채 엷은 막을 통과해 밖으로 나왔다. 그때 뒤따라오던 로가 갑자기 멈춰 섰다.

"왜 그래?"

무가 의아해하며 끌어당겨 보았지만 로는 꿈쩍도 하지 않았다. 강한 힘이 그녀를 잡아끌며 경계를 지나지 못하게 하고 있었다. 무가 아무리 애써도 소용이 없자 로의 얼굴이 하얗게 질리기 시작했다.

"나, 나갈 수가 없어요. 못 가요."

로는 어금니를 깨물고 경계 쪽으로 힘껏 부딪쳤지만 곧 외마디 비명을 지르며 튕겨져 나가 바닥에 쓰러졌다.

"로, 괜찮아?"

무는 다시 안으로 뛰어들어 와 로를 부축했다.

"나갈 수 없나 봐요. 어떻게 해요."

그는 창백한 얼굴로 울먹이는 로를 보며 인간은 한 번 들어가면 나올 수 없다는 상의 말을 떠올렸다.

"설마, 아니야. 그럴 리가 없어."

무가 낮은 신음을 흘리며 로의 손을 잡아끌고 경계로 이끌었다. 그의 몸은 경계를 지날 수 있었지만 로는 벽에 어깨를 부딪치고 바닥에 쓰러졌다.

"상의 말이 사실이었구나. 인간은 이곳을 나올 수 없어."

"아……."

로는 두 손으로 입을 막고 신음을 흘렸다. 무의 얼굴에도 절망이 스쳤다. 그는 몸 안에서 청공을 빼내 경계를 향해 힘껏 휘둘렀다. 하지만 경계는 청공의 힘을 흡수하며 작은 흠 하나 남기지 않았다. 무는 두 팔과 몸이 부서질 듯 아팠지만 몇 번이고 청공을 휘둘렀다. 청공이 깨지고 자신이 깨지는 한이 있더라도 이 경계를 찢어야 했다. 무의 거친 숨과 청공의 공허한 울음을 들으며 로가 외쳤다.

"그만 해요. 소용없어요. 전 이곳을 나가지 못할 거예요."

무는 거친 숨을 몰아쉬며 두 팔을 내려뜨렸다. 그의 얼굴이 고통과 절망으로 일그러졌다. 하지만 그는 곧 표정을 바꾸고 로를 부축했다.

"네가 나오지 못한다면 나도 나갈 필요가 없어. 너와 함께 여기 있겠다."

"안 돼요! 나가야 해요."

"널 혼자 두고 갈 순 없어."

"나가서 방법을 찾아야지요. 무슨 방법이 있을 거예요. 전 여기서 기다리고 있을게요."

"만약 방법이 없다면 그땐 어떻게 해!"

로는 더는 말을 잇지 못했다. 무는 그녀의 얼굴에 드러난 마음을 읽고 더욱 마음이 아팠다. 그녀는 혼자 남겨지는 걸 두려워하고 있었다. 하지만 방법이 없다면 무라도 가야 한다고 생각하고 있었다. 그는 두려움과 싸우는 그녀를 보며 아무런 힘이 없는 자신이 저주스러웠다.

"너는 헤어져 있을 수 없어. 너와 함께 있겠다."

"여기에 함께 있자구요? 시간도 흐르지 않고 아무것도 없는 황량한 곳에서 같이 있자구요? 안 돼요. 그럴 순 없어요."

"그럼 너를 두고 나 혼자 가란 거야?"

"날 찾아 여기까지 왔잖아요. 이 먼 곳까지도 왔는데 분명히 방법이 있을 거예요."

"널 두고 혼자 갈 수 없어."

"이대로 영원히 혼자 남겨두지 않을 거잖아요. 그렇죠?"

그녀 또한 방법이 없다는 것을 느끼고 있었다. 그걸 알면서도 무를 보내려 한다. 죽음보다 잔인한 곳에 그마저 영원히 갇히게 할 순 없었다. 무는 로를 힘껏 끌어안았다.

"그래, 절대 너 혼자 두지 않을 거야."

"어서 가요. 전 여기서 기다리고 있을게요."

"하지만."

"걱정하지 말아요. 그 긴 시간을 지나왔어도 우린 다시 만났잖아요. 난 걱정하지 않아요. 곧 만날 테니까."

무는 로의 손을 꼭 쥐었다가 놓았다. 그의 눈에 고통과 눈물이 글썽거렸다.

"곧 데리러 올게."

로는 가만히 고개를 끄덕였다. 무는 로의 손을 놓고도 선뜻 걸음을 떼지 못하고 망설였다. 그는 로의 미소를 보고 나서야 뒤돌아서서 경계를 걸어나왔다. 투명한 경계 안에서 로가 미소를 지으며 서 있었다.

'돌아오지 않아도 괜찮아요. 당신의 마음을 아니까, 그것으로

난 충분해요. 앞으로도 난 당신을 사랑하고 당신은 날 사랑할 테니 조금도 슬프지 않아요.'

로는 그리운 시선으로 어둠 속을 응시했다. 조금씩 멀어져 가는 무가 보였다. 비록 두 눈은 멀었지만 과거를 통해 그의 모습을 많이 보아두었으니 그것이면 충분했다.

뼛속까지 시린 물 위로 솟아오르며 무는 두고 온 로가 걱정이 돼서 견딜 수 없었다. 심연은 무척이나 차갑고 어두웠다. 몇 번이고 다시 돌아가고 싶은 걸 애써 참아낸 무는 로의 당부를 되새기며 있는 힘껏 헤엄쳤다.

꽤 오랜 시간이 흘렀는데도 무는 여전히 어두운 호수 밑을 헤매고 있었다. 아무리 위로 올라가도 끝이 보이지 않는다. 그때 희미한 빛이 물속으로 비쳐 들었다. 무를 향해 손짓하는 듯한 빛. 그것은 상이 무를 인도하기 위해 보낸 빛이었다.

빛을 향해 힘껏 나아가는 동안 지독한 졸음과 함께 피곤이 몰려왔다. 신조차도 혼자서는 빠져나오기 어렵다는 시간의 틈을 건너오느라 대부분 힘을 다 써버린 후였기 때문이다. 조금만 더 올라가면 물 밖인데 무는 자꾸만 몸이 무거웠다. 손만 뻗으면 수면에 하얗게 낀 얼음이 잡힐 듯한데 팔을 들 힘조차 없었다. 무는 더는 헤엄치지 못하고 다시 가라앉기 시작했다.

그때 먼 곳에서 얼음이 깨지는 소리와 함께 첨벙 소리가 나더니 누군가가 다가와 무의 팔을 잡아끌고 위로 올라갔다. 무는 간신히 눈을 뜨고 자신을 잡고 헤엄치는 몽우를 보았다. 선인의 모습을 한 몽우. 로의 품에 안겨 장난치던 작은 호랑이가 어느새 이렇게 컸구나. 무는 몽우의 옆모습을 보며 그제야 마음을 놓고 눈을 감았다. 점점 머릿속이 뿌옇게 변하며 잠이 밀려왔다.

창밖으로 바람 소리가 휘익 들리더니 창문이 덜컹거렸다. 창가에 매달아놓은 풍경이 뎅그렁뎅그렁 울고 천장에 매달아놓은 종이 나비가 제자리를 빙글빙글 돌았다. 추운 날씨에도 방 안은 제법 훈훈했다. 화로에 숯이 빨갛게 타 들어가고 그 위에 올려놓은 단지에선 더운 김이 무럭무럭 피어오르며 물이 끓고 있었다. 무는 조용한 방 안 풍경을 가만히 보았다. 이곳은 분명 여인의 방이란 생각이 들었다. 벽에는 비파와 현금이 비스듬히 세워져 있고 이불에선 달콤한 분 향이 났다.

무는 이불을 걷고 일어나 앉았다. 입고 있던 옷이 어느샌가 벗겨지고 하얀 비단 속옷이 입혀져 있었다. 이곳이 어딜까 생각하는 와중에 문밖에서 소리가 나더니 몽우가 들어왔다. 호리호리한 몸매에 단정하고 선한 용모. 유난히 피부가 하얗고 눈이 커다래서 귀하게 자란 도련님처럼 보였다. 성큼성큼 안으로 들어온 몽우가 정중히 절하고 무릎을 꿇고 앉았다.

"여기가 어디냐."

"상(霜)님의 거처입니다. 여신님께서 이쪽으로 모셔오자 하셨습니다."

무는 가만히 고개를 끄덕였다.

"괜찮으십니까?"

먼저 무언가를 묻는 적이 없는 몽우가 불쑥 말을 꺼냈다. 무는 가만히 몽우의 얼굴을 살피다 따스한 표정으로 고개를 끄덕였다.

"난 괜찮다."

몽우의 걱정스런 시선을 보며 무가 덧붙였다.

"로를 만났다. 그녀도 괜찮아."

몽우의 얼굴에 안도가 스쳤다. 몽우는 먼 옛날에 로와 뛰어놀던 때를 기억하고 있을까. 무의 입가에 잔산한 미소가 떠올랐다.

"몽우야."

"네, 주인님."

"오랜 세월 동안 내 옆을 묵묵히 지켜줘서 고맙다."

몽우가 놀란 표정으로 고개를 들었다. 무는 붉게 달아오른 얼굴과 일렁이는 눈빛을 보고 로와 닮았다고 느꼈다. 그러자 그를 대하는 마음이 더욱 부드러워졌다. 무의 깊은 마음을 느끼며 몽우가 전신한 미소를 지었다. 그의 흰 뺨에 살짝 보조개가 패였다.

"몽우야."

무가 니시 만 빈 부느럽게 부르자 몽우가 고개를 숙이며 대답했다.

"네, 주인님."

"로가 보고 싶다."

몽우는 고개를 들어 무와 시선을 맞췄다. 몽우의 눈빛에도 로
를 향한 그리움이 녹아 있었다.

"저도…… 뵙고 싶습니다."

그들은 자신을 향해 미소 짓던 로를 떠올리며 묵묵히 입을 다
물었다. 그녀만이 먼 곳에 홀로 남아 있는 것이 못내 쓸쓸하고
괴로웠다. 무와 몽우는 어서 빨리 로를 데려올 수 있기를, 그래
서 모두 함께 지내던 그때로 돌아가기를 바랐다.

"미안하지만 정말로 방법이 없어. 설과 환도 그걸 알고 그리
한 거야."

거듭된 무의 부탁에 상이 고개를 저으며 말했다.

"그럼 이대로 바라만 보고 있어야 해? 지나간 과거만 들여다
보면서 죽지도 못한 채 영원히 헤매게 내버려 둬? 로 잘못이 아
니야. 내 잘못이야."

"어쩔 수 없어."

상의 말에 무가 분을 이기지 못하고 벌떡 일어나 소리쳤다.

"그런 말은 하지 마! 사랑하는 이가 죽음보다 끔찍한 곳에 갇
혀 있는데 어쩔 수 없다, 방법이 없다는 말로 포기시키려 하지
말라고. 방법을 찾아야지. 무슨 수를 써서라도 빼내와야 해."

상에게 화를 내도 소용없다는 것을 알면서도 무는 치미는 분

노를 억누를 수가 없었다. 그런 무를 바라보는 상의 눈빛 속에 안타까움이 어렸다. 언제부터인가 무를 보는 눈길이 예전 같지 않았다. 그를 통해 자신을 보아선지도 모르겠다. 과거엔 자신도 무처럼 사랑했었는데 지금은 변해 버렸다. 자신의 모든 것을 오롯이 던져 원하면 설이 나를 다시 받아줄까. 다른 이를 원하고 있어도 간절한 믿음으로 다가가면 나를 봐줄까. 다신 예전처럼 사랑하진 못할 것 같다. 하지만 포기하진 않을 것이다. 설과의 인연은 아직 이어져 있었다.

"설을 찾아가겠어."

무이 결연한 말에 싱이 시선을 들었다. 무의 얼굴이 마침내 실마리를 찾은 것처럼 빛나고 있었다. 그 표정에서 미묘한 변화를 눈치 챈 그녀는 숨을 죽이고 마음을 모았다. 무언가 이상했다. 설명할 수 없는 강한 힘에 운명이 서서히 움직이고 있었다. 두껍고 단단한 껍질을 깨고 새로운 곳을 향해 나아가고 있었다. 상은 혼란에 빠졌다.

'맙소사, 이게 어떻게 된 일이지?'

무와 로의 운명이 새싹이 움트듯 뻗어나가고 있었다. 처음에 천천히 움직였지만 시간이 흐를수록 빨라지고 있었다.

'그럴 리가 없어. 여기까지였는데. 여기까지가 둘의 인연이었는데.'

운명의 신인 상에게조차 모습을 드러내지 않은 미래. 슬프고 가슴 뜨거운 뭔가가 그녀의 심장을 두드렸다.

“어떻게 할 셈이야?”

상은 애써 감정을 드러내지 않고 물었다. 무는 무슨 생각을 하는지 알 수 없는 얼굴로 말했다.

“부탁을 해야지.”

“그가 설령 마음을 바꾼다 해도 로를 빼낼 순 없을 거야. 시간의 신이라도 그건 불가능해.”

“생각이 있어. 설은 분명 들어줄 거야.”

상은 의미심장한 무의 표정을 보며 고개를 끄덕였다. 어쩌면 무라면 아무도 못했던 것을 바꾸고 원하는 것을 이룰 수 있을 것이다. 상은 그의 뜨거운 가슴을 느낄 수 있었다.

“정말 많이 변했구나.”

“지키고 싶은 이가 생기면 누구든 변해.”

“그런가. 그래, 그렇지. 사랑이니까.”

상의 얼굴에 혼란과 쓸쓸한 빛이 내비쳤다. 무는 상의 어두운 얼굴을 물끄러미 바라보다 물었다.

“넌 왜 설을 찾아가지 않지? 그동안 왜 아무 말도 하지 않은 거야?”

“모든 이들이 사랑을 알아보는 건 아니야. 그의 마음이 다시 내게 돌아올 때까지 기다려야겠지. 언젠간 내게 돌아올 거라 믿고 있어.”

언젠간 사랑이 돌아올 날이 올 것이다. 설은 상에게로, 로는 자신에게로. 무는 상이 너무 오래 기다리지 않도록 마음으로 빌어주었다.

　그는 상을 두고 자리에서 일어났다. 세상에게 그가 아직 포기하지 않았다는 것을 보여줄 차례였다. 무는 더 이상 아프고 괴롭지 않았다. 그에겐 확신이 있었다. 로를 그곳에서 데려올 수 있다는 확신과 그들의 사랑이 끝나지 않았다는 믿음이 있었다.

　창을 힘껏 움켜쥐고 허리를 곧게 편 병사들이 우렁찬 고함을 지르며 훈련을 받고 있었다. 설(雪)은 그 사이를 오가며 정확한 동작과 요령을 가르쳤다. 변방을 떠돌며 한직에 머물러 있는 장수라 하나 그의 모습은 누구보다 기세낭낭한 위엄을 갖추고 있다. 병사들은 그런 그를 흠모하여 좀 더 열심히 하는 모습을 보이려 애썼다. 하지만 날씨가 호령하는 장수보다 더 매서워 북쪽 고원에서 불어오는 찬바람에 병사들의 코와 볼이 벌겋게 얼었다. 병사들은 어서 빨리 따뜻한 곳에서 쉬고 싶은 생각만이 간절했다.

　"오늘 훈련은 여기까지다. 잠깐 쉬었다가 외성과 내성 보초와 교대하도록."

　훈련이 다른 날보다 일찍 끝나자 병사들은 크게 안도하며 막사로 들어갔다. 그들을 지켜보다 무심코 먼 곳에 시선을 둔 설(雪)은 자신을 바라보고 서 있는 무(霧)를 발견했다. 설은 무를 향해 천천히 걸어갔다. 서로 바라보는 시선이 바람보다 차고 건조했다. 계곡에서 함께 불놀이를 하며 웃던 일이 까마득한 옛날 같았다.

"돌아왔군. 네 얘긴 소문으로 이미 들었다."

설의 모습은 예전과 다름없었지만 얼굴에 미소가 사라져 전혀 다른 이로 보였다. 과거의 그는 늘 웃는 얼굴이었다. 미소가 사라진 얼굴이 이토록 냉정하고 낯선지 새삼 깨달으며 무는 왠지 쓸쓸한 기분이 들었다. 그에게 한 번도 친근한 감정을 느껴본 적이 없었다. 그저 기분 나쁘지 않은 상대일 뿐이었고, 이따금씩 찾아와 무료함을 덜어주는 이로 받아들였다. 그의 호의와 배려가 가끔은 귀찮았고 따뜻한 눈빛을 볼 때마다 괜히 신경질이 나 괴롭힌 적도 있었다. 상대방의 마음을 차갑게 무시하고 내친 죄. 무는 지금 자신의 잘못을 몇 배로 돌려받는 중이었다. 그것을 자신이 아닌 로가 받고 있어 더욱 마음 아팠다.

"로를 꺼내달라고 부탁하기 위해서 왔나. 전에도 말했지만 시간의 틈에 갇힌 이상 영원히 그 속에 있어야 해. 나라도 그녀를 꺼낼 수 없다."

"알아. 난 다른 부탁을 하기 위해서 온 거야."

무가 차분히 대답했다. 설은 생각과 다른 대답에 의아해하며 무의 얼굴을 보았다. 로가 사라진 직후 달려왔던 얼굴과 지금 얼굴이 상당히 달랐다. 불안과 두려움 대신 이미 각오하고 준비한 듯한 초연함과 속을 알 수 없는 담대함이 느껴졌다.

설은 누구보다 무를 잘 안다고 생각했다. 만년설처럼 차갑고 단단한 마음이라 영원히 갖지 못할 거라 체념하면서도 누구도 갖지 못할 테니 괜찮다고 위안 삼았다. 그랬기에 로를 향한 그의 마음을 알고 느낀 배신감은 스스로도 감당할 수 없는 큰 것이었다. 모든 연적(戀敵)에게 그러하듯 설은 무를 원망하기보다 로를 증오했다. 그녀만 없어지면 무는 다시 예전으로 돌아오고 그를 독점할 수 있다고 믿었다. 하지만 자신이 몰랐던 과거의 기억을 대면하자 이제 누구를 원망하고 증오해야 할지, 누구를 그리워하고 사랑해야 할지 종잡을 수 없었다.

그토록 열렬히 사랑한 상(霜)과 그 사랑을 깨어놓은 무(霧).

혼자서 독점하고 싶었던 무(霧)와 다가가지도 멀어지지도 못힌 채 미묘한 삼성에 사로잡혀 있는 상(霜).

과거와 현재의 사랑은 니무나도 달랐다. 설은 그 사이에서 방황했다. 무엇 하나 확신할 수 없는 혼란 속에서 그나마 분명했던 건 모든 원인인 무를, 그의 사랑을 괴롭혀 주고 싶다는 것뿐이었다. 그녀를 시간의 틈에 처넣으며 모든 것이 끝났다고 생각했다. 무는 이제 혼자였고 끔찍한 고통 속에 허덕이며 살게 될 터였다. 원하던 걸 모두 이룬 셈이다. 그런데 만족할 수가 없었다. 전혀 기쁘지 않았다. 설의 마음은 갈수록 메마르고 텅 비어갔다. 속에 아무것도 들어 있지 않은 허깨비로 살아가는데 무가 찾아왔다. 무언가 굳은 결심을 한 듯 의미심장한 표정으로 눈앞에 서 있다. 설은 더욱 혼란스러웠다.

설은 무를 자신의 처소로 안내했다. 의자에 앉은 무는 조용한 눈길도 설을 올려다보았다.

"시산의 틈에서 널 봤어."

의자에 앉으려던 설의 몸이 흠칫 굳었다. 그는 무를 노려보며
천천히 앉았다.

"네 마음을 이해할 수 있어. 하지만 로는 죄가 없다."

설이 실소를 흘렸다.

"하, 네가 날 이해한다고? 무슨 꿍꿍이로 왔는지 몰라도 넌
날 설득할 수 없을 거야. 난 내가 느낀 고통과 혼란을 가장 잔인
하게 되돌려 주고 싶을 뿐이야. 오랜 시간 동안 네 곁을 맴도는
날 너는 무심히 보아 넘겼지. 가끔 웃어주고 아무렇지도 않은
듯 안겨와 심장이 떨어져 나갈 것만 같았어. 잃어버린 기억을
보기 전까지 난 정말이지 너만을 원했어. 헌데 이젠 혼란스러
워. 널 끝없이 증오하다가도 어느 순간엔 질투로 변하고 말아.
날 이렇게 만든 널 증오해. 그녀에게 잘못이 없다 해도 상관없
어. 어차피 가장 아파할 건 너일 테니까."

"고통받아야 할 건 나야. 로가 아니야!"

"이제 와서 그런 말을 해봤자 소용없어. 로는 이미 시간의 틈
안으로 들어갔으니까. 모든 것이 끝났어."

"난 아직 안 끝났어. 로를 구해야만 해."

"무슨 수로? 시간의 신조차 못하는 걸 네가 어떻게 한단 거
야?"

무는 선뜻 입을 열지 않고 설과 시선을 맞추었다. 설은 무의
눈빛이 단단해지는 것이 보며 자신도 모르게 감탄하고 말았다.
눈빛만으로 싸움을 벌였다면 승자는 무였을 것이다. 무는 허리

를 곧게 펴고 특유의 당당한 표정으로 말했다.

"시간을 되돌려 줘."

"뭐?"

설이 아연한 표정으로 눈을 크게 떴다.

"지금 무슨 말을 하는지 알고나 있는 거야? 아무리 나라도 시간을 함부로 움직일 순 없어. 설령 되돌릴 수 있다 하더라도 시간에 한계가 있다."

"로가 소원을 빌기 위해 무산에 들어오던 때로 되돌려 줘. 그때면 충분해."

"시간을 돌리는 건 큰일이야. 그만큼의 대가가 따라야 한다는 걸 니도 알고 넨데."

"내 목숨을 줄게. 네가 그토록 날 증오한다면 받아들여. 네가 원하는 대로 죽어줄 테니."

"뭐?"

끝내 말문이 막히고 말았다. 당황하는 설과 반대로 무는 결심이 선 듯 단호하게 말했다.

"내 스스로 끝내겠다. 지금 내가 줄 수 있는 것은 그것뿐이니까."

"꼭 그렇게까지 해서 그녀를 구하고 싶은 거야?"

무가 고개를 끄덕이자 설의 눈빛은 경악으로 흔들렸다.

"또다시 삼씩이도 긴 잠을 자야 해. 기억을 잃는 것이 뭘 의미하는시 알삲아. 모두 잃는 거야. 빈 몸뚱이가 되는 거라고. 그래도 좋아?"

"로를 그곳에서 데려올 수 있다면 어찌 되든 상관없어."

설이 탁자를 세게 내려치며 일어났다. 그 바람에 탁자에 있던 그릇들이 바닥으로 굴러 떨어져 깨졌다.

"도대체 왜! 왜 그렇게까지 해야 하는데!"

"사랑하니까. 그녀를 구하고 싶으니까. 다시 세상을 보여주고 싶으니까."

설은 무의 얼굴에 떠오르는 미소를 보며 얼굴을 일그러뜨렸다.

"미쳤군. 미쳐도 끔찍하게 미쳤어."

무를 남겨둔 채 밖으로 뛰쳐나온 설은 불안하게 막사 주변을 서성였다. 한꺼번에 쏟아져 나온 생각들이 제멋대로 얽혀 혼란스러웠다.

'혼자서 위대한 사랑하는 척 굴지 마! 넌 아무렇지도 않게 내 사랑을 잘라냈어. 내 마음을 외면하고 비웃었어. 그토록 마음을 우습게 여겨놓고 이제 와 그녀를 구하고 싶다고? 그녀에게 세상을 보여주고 싶다고? 헛소리! 넌 그런 말할 자격이 없어!'

할 수만 있다면 무와 로의 사랑을 제 손으로 직접 찢어놓고 싶었다. 갈가리 찢어놓고 조각조각 부숴놓아도 성이 차지 않았다. 그런데 그것이 분노인지 질투인지 가늠이 되지 않았다. 차라리 어느 하나라면 이렇게까지 괴롭지 않을 텐데.

'어떻게 무가 저런 사랑을 하게 됐을까. 어떤 힘이 그의 가슴

에 사랑을 심어놓은 걸까.'

설은 기억 속에서 보았던 상의 모습을 떠올렸다. 아름답고 행복해 보였던 그녀. 그런 그녀를 향한 자신의 열정이 낯설었다. 아무리 오랜 과거라 해도 자신에게 그런 열정이 있었다는 것이 좀처럼 믿기지 않았다. 그토록 그녀를 사랑했다면 왜 상이 아닌 무에게 빠져들었을까.

설은 아직 상에게 가지 않았다. 모든 것을 알고도 한 번도 내색하지 않은 그녀에게 배신감과 죄책감을 느꼈다. 애써 태연하게 굴었지만 분득분득 그녀가 그리웠다. 그녀를 안았던 감각들이 생생히게 띠오르면 당장 달려가 안고 싶기도 했다. 그것이 사랑인지, 욕망인지 가늠이 되지 않았다. 모든 것이 혼란스러웠다.

'사랑은 무엇일까. 무엇이기에 모두를 미치게 하는 걸까.'

해가 질 때까지 성내를 헤매 다니다 처소에 돌아왔을 때 무는 여전히 제자리에 앉아 있었다. 설은 몹시 지친 얼굴로 무에게 물었다.

"마지막이야. 내가 왜 네 부탁을 들어주어야 하는지 설득해봐."

"우리는 애증으로 얽혀 끊임없이 상처받고 괴롭히고 있어. 어쩌면 이 일로 서로에게서 벗어날 수 있을지도 몰라."

"그것으로 정말 악연이 끊어질 거라 생각해?"

"아무것도 하지 않으면 영원히 모를 거야."

설은 의자에 주저앉아 머리를 감쌌다. 괴로워하는 그에게 다가온 무가 어깨에 손을 얹으며 나직이 말했다.

"나를 증오한다면 날 죽이는 것으로 끝내. 그리고 너도 자유를 찾아."

설이 차갑게 무의 손을 쳐냈다. 무의 눈빛이 쓸쓸하게 가라앉았다.

"무산에게 기다리고 있겠다. 난 네가 내 마지막 부탁을 들어 줄 거라 믿어."

몇 걸음 내딛던 무가 불현듯 걸음을 멈추고 말했다.

"용서도 복수가 될 수 있어. 내게 그걸 가르쳐 준 이가 상(霜)이야."

설은 천천히 고개를 들고 무를 보았다. 무는 설과 시선을 맞추며 말했다.

"상은 아직도 널 사랑하고 있어. 시간의 틈을 가르쳐 주는 대신 널 용서해 달라고 부탁했었지. 설, 분노에 얽매여 있으면 소중한 것을 보지 못해."

무는 그대로 방을 걸어나갔다. 혼자 남겨진 설은 더욱 혼란스러워 마음의 갈피를 잡지 못하고 방황했다. 아무것도 확신할 수 없는 가운데 한 가지 분명히 알 수 있는 것은 무가 변했다는 사실이었다. 그는 전혀 다른 이로 변해 가까이서 보면 눈이 부셨다.

'저런 것이 사랑일까. 내 사랑은 왜 그리 빛나지 못했던 걸까?

설은 무가 가까이 설 수조차 없는 먼 곳으로 가버린 것 같아 쓸쓸했다.

무산에 돌아온 무는 종종 로와 거닐던 벌판 한가운데에 섰다. 물감을 풀어놓은 듯 붉은 노을이 하늘 가장자리에 번져 있었다. 진하고 엷은 빛을 바라보며 무는 천천히 흘러가는 시간을 생각했다.

로 없이도 시간은 흐르고 세상은 움직였다.

로 없이도 무산은 여선히 아름답고 자신 또한 숨을 쉬고 있었다. 이젠 그 누굴 원망할 수도, 마냥 자신을 낫할 수도 없었다. 할 수 있는 것은 나했다. 이제 기다리는 것뿐.

하늘 가로지르며 새 떼가 날아가고 바람에 몸을 실은 구름이 느긋이 흘러갔다. 눈을 하얗게 뒤집어쓴 숲과 들이 티없이 순결해 보였다. 참으로 평화로운 광경이었다. 그러다 어느 순간 모든 것이 멈추었다. 지는 태양, 날아가는 새, 흘러가던 구름이 제자리에 멈춰 섰다.

"설."

무는 아득한 하늘을 올려다보며 나지막이 중얼거렸다. 설이 드디어 거래에 응했다. 무는 심장이 뛰어 가만히 서 있을 수가 없었다.

짬깐 동안 성시되었던 시간이 차츰 거꾸로 가기 시작했다. 해는 서쪽에서 농쪽으로 향하고 새들은 왔던 곳으로 다시 돌아갔다. 흐르던 구름은 긴 그림자를 끌며 뒤로 흐르고 들판에 쌓인 눈이 다시 하늘로 올라가기 시작했다.

"시간이 되돌려지고 있어. 시간이!"

무는 환희에 넘쳐서 와아아 함성을 질렀다. 누렇게 말라가던 풀들이 다시금 푸릇푸릇해지고 떨어진 낙엽이 빙글빙글 돌며 올라가 나뭇가지에 매달렸다. 붉고 노랗게 물들었던 잎사귀가 초록빛을 띠고 수풀은 무성해졌으며, 시든 꽃들이 다시 활짝 피었다. 끊임없이 밤과 낮이 바뀌고, 빗방울이 하늘로 올라가 구름을 이루었다. 무는 눈을 감고 두 팔을 벌렸다. 자신을 향해 다가오는 거대한 힘이 느껴졌다. 더는 의심하거나 두려워하지 않는다. 두려움은 희망을 파괴할 뿐이다. 무는 미래에 대한 두려움을 떨치고 스스로 만든 운명을 받아들였다.

"로, 네가 다가오는 게 느껴져."

무는 마음을 열고 자신을 향해 오는 로를 바라보았다. 사무치게 그리운 두 눈. 그 맑고 빛나는 눈동자가 흥미로운 듯 무산을 올려다보고 있었다. 무는 짙은 안개를 거두고 그녀가 들어올 수 있도록 길을 내주었다.

로가 무산 안으로 천천히 걸어 들어왔다.

9. 약속

무산 안으로 들어가면 갈수록 로는 두려움 대신 무한한 호기심을 느꼈다. 모든 것이 살아 숨 쉬고 있었다. 오래된 나무와 성긴 나뭇가지 사이로 비쳐드는 빛, 발부리에 차이는 돌, 심지어 안개까지 살아 숨 쉬며 로를 지켜보고 있었다. 부르면 답할 것 같고 팔을 뻗으면 어디선가 불쑥 손이 튀어나와 손목을 움켜질 것 같았다. 걸음을 옮길 때마다 알 수 없는 곳으로 빨려 들어가는 느낌이 들어 조심스럽고 한편으론 설레었다. 로는 두려우면서도 황홀한 감정에 푹 젖어 자신이 누구인지조차 잊을 것 같았다.

'정신을 차려. 내가 왜 이곳에 왔는지 잊으면 안 돼.'

로의 마음 한쪽에서 작게 소리쳤지만 그마저도 밀려오는 안개에 묻혀 버렸다. 피곤도 추위도 더는 느껴지지 않았다. 뜨겁지도 차갑지도 않은 물속에 둥둥 떠 있는 것처럼 몸이 편안했다. 몽롱하고 나른해서 잠이 쏟아질 것 같다가도 뭔가 신기한 일이 일어나 깜짝 놀랄 것 같아 설레기도 했다. 로는 이곳에 온 목적조차 잊어버린 채 안개에 싸인 산속을 헤매었다.

로가 정신을 차렸을 때는 날이 이미 저문 뒤였다. 뒤늦게야 주위가 완전히 어두워진 것을 깨달은 그녀는 두려움이 왈칵 밀려와 제자리에서 꼼짝도 할 수 없었다. 이곳이 산 밑 어디쯤인지 알 길이 없었다. 주위는 어둡고 희미한 안개에 둘러싸여 있었으며 무서우리만큼 조용했다.

'왜 아무런 소리도 들리지 않는 거지? 들짐승이나 새소리, 하다못해 계곡 물소리나 돌멩이 굴러 떨어지는 소리조차 나지 않잖아.'

두려움은 점점 로의 발목을 붙들고 스멀스멀 기어올라 왔다.

"아, 날 밝을 때 돌아갔어야 했나. 너무 무서워."

로는 차츰 겁에 질려 몸을 떨기 시작했다. 되돌아가려고 해도 정신을 놓고 온지라 어디가 산 입구인지 알 수 없었다. 아까 본 바위를 찾으려고 무던히도 애썼지만 좀처럼 보이지 않았다. 희미한 달그림자에 기대 산 입구를 찾아 헤매던 로는 지쳐서 한 발자국도 걸을 수 없게 되자 힘없이 나무뿌리에 주저앉았다. 추위와 배고픔, 피로가 걷잡을 수 없이 밀려왔다.

"이러다 들짐승이라도 나타나면 어쩌지. 언니, 자오. 무서워."

로가 두려움을 이기지 못해 훌쩍이고 있을 때였다. 갑자기 주위에서 뭔가가 바스락거리더니 슬금슬금 다가오는 소리가 났다. 로는 이 소리가 무엇인지 알고 있었다. 짐승의 소리다. 그것도 잔뜩 굶주려 먹이를 노리는 짐승의 소리.

"난 몰라. 어떻게 해."

로는 두려움에 벌떡 일어났지만 어떻게 해야 할지 몰라 두 팔로 세 놈을 감싸며 주저앉았다. 공포에 이가 딱딱 부딪히고 식은땀이 흘렀다. 짐승들이 가까이 다가오고 있음이 온몸으로 느껴졌다. 밤하늘을 향해 우우우 짖던 늑대들의 고독한 울음이 아니었다. 몹시도 성이 난 듯 난폭하게 으르렁거리는 소리가 사방에서 들렸다. 곧 붉은 눈이 하나둘 보이기 시작하더니 급기야 수십 개의 눈들이 로를 에워쌌다.

"아악! 언니, 자오!"

로는 비명을 지르며 두 눈을 질끈 감았다. 이쪽의 두려움을 알아버린 늑대들이 더욱 거칠게 으르렁거리며 주위를 에워쌌다. 로는 덜덜 떨며 살려달라고 중얼거렸다.

그때였다. 낯선 짐승의 우렁찬 포효가 쩌렁쩌렁 지축을 흔들었다.

크르르르릉!

서릿발처럼 매섭고 힘찬 울음이었다. 마치 내가 여기 있으니

썩 꺼지라고 외치는 것 같았다. 그 울음에 갑자기 주위가 조용해졌다. 로는 얼결에 고개를 들었다가 조금씩 다가오던 붉은 눈들이 하나둘 물러가고 있다는 걸 깨달았다.

"어떻게 된 일이지?"

로는 눈물이 그렁그렁한 눈가를 소매로 훔치다 선명한 파란 눈동자와 눈이 마주쳤다. 도저히 짐승의 눈빛이라고는 보기 힘든 맑고 깨끗한 빛이었다. 그 빛은 로를 향해 곧장 걸어왔다. 빛이 다가올수록 성난 늑대들이 물러가더니 곧 자취없이 사라졌다. 로는 얼떨떨한 표정으로 다가오는 푸른빛을 바라보았다.

눈처럼 하얀 털을 가진 호랑이가 바로 앞에서 멈춰 섰을 때 로는 자신의 눈을 믿을 수 없었다. 백호라 하기엔 몸집이 훨씬 크고 눈이 시리도록 푸른빛을 발산하는 털을 가지고 있었다. 보통 짐승이 아닌 전설 속에나 등장할 법한 영물(靈物)이었다.

"아, 예쁘다."

로는 자신도 모르게 중얼거리다 얼른 입을 막았다. 잘못해서 덤벼들까 봐 겁이 났기 때문이다. 로가 겁을 집어먹고 몸을 움츠리는 사이 백호가 걸어왔다. 걸음이 구름 위를 밟는 듯 사뿐사뿐 가벼웠다. 로는 백호의 눈을 가만히 들여다보았다. 참으로 선하고 맑은 눈이었다.

"이름이 뭐니? 난 로라고 해."

짐승이 알아들을 리 없다고 생각하면서도 반갑게 말을 꺼냈다. 로의 바로 옆까지 다가온 백호는 담백한 눈으로 바라보더니 고개를 주억거렸다. 마치 반갑다고 인사를 하는 것 같았다. 로는 백호의 귀여운 몸짓에 마음을 놓고 안도의 숨을 내쉰 다음 조심스럽게 팔을 뻗어 보드라운 털을 만져 보았다.

"몽우. 그 아이 이름이다."

불쑥 들려온 목소리에 로는 화들짝 놀라고 말았다. 소리가 들린 쪽을 보니 한 사내가 서 있었다. 로는 달빛에 비친 사내의 얼굴을 보고 잠시 할 말을 잃었다.

눈에 눈물이 차 오를 만큼 아름다운 사람이었다. 깨질 듯 섬세하고 고운 얼굴과 선명한 이목구비에선 신비한 느낌이 났다. 그를 보니 가슴이 미구 쿵쾅거렸다. 눈을 뗄 수도 없고 숨조차 그게 쉴 수 없었나.

'세상에 저렇게 아름다운 사람도 있었구나.'

큰 키와 부드럽고 날렵한 몸, 바람에 따라 부드럽게 흩날리는 머리칼이 경외심마저 들 정도로 우아했다. 홀린 듯 그를 바라보던 로는 간신히 정신을 차리고 몇 번이고 고개를 숙였다.

"큰일을 당할 뻔했습니다. 구해주셔서 고마워요."

"내가 아니라 몽우에게 인사하렴."

그가 미소 짓자 괜스레 얼굴이 붉어졌다. 로는 옆에 선 몽우를 보며 어색하게 웃었다.

"모, 몽우야, 고마워."

"어흥!"

몽우가 짧게 답하며 긴 꼬리를 살랑살랑 흔들었다. 그 모습이 무척이나 귀여워서 껴안아주고 싶은 것을 간신히 참아야 했다.

"어찌 이런 곳에서 헤매고 있었니. 여긴 무척이나 위험한 곳이란다. 특히 밤엔 더 그렇지."

"전 이곳에 사신다는 신을 만나러 왔어요. 혹시 그분이 어디 계신지 아세요?"

"글쎄, 잘은 모르겠다만 짐작 가는 곳이 있긴 하다. 데려다 줄까?"

"네! 염치없지만 꼭 부탁드려요."

"좋아. 데려다 줄게."

그의 말이 끝나자마자 몽우가 등을 내밀며 타라는 시늉을 했다. 잠시 망설이던 로는 두 눈을 질끈 감고 몽우의 등에 올라탔다.

"아앗! 진짜 폭신하네요. 솜이불 같아요."

로의 환호에 그가 소리 내어 웃었다.

"꼭 잡아라. 자칫해서 떨어지면 큰일나거든."

그의 말에 로는 잔뜩 긴장해서 몽우의 갈기를 움켜쥐었다. 그때 그가 로의 뒤에 타더니 안심하라는 듯 한 팔로 어깨를 감쌌다. 로는 낯선 이가 뒤에 앉자 잔뜩 긴장하면서도 따뜻함에 안도가 되었다. 가볍게 발을 구른 몽우가 단숨에 하늘로 날아올랐다. 깜짝 놀란 로는 두 눈을 질끈 감았다가 간신히 떴다.

"아아아……."

로의 입에서 감탄이 터져 나왔다. 안개와 구름을 뚫고 높은 곳까지 날아오른 몽우가 수정처럼 맑은 밤하늘을 날고 있었다. 하늘엔 밝은 달과 수없이 많은 별들로 가득 차 있었다. 먼 하늘에 흐르는 은하수가 손만 뻗으면 닿을 듯 가깝고 입김을 훅 불면 작은 별들이 우수수 떨어질 것 같았다. 로는 아름다운 밤하늘에 마음을 뺏겨 얼음처럼 찬 공기가 뺨을 스치는 것도 몰랐다. 추워서 달달 떨면서도 하늘에서 눈을 떼지 못하니 그걸 느낀 그가 웃음을 머금은 채로 말했다.

"추운가 보구나. 잠시 나를 빌려줄게."

로가 대답하기도 전에 그가 뒤에서 포근히 감싸 안았다. 로는 깜짝 놀라면서도 심장이 마구 뛰어서 숨을 꼴깍 삼켰다. 몽우는 그들을 등에 대우고 무산의 가장 높은 곳을 향해 날았다. 로는 아름다운 무산을 마음에 담으며 꼭 신을 만나게 해달라고 빌었다.

무산의 가장 높은 곳, 안개의 성으로 가는 입구에 도착한 그들은 어두운 동굴 안으로 들어섰다. 동굴 입구를 지나 빛이 흐르는 계곡에 들어섰을 때였다.

"와아…… 이곳은 정말 멋져요."

눈이 휘둥그레진 로가 소릴 질렀다. 깎아지른 절벽 위에서 빛을 머금은 폭포수가 웅장한 소릴 내며 쏟아지고 있었다. 로는 입을 딱 벌린 채 폭포수를 쳐다보았다.

"신비로워요. 마치 딴 세상 같아요."

몽우는 아이처럼 좋아하는 로를 바라보며 소리 내 웃었다. 로는 저것이 자기가 만들어놓은 거란 걸 상상도 못하겠지. 지난날 흥분에 들뜬 로가 폭포를 보여주었던 일이 눈앞을 스쳐 갔다. 그립고 행복한 기억들. 무는 로의 반짝이는 눈동자를 말없이 바라보았다.

'네가 다시 빛을 볼 수 있어서 기뻐. 나를 보며 웃어주어서 기뻐.'

무는 무심결에 로의 뺨으로 손을 가져가다 흠칫 놀라며 멈추었다.

'욕심이다. 더 이상 바라지 말아야 해. 그저 이렇게 지켜보는 것만으로 만족해야 해.'

무는 앞으로 걸어가는 로를 따라가며 가만히 입술을 깨물었다.

"와, 호수예요! 동굴 안에 이렇게 큰 호수가 있다니. 어, 물 위를 걸을 수가 있네. 거울 위를 걷는 것 같아요. 와, 신기하다!"

천호(天湖)를 만난 로는 치마를 무릎 위까지 들어 올리고 수면 위를 뛰어다녔다. 몽우도 신이 나서 그녀의 뒤를 뛰어다녔다.

"하늘이 보여요. 새와 구름도 보여요. 하늘을 나는 것 같아요!"

무는 로가 저토록 신나하는 것을 처음 보았다. 별가루를 뿌려놓은 듯 반짝이는 눈빛, 생생한 표정과 맑은 웃음소리. 무는 천진난만한 그녀의 모습이 예쁘고 사랑스러워 품에 안고 입 맞추고 싶었다.

"이곳에 사는 신은 좋은 분일 거예요. 이렇게 아름다운 곳을 만든 걸 보면 틀림없어요. 분명 제 소원도 들어주시겠지요?"

로의 소원. 무의 얼굴이 금세 슬픈 빛을 띠었다.

"어떤 소원을 빌러 왔지?"

"……."

로는 잠시 망설이다 시무룩해져서 입을 다물었다. 지난 날 그녀는 마음에 사랑을 없애달라 빌었다. 자신의 마음에서 사랑이 사라지면 사랑하는 이들이 고통받지 않을 거라 했다. 그리고 자신도 더는 아프지 않을 거라 믿었다. 무는 로의 마음을 비웃었었다. 욕망이란 오직 자신만을 위한 섯이라 생각했다. 그 나머지는 위선과 허영일 뿐. 남을 위해 자신을 희생하려는 로를 자신의 욕망에 충실하지 못한 철부지 어린아이로 보았다. 헌데 이제 와 돌이켜 보니 그녀의 마음이 이해된다. 사랑이 깊으면 자신보다 상대방이 행복해지길 바라게 된다. 그 사람이 웃으면, 그 사람이 행복하다면 자신의 희생은 희생이 아니게 된다. 그건 사랑하는 이에게 주는 선물이다. 무는 어깨를 축 늘어뜨린 로에게 다가가 가만히 머리를 쓰다듬어 주었다.

"네가 바라는 소원은 분명 널 행복하게 해주겠지?"

무의 말에 고개를 든 로가 애써 미소를 지으며 고개를 끄덕였다.

"무엇을 원하는 잊지 말아야 할 것이 있어. 모든 걸 다 가질 순 없어. 그숭에서 하나를 골라야 한다면 네가 가장 행복하고 떳떳할 수 있는 걸 찾아야 해."

무를 올려다보는 로의 눈동자가 조금씩 동요하기 시작했다. 무는 자신의 마음이 그녀에게 닿기를, 그래서 그녀가 행복한 선택을 할 수 있기를 바랐다.

"이곳이 신이 사는 성이다."

무는 성문 앞으로 걸어가며 말했다. 뒤따라오던 로는 걸음을 멈추고 웅장하게 버티고 선 안개의 성을 올려다보았다. 막상 신을 만난다 하니 덜컥 겁이 났다.

"제가 신을 만날 수 있을까요? 절 만나주시지 않으면 어쩌죠?"

"모두 네게 달렸어. 용기를 내서 들어가 보렴."

"여기까지 데려다 주셔서 고마워요. 아차, 경황이 없어서 성함도 여쭙지 못했네요."

"내 이름은 무다."

"무……. 안개라는 뜻인가요?"

그는 대답 대신 고개를 끄덕였다.

"난 이만 몽우와 함께 가봐야겠다. 꼭 네가 원하는 소원을 이루길 바란다."

무는 로에게 정중히 인사하며 돌아섰다. 로는 그의 뒷모습을 보며 겁이 나니 같이 들어가 달라고 말하려다가 간신히 참았다.

'여기까지 왔는데 용기를 내. 넌 할 수 있어.'

로를 이를 악물고 성문 안으로 첫 발을 내디뎠다. 그러다 고개를 돌려 멀어져 가는 그를 바라보았다.

'저 사람에게 왜 자꾸 마음이 쓰이는 걸까.'

아름다운 사람, 마음속을 들여다본 듯 따뜻한 말을 건네는 사람, 슬프고 아련한 표정 때문에 자꾸만 눈이 가는 사람. 로는 두근거리는 심장을 억누르며 그에게서 시선을 거두었다. 그녀는 심호흡을 크게 하고 자신을 향해 두 팔을 활짝 벌린 것처럼 열려진 성문 안으로 걸어 들어갔다.

아무도 없는 조용한 성은 오래되어 바랜 듯한 회백색 벽과 무거운 침묵, 해묵은 공기로 가득 차 있었다. 소심스럽게 걸음을 옮겨도 발소리가 크게 울려 깜짝깜짝 놀라는 통에 심장이 오그라드는 것만 같았다. 조금 전까지만 해도 온통 신비롭고 아름다운 풍경이었는데 성안은 음침하고 건조했다.

'이곳에 사는 신은 혹시 무서운 분이 아닐까?'

로는 잔뜩 긴장하며 천천히 걸음을 옮겼다. 누구도 살지 않는 듯 보이는 성이지만 무언가가 자신을 지켜보고 있는 것이 느껴졌다. 로는 서늘한 기운이 귓전을 스칠 때마다 깜짝깜짝 놀라며 몸을 움츠렸다. 할 수만 있다면 이곳에서 당장이라도 도망치고 싶을 정도였다.

'안 돼! 꼭 신을 만나서 소원을 빌어야 해. 꼭!'

단단히 결심한 로는 입을 꾹 닫고 힘차게, 하지만 속으론 덜덜 떨면서 걸어갔다.

성은 로가 더욱 깊은 곳으로 들어올 수 있도록 이끌었다. 마치 기다리고 있었다는 듯 스르르 열린 문은 로가 지나면 다시 닫혔고 살아 움직이는 듯한 복도는 잘못된 길을 들어서면 스스로 제 위치를 바꾸었다. 넓은 정원과 복도를 지나 안쪽 깊숙한 곳까지 들어갈 동안 로는 누구도 만나지 못했다. 그녀가 막 화려하게 치장된 문을 지났을 때였다. 눈이 부시도록 흰 복도가 나왔다. 복도에는 각기 색깔이 다른 문이 죽 늘어서 있었다. 노랗고, 붉고, 푸른색으로 칠해진 문들. 그중 푸른 문이 어서 들어오라는 듯 활짝 열렸다. 로는 숨을 꼴깍 삼키고 푸른 문 안으로 들어섰다.

"와……."

로는 방을 둘러보며 연신 감탄을 내뱉었다. 바닥부터 천장까지 온통 푸른색 비단과 푸른색 보석으로 장식한 방. 태어나서 이토록 화려하고 눈부신 방은 본 적이 없었다. 마치 푸른 하늘 속에 들어와 있는 것 같았다. 로는 보드라운 비단을 만져 보고 반짝이는 보석과 근사한 향기가 나는 푸른 꽃을 황홀하게 바라보았다.

방을 이리저리 구경하던 로는 한쪽 벽의 절반을 차지하는 커다란 거울을 발견했다. 거울 앞에 선 로는 자신의 모습을 이리저리 비춰보다 갑자기 나타난 사람의 형체를 보고 화들짝 놀랐다.

"자, 자오!"

로는 거울 속에 나타난 자오를 보고 크게 소리쳤다. 자오는 로를 향해 어서 오라고 손짓했다. 로는 무슨 영문인지 몰라 멍하니 서 있다가 거울 속으로 손을 뻗었다. 그러자 손이 거울을 뚫고 쑥 들어갔다. 로는 깜짝 놀라며 얼른 손을 뺐다.

"뭐 하니? 어서 와."

자오가 다시 한 번 손짓했다. 망설이던 로는 두 눈을 질끈 감고 거울 속으로 걸어 들어갔다. 눈을 뜨자 익숙한 풍경이 눈에 들어왔다. 어린 시절 로와 자오, 언니 소아가 뛰어놀던 월호의 숲이었다.

"로야, 거기서 뭘 하고 있어. 빨리 와."

멀리 신 자오와 소아가 불렀다. 앳된 그들의 모습을 보며 로를 고개를 갸우뚱했다. 왠지 모든 게 익숙했다. 과거에 본 듯한 풍경과 이미 경험한 듯 친근한 상황.

"어서 오래도."

"아, 알았어."

소아의 외침에 로는 그들을 향해 뛰어갔다. 그들은 숲에 뛰어노는 노루들처럼 잽싸고 경쾌하게 달렸다. 어릴 때 곧잘 올라가던 나무와 무리 지어 피어 있는 들꽃을 지나 호수를 끼고 한참을 달리자 숲에서 제일 나이 많은 고목이 나왔다. 로는 그제야 자신이 아주 오래전 기억 속에 있음을 깨달았다. 고목 위에 지은 나무십. 어릴 때 자오와 소아와 함께 줄곧 놀던 곳이었다.

"어! 혼사서 다 만든 거야? 우리 부르지 않고선."

어느새 완성된 나무 위의 집을 보고 소아가 말했다. 자오는 뒤통수를 긁적이며 얼굴을 붉혔다.

"깜짝 놀라게 해주려고. 어때 이만하면 쓸만 하지?"

"멋지다. 정말 멋져."

소아는 연신 박수를 치며 좋아했다. 자오의 표정이 뿌듯해지며 어깨에 힘이 들어갔다.

"위는 더 멋져. 어서 올라와."

날쌔게 사다리를 타고 올라간 자오는 뒤따라오는 소아와 로에게 손을 내밀어 붙잡아주었다. 로는 자오가 내민 손을 잡자 가슴이 두근거리고 부끄러운 마음이 들었다. 그래서 집에 올라가고도 자오의 얼굴을 똑바로 보지 못하고 고개를 푹 숙였다.

"와, 멋있다. 언제 다 꾸민 거야? 여기서 살아도 되겠어."

"하하하. 내가 손재주가 좀 있지."

자오는 가슴을 두드리며 자랑스럽게 말했다. 조금 어설프긴 하지만 튼튼하고 아담한 집. 나무를 상처 입히지 않고 비를 충분히 가려줄 지붕과 세 사람이 놀기에 딱 알맞은 공간을 만들다니 소년답지 않은 솜씨였다. 게다가 안은 꽤 신경 쓴 기색이 역력했다. 조그만 탁자에 어릴 때부터 소꿉놀이 하던 그릇들과 헝겊 인형, 나무 열매와 엄마 몰래 가져온 과자도 있었다. 소아와 로가 신기해하며 구경하는 사이 자오가 말했다.

"오늘이 로 생일이잖아. 내가 선물을 준비했어."

"선물?"

로의 말에 고개를 끄덕인 자오가 한쪽 벽에 세워놓은 나무판자와 상자를 가져오더니 판자를 세워놓고 뒤에서 뭔가를 주섬주섬 준비했다. 로와 소아는 잔뜩 들뜬 얼굴로 무엇을 하려는 건지 기다렸다.

"험험, 자 이제부터 인형극을 시작하겠습니다."

판자 뒤에서 헛기침을 몇 번 한 자오가 노인 목소리를 흉내 내며 말했다. 로와 소아는 기대에 가득 차서 짝짝짝 박수를 쳤다.

"옛날옛날, 한 마을에 검은 고양이와 파란 고양이가 살고 있었이요."

판자 위로 자투리 헝겊으로 만든 검은 고양이와 파란 고양이가 나타났다.

"와, 고양이다!"

소아와 로가 동시에 외쳤다. 판자 뒤에서 씩 웃은 자오가 드디어 인형극을 시작했다.

검은 고양이와 파란 고양이는 서로를 아끼며 사랑했답니다. 어딜 가나 함께였지요. 맛있는 생선을 먹을 때도, 잠을 잘 때도, 험상궂은 개한테 쫓길 때도 항상 함께했답니다.

그러던 어느 날. 마을에 포악하고 무시무시한 괴물이 나타났어요. 마을 사람들은 비명을 지르며 모두 달아났답니다.

"너희들을 모두 잡아먹어 버리겠다! 쿠하하하하."

괴물은 사람과 동물을 가리지 않고 닥치는 대로 잡아먹었어
요. 괴물을 피해 달아나던 검은 고양이는 파란 고양이가 보이지
않는 걸 알고 소리쳐 불렀어요.

"파란 고양이야, 어디 있니! 어디에 있는 거야!"

그때 검은 고양이는 보았어요. 파란 고양이가 괴물에게 붙잡
혀 버둥거리는 것을요.

"파란 고양이야, 안 돼!"

검은 고양이가 달려갔을 때 파란 고양이는 이미 괴물에게 잡
아먹힌 후였어요.

"파란 고양이야!"

검은 고양이는 울면서 괴물에게 덤볐답니다.

"뭐야, 이 쬐그만 고양이 새끼는!"

"파란 고양이를 살려내! 다시 살려내!"

검은 고양이는 괴물에게 용감하게 덤볐어요.

"귀찮으니까 꺼져!"

괴물이 팔을 휘두르자 검은 고양이는 저만치 나가떨어졌어
요. 하지만 검은 고양이는 포기하지 않았어요.

"살려내! 살려내라고!"

검은 고양이는 계속 괴물을 따라다니며 소리쳤어요. 그렇게
하루가 가고, 한 달이 가고, 삼 년이 흘렀어요. 검은 고양이는
하루도 빠짐없이 괴물에게 덤볐어요. 많이 다쳤지만 한순간도
포기하지 않고 용감하게 싸웠어요.

“에잇! 꽤나 귀찮은 녀석이군.”

괴물은 포기하지 않는 검은 고양이 때문에 지쳐 버렸어요.

“졌다. 내가 졌어. 네 파란 고양이를 돌려주지.”

괴물은 검은 고양이의 한쪽 눈에 파란 고양이의 눈을 넣어주었어요. 덕분에 검은 고양이는 검은 눈과 파란 눈을 가지게 되었어요.

“이제 넌 파란 고양이와 언제까지나 함께 있게 될 거다. 앞으로 파란 눈과 검은 눈을 가지고 태어나는 이는 누구보다 훌륭한 사랑과 용기를 가지게 될 거야.”

검은 고양이는 파란 고양이와 함께 있어서 더 이상 외롭지 않았어요. 둘은 아주 오랫동안 행복했답니다.

자오의 인형극은 끝났다. 판자 위로 고개를 쳐들은 자오는 울고 있는 소아와 로를 발견하고 당황하고 말았다.

“왜, 왜 우는 거야.”

“슬퍼. 파란 고양이가 너무 불쌍해.”

소아가 훌쩍거리며 말했다.

“하지만 결국 둘은 함께 있게 됐잖아.”

자오는 자꾸 우는 소아를 토닥거려 주고는 로를 보았다. 로는 눈물을 글썽거리면서도 소리 내 울지 않았다. 자오는 로에게 검은 고양이 인형과 파란 고양이 인형을 건넸다.

“자, 받아. 내가 주는 생일 선물이야. 그리고 로야, 넌 괴물이 아니야. 네 눈은 세상에서 가장 훌륭하고 멋져. 덕분에 누구보다 멋진 사랑과 용기를 가지고 태어났잖아.”

로는 눈물이 글썽한 채로 고개를 끄덕이며 자오가 건넨 인형을 품에 꼭 안았다.

‘자오는 본 거야. 며칠 전 아이들이 내게 돌을 던지며 괴물이라고 욕하던 것을. 그래서 내게 선물을 준 거야.’

로는 열세 번째 생일날 자오가 열어준 인형극을 아직도 생생하게 기억했다. 태어나서 가장 기뻤던 날, 태어나서 가장 많이 운 날, 태어나서 처음으로 사랑을 느낀 날.

‘행복했어. 이런 눈을 가지고 태어난 게 기쁘기까지 했어. 자오가 정말 좋았어.’

거울 앞에 선 로는 그날을 떠올리며 뜨거운 눈물을 흘렸다. 거울이 왜 지난날을 보여주었는지 모르지만 그때의 행복한 기억을 떠올리게 해줘서 고마웠다.

[이곳은 살아오면서 가장 행복했던 순간을 보여주는 방이다.]

어디선가 목소리가 들렸다. 로는 깜짝 놀라 주위를 두리번거렸다.

“누, 누구세요?”

[나는 무산의 신이다.]

감히 범접할 수 없는 위엄에 가득 찬 목소리.

“아…….”

로는 소매로 눈물을 닦으며 숨을 가다듬었다. 드디어 신을 만났다는 생각에 가슴이 떨렸다.

"저, 저는 신께 소원을 빌기 위해 무산에 왔어요."

[네 소원을 들어주마. 대신 너도 내가 원하는 것을 주어야 한다.]

로는 이미 마음의 준비를 끝냈다. 그녀는 고개를 끄덕이며 말했다.

"네, 알고 있습니다."

[자, 말해라. 네가 원하는 것이 무엇이냐.]

"제 소원은……."

로는 조금 전 보았던 자오의 눈빛을 떠올렸다. 그의 다정한 눈빛을 그려보는 것만으로도 마음이 따뜻해지고 슬픔이 덜어졌다. 자오는 로에게 비를 가려주는 지붕이었고, 무럭무럭 자랄 수 있도록 비춰주는 해였다. 로에게 자오가 삶 자체이자 희망이었듯이 그에게도 자신이 삶의 전부이기를 바랐다. 그가 자신을 원하길 얼마나 바랐던가. 그와 첫 입맞춤을 나누고, 결혼을 하고, 첫날밤을 보내고, 아이를 낳고 싶었다. 너무나도 간절히, 두려울 만큼 바라고 또 바랐다. 하지만 자오는 소아를 선택해 곧 혼인을 올린다. 로는 이제 혼자였다.

'그를 원한다고 말해. 자오가 내 남자가 될 수 있게 해달라고 해.'

'언니를 사랑하잖아. 언니에게서 행복을 앗아갈 순 없어.'

'그를 원하잖아. 말해. 그를 갖게 해달라고 말해.'

‘두 사람을 불행하게 하지 마. 네가 사랑하는 사람들이잖아.’

마음속 갈등들이 로를 흔들었다. 자신을 보던 자오의 눈빛과 행복에 겨워 옥지환을 내보이던 언니의 얼굴이 쉴 새 없이 겹쳐 졌다.

[말해라. 네가 원하는 것이 무엇이지?]

“제가 원하는 것은…….”

로는 눈물을 뚝뚝 흘리며 흐느꼈다. 돌이켜 보면 몹시도 외롭고 서러운 날들이었다. 자오를 향한 마음은 하루하루를 버텨낼 수 있는 힘이었다. 자오로 인해 태양은 더욱 눈부셨고, 들판은 더욱 푸르렀으며, 숲에 가득한 생명력을 온몸으로 느낄 수 있었다. 세상 누구보다 그를 사랑하기에 행복한 모습을 보고 싶었다.

‘두 사람이 이루어지면 더없이 행복하겠지. 하지만 나는 어떻게 해. 이렇게 아픈데, 이렇게 외로운데 어떻게 살아가.’

어느 순간은 자오에게 모든 것을 고백하고 안아달라고, 사랑해 달라고 애원하고 싶었다. 남들 모르게 해도 괜찮다고, 그저 가끔씩 당신이 날 사랑하는 걸 느끼게 해달라고 매달리고 싶었다. 로는 그런 생각을 하는 자신이 무서웠지만 벗어날 수가 없었다. 사랑받지 못하고 홀로 남겨지는 것이 죽음만큼이나 두려웠다.

‘차라리 아무것도 느낄 수 없으면 좋겠어. 이런 고통에서 도망치고 싶어. 나만 포기해 버리면 자오와 소아는 행복할 수 있겠지?

로는 아픈 마음을 추스르며 이곳에 오는 내내 생각했던 그 소원을 말하기로 다짐했다. 모두를 위해서다. 로는 자오와 소아를, 그리고 무엇보다 자신을 지키고 싶었다. 로가 허공을 응시하며 힘겹게 입술을 열려던 참이었다.

"네가 바라는 소원은 분명 널 행복하게 해주겠지?"

문득 산에서 만난 무의 말이 떠올랐다. 갑자기 눈앞이 아득해지며 몸이 떨려왔다.

'무, 제가 바라는 소원은 행복을 주지 않아요. 다만, 고통을 덜어줄 뿐이에요.'

"무엇을 원하든 잊지 말아야 할 것이 있어. 모든 걸 다 가질 순 없어. 그중에서 하나를 골라야 한다면 네가 가장 행복하고 떳떳할 수 있는 걸 찾아야 해."

'내가 가장 행복하고 떳떳할 수 있는 것.'

로는 눈을 감고 자신이 가장 행복하고 떳떳해질 수 있는 것이 무엇인지 생각했다.

"로야, 넌 괴물이 아니야. 네 눈은 세상에서 가장 훌륭하고 멋져. 덕분에 누구보다 멋진 사랑과 용기를 가지고 태어났잖아."

로는 거울에 비친 자신을 응시했다. 두 눈에서 뜨거운 눈물이 흘러내렸다.

'내가 행복하고 떳떳할 수 있는 것.'

"제 소원은……."

요동치는 심장 박동 소리가 귀에까지 들릴 듯 격렬했다. 로는 떨리는 입술로 천천히 말했다.

"아무리 힘겹고 고통스러워도 희망을 잃지 않는 것입니다."

입 밖으로 내뱉고 나자 온몸에 피가 빠져나가는 것처럼 현기증이 났다.

'말해 버렸어. 결국 말해 버렸어.'

어쩌면 살아가면서 두고두고 후회할지도 모른다는 생각이 들었다. 신을 만날 기회가 흔치 않은데, 세상에 다시없을 미모나 감당할 수 없을 만큼 많은 황금과 보물, 아니면 나라의 황제로 만들어달라고 하는 편이 나았을지도 모르겠다. 하지만 잘했다고, 잘한 결정이라고 로는 자신에게 말했다. 아무리 불행해도 희망을 잃지 않는다면 행복할 수 있으리라. 자신에게 떳떳할 수 있으리라.

'그거면 됐어. 충분해.'

로는 힘껏 뜀박질을 한 것처럼 가쁜 숨을 몰아쉬며 뛰는 심장을 다스렸다. 한동안 침묵이 흐른 뒤 신이 말했다.

[좋다. 너의 소원을 들어주겠다. 이젠 내가 원하는 것을 말할 차례다.]

로는 숨을 삼키고 신의 말을 기다렸다. 그때 문이 열리고 누군가가 걸어 들어왔다. 뒤를 돌아보자 그가 서 있었다. 안개라는 이름을 가진 사람.

무(霧).

로는 놀란 눈을 동그랗게 뜨고 그를 보았다. 무는 입가에 미소를 머금은 채 천천히 걸어왔다.

"시, 신이셨군요."

아까는 왜 몰라봤던 걸까. 다시 보니 그의 얼굴과 눈빛은 정말이지 이 세상 것으로 보이지 않았다. 아름답고 신비한 모습에 왠지 모르게 슬퍼 보이는 미소. 로는 그의 깊은 눈빛을 보며 심장이 뻐근해짐을 느꼈다. 슬프다. 왜 이리 슬픈 마음이 드는 걸까. 그의 눈빛이 로의 마음을 움직였다.

"이제 내가 원하는 것을 말하겠다."

로는 잔뜩 긴장한 채로 고개를 끄덕였다. 무가 성큼성큼 다가와 바로 앞에 섰다. 너무 가까이 다가선 탓에 로는 움찔하고 뒤로 물러설 뻔했다. 다가온 그에게서 무척이나 좋은 향이 났다. 아침 숲처럼 상쾌하고 그리운 느낌. 로는 키가 큰 그를 올려다보며 마음을 졸였다. 그때 갑자기 그가 손을 잡았다.

"어, 어……."

희고 가는 손가락이 자신의 손을 잡아 위로 가져가자 로는 크게 당황했다. 그사이 무가 로의 손을 자신의 가슴에 지그시 얹었다.

'뛴다. 그의 심장이 뛴다. 그것도 아주 빠르게.'

로는 놀라고 신기해하면서 그를 보았다. 무는 미소를 짓고 있었지만 몹시 슬펐다.

"다음 생에서 우리가 다시 만난다면…… 네 마음을 주겠느냐?"

그 말을 하는 무의 모습이 너무나도 슬퍼서 로는 눈물이 날 것 같았다. 마음 깊은 곳에서 슬픔과 아릿한 그리움이 치밀었다. 로는 그의 눈빛에서 시선을 떼지 못한 채 잠시 숨을 멈추었다.

"대답해 주겠니?"

그의 말에 로는 간신히 정신을 차렸다. 떨리는 숨을 크게 내쉰 그녀는 간신히 입술을 달싹거렸다.

"다, 당신께 제 마음을 드리겠습니다."

로는 자신이 대답해 놓고도 놀라서 어찌할 바를 몰랐다. 그의 눈빛에 홀려서일까. 손안에서 뛰는 그의 심장 때문이었을까. 세상에, 다음 생이라니. 로는 엄청난 대답을 해버리자 너무나도 떨려서 제자리에 주저앉을 것만 같았다. 다리가 후들거리고 심장이 두근거렸다. 얼굴이 빨갛게 달아오르고 입 안에 침이 말랐다. 로는 문득 지금 이 감정이 두려움이나 기막힘이 아니라 기쁨이라는 걸 깨달았다. 아주 오래전부터 그가 이런 말을 해주기를 바랐던 것처럼 기쁘고 행복했다.

로는 혼란스런 얼굴로 무를 올려다보았다. 그가 무슨 말을 해주길 바랐지만 그는 그저 가만히 미소 짓고 있을 뿐이었다. 지금 그의 표정은 금방이라도 슬픈 말을 꺼낼 것만 같았다. 예를 들어 이별 같은 슬픈 말. 로는 갑자기 슬퍼서 눈물이 차 올라 앞에 서 있는 그가 뿌옇게 보였다. 로는 울지 않으려고 필사적으로 눈을 깜빡였다.

순간 그가 로의 손을 들어 손가락 하나하나에 입을 맞추었다. 로는 그의 감은 눈과 긴 속눈썹을 보며 마음에 뜨거움이 번지는 것을 느꼈다. 손가락에 닿는 그의 입술이 너무나도 부드럽고 따뜻해 자신도 모르게 눈이 감겼다. 그리고 뜨거운 눈물이 볼을 타고 흘러내렸다. 로는 자신이 왜 우는지 알지 못했다. 그저 가슴이 뭉클하고 슬퍼서 눈물이 흘렀다.

"고맙다. 우리 약속은 이루어졌다."

로가 눈을 떴을 때 그는 이미 사라지고 없었다. 황급히 주위를 두리번거렸지만 그의 흔적은 어느 곳에도 없었다.

"저기, 잠깐만요. 묻고 싶은 게 있는데, 아직 못한 말이 있는데."

로는 다리에 힘이 풀려 그만 주저앉았다. 심장이 터질 것처럼 뛰었다. 숨을 아무리 들이마시고 내쉬어도 진정이 되지 않았다. 조금 전 느낀 그의 입술이 아직도 가슴에 남아 있었다.

"이대로 가버리면 어떻게 해요. 묻고 싶은 말이 있단 말이에요. 왜 나를 그런 눈빛으로 보는지, 왜 내 마음을 원하는지 듣고 싶단 말이에요."

신은 다시 나타나지 않았다. 들리는 것은 자신의 가쁜 숨소리뿐.

"다시 와주세요. 꼭 해줄 말이 있어요. 이대로 가시면 안 돼요!"

그때였다. 언제 나타났는지 한 사내가 다가왔다. 그는 로에게 정중히 절하며 말했다.

"저는 아까 로님을 모셨던 몽우입니다. 오늘 밤 이곳에서 쉬시면 날이 밝는 대로 무산 입구로 모실 것입니다."

몽우가 사라지려 하자 로가 다급히 물었다.

"신께선 어디 가신 거죠? 꼭 말씀드리고 싶은 게 있어요."

문득 몽우의 눈이 쓸쓸한 빛을 띠었다. 그는 다시 한 번 고개를 숙이며 말했다.

"주인님께선 지금 깊은 잠에 들러 가셨습니다."

로가 더 묻기도 전에 몽우는 허공 속으로 사라졌다. 로는 허탈한 표정으로 고개를 떨어뜨렸다.

"다음 생에서 우리가 다시 만난다면 네 마음을 주겠느냐."

그의 목소리가 마음에 수천 개의 파문을 일으키며 퍼져 갔다. 로는 그의 가슴에 닿았던 손과 입술이 닿았던 손을 가슴 위에 포갰다. 그의 온기가, 격렬하게 뛰던 심장 박동이 마음에 스며들어 깊숙이 새겨졌다.

"잊지 않을게요. 절대로…… 잊지 않을게요."

로는 그를 생각하며 지그시 눈을 감았다.

그는 복도를 걷다가 한곳에 멈춰 섰다.

검은 방.

깊은 잠의 방이다.

문을 열고 들어가자 온통 검은 벽에 흰 대리석으로 만든 제단 하나만이 덩그러니 놓여 있었다. 무는 제단 위로 올라가 누웠다. 담담하려고 애쓰지만 어쩔 수 없이 마음이 아팠다.

'다시 너에게 달려가고 싶다. 아무런 기억도 없는 너에게 사랑한다고, 언제까지 사랑할 거라고 외치고 싶다.'

하지만 무는 여기까지라고, 이번 생에선 여기까지라고 스스로를 위로했다. 무는 손가락으로 입술을 가만히 쓸었다. 아직도 그녀의 체온과 부드러운 감촉이 입술에 남아 있는 듯했다. 무는 두 손을 심장 위에 얹고 로의 흔적을 깊이 받아들였다.

"우리 다음 삶에선 조금 덜 아프고 좀 더 오래 사랑하자."

무는 가만히 눈을 감았다. 처음 만난 날 보았던 로의 커다란 눈망울과 미소가 보이고 놀라서 내뱉는 감탄과 맑은 웃음소리가 가까이 들렸다. 같이 지는 석양을 보았던 때가 사무치게 그립고, 처음 그녀를 안았을 때 느꼈던 떨림이 생생히 기억났다. 함께했던 아름다운 추억을 떠올리자 무의 입가에 슬픈 미소가 떠올랐다. 기억을 잃는 것이 너무나도 마음 아프다. 함께한 추억이 덧없는 시간의 틈으로 사라진다는 것이 허무하고 서글프다.

'비록 기억하진 못해도 내 심장 깊이, 생명 깊이 새겨놓을게. 그래서 널 찾을 수 있도록, 만나면 반드시 알아볼 수 있도록 할게.'

무는 지워질 기억들을 하나하나 소중히 더듬으며 슬픈 이별을 했다. 그리하여 마침내 모두와 헤어질 시간이 왔다. 주위는 조용하고 무는 혼자였다. 무가 팔을 뻗자 손에서 청공이 스르르 빠져나왔다. 손에 잡히는 차가운 한기, 얼음처럼 차가운 청공의 감촉이 뼛속까지 스며들었다.

"로."

무는 로의 이름을 가만히 불러보았다.

"보고 싶다."

순간 무는 두 손으로 청공을 움켜쥐고 뱃속 깊이 찔러 넣었다. 끔찍한 고통과 함께 그의 입술에서 신음이 흘러나왔다. 그는 얼굴을 일그러뜨리며 몸을 웅크렸다. 걷잡을 수 없이 몸이 떨려왔다. 몸과 마음이 아프다. 하지만 견딜 수 있었다. 로는 살았으니까, 맑은 두 눈으로 세상을 실컷 보며 행복하게 살아갈 테니까 고통도 시린 외로움도 견뎌낼 수 있었다. 무는 이를 악물며 더 깊이 청공을 찔러 넣었다. 하얀 제단에 붉은 피가 주르륵 흘러내렸다. 몸속에 피가 천천히 빠져나가는 동안 무는 흐린 눈빛으로 허공을 보았다. 허공 속에서 로가 웃고 있었다.

'이제 난 긴 시간 동안 잠을 자고 기억없이 태어나겠지. 네가 얼마나 예쁜지, 너로 인해 얼마나 행복했는지 기억하지 못할 거야. 많이 쓸쓸하고 외로울 거야. 너를 만날 때까진.'

차츰 고통이 무뎌지기 시작했다. 차 오르는 것은 그리움뿐. 무의 몸은 천천히 굳어가고 고통으로 일그러졌던 얼굴도 서서히 평화를 찾았다.

'슬프지 않아. 시간은 금방 흘러갈 테니.'

무는 허공을 응시한 채로 마지막 숨을 내쉬었다. 마침내 편안한 죽음이 찾아왔다.

아침이 오자 몽우는 로를 무산 입구에 내려놓고 슬그머니 사라졌다. 몽우가 보이지 않을 때까지 손을 흔들던 로는 산등성이 위로 떠오르는 해를 바라보며 길게 숨을 들이마셨다. 분명 하루가 흘렀을 뿐인데 마음이 부쩍 자란 것처럼 든든했다. 또한 눈앞이 맑고 개운해 마음이 산뜻했다. 무언가 좋은 일들이 가득할 것 같은 기대감. 로는 초롱초롱한 눈으로 무산을 둘러보았다. 전날 짙은 안개에 싸여 한 치 앞도 보이지 않았지만 오늘 아침은 구름과 안개가 물러가 환했다. 어제와는 정반대의 느낌이다. 비록 신비로운 느낌은 사라져 버렸지만 지금 이대로도 활기에 넘쳐서 상쾌했다.

"오늘 떠나면 다시 올 수는 없겠지요. 잊지 않고 마음에 꼭꼭 담아둘게요."

로는 무산의 높은 곳을 아득히 바라보며 중얼거렸다. 그에게 들릴 리는 없겠지만 그래도 전하고 싶었다.

"고마워요. 무산의 신."

로는 아쉬운 얼굴로 차마 걸음을 떼지 못하고 있었다. 그녀의 시선이 한곳에 고정되어 움직이지 않는 사이 멀리서 누군가가 소리쳐 부르는 소리가 들렸다.

"로야, 어디 있니!"

　자오와 소아의 목소리였다. 로는 반가워서 소리가 들리는 쪽으로 뛰어갔다. 그러다 어제 지나오면서 보았던 돌비석을 발견했다. 비석은 어스름한 안개에 둘러싸여 있을 때보다 훨씬 크고 웅장했다. 로는 비석에서 멀찌감치 떨어져서 다시 한 번 올려다보았다.

"어? 이상하다."

로가 고개를 갸우뚱했다.

"어제 본 것과 다르네."

로는 비석에 쓰인 글을 천천히 읽어 내려갔다.

〈네가 어디 있든 나는 너를 느낀다.

내 시간은 너를 향해 흘러간다.

내가 긴 잠에서 깨어났을 때,

우리는 다시 만나게 될 것이다.〉

　로는 갑자기 몸에 전율이 스치는 것을 느꼈다. 비석에 쓰인 글이 무의 목소리를 통해 선명히 들렸다. 마음이 구름처럼 부풀어 올라 하늘이라도 날듯 가벼웠다. 마치 수줍은 고백이라도 들은 것처럼 마음 가장자리가 떨렸다. 로는 부드러운 시선을 들어 구름에 감춰진 무의 성을 바라보았다.

"기다릴게요. 다시 만날 때까지."

　그녀의 말에 답하듯 구름 사이로 눈부신 햇살이 비쳤다. 아침이 밝아오고 다시 한 번 로를 부르는 소리가 들렸다. 로는 마지막으로 무의 성을 올려다본 뒤 자오와 소아에게로 뛰어갔다.

오월절(五月節)이 왔다. 예부터 오월은 비가 많이 내리는 계절로 접어드는 달이니 액운을 물리쳐야 한다 해서 쑥으로 만든 인형을 대문 앞에 걸고 창포주를 마셨다. 그리고 물이 범람해 피해를 입지 않도록 수신(水神), 우신(雨神)께 제를 지냈다. 그 해에 액운과 재난을 예방하기 위한 풍속이었지만 젊은이들에게는 사모하던 이와 뱃놀이를 즐기고 불꽃놀이를 볼 수 있는 더없이 흥겨운 날이었다.

명절 아침부터 황성 기루 골목이 흥분에 들썩였다. 꽃다운 나이의 아름다운 기녀들이니 이렇게 좋은 날 강으로 나가 그리운 임을 만나 놀 생각에 마음이 들뜨는 것이다. 다른 기루 주인들은 두 눈을 부릅뜨고 나가기만 해봐라 호통을 쳤지만 백련방(白蓮房)은 이미 오늘 장사는 파한다고 여주인이 언질을 준 터라 아침부터 난리법석이었다. 기녀들은 저마다 아껴둔 가장 좋은 옷을 꺼내 입고 여느 때보다 정성스럽게 화장을 했다. 곱게 차려입은 그녀들은 하늘에서 내려온 선녀 같았다.

백련방 앞에는 기녀들과 놀러가기 위해 온 젊은이들로 문전성시를 이루었다. 으리으리한 마차를 대령한 부잣집 도련님도 있고 들에 핀 꽃을 한 아름 꺾어온 가난한 서생도 있었다. 기녀들은 젊은이들의 정중한 호위를 받으며 강가로 놀러갔다.

"참으로 예쁜 모습이네."

이층 난간에서 그들을 지켜보고 있던 상(霜)이 중얼거렸다.

"왜요, 부럽수? 언니도 젊은 낭군님 앞세우고 놀러가지 않고선."

옆에 앉아서 같이 지켜보던 행화가 웃으며 말했다.

"그럴까. 헌데 같이 가고픈 낭군님이 없네."

"없기는, 매일 찾아와 언니 얼굴 한 번만 보여달라고 애걸복걸하는 사내들이 골목 밖까지 죽 늘어서 있수. 그중에 하나 골라잡아 놀러다니고 사랑도 하고 그래 봐요. 허구한 날 방에서 비파만 켜지 말구요."

"그러는 넌 왜 놀러가지 않니?"

"나야 사내한테 질려서 이러고 있지요. 아무리 퍼주어도 마르지 않는 게 사람 마음이라던데 이 몸은 벌써 가뭄이 들어 쩍쩍 갈라지고 있어요."

"언젠가 비가 내릴 테지. 비가 흠뻑 내리면 다시 채워져 사랑할 수 있을 거야. 그게 세상 이치지."

상은 곱게 차려입은 남녀가 활짝 웃으며 걸어가는 것을 보았다. 그들 생애에서 가장 빛나는 한때. 상은 부러운 눈빛으로 그들의 모습을 좇았다.

어둠이 내리자 황성 곳곳에 등이 걸리고 흥겨운 음악 소리가 울려 퍼졌다. 성내에 모든 이들이 우르르 쏟아져 나와 강으로 향했다. 이번 오월절에는 황제가 후궁들과 직접 뱃놀이를 즐긴다 하여 그것을 구경하기 위해 더 많은 인파가 몰려들었다.

"언니, 우리도 가요. 황제 구경도 하고, 그 예쁘다는 후궁들이 어찌 생겼는지 구경하자구요."

"이런 날 갔다간 밟혀 죽기 십상일걸."

"이런 날 아니면 언제 구경해 보겠수? 아차차, 언니같이 어여쁜 여인네가 가면 더 난리겠네. 그럼 우리 남장하고 갑시다. 움직이기도 수월하고 치근덕대는 무리도 없을 테니 비교적 한가로울 거예요."

행화가 하도 소란을 떠는 통에 상은 간신히 그러마 하고 승낙을 했다. 기루 옷방으로 가 그럴싸한 남복 두 벌을 꺼내온 행화는 온갖 호들갑을 떨며 옷을 차려입었다.

상과 행화는 제법 어울리게 남장을 하고 강가로 향했다. 등을 밝혀 대낮처럼 환한 강가는 많은 인파로 북적이고 있었다. 이런 들뜬 분위기를 느껴보는 것이 오랜만이라 상은 즐겁게 그들 사이에 휩쓸렸다. 광대패가 연극하는 것도 보고, 유유히 뱃놀이를 즐기는 황제를 멀리서 바라보았다.

사람들에게 이리 밀리고 저리 치이느라 얼결에 행화와 떨어진 상은 강 하류로 몰려가는 틈바구니에 끼여 밀려갔다. 다시 기루로 돌아가려고 해도 도저히 빠져나갈 재간이 없었다. 하류 모래톱에선 젊은 남녀들이 불꽃놀이를 하고, 종이배에 소원을 적어 강에 띄우고 있었다. 그 모습을 말없이 바라보던 상은 다시 기루로 가려고 돌아섰다. 그때 술에 만취한 사내가 지나면서

상의 어깨를 세게 밀쳤다. 강둑에 서 있던 상은 그대로 아래로 고꾸라져 물속에 처박혔다. 낮은 수심이라 큰일은 없었지만 옷이 흠뻑 젖고 말았다. 오월 강물은 무척이나 차서 뼛속까지 시렸다. 상이 덜덜 떨면서 모래톱으로 나왔을 때였다. 누군가가 척척 걸어와 제 겉옷을 벗어 상을 감싸주었다. 놀라 고개를 든 상은 익숙한 눈빛과 마주쳤다.

"설(雪)."

그녀의 얼굴이 달빛보다 더 창백해졌다.

"어디 다치진 않았어?"

무뚝뚝하지만 걱정이 담긴 설의 목소리. 상은 얼떨떨한 얼굴로 고개를 끄덕였다.

"너도 참. 인간들 틈에 섞이는 걸 꽤나 좋아하는군."

다른 때와 달리 은근한 농담이 섞인 말이었다. 그의 말에 긴장된 마음이 조금 풀렸다.

"너도 인간들 틈에 있는 걸 좋아하잖아."

설이 피식 웃음을 흘리며 앞으로 걸어가자 상도 그 뒤를 따라 천천히 걸었다.

"여긴 왜 왔지? 황궁에 볼일이 있었던 거야?"

"아니, 널 만나려고 왔어."

그 말에 괜스레 가슴이 뛰었다. 지나는 농담이라고 해도 좋았다. 아프고 원망스런 마음이 조금 누그러들 만큼 따스한 말이었다. 깊은 생각에 빠져 걷는데 갑자기 그가 돌아서는 바람에 상도 멈춰 섰다.

"무(霧) 말이야. 넌 무를 이해할 수 있어?"

또 무 이야기로구나. 상은 실망하고 말았지만 애써 태연한 얼굴 표정으로 말했다.

"사랑은 당사자가 아니면 이해할 수 없을 거야."

"그가 시간을 돌려달라고 했을 때 내가 이겼다고 생각했어. 죽음으로 그 둘을 갈라놓았다고 생각했는데 결국 내가 지고 말았어. 분하고 화가 났지. 그리고 깨달았어. 난 그를 사랑한 게 아니라 가지고 싶었던 거야. 가질 수 없는 걸 원망하면서 한편으론 즐기고 있었던 거야. 난 무의 사랑을 시기하고 질투했어. 그 사랑을 뺏고 싶었어. 무를 사랑해서가 아니라 그가 부러웠던 거야. 그걸 깨닫자 모든 것이 허무하게 느껴졌어. 내가 원한 것이 무엇인지 갈피를 잡을 수 없었어. 그때 네 얼굴이 떠올랐어."

설이 다가오자 상의 심장이 세차게 뛰기 시작했다. 멀리서 청량한 오월의 바람이 불어왔다. 처녀의 머리칼처럼 탐스런 가지를 늘어뜨린 버드나무가 바람에 몸을 흔들었다. 상은 떨리는 마음을 억누르고 설의 얘길 들었다.

"기억을 찾고도 네게 올 수 없었던 건 두려움 때문이었어. 어리석은 날 네가 받아줄지 자신이 없었어. 무가 너에 대해서 말해주지 않았더라면 영원히 오지 못했을 거야. 왜, 처음부터 말해주지 않았어?"

"마음은 누가 가르쳐 주어서 보는 것이 아니니까. 스스로 찾아야만 하는 거니까.”

설이 손을 뻗으면 닿을 만큼 가까이 오자 표정과 눈빛이 자세히 보였다. 그의 눈빛이 밤 강물처럼 깊고 어둡게 일렁이고 있었다. 상은 가슴이 떨리고 슬퍼서 제자리에 서 있는 것이 힘겨웠다.

“아, 나는 정말로 어리석었어. 너를 향한 마음을 외면하고 헛된 것을 쫓아다녔어. 널 볼 때마다 왜 그런 눈으로 보는지 궁금했어. 이따금씩 슬픈 표정이 스쳐 갈 때마다 마음이 아팠어. 아름다운 얼굴을 볼 때마다 가슴이 뛰었지만 애써 고개를 돌렸어. 넌 매 순간 사랑을 말하고 있었지만 내 눈은 가려 있었어. 미안해. 널 알아보지 못해서, 마음 아프게 해서.”

설은 고통스러운 표정으로 고개를 떨어뜨렸다. 상은 그의 손을 가만히 잡았다. 너무 마음 아파하지 말라고, 이제라도 그리 말해주어서 고맙다고 말해주고 싶었지만 가슴이 꽉 막힌 것처럼 답답해 입을 뗄 수가 없었다.

“이제야 내가 원하는 것이 무엇인지 알겠어. 지금은 네가 원하는 완벽한 사랑이 될 수 없을지도 몰라. 아니, 영원히 그럴 수 없을지도 몰라. 하지만 날 받아주겠어? 너의 마음을 채워줄게. 슬프고 외롭게 하지 않을게. 허락해 준다면 언제까지나 네 곁에 있고 싶어.”

상은 설이 말하는 동안 가만히 눈을 감았다. 그의 목소리가 가슴에 조용히 젖어들었다. 말이 끝나고 침묵이 이어지는 동안 설이 잡은 손을 꼭 쥐었다. 받아달라고 사랑하게 해달라고 애원하는 듯했다. 상은 머릿속이 아득해 쉽게 입을 열수가 없었다. 아주 오랫동안 기다려 온 말인데 실감이 나지 않았다. 이 순간이 꿈같아서, 물거품처럼 사라져 버릴 것 같아서 겁이 났다. 가슴에 뜨거움이 차 오르고 목이 멘다. 상이 좀처럼 입을 열지 못하자 설이 다시 한 번 말했다.

"날 용서해 주겠어?"

그의 손이 떨고 있었다. 촉촉하게 젖은 눈빛이 어서 마음을 보여달라고 애원하고 있었다. 상은 마침내 입을 열었다.

"널 원망하지 않았어. 꼭 돌아오리라 믿었으니까."

상의 미소에 설이 감격한 얼굴로 그녀를 끌어안았다. 그리고 먼 곳을 날아와 지친 새처럼 그녀의 어깨에 얼굴을 묻었다. 상은 그런 그를 따스하게 안아주었다. 문득 뜨거운 눈물이 흘렀다. 그동안의 슬픔과 외로움이 가슴 깊은 곳에서 흘러나오고 있었다.

'이 눈물을 다 쏟아내고 그 자리에 기쁨을 채울 거야. 한순간도 놓치지 않고 온 마음으로 널 사랑하고 또 사랑할 거야. 영원한 시간 따윈 잊고 오늘이 마지막이 될 것처럼 모든 것을 던져 널 사랑하겠어.'

무척이나 길었던 기다림이 마침내 끝났다. 사랑할 시간은 늘 짧다. 조금도 헛되이 흘려보내지 않고 삶을 온통 기쁨으로 채울 것이다. 상은 자신에게 돌아온 설을 안고 그의 마음을 힘껏 보들어 안았다.

여름 거리는 늘 그렇듯 덥고 소란스럽고 활기에 넘쳤다. 대로
엔 농부의 수레와 대상의 짐마차, 귀족의 가마가 얽혀 복잡했
다. 거리 가장자리엔 좌판을 벌여놓은 상인들이 물건 팔기에 바
쁘고 행인과 이를 붙들고 늘어지는 호객꾼까지 한데 섞여 시끌
벅적했다. 북적이는만큼 사람 냄새가 물씬 나는 곳이 시장거리
였다.

상(霜)은 하루 한 번 거리에 나와 사람이 사는 모습을 구경했
다. 포목점을 지나자 여주인이 나와 고운 비단을 펼치고 구경하
라 손짓하고, 장신구 가게를 지나니 뚱뚱한 사내가 반지 한 번
만 껴보고 가라며 소리친다. 꾸미는 데 좀처럼 관심이 없는 상
은 미소를 지으며 그들을 지나 과일 가게로 향했다. 황성이니만
큼 전국에서 들어오는 과일이 풍부하고 질이 좋았다. 잘 익은
자두를 들고 향긋한 냄새를 맡는데 인심 좋은 아낙이 몇 개 더
줄 테니 사가라고 보챘다. 값을 치르고 바구니에 자두를 담을
때였다.

부유해 보이는 가문 행렬이 거리에 들어섰다. 선두에 선 말치
장이나 하인의 복색이 꽤나 신경 쓴 눈치였다. 수레엔 고급 가
구와 짐들이 가득하고 마차에 탄 식솔 중엔 고귀해 보이는 대갓
집 노마님도 있었다.

"아유, 어느 귀족 가문이 이사를 오나 보네. 종복까지 저리 옷

치장이 좋은 걸 보면 돈깨나 있나 봐."

과일 가게 여주인이 부러워하며 한마디한다. 그러자 옆에 있는 상인들이 거들며 수다를 떨었다.

"수레가 몇 대며, 계집종이 몇인 거야?"

"그냥 부잣집이 아닌데. 높은 관리쯤 되는 모양이야."

여인네들이 수군거리는 와중에 늠름한 말이 유유히 길을 지났다. 말 위엔 젊고 반듯한 외모에 부드러운 인상을 가진 사내가 타고 있었다. 딱 보아도 이 집에 가장이고, 나랏일을 하는 이임을 알 수 있었다. 그가 지나자 거리 아낙들 사이에서 동경에 찬 감탄이 터져 나왔다. 그때 과일가게 여주인이 행렬에서 짐을 이고 가던 소년을 불러 세웠다.

"아니, 저건 재태 아니야? 재태야, 이 집 어른이 네가 모시는 분이냐?"

소년은 반갑게 인사하며 다가왔다.

"숙모님, 아니신가요. 오랜만에 뵙습니다."

"네가 여긴 웬일이냐."

"웬일은요. 정유(停雲) 나리 따라서 황성에 온 거지요. 나리께서 높은 관직에 오르셔서 가문이 아예 여기로 옮겼어요."

"아이구, 잘됐구먼. 몇 해 전 작은 마님이 돌아가시고 그 집 근심이 많더니 이제 다들 얼굴 펴고 사시겠네."

그때 거리에 가마 하나가 들어섰다. 화려하게 꾸미지 않은 소박한 가마였다. 휘장을 걷은 가마 안에는 젊은 여인이 호기심 가득한 눈으로 거릴 살펴보고 있었다. 앳되긴 하나 지혜롭고 고운 얼굴이었다.

"저분은 누구신가? 주인어른이 새 부인을 들이신 게야?"

"아니요. 얼마 전 노마님 시중 들러 온 처녀인데 무척이나 귀히 여겨서 곧 수양딸로 들이신다나 봐요."

"참으로 곱네. 주인어른과도 잘 어울리니 배필 삼으면 딱이겠구먼."

아낙들이 깔깔거리며 웃는 사이 아까부터 행렬을 지켜보고 있던 상이 가마 안을 유심히 보았다. 그때 가마 속에서 밖을 내다보던 아가씨와 상과 시선이 마주쳤다. 맑고 선명한 눈동자가 상의 마음 끝자락을 살짝 흔들었다. 시간이 흘러도 변치 않는 눈동자. 저 눈동자에 그가 조금의 망설임도 없이 목숨을 걸었다. 서로 색깔이 다른 눈동자를 보고 있자니 세상이 돌연 환히 보인다. 그 아름다움에 감탄이 흘러나오고 까닭없이 가슴이 두근거린다. 상은 그의 마음이 조금은 이해되었다. 짧은 스침이었지만 상은 정중히 고개 숙여 예를 갖추었고, 그녀 또한 미소를 지으며 눈인사를 해왔다.

"숙모님, 저는 이만 가봐야겠어요. 자주 들르겠습니다."

청년이 가고도 여인들의 수다는 계속 이어졌다. 상은 행렬의 끝을 바라보며 한동안 서 있었다.

'무(霧), 너의 그녀야. 네가 그토록 지켜주려 했던 사랑이야.'

로는 하늘 아래서 밝게 빛나고 있었다. 호기심 어린 두 눈으로 세상을 보며 기뻐하고 있었다.

'무, 네가 주고 싶었던 것이 저것이지? 다시 세상을 보는 것. 그 안에서 행복하게 살길 바라며 잠들었겠지? 지금 네가 저 모습을 볼 수 있다면 좋을 텐데.'

상은 이제 무를 원망하거나 증오하지 않는다. 그의 사랑이 운명을 움직인 것처럼 상의 마음 또한 움직였다. 슬픔과 원망에서 벗어나자 다시 사랑이 찾아왔다. 무가 남긴 사랑이 설과 상을 변화시킨 것이다. 상은 무산에 잠든 무를 떠올렸다. 그가 다시 깨어나려면 얼마만큼의 시간이 걸릴까. 이백 년, 오백 년, 천 년……. 상은 그가 너무 오래 자지 않기를 바랐다.

시간은 흘러갔다. 전과 다름없이 봄이 오고 여름이 오고 가을과 겨울이 왔다. 맑은 하늘 아래 대지는 힘찬 생명을 세상에 내보내고 자신의 품으로 찾아드는 생명을 소중히 거두어 안았다. 사람들은 세상 속에서 울고, 웃고, 서로 사랑하고, 미워하며 살아갔다. 인연은 이어졌다가 끊어지길 반복했고, 행복과 슬픔이 번갈아가며 찾아왔다.

무가 잠을 자는 동안 로는 세상 속에서 살고 있었다. 좀 더 나이를 먹고 본 만큼 세상을 알고 눈물과 이별을 배웠다. 때론 슬픔에 몸을 가눌 수 없을 때도 있었다. 로는 그때마다 무사을 떠올렸다. 아름답고 신비로운 추억, 아련히 그립고 떨리던 그 순간을.

로는 무(霧)를 생각하면 슬픔이 덜어지고 외롭지 않았다. 마치 그가 곁에 있는 것처럼 마음이 편안하고 위로받는 느낌이 들었다. 참으로 이상한 일이었다. 시간이 흘러도 그의 목소리와 모습, 눈빛, 웃음소리가 만져질 듯 생생하게 다가왔다. 기억은 점점 또렷해지고 가깝게 느껴져 이따금씩 사람들 속에서 그를 보기도 했다. 로는 거리에 서 있는 무를 볼 때마다 가슴이 떨렸다. 환영일 뿐이라 생각하면서도 실제로 마주하는 것처럼 얼굴이 붉어지고 심장이 두근거렸다.

'잘 지내고 있니?'

그는 늘 다정하게 안부를 물었다. 그리고 사려 깊은 눈으로 얼굴을 찬찬히 바라보았다.

'네, 저는 잘 지내고 있어요. 새로운 세상 속에서 열심히 살고 있어요. 당신이 준 희망 덕분이에요.'

'사실 희망은 누군가가 주는 게 아니야. 네 스스로 찾는 거지. 네가 소원을 빌지 않았더라도 넌 희망을 잃지 않았을 거야.'

그의 그윽한 눈빛, 부드러운 목소리가 곁에 있는 것처럼 눈과 귀에 감긴다. 로는 그를 만날 때마다 가까이 다가가 진짜인지 확인해 보고 싶은 충동을 느끼곤 했다. 어느 날은 실제로 다가간 적도 있었다. 한 번도 무는 그 자리에 서 있지 않았다. 대부분 다른 이이거나 나무 그늘이었다. 연기처럼, 안개처럼 손에 잡히지 않는 무. 로는 비록 보이지 않지만 늘 그와 함께 있음을 느꼈다. 그를 가까이 느낄 때마다 아련한 그리움이 떠올라 가슴이 벅찼다. 로는 환영이 아닌 진짜 그와 함께 얼굴을 마주하고 웃고 싶었다.

'이번 생이 아니라면 언제쯤 그를 만나게 될까. 얼마나 오래 기다려야 할까.'

슬프고 그리운 감정이 로의 가슴에 빼곡히 들어찼다. 짧은 만남, 깊은 끌림, 긴 그리움의 여운. 로의 삶은 무로 가득 채워지고 있었다. 그래서 진심을 다해 다가서려는 사람을 받아들일 수 없었다.

정운(停雲). 오래전 청혼하여 지금도 여전히 기다리고 있는 이.

모두가 그의 혼인을 받아들이라고 말했지만 로는 차마 그럴 수가 없었다. 무의 눈빛이 떠올라서, 슬픈 미소가 남긴 여운 때문에 혼인할 수가 없었다. 그는 다음 생이라고 말했지만 로는 지금 사랑을 하는 것처럼 설레고 그리웠다. 아무도 이해해 주지 않을 사랑을 마음속에 혼자 키우면서 살지만 쓸쓸하거나 괴롭지 않았다. 시간이 흐를수록 로의 마음엔 그로 가득해 슬픈 날보단 설레고 기쁜 날들이 이어졌다. 그가 가슴에 남겨준 희망이 세상을 아름답게 바라보게 해주었다. 로는 빛나는 세상 속에서 웃고 울고 사랑하고 또 그리워하며 살아갔다. 아끼는 사람들과의 이별도, 죽는 것도 더는 두렵지 않았다. 이별은 잠깐의 헤어짐, 언제가는 다시 만나 새로운 날들을 기약할 것이라 그녀는 믿었다. 그리하여 로는 지금 이 순간을 소중히 여기며 세상을

아름답게 바라보았고 죽음 너머 생(生)을 설레는 마음으로 기다
렸다. 로에겐 이따금씩 먼 하늘을 올려다보는 버릇이 생겼다.
그녀는 하늘 속에서 무의 얼굴을 보았다. 로는 늘 그리운 눈빛
으로 하늘을 보았다.

3부

1. 탄(炭)

버려진 도시. 사람들은 언제부턴가 옛 황성을 버려진 도시라 불렀다. 과거 황성의 모습은 어떠했는가. 신의 아들인 황제가 사는 도시. 귀족들이 꽃피운 화려한 문화와 대륙 곳곳에서 실어온 문물이 한데 모여 풍요롭던 거리. 하지만 황성의 휘황찬란한 모습은 삼백 년 만에 자취없이 사라졌다. 황성이 몰락한 것은 황제가 독살당해 죽고 황실이 남쪽으로 도읍을 옮기면서부터였다. 그 후 이민족의 침입과 전쟁, 몇 번의 큰 화재, 끔찍한 홍수와 긴 가뭄, 거기에 세월의 흔적이 더해져 도시는 폐허가 되었다.

버려진 도시에는 나라가 없었다. 이곳에 사는 이는 도망쳐 온

범죄자와 노예, 노예를 파는 상인, 법으로 거래가 금지된 술과 무기를 몰래 파는 부유한 대상과 가난한 장사꾼, 모든 장사치를 등쳐 먹는 조무래기 건달들, 그들에게 빌붙어 살아가는 몸 파는 계집, 혹은 소년, 오갈 데 없는 전쟁고아, 구걸조차 힘겨운 노인. 나라 안의 밑바닥 인생들을 모두 모아놓은 곳이 버려진 도시였다. 사람에게서, 삶에서 버림받은 사람들이 모여 사는 곳답게 더러운 오물, 끔찍한 악취와 사기, 살인과 강간이 일상사처럼 벌어지는 곳. 모두가 벗어나려 하지만 누구도 벗어난 적 없는 거미줄.

탄(炭)은 오늘도 버려진 도시 한복판을 달린다. 수수깡처럼 마른 몸은 온통 상처투성이고, 제멋대로 깎은 짧은 머리에 해진 누더기를 걸친 모습이 참으로 볼품이 없다. 하지만 가무잡잡한 얼굴에 영롱하게 반짝이는 눈빛은 참으로 아름다웠다. 자꾸 머리카락을 내려 가리려 들었지만 그 눈을 한번 본 사람은 좀처럼 탄을 잊지 못했다. 가난이 휘저어놓은 초라한 모습에 비해 맑고 영롱한 눈을 가졌다고 해서 탄에게 이로울 것은 없었다. 탄은 거리에 넘쳐나는 고아 중에 하나였다. 고아는 어느 곳에서도 환영 받지 못한다. 버려진 도시에서 어린 고아는 또다시 버려진다.

지저분한 천으로 둘둘 만 새끼 돼지를 옆구리에 끼고 좁은 골목을 바람처럼 달리는 탄은 오랜만에 잔뜩 신이 나 있었다. 가쁜 숨을 헐떡이며 탄을 쫓던 푸줏간 주인은 욕설과 저주를 늘어놓고 주저앉았다. 그래도 탄은 쉬지 않고 달렸다.

탄이 마침내 멈춰 섰을 땐 시장이 아득히 보일 만큼 먼 거리였다. 탄은 목덜미에 흐르는 땀을 훔치며 몇 번이고 숨을 몰아쉬었다. 옆구리에 끼고 있는 새끼 돼지를 떠올리니 웃음이 절로 난다. 이 돼지를 팔면 당분간 냥냥과 검댕이를 먹일 식량이 마련된다. 어쩌면 고기를 맛볼 수 있을지도. 고기 생각을 하자 뱃속에서 꼬르륵 소리가 난다. 탄은 주린 배를 움켜쥐고 장물아비가 사는 곳으로 향했다.

"이봐, 탄. 오늘 수입이 짭짤한가 보네."

장물아비 집에 거의 다다랐을 때 네 명의 사내들이 탄을 둘러쌌다. 흑두꺼비파 녀석들이다.

'이런, 제길. 걸렸어.'

탄은 속으로 몇 번이고 욕설을 중얼거리면서도 웃음을 잃지 않고 고개를 까딱했다.

"여어, 형님들. 안녕하셨습니까."

"옆구리에 낀 것은 뭐냐."

"푸줏간 주인 심부름을 가는 중이었습니다."

"심부름 좋아하네. 도둑질한 주제에."

가장 덩치 큰 놈이 탄의 따귀를 올려붙였다. 고개가 획 돌아갈 정도로 아프지만 탄은 여전히 미소를 잃지 않고 히죽거렸다.

"아이고, 왜 이러십니까 저 먹고 살기 힘든 거 아시면서."

입술이 터졌는지 입 안에서 피 맛이 난다. 탄은 옆구리에 낀 돼지고기를 힘껏 안고 제발 이것만은 뺏기지 않게 해달라고 신께 빌었다.

"너 먹고 살기 힘든 거야 잘 알지. 우리도 인정이 있는데 다 뺏을 수야 있나."

패거리 중 하나가 바지춤에서 손도끼를 꺼내며 어서 내놓으라는 시늉을 한다. 탄은 어쩔 수 없이 옆구리에 끼고 있던 돼지고기를 내밀었다. 내장을 빼고 깨끗이 씻은 새끼 돼지를 본 사내들의 입에서 흥겨운 감탄이 터져 나왔다.

"이거 꽤 좋은 물건인데."

손도끼를 가진 사내애가 새끼 돼지 몸통을 세 등분한다. 덩치 큰 놈은 그중 제일 작은 덩어리를 탄에게 내밀었다.

"자, 이건 네 몫이다. 나머진 두목께 우리가 가져가겠어. 그럼 앞으로도 쭉 수고하도록 해."

패거리들은 고기를 챙겨 가지고 낄낄거리며 골목 안으로 사라졌다. 환은 작은 고깃덩이를 끌어안고 분한 나머지 이를 바드득 갈았다.

"개새끼들, 우리 식량인데."

탄은 피가 흐르는 입가를 손등으로 훔치며 돌아섰다. 분명 저 고기는 두목에게 가기도 전에 녀석들 뱃속으로 사라질 게 분명했다. 탄은 수십 번 욕설을 중얼거리며 장물아비를 찾아갔다. 구두쇠 노인이 건네준 것은 고작 잡곡 몇 줌이 전부다. 이걸로 몇 끼나 버틸 수 있을까. 탄의 머릿속으로 앞으로의 끼니를 헤아려 보다가 고개를 푹 숙이고 말았다.

탄이 살고 있는 곳은 도시의 가장 남쪽에 있는 빈민굴이었다. 북쪽과 동쪽은 어느 정도 먹고 살 수 있는 작자들이 모여 살고 서쪽은 시장과 매음굴이 자리 잡고 있다. 미로처럼 얽힌 골목을 지나 과거에 묘지였던 벌판을 지나면 거지와 노인, 고아들의 보금자리가 나온다. 다 쓰러져 가는 판잣집은 그나마 나은 편. 대개는 흙구덩이를 파서 널빤지로 간신히 볕을 막아놓거나 나무 아래서 잠을 잤다. 탄의 집은 작년까지 고생하면서 지은 판잣집이다. 묘지의 관을 뜯어서 만든 집인데 허술하기가 그지없지만 뜨서운 태양을 기려줘 그럭저럭 만족하면서 사는 집이다.

"냥냥, 나 왔어."

문 앞에서 힘없이 중얼거리자 부스럭 소리가 나더니 허리가 잔뜩 꼬부라진 노인이 나왔다. 눈이 보이지 않는 냥냥. 과거엔 무척이나 아름다웠다지만 지금은 쭈글쭈글한 주름과 검버섯이 피고, 굶주림에 피골이 상접해 형편없었다. 그래도 냥냥이 잃지 않은 것은 노인답지 않게 힘있고 지혜가 샘솟을 것 같은 또렷한 목소리였다. 탄은 냥냥의 목소리가 좋았다. 그 목소리를 듣고 있으면 아무리 비참해도 힘이 났다.

"오, 우리 탄이 왔구나. 어서 와라."

탄은 풀이 죽은 얼굴로 서 있다가 잡곡이 담긴 자루를 내밀었다.

"미안해. 이것밖에 못 구했어."

자루를 받은 냥냥은 탄의 손등을 쓸어주며 말했다.

"아이고, 이리 귀한 것을. 고생했다. 고생했어. 검댕이가 무척이나 좋아하겠구나."

"미안해, 냥냥."

"미안하긴 뭐가 미안해. 그런 소리 하는 거 아니다."

"내가 힘이 좀만 더 셌어도 우리가 이렇게 굶주리진 않을 텐데. 하다못해 내가 사내였더라면……."

탄의 말에 냥냥은 화들짝 놀라며 말을 막고 집 안으로 끌고 들어갔다.

"행여나 남이 들으면 어쩌려고 그런 말을 해."

"사내였더라면 매일 얻어터지고 뺏기고 하진 않을 거 아냐. 차라리 몸이라도 팔면."

탄의 말에 냥냥의 얼굴이 순식간에 무섭게 변했다.

"그건 안 돼. 절대로 안 돼."

"냥냥."

"그 길로 들어서면 넌 머지않아 끝이야. 실컷 사내들에게 이용만 당하다가 노예로 팔리거나 쥐도 새도 모르게 죽임을 당할 거다."

"하지만 언제까진 이렇게 살 수 없잖아. 제대로 못 먹어서 냥냥의 병은 더 심해지고 검댕이도 또래보다 형편없이 작다고."

"머지않아 황제께서 돌아오시면 이곳도 예전의 모습으로 돌아갈 거야. 그럼 훨씬 살기가 좋아질 거다. 너도 사내애로 지내며 좀도둑질이나 하면서 살아가지 않아도 될 테고.”

늘 그렇듯 냥냥은 희망을 버리지 않는다. 어릴 적엔 그녀의 말을 모두 믿었지만 세상을 알아버린 탄은 그것이 허황된 꿈이란 걸 알고 있었다.

'냥냥, 황제는 돌아오지 않을 거야. 황제는 새로운 황성에서 살고 있는걸. 이곳은 버려졌어.'

차마 하지 못한 말이 입 안에서 맴돌았다. 탄은 냥냥을 실망시키고 싶지 않았다. 냥냥이 저녁을 짓는 동안 탄은 검댕이를 데리러 뒷동산으로 올라갔다. 가까이 가면 갈수록 흰 연기가 자욱한 기운데 메케한 냄새가 진동했다. 동산 위엔 숯을 굽는 터가 있다. 빈민굴 아이들은 그곳에서 하루 종일 허리가 휘도록 일하고 물 두 동이를 삯으로 받는다. 탄이 어릴 적 일할 때만 해도 하루 품삯은 물 네 동이였다. 이십 년간 계속된 가뭄 때문에 일하지 않으면 입조차 축일 수 없는 세상이 되었다.

숯 터에서 아이들은 나무를 해오거나 장작을 패 높이 쌓고 숯을 굽는다. 근방에 나무는 이미 다 베어 없어졌기 때문에 아이들은 먼 곳까지 가서 나무를 끌고 왔다. 아이들이 하기엔 너무나도 고되고 힘든 일이었지만 물이라도 마시고 살기 위해선 일해야 했다. 이곳 숯 터에서 만들어진 숯은 대부분 대장간으로 들어갔다. 대장장이들이 무기를 만들면 상인들은 암암리에 물건을 내다 팔았다.

땡땡땡땡.

해가 저물자 관리인이 종을 쳤다. 일이 끝났음을 알리는 소리다. 아이들은 하루 종일 일했다는 관리인의 확인을 받으면 지게를 지고 우물로 가서 물을 길었다. 빈민굴에 오직 하나뿐인 우물이었다.

탄은 지게를 지고 우물로 가는 아이들 중에서 어렵지 않게 검댕이를 찾았다. 제일 작고 예쁘장한 사내아이. 이름처럼 얼굴에 검댕을 뒤집어쓰고 있지만 생김은 누구보다 귀엽고 반짝이는 아이였다.

"검댕아!"

탄이 부르자 검댕이 돌아보았다. 하루 종일 고생한 아이 같지 않게 눈이 반짝 빛난다.

"형."

탄은 검댕이가 짊어지고 있는 지게를 대신 지고 물을 길어 집으로 내려왔다. 냥냥이 풀죽 쑤는 냄새가 먼 곳까지 나자 검댕이가 코를 벌름거리며 좋아했다. 탄은 패거리들에게 뺏긴 고기가 생각나 속이 쓰렸다.

"우와, 배부르다."

풀죽 한 그릇을 다 비운 검댕이가 배를 문지르며 좋아했다. 하루 종일 먹은 거라곤 점심때 숯 터에서 나눠준 주먹밥 하나가 전부였을 텐데 풀죽에도 배부르다며 좋아하는 아이가 마냥 불쌍하다. 이제 겨우 아홉 살인데.

"형, 매일 오늘 같으면 좋겠다."

검댕이의 말을 들으며 탄은 묵묵히 그릇을 닦았다. 며칠간 별러서 간신히 훔친 돼지인데. 앞으로 또 무엇으로 끼니를 해결해야 할지 눈앞이 캄캄했다. 밤이 깊어 잘 시간이 되면 냥냥, 탄, 검댕이는 나란 누워 지붕 틈새로 보이는 별을 바라보았다. 냥냥은 재미난 옛날 얘기를 잘해 밤새는 줄도 모르고 얘기를 듣곤 했다.

"냥냥, 오랜만에 젊었을 때 얘기해 줘. 탄이 형 만난 얘기도."

수십 번 들은 얘긴데 검댕이는 자꾸만 얘기해 달라고 보챘다. 냥냥은 마른기침을 몇 번 하고 입을 열었다.

"흠흠, 난 아버지 도박 빚 때문에 상인의 첩으로 팔려갔단다. 그 집엔 주인어른과 정실 부인 아래 많은 첩과 자식들이 모여 살았지. 저택은 정말로 크고 화려했어. 집 기둥과 가구마다 반짝반짝 윤이 나고, 부엌엔 온갖 먹을거리가 가득하고, 정원엔 꽃과 나무들이 가득했지. 내겐 정말 꿈같은 곳이었다. 열여덟 꽃다운 나이에 주인어른의 눈에 들어 입고 싶은 것, 먹고 싶은 것은 실컷 먹어봤단다. 그때처럼 행복했던 때도 없었어."

"와, 어떤 것을 먹었을까. 난 상상할 수두 없어."

검댕이가 침을 꿀꺽 삼키면서 중얼거렸다. 냥냥은 쓸쓸한 미소를 지으며 말을 이어나갔다.

"그때 주인어른을 기쁘게 해드릴 사내아이를 낳았더라면 좋았을 텐데. 나는 아이를 가질 수 없는 몸이었어. 곧 주인어른은 다른 여잘 찾았고, 난 외로운 나날을 보내야 했지. 그리다 병을 얻어 눈까지 잃고 말았을 때 도시에 큰 불이 났단다. 도시 절반을 태울 만큼 큰 불이 나자 저택에 있던 첩과 하인들이 집에 있는 것을 모두 챙겨 가지고 달아났어. 이미 눈이 멀어버려 도망가지 못한 나는 나중에 물건을 훔치러 온 사내의 도움을 받아 도망쳐 나올 수 있었단다. 난 그 사내와 몇 년을 산 뒤 유곽에 팔리고 말았지. 그렇게 떠돌아다니다 더 이상 몸을 팔 수 없게 되자 주인은 날 버렸어. 그 즈음에 탄을 만났단다. 탄은 정말 씩씩하고 강한 아이였어. 탄이 없었다면 나는 지금까지 살지 못했을 거야."

냥냥을 만난 것은 탄이 일곱 살 되던 해였다. 지금으로부터 십일 년 전 일이다. 누군가에게 버려진 뒤 거리의 오물통을 뒤지며 살아가던 탄. 탄은 정신 나간 노인한테 모욕을 당하며 겁탈당하기 직전인 냥냥을 구해주었다. 어린 나이에 얼마나 세게 돌을 던졌는지 이마가 깨진 노인은 길 한복판에서 목 놓아 울기까지 했다. 그렇게 냥냥과 탄은 만났다. 고아와 눈먼 노인은 서로의 보호자가 되어 여기까지 버텨왔다.

탄이 냥냥을 구하던 때를 듣고 키득키득 웃던 검댕이가 물었다.

"냥냥, 나를 처음 만났을 땐 어땠어? 나도 씩씩하고 강했지?"

냥냥이 큭큭 웃으며 말했다.

"그때 넌 그리 씩씩하진 않았어. 겨우 두 살이었거든. 하지만 무척이나 예쁜 아기라고 탄이 말해줬어. 예쁜 아기가 오물통에 빠져 있는 것을 건져 왔다고, 이 아기를 꼭 키우고 싶다고 했지. 내가 볼 수만 있었어도 네가 커가는 것을 봤을 텐데.”

“칫, 나는 사내애라고. 예쁜 것보다는 크고 강한 게 좋아.”

냥냥은 검댕이의 손등을 두드리며 웃었다.

“그래그래, 너도 곧 다른 사내들처럼 건강하고 센 힘을 가지게 될 게야.”

“맞아. 그래서 냥냥과 탄을 지켜줄 거야.”

“그래야지. 암, 그렇고말고.”

냥냥과 검댕이 애길 나누는 동안 탄은 지그시 눈을 감고 잠을 청했다. 내일은 또 어떻게 살아가나 암담했다. 시장에서 짐꾼 일은 덩치 크고 힘센 놈들의 차지가 되고 집을 짓거나 허무는 일은 목수처럼 기술을 가진 이들 차지였다. 힘도 없고 기술도 없는 탄이 할 수 있는 것은 좀도둑질밖에는 없었다.

‘냥냥과 검댕이를 먹여 살리려면 다른 일을 알아봐야 해. 이러다간 우리 모두 굶어 죽을 거야.’

이런저런 고민을 하던 탄이 피곤에 지쳐 잠들자 냥냥은 이불을 잘 덮어주고 헝클어진 미리를 쓰다듬어 주었다. 그녀의 손길에 사랑과 안쓰러움이 담겨 있었다.

“이뵈, 꼬맹이. 네가 여긴 웬일이야 여자 맛이 어떤가 궁금한 세냐?”

“아쭈, 꼴에 사내랍시고. 하여간 늙으나 어리나 밝히기는.”

"돈은 가지고 있는 거야? 보아하니 돈은커녕 불알도 간신히 매달려 있을 듯한데."

"저리 비리비리 해가지고선 올라타자마자 픽 쓰러지고 말걸."

"올라탈 수나 있을라나."

유곽 골목을 지나는 탄을 본 계집들이 지저분한 농을 흘리며 못살게 굴었다. 탄은 잔뜩 기가 죽어서 주위를 두리번거렸다. 한가롭게 부채질을 하며 밖을 내다보고 있는 여인들은 하나같이 부드럽게 살이 올라 곱고 어여뻤다. 그들 중 대부분이 팔려 왔고 일부는 먹고 살기 위해 스스로 들어온 이도 있었다.

'내가 몸을 팔 수 있을까?'

탄은 자신의 몸을 떠올려 보며 한숨을 푹 내쉬었다. 깡마른 몸에 가슴은 간신히 부풀어 올랐을 뿐이고 엉덩이는 빈약하다. 어릴 때부터 사내로 자란 것이 익숙해 저런 요염한 표정이나 교태는 죽어도 못할 것 같았다.

'아니야, 죽어도 못하는 건 없어. 살려면 해야 해.'

탄은 입술을 질끈 깨물고는 가까이 보이는 유곽 안으로 쑥 들어갔다.

"어서 오……."

반기며 뛰어나오던 여주인이 탄을 보고 김샌 표정을 지었다.

"넌 뭐야. 구걸이라도 하러 온 게냐?"

"아니요. 그게……."

“뭔데. 빨리 말해봐. 아직 첫 손님도 받지 않았는데 너 같은 게 대문 앞에 알짱거리면 부정 탄다고.”

“저도 여기서 일을 하고 싶어요.”

애써 용기를 내 꺼낸 말인데 여주인은 부채로 얼굴을 가리며 깔깔깔 웃었다.

“꼬마야, 우리 집은 사내아이는 안 받는단다. 골목 안쪽으로 들어가서 오른쪽으로 돌면 사내아이들 받는 집이 있을 거야. 그리로 가봐.”

“저 여자예요.”

여주인은 눈썹을 치켜뜨더니 가까이 다가와 가슴에 손을 얹었다. 갑작스런 손길에 탄이 화들짝 놀라며 몸을 웅크렸다.

“흠, 계집이긴 하군. 몇 살이냐?”

“열여덟입니다.”

“나이에 비해 몸이 덜 영글었구나. 너 같은 애를 원하는 손님이 간혹 있기는 하다만 대부분은 숙성하고 교태가 흐르는 애를 찾지. 먹고 살기 막막해 스스로 온 모양인데 가봐라. 굶어 죽기 직전만 아니면 이런 일은 하지 않는 세 좋아.”

“저, 먹고 살아야 해요. 하게 해주세요.”

“안 된다니까. 정 하고 싶거든 살 좀 쪄오던가. 너같이 마른 애들은 쓸모가 없다고. 이런 골목 어슬렁거리다 예 사냥꾼에게 잡혀가시라도 하면 큰일이니 어서 집으로 돌아가.”

여주인은 일하게 해달라는 탄을 억지로 대문 밖으로 밀어내고 문을 쾅 닫았다. 탄은 고개를 푹 숙이며 한숨을 내쉬었다.

탄이 어깨가 축 늘어진 채로 유곽 골목을 빠져나와 시장으로 접어들었을 때였다. 혹여 일감이라도 있을까 하고 주위를 두리번거리는데 한 사내가 눈에 들어왔다. 탄은 눈을 비비고 다시 한 번 보았다.

'저 사람은 뭐지?'

길 가장자리에 한 사내가 멍하니 서 있었다. 그는 탄이 태어나 처음 보는 옷을 입고 있었다. 희고 윤이 나며 무척이나 부드러워 보이는 옷. 저것이 냥냥이 말하던 비단이라는 걸까. 게다가 옷 색깔과 비슷한 신을 신었다. 꽤나 값나가 보인다. 사내의 옷과 신발을 유심히 보던 탄은 그의 얼굴 생김을 살피다가 깜짝 놀랐다.

'우왓, 저렇게 생긴 사람도 있구나.'

아름답다는 표현은 그에게나 붙일 수 있는 말 같았다. 희고 맑은 피부에선 빛이 나고 멍한 듯 보이지만 큰 눈망울은 참으로 맑았다. 매끄럽고 우아한 콧날, 예쁜 입술선이 계집애 같기도 하고 사내 같기도 해 알쏭달쏭했다. 하지만 그는 진짜 사내였다. 큰 키와 벌어진 어깨, 약간 말랐지만 균형 잡힌 몸은 전체적으로 우아하고 신비로운 분위기가 났다. 게다가 허리 부근까지 내려오는 긴 흑발은 그가 분명히 지체 높은 사람임을 짐작케 한다. 탄이 아는 대부분 사람은 머리가 길면 팔아치우느라 바쁘기 때문이다.

‘내가 드디어 눈먼 부자를 만났구나. 저 옷만 내다 팔아도 꽤 건지겠는걸. 아니지 옷이 뭐야, 품속에 돈푼깨나 가지고 있겠어. 누가 채가기 전에 내가 먼저……’

탄이 희희낙락하는 사이 반대편에 선 험상궂은 사내가 심상치 않은 눈으로 그를 관찰하고 있었다. 눈빛으로 보아 탄과 똑같은 생각을 하는 것이 분명했다. 하긴, 저 정도라면 지금껏 왈짜 녀석들한테 걸리지 않고 멀쩡히 있는 것이 신기할 지경이었다.

탄은 재빨리 사내에게 다가가 큰 소리로 말했다.

“주인님, 찾고 있는 물건이 안 보이는데요.”

멍하니 서 있던 사내가 탄을 보고 의아한 표정을 지었다. 순수하고 천진해 보이면서도 왠지 어딘가 한 군데가 빠진 사람 같았다.

‘뭐지, 저 멍한 얼굴은? 바보인가?’

탄은 더욱 신이나 씩씩하게 사내의 소매를 잡아끌었다.

“다들 흩어져서 찾아보고 있으니 객점에 가서 쉬시는 게 어떨까요. 행수 어르신이 저 먼저 주인님을 모시고 가 있으라 했습니다.”

이쪽이 머릿수가 많다는 것을 알아야 함부로 덤비지 않는다. 지금껏 지켜보고 있던 사내도 탄의 말을 곧이곧대로 믿었는지 실망한 기색으로 돌아서고 있었다.

“넌 누구지?”

탄에게 끌려가던 사내가 물었다. 조용하고 침착한 목소리. 그는 자신이 무슨 상황에 놓여 있는지 알지 못하는 모양이다.

'역시 덜떨어진 바보가 분명해.'

탄은 속으로 쾌재를 불렀다.

"저는 주인님의 하인입죠. 지금 객점으로 모시는 중입니다."

"하인? 너도 선인인가?"

'대체 무슨 소릴 하는 거야?'

탄은 엉뚱한 소릴 중얼거리는 사내를 보며 해죽 웃었다.

"맞습니다. 잘 아시네. 저만 따라오시면 좋은 곳으로 안내해 드리겠습니다."

사내는 탄이 이끄는 대로 얌전히 따라왔다. 시장 뒷골목으로 깊숙이 들어가는 동안 사내는 신기한 듯 주위를 두리번거렸다. 인적이 드문 골목으로 들어간 탄은 어느 집 대문 앞에 멈춰 섰다.

"자, 이곳이 제가 말한 객점입니다. 근데 여긴 손님 고르는 것이 까다로워서 입고 있는 옷을 미리 보여줘야 들어갈 수 있지요. 주인님 옷 좀 벗어주시겠어요?"

"내 옷이 필요하다고?"

사내가 느릿느릿 말했다. 탄은 그의 눈빛이 보기 드물게 맑아서 죄책감이 조금 일었지만 냥냥과 검댕이를 떠올리며 마음을 다잡았다.

"네. 옷과 신발 좀 벗어주세요."

사내는 탄이 시키는 대로 순순히 옷을 벗었다. 햇볕에 드러난 그의 피부가 너무나도 고와서 탄은 속으로 감탄했다. 분명히 아무것도 모르는 얼뜨기 부잣집 도련님이다. 없어진 것을 알고 하인들이 주변에서 찾고 있을 게 분명하니 옷쯤 훔쳐 도망간다 해도 크게 위험하진 않을 거다. 탄은 죄책감을 덜려고 애써 좋은 방향으로 생각해 보았다. 옷을 벗자 아무것도 걸치지 않은 사내의 알몸이 드러났다. 사내의 알몸을 처음 보는 것도 아닌데 얼굴이 뜨거워졌다. 탄은 자꾸만 그의 중심으로 시선이 가는 것을 참으며 고개를 푹 숙였다.

'쯧쯧, 속옷도 안 입고 다니는 도련님일세.'

탄은 혀를 끌끌 차며 그가 신발 벗는 것을 보았다. 그의 발은 살결만큼이나 희고 고와서 흙은 제대로 밟고 살았을지 궁금했다. 사내가 옷을 다 벗고 알몸이 되자 탄은 주섬주섬 옷을 챙겨 품에 안았다.

"그럼 객점에 가서 주인께 말하고 올 터이니 여기 꼼짝 말고 계세요."

"다시 올 거시?"

사내가 조금의 의심도 없이 천진하게 물었다.

"그럼은요. 후딱 다녀오겠습니다."

탄은 그대로 골목을 내달렸다. 행여나 내 옷 내놓으라고 쫓아 올 것 같이 어느 때보다도 빨리 달렸다.

'바보 같은 부자놈. 속는 줄도 모르고 다 내어주다니. 그러고

보니 희한하네. 옷 외엔 아무것도 갖고 있지 않잖아. 정말 대책 없이 돌아다니는군.'

탄은 어제처럼 흑두꺼비 패거리한테 걸리지 않기 위해 사람들이 잘 다니지 않는 골목을 골라 달렸다. 조심하고 또 조심한 끝에 탄은 아무에게도 걸리지 않고 장물아비에게 당도했다. 장물아비에게 물건을 척 내놓자 좀처럼 커지는 일이 없는 노인의 눈이 왕방울만 해졌다.

"호오, 못 보던 물건일세."

좀처럼 말을 아끼는 구두쇠 노인이 이 정도의 말을 내뱉을 정도라면 꽤 두둑하게 받을 수 있을 것이다. 탄은 잔뜩 가슴이 부풀었다.

"잘 쳐주지 않으면 다른 사람에게 가버릴 테니 알아서 주시오."

탄은 도리어 으름장을 놓았다.

"이건 누구에게서 훔쳐 온 건가?"

"훔치긴. 일해주고 받아온 거지."

노인은 믿지 못하겠다는 얼굴로 옷과 신발을 유심히 관찰했다.

"너 같은 꼬맹이가 평생에 한 번 볼까 말까 한 물건인데 무슨. 은 한 냥을 주마."

'힉! 한 냥? 한 냥이면 우리가 일 년은 족히 먹고 살 수 있는 돈이잖아!'

탄은 가슴이 떨려 제자리에 주저앉을 것만 같았지만 애써 담담한 얼굴로 서 있었다. 그리곤 에라 모르겠다 하는 심정으로 큰 소리를 쳤다.

"한 냥? 장난하시오? 좀 전에 다녀온 데에서는 두 냥을 불러 돌아 나왔구만."

탄이 옷을 챙겨 나가려고 하자 미간을 접은 노인이 막았다.

"흠, 그럼 한 냥 반."

탄은 속으로 신이 나서 견딜 수가 없었다. 그래도 여전히 표정을 바꾸지 않고 말했다.

"이런 물건은 또 구할 수 있지. 덜떨어진 부잣집 호구를 물었거든. 이참에 다른 곳으로 거래하는 곳을 바꿔볼까나."

"흠, 두 냥."

"거 참, 이게 얼마짜린데. 이래 봬도 내가 보는 눈이 있다구."

"두 냥 반. 더는 못 줘."

노인은 팽 돌아서며 단단히 심지를 박았다. 탄은 환호가 터져 나오는 것을 간신히 참으며 의기양양하게 고개를 끄덕였다.

호주머니 깊숙이 은전을 숨긴 탄은 기쁨을 감추지 못하고 거리로 뛰쳐나왔다. 걸어도 걷는 것 같지 않고 날아다니는 것 같았다. 이 돈이면 냥냥과 검댕이를 배불리 먹일 수 있고, 약도 살 수 있다. 약뿐인가. 큰맘먹고 살점 붙은 뼈를 사서 며칠이고 고깃국을 먹을 수 있다.

탄은 그대로 상점으로 달려가 쌀을 사고, 푸줏간에 들러 살점이 붙은 뼈를 샀다. 내친김에 의원에게도 가보려고 했지만 이런 것을 들고 골목골목 쏘다니다 흑두꺼비 패거리한테 걸리면 큰 낭패라서 내일을 기약하며 집으로 향했다. 탄은 집으로 어찌 왔는지도 모르게 정신없이 달려왔다.

"아니, 이게 진짜 쌀자루냐? 이리도 무거운 것이? 어이구 맞네. 아니, 세상에."

냥냥은 묵직한 쌀자루를 안겨주자 기뻐서 어쩔 줄 몰라 했다.

"이거 만져 봐. 고기야, 고기."

손을 고기뼈에 얹어주자 그녀의 눈에 물기가 맺힌다.

"고기……. 얼마 만에 먹어보는 것인지. 그나저나 어디서 이런 귀한 것을 났니?"

"바보 같은 부잣집 도령을 물었지. 큰일은 없을 테니 걱정하지 마. 가서 검댕이 데리고 올게. 저녁 좀 부탁해."

냥냥은 감격한 얼굴로 고개를 끄덕였다. 탄은 단숨에 숯 터까지 달려가 검댕이를 데려왔다. 집에 온 검댕이는 다른 것을 섞지 않은 쌀밥을 보고 눈을 동그랗게 뜨고 입을 쩍 벌렸다.

"우와, 쌀밥이다. 처음 먹어봐."

"고깃국도 있다."

탄이 자랑스럽게 말하자 검댕이는 제자리에 풀썩 주저앉았다.

"형, 나 꿈을 꾸고 있나 봐. 깨지 않았으면 좋겠다."

"꿈 아니야. 진짜라고. 정신 차리고 어서 수저나 들어."

밥과 고깃국을 앞에 둔 세 식구는 조금씩 주저하며 맛을 보다가 허겁지겁 먹기 시작했다. 태어나 이렇게 원없이 배불리 먹어보긴 처음이었다. 풀죽만 먹던 위장에 기름진 것이 들어가는 바람에 뒷간을 좀 드나들긴 했지만 그래도 여간 흐뭇한 것이 아니었다. 탄은 잠자리에 누워 뿌듯한 마음으로 눈을 감았다. 당분간 밥 걱정을 안 해도 된다고 생각하니 세상이 갑자기 살만하게 느껴졌다.

'그나저나 그 바보는 하인들과 만났겠지?

탄은 골목길에 우두커니 서 있던 사내의 뒷모습을 떠올려보았다.

'에이, 하인들이 찾아갔겠지 뭐. 무슨 일이야 났을라구.'

그는 꺼림칙한 생각을 털어버리고 주머니 속에 있는 돈만 생각했다.

날이 밝기 전에 일어난 탄은 당분간 쓸 돈만 빼놓고 나머지를 천에 싸 집 근처 무덤가에 깊이 묻었다. 절약하면 당분간은 먹고살 걱정은 없을 테니 그사이 다른 일을 찾아볼 생각이었다. 이젠 제법 나이도 찼고, 언제까지나 좀도둑질만 하면서 살 순 없으니 객점이라도 들어가 점원 일을 배우면 그럭저럭 살 길이 보일 듯싶었다.

오랜만에 희망에 부푼 탄은 시장 골목으로 걸음을 옮겼다. 한가롭게 골목을 어슬렁거리고 있는데 문득 어제 만난 사내 생각이 났다.

'별다른 탈 없이 잘 돌아갔겠지? 큰 객점에 가서 기웃거리면 소문을 들을 수 있으려나.'

골목을 걷던 탄은 어제 사내와 헤어졌던 곳으로 방향을 잡았다. 물론 거기에 있을 리는 없겠지만 근처에 사는 이에게 얘기나 들을 수 있을까 해서였다. 좁고 구불구불한 곳을 지나 막 모퉁이를 지났을 때였다.

"헉!"

탄은 어제 서 있던 자리에 고대로 있는 사내를 발견하고 급히 숨을 들이마셨다.

"저 바보가, 바보가……."

기가 막혀 말이 나오지 않았다. 저 몰골로 하룻밤을 꼬박 지냈단 말인가. 사내는 목석처럼 제자리에 서서 처음 보았을 때처럼 멍하니 허공을 응시하고 있었다.

"젠장, 어쩌지."

탄은 얼굴을 구기며 제자리를 왔다 갔다 했다. 괜히 나섰다가 제 옷을 내놓으라고 덤비면 큰일이다. 하지만 저대로 두면 변태 놈들이 끌고 갈지도 모르고 악질 노예 사냥꾼이 팔아넘길지도 모른다. 분명히 찾는 하인들이 있을 테니 시치미를 떼고 데려다 주고 수고비라도 좀 받으면 되지 않을까. 한참 머리를 굴린 탄은 결심을 굳히고 사내에게 다가갔다.

"주인님. 예서 무얼 하세요?"

탄이 넉살 좋게 웃으며 다가가자 사내가 고개를 돌리고 시선을 맞췄다. 무표정한 그의 얼굴을 보니 조금 전에 헤어진 듯한 착각마저 들었다.

"널 기다리고 있었다."

순진무구한 사내의 말에 탄은 속으로 역시 바보라고 중얼거렸다.

"객점에서 안 된다고 하는 바람에 이곳저곳 알아보느라 늦었습니다. 자, 가시지요."

말도 안 되는 말을 늘어놓는데도 사내는 아무런 의심 없이 따라나섰다.

"어디로 가는데?"

"우리 일행을 찾아야지요. 객점을 돌아다니면 분명 아는 체하는 이들이 있을 겁니다."

"나…… 춥다."

사내의 목소리에 기운이 없었다. 탄은 그의 중심으로 자꾸만 내려가는 시선을 붙잡으며 먼 하늘을 보고 말했다.

"주인님 옷은 잠시 어디에 맡겨두었습니다. 그런 옷을 입고 있으면 귀찮은 일이 많이 생기거든요. 잠시만요."

탄은 그 길로 골목을 헤집고 다니며 어디 옷 널어놓은 곳이 없나 찾았다. 마침 지붕에 빨래를 넌 곳이 보며 몰래 담을 타고 올라가 옷을 걷어왔다. 탄은 옷을 사내에게 입혀주며 말했다.

“자, 이 옷을 입고 일행으로 찾으러 가십시다.”

“차갑다.”

사내는 축축한 옷을 입는 것이 싫은 모양이었지만 탄은 억지로 입히고 소매를 잡아끌었다.

“자자, 걷다 보면 자연 마르기 마련입니다. 오늘도 햇살이 뜨거울 것 같군요.”

그는 말없이 탄이 이끄는 대로 따라왔다. 범상치 않은 얼굴 생김에 허름한 옷을 걸친 그가 신기한지 거리의 몇몇 사람이 돌아보았다. 하지만 그를 안다는 이는 보이지 않았다. 탄은 발이 아프도록 객점 골목을 헤매고 다녔지만 소득이 없자 길가에 주저앉아 버렸다. 사내도 힘이 드는지 옆에 와 가만히 앉는다.

“아니, 왜 아는 척하는 사람이 없지?”

탄의 말에 그가 무심히 물었다.

“아는 척?”

“주인님을 아는 사람이요.”

“넌 날 알잖아.”

“네, 전 주인님을 알죠.”

“근데 또 아는 사람이 필요한가?”

“네. 조금 더 필요해요.”

“왜?”

“그러면 제가 수고비를 받기 때문이지요.”

“수고비?”

“감사의 표시요.”

“무슨 감사?”

“주인님을 찾아준 감사의 표시요.”

“나를 아는 사람한테서?”

“네.”

“넌 날 알잖아.”

“네. 전 주인님을 알죠.”

“근데 아는 사람이 더 필요하다고?”

“에효.”

탄은 대답 대신 한심하다는 표정으로 한숨을 내쉬었다. 바보와 말을 해 무엇 하리. 어서 빨리 아무나 나타나서 이 혹을 데려가 줬으면. 탄은 점점 뜨거워지는 햇살 아래서 하품을 쩍 했다.

터덜터덜 걸음을 걷고 있을 때였다. 갑자기 등 뒤가 허전해 돌아본 탄은 만두집 앞에 우두커니 서 있는 사내를 보았다. 배가 고픈 모양이지만 저런 만두를 살 돈 따윈 없다. 탄이 소매를 잡아끌어도 그는 움직이지 않았다.

“저게 먹고 싶다.”

사내가 김이 모락모락 나는 만두를 가리켰다.

“죄송하지만 우린 가진 게 없어요.”

“가진 것?”

“돈이요. 만두와 바꿀 돈이 없어요.”

"돈이 무엇이지?"

탄은 머리를 긁적이며 주위를 돌아보다 가게 안에서 동전을 세는 주인을 가리켰다.

"저기 동그랗고 넓적한 것이 보이지요? 저것이 돈이란 건데 저게 있어야 만두를 사먹을 수 있어요."

"이런 거?"

사내가 손을 내밀자 무심코 그것을 바라본 탄은 자신도 모르게 한 걸음 물러서고 말았다. 그의 손 안에 동전이 한주먹 쥐어져 있었다.

"아, 아니. 어, 어떻게……."

탄이 말을 못 잇는 사이 그가 만두 가게 안으로 쑥 들어갔다. 탄은 얼결에 따라 들어가며 사내의 손을 유심히 관찰했다. 만두를 잔뜩 시키고 나자 탄이 눈을 빛내며 물었다.

"방금 보여준 그 돈은 언제부터 가지고 있던 거지요?"

"좀 전에."

"좀 전에?"

"내가 보고 만들었어."

"만들어요?"

탄은 도무지 이해할 수 없어서 눈썹을 찡그렸다. 이 사내의 정체는 뭘까.

"도대체 뭐 하는 분이에요?"

"신(神)."

예상치 못한 대답이었다. 탄은 더욱 눈썹을 찡그리며 물었다.

"신이요? 이름이 뭔데요?"

"무(霧)."

"무? 들어본 적도 없는 신인데. 뭐 하는 신이에요?"

"파멸과 욕망의 신."

'처음 듣는다.'

탄은 무가 세상에서 제일 어이없는 바보라고 생각했다. 자신이 빌어먹을 신이라니. 어처구니가 없다.

"근데 고귀하신 신께서 이곳엔 왜 온 거예요?"

"모르겠다. 잠에서 깬 후 정신을 차려보니 여기에 있었어."

'분명 정신이 오락가락하는 사람일 게야. 이런 사람을 사기치다니. 미안한걸.'

탄이 입맛을 쩝쩝 다시며 죄책감을 느끼고 있을 때 주문한 만두가 나왔다. 탄은 탁자에 쌓은 접시를 보고 입을 쩍 벌렸다. 주인 몰래 훔쳐서 한두 개씩 먹어본 적은 있었지만 이렇게 많이, 종류별로 먹어보는 건 처음이었다.

"아무튼 맛있게 먹겠습니다. 주인님도 드세요."

무는 이미 만두 하나를 통째로 입에 넣고 우물거리고 있었다. 만두를 먹는 그의 모습은 참으로 기묘했다. 텅 빈 듯 멍한 눈동자, 조용한 얼굴, 마치 음식을 처음 먹는 것처럼 어색하게 우물거리는 모습이 웃기기도 하고 어이없기도 했다.

"배고팠나 봐요."

그가 세 개째 만두를 집어 들자 탄이 물었다.

"배고프지 않아."

"배고프지도 않은데 그렇게 빨리 먹어요?"

"신기할 뿐이야. 먹는 게 신기해."

"아무렴요. 그러실 테죠."

탄은 고개를 끄덕이며 부지런히 만두를 먹었다. 둘이서 다섯 접시를 비우고 더는 먹을 수 없을 만큼 배가 빵빵해졌을 때 무는 먹는 것을 멈췄다. 탄은 물을 달게 들이키며 만족한 표정을 지었다.

"아직도 네 접시나 남았는데 남은 거 제가 싸가도 되나요?"

무는 가만히 고개를 끄덕였다. 탄은 점원이 싸준 만두를 들고 기분 좋게 음식점을 나왔다. 탄이 앞에 걸어가면 한 발자국 뒤에서 무가 따라왔다. 아무리 골목을 걸어다녀도 무의 하인을 찾을 수 없자 탄은 지쳐 버렸다. 하루 종일 무 때문에 아무것도 못한 채 날이 지고 말았다.

'이만 집으로 돌아가 봐야 하는데 어쩐다. 또 버리고 갈 수도 없고.'

탄은 한참을 고민하다 마지못해 무를 끌고 자신의 집으로 향했다.

"우와! 형, 이게 다 만두야? 이렇게 많은 만두는 처음 봐."

"바보, 언제까지 그렇게 보고만 있을 거야. 어서 먹어."

탄은 입을 쩍 벌리고 들여다보는 검댕이의 손에 만두를 쥐여 주었다. 처음엔 어찌할 바를 모르고 멍하니 있던 검댕이는 머뭇머뭇하다가 입에 만두를 넣고 오물거렸다.

"이야, 이거 진짜잖아. 꿈이 아니었네. 형, 어제 오늘이 태어나서 젤로 신나고 배부른 날이야."

"걱정 마. 내가 앞으로 실컷 배부르게 해줄 테니."

"히힛."

검댕이가 신나게 먹는 동안 냥냥은 멍하니 앉아 있는 무에게 만두를 내밀었다.

"청년도 이거 들어요."

무는 말없이 만두를 받아 들었다.

"손이 참 곱네. 이리 손이 고운 사람이 어쩌다가 이런 곳에 흘러들었수."

"냥냥, 그는 이곳 사람이 아닌 것 같아."

"그러면?"

"몰라. 먼 곳에서 왔대."

검댕이와 탄이 신나게 만두를 먹어치우는 동안 냥냥은 무의 얼굴을 손으로 더듬었다.

"정말 아름다운 사내네. 예사 인물은 아니구먼. 뭐 하는 사람이오?"

"난 신(神)이다."

검댕이가 먹는 걸 멈추고 눈을 동그랗게 떴다.

“신? 발에 신는 신?”

“그 신이 아니라 사람들이 비 좀 내리게 해달라고 비는 신 있잖아. 비의 신이나 전쟁의 신 같은.”

탄의 말에 검댕이와 냥냥이 기가 막힌 표정을 지었다.

“지금 자기가 그 신이라고 하는 거야?”

“응. 자기가 신이래. 파멸의 신인가 뭔가 하는 신.”

탄이 무성의하게 말하자 무가 고개를 끄덕였다. 냥냥의 눈빛이 돌연 맑아지며 들뜬 목소리로 말했다.

“그럼 우릴 구하기 위해 오신 겁니까? 버려진 우리들을 구하기 위해 직접 오신 겁니까?”

“말도 안 돼. 냥냥은 그 말을 믿는 거야? 이 사람은 머리가 어떻게 됐다고. 일행과 떨어져 헤매는 것을 내가 데려온 것뿐이야.”

“하지만 진짜 신일지도 모르잖니. 그는 정말 고운 얼굴과 손을 가졌어. 게다가 어제 오늘 우리 식구가 배부르게 먹을 수 있었으니 이게 다 신의 선물일지도 모를 일이야.”

“선물은 쥐뿔. 신이 우릴 생각하고 있었다면 이 지경으로 두진 않았을 거야. 망할 신. 저주나 받으라지.”

탄은 먹던 만두를 놓고 집을 뛰쳐나왔다. 화가 났다. 신이 정말 있다면 왜 이토록 끔찍한 세상을 바로잡지 않는 걸까. 끊임없는 전쟁에 많은 사람이 죽고, 목숨이 물건처럼 팔리고, 하루에도 수십 명씩 굶어 죽어간다. 간신히 살아남은 힘없는 이들은 먹고살기 위해 발버둥친다. 신이 있다면 왜 아무것도 하지 않는 걸까. 탄이 집 밖 둔덕에 서서 도시를 내려다보며 씩씩거리고 있을 때였다. 무가 옆에 다가와 조심스럽게 물었다.

"미안하다."

"뭐가?"

탄이 퉁명스럽게 대답하자 무의 얼굴이 더욱 어두워졌다.

"내가 널 화나게 한 거 같아."

"너한테 화난 게 아니야. 망할 신에게 화가 난 거지."

"화내지 마."

"네가 아니라 썩어 뒈질 신에게 화가 난 거라니까."

"미안하다."

"이런 망할! 대체 어쩌다가 정신이 나가 버린 거야. 혹시 일행과 떨어진 게 아니라 버려진 거 아니야?"

화가 뻗쳐서 씩씩거리는 탄을 보며 무가 시무룩한 얼굴로 고개를 숙였다.

"내가 원해서 온 거다."

"어련하시겠어. 쳇."

땅바닥에 풀썩 주저앉은 탄은 이러다 골칫거리를 떠안는 건 아닌지 걱정했다. 세 사람도 간신히 먹고사는 판에 미친 사내놈까지 들러붙는다면 그야말로 최악이다. 탄은 머리를 감싸 쥐고 고민에 빠졌다.

霧露

2. 내 안에 내리는 비

날이 밝자마자 탄은 무를 끌고 시장에 나갔다. 며칠 내로
무를 아는 이가 나타나지 않으면 노예로 팔아버리거나 매음굴
에 던져 넣을 작정이었다.

'정신이 이상해도 얼굴은 번듯하니까 돈을 받을 수 있겠지.'

탄은 몹시 언짢은 기분으로 호기심에 들떠 주위를 두리번거
리는 무를 노려보았다.

언제나 그렇듯 거리는 더럽고 냄새 나며 온갖 종류의 사람들
로 북적이고 있었다. 길에 다니는 이들 중 절반은 끼리끼리 몰
려다니는 불량배들이다. 버려진 도시는 범죄자들이 황제고 관
리다. 붉은 이리파, 황금 돼지파, 흑두꺼비파 같은 조직들이 이

권 다툼을 하며 살아가고 어린 고아나 힘없는 노인, 계집은 그들 밑을 닦아주며 살아가는 불쌍한 인생이었다.

냥냥이 탄을 사내아이로 키운 것도 다 이 때문이었다. 만약 그대로 계집애로 살았더라면 어릴 적에 강간당하고 역겨운 사내들에게 묶여 오도 가도 못한 채 살았을 것이다. 지켜주는 자 없이 맨몸으로 세월을 산 덕에 탄은 거리에서 살아남는 법을 배웠다. 절대로 눈이 마주쳐선 안 되고, 몸이 스쳐서도 안 되며 함부로 웃거나 약한 모습을 보여도 안 된다. 까딱 잘못해서 눈에라도 띄는 날엔 누구보다 빨리 달아나야 한다. 탄이 사슴처럼 빠른 것도 다 살기 위해서였다.

탄이 있는 듯 없는 듯 그림자 같은 존재인데 비해 무는 너무나도 눈에 띄어서 골치였다. 어제는 최대한 사람이 적은 골목으로만 피해 다녀서 큰 문제가 없었지만 대로에 나오니 몇몇 사람들이 그를 유심히 보는 것이 느껴졌다. 어제보다 더 더럽고 행색이 초라한데도 말이다.

"무, 좀 가까이 붙어서 걸어. 변태 새끼들이 자꾸 침 흘리면서 쳐다보니까 여차하면 뛰어야 한다고."

탄은 언제부턴가 말을 놓고 퉁명스럽게 굴었다. 탄이 아무리 구박해도 무는 성내지 않고 다정한 얼굴로 보았다.

"변태?"

"곱상한 사내애들 끌고 가 실컷 즐기는 미친놈들. 나도 한 번 끌려갔다가 간신히 도망친 적이 있어 잘 알지."

“안 좋은 거야?”

“당연히 안 좋지! 그런 더러운 짓거리를 하는 놈들은 죽어야 해.”

“네가 지켜줄 거지? 난 네 주인이잖아.”

탄은 걸음을 멈추고 뒤에 선 무를 돌아보았다. 아무것도 모른다는 순진한 얼굴로 서 있는 그를 보니 화보다는 웃음이 흘러나왔다.

“지금 누가 누굴 지킨다는 거야. 네 몸은 네가 지켜. 나 살기도 바쁘다고.”

탄의 미소를 보며 무도 따라 웃었다. 그의 해맑은 미소를 보고 있자니 기분이 이상해서 탄은 얼른 뒤돌아섰다.

오늘도 어제처럼 별다른 성과 없이 하루를 보냈다. 아는 사람을 찾아가 소문이라도 얻어 들으려 했지만 돈 많은 집 도련님이 사라졌다는 얘기는 듣지 못했다. 하늘에서 뚝 떨어지기라도 했단 말인가. 어떻게 일행도 없고 가진 것도 없이 몸만 이 도시에 있는 건지 좀처럼 이해할 수가 없었다.

‘정말 누가 여기에 버리고 간 건가.’

고민하며 길을 걷고 있을 때였다. 문득 고개를 든 탄은 무가 없다는 걸 깨닫고 크게 당황해 오던 길을 되짚어갔다.

“야, 너 참 얼굴 반반하게 생겼다. 사내자식이 꽤나 매끈하데.”

두 명의 사내가 무를 둘러싸고 지분거리고 있었다. 한눈에도 꽤나 거칠 것 같은 놈들이다.

'젠장, 바보같이 멍하니 서 있다가 걸린 게 분명해.'

탄은 이를 부득 갈면서 그들에게 다가갔다.

"형, 여기서 뭐 해. 형수가 찾잖아."

탄은 최대한 선량하고 밝게 웃으며 접근했다. 사내들은 탄을 아래위로 죽 훑어보더니 아쉬운 듯 혀를 날름거렸다.

"정말 네 형이냐? 보기엔 떠돌이 같은데."

"아이구, 떠돌이라니요. 저기 도축장에서 소 잡는 일을 합니다. 게다가 애가 벌써 셋이나 있는데요."

탄은 사람 좋게 웃으며 여전히 상황 분간 못하고 멍하니 서 있는 무에게 다가가 옷을 잡아끌었다. 그때 무가 탄을 보며 말했다.

"내가 애가 셋이나 있던가."

'이런, 젠장.'

탄은 아무렇지도 않은 듯 크게 웃으며 무를 끌어당겼다.

"하핫, 형 낮술이라도 한 거야? 왜 이래."

"내가 소를 잡는다고? 난 신이야. 소 같은 건 잡지⋯⋯."

화들짝 놀란 탄이 무의 입을 틀어막았다. 이미 상황을 눈치 챈 사내들이 실실 웃음을 흘렸다.

"이 자식들이 빠져나가려고 거짓말을 했구나."

"젠장, 튀어!"

"뭐?"

"달리라구!"

탄은 멍하니 서 있는 무의 손을 잡고 냅다 달렸다.

"어어어……."

무는 탄에게 끌려가며 어쩔 줄 몰라 하다 간신히 그녀의 달리기를 따라잡았다. 자그마한 탄은 사람들로 빽빽하게 들어찬 골목을 요리조리 잘도 도망쳤다. 무는 그녀에게 끌려가다 여기저기 부딪혔지만 용케도 넘어지지 않고 달렸다.

사내들은 온갖 욕설과 고함을 내지르며 끈질기게 쫓아왔다. 탄과 무는 날랜 다람쥐처럼 골목 사이를 잽싸게 누볐다. 어느 순간부터 달리는 것이 즐거워진 무의 입에서 즐거운 환호가 터져 나오더니 점점 속도가 붙기 시작했다. 무는 급기야 탄을 앞지르고 도리어 그녀의 손을 잡아끌며 힘차게 달렸다. 탄은 그에게 끌려가며 자신도 모르게 미소를 지었다.

'냥냥, 심장이 마구 뛰어. 꼭 바람을 안고 달리는 것 같아. 살아 있는 게 생생하게 느껴져. 무와 같이 있는 게 신나고 즐거워.'

둘은 손을 꼭 잡은 채 거리를 달렸다. 이마와 목덜미가 땀에 흠뻑 젖어도 후련하고 통쾌한 기분에 젖어 힘든 줄 몰랐다. 한참을 달리다 마침내 멈춰 섰을 때 둘은 폐가 뻐근하리만큼 가쁜 숨을 몰아쉬다 누가 먼저라 할 것 없이 웃음을 터뜨렸다.

"하하하하, 바보. 놈들 앞에서 다 말해 버리면 어떻게 해."

"난 신이야. 소 같은 건 죽이지 않아."

"그런 걸 누가 믿어주겠어."

둘은 얼굴을 마주 보며 한참을 웃었다. 탄은 태어나 이토록 후련하게 웃어본 적이 없었다. 실컷 웃으니 몸이 가벼워지며 크고 작은 전율이 머리부터 발끝까지 퍼져 나가 저릿저릿했다. 탄은 그의 아름다운 얼굴을 보다가 문득 낯선 감정을 느꼈다.

'만져 보고 싶다. 안고 싶다. 아, 내가 무슨 생각을 하는 거지?'

탄은 자신의 생각을 읽힐까 두려워 얼른 시선을 피했다. 무의 웃는 얼굴이 가슴 깊숙이 박혀 그 자리가 욱신거렸다.

"이 도시는 조금만 정신을 놓아도 어떻게 될지 몰라. 우리처럼 지켜주는 사람이 없을 땐 더욱 조심해야 해."

"이런 곳에서 어떻게 살았지?"

처음엔 멍하게만 보였던 무의 눈빛이 어느샌가 맑고 또렷하게 변해 있었다. 그 눈빛을 보자 괜히 심장이 두근거려 탄은 시선을 피하고 어물거렸다.

"있는 힘껏, 발버둥치며 살면 살아져."

"네가 도와줄 수 있는 일이 없을까?"

탄은 자신도 모르게 헛웃음을 흘리고 말았다. 누구도 자신에게 그런 말을 한 적이 없었다. 늘 누구라도 도와주길 바랐지만 세상은 혼자 헤쳐 나갈 수밖에 없다는 깨달음만 돌아왔었다. 탄은 그래도 그가 물어봐 주어서 진심으로 고마웠다.

"네가 정말 신이라면 비라도 좀 오게 해봐. 몇 년만 더 지나면

나처럼 아무것도 없는 인간은 이곳에서마저 못 살고 떠돌다 죽
게 될 거야.”

“비?”

“신이라면서 그것도 몰라? 하늘에서…….”

순간 둔탁한 무언가가 탄의 머리를 내리쳤다. 강한 충격에 정
신이 없는 가운데 옆을 돌아보았다. 아까 자신들을 쫓던 사내들
이 히죽거리며 서 있었다.

“젠장. 도망가…… 어서…….”

탄은 바닥에 쓰러지며 놀란 얼굴로 자신을 보는 무를 보았다.

‘저 바보가 왜 도망가지 않는 거지?

탄은 그대로 정신을 잃었다.

옷 찢는 소리가 들린다. 가슴 언저리가 허전하다. 사내들이
낄낄거리는 웃음소리. 탄은 기분이 몹시도 나빴다.

“뭐야, 계집이었네.”

“어쩐지 곱상하게 생긴 게 꼭 계집 같더라니.”

“오늘 공치나 했더니 간만에 괜찮은 물건 건졌네. 갖고 놀 만
큼 놀고 팔아버리자.”

“자, 이거 한 번 마셔봐. 기분이 좋아질걸.”

사내들이 입을 억지로 벌리고 술병 주둥이를 밀어 넣었다. 독
한 술이 흘러들자 정신이 완전히 깬 탄이 마구 기침을 하며 몸
을 비틀었다.

"참아, 조금 있으면 하늘을 나는 기분일 테니. 나중에 더 달라고 애원하지나 말라고."

사내는 병에 든 것을 다 먹이고 나서야 돌아갔다. 그들이 나가고 난 뒤 얼마 동안 몽롱하게 앉아 있던 탄은 무거운 눈꺼풀을 들어 주위를 보았다. 밖은 아직 낮. 나무 틈새로 들어오는 빛 덕분에 창고 안은 그다지 어둡지 않았다. 탄은 기둥에 묶인 채 앉아 있었다. 어찌나 세게 묶었는지 몸에 피가 통하지 않아 저릿저릿했다. 게다가 머리는 어찌나 세게 내리쳤는지 많이 부은 것 같았다.

"괜찮아?"

목소리가 들린 쪽으로 고개를 돌리니 넓은 창고 반대편 기둥에 묶인 무가 자신을 빤히 바라보고 있었다. 잡혀온 게 아니라 잡혀온 자를 구경하는 것처럼 태연한 눈빛. 탄은 이 상황에도 저리 태평할 수 있다는 것이 참으로 신기했다.

"젠장, 머리가 아파 죽을 것 같아. 너라도 도망가지 왜 여기 있는 거야?"

"얌전히 있으면 널 다치지 않게 한다고 했어."

"바보야? 그 말을 믿어? 으, 머리 아파."

지독한 구토감과 함께 두통이 밀려왔다. 놈들이 술에 다른 것을 탄 모양인지 기운이 쭉 빠져 얘기하는 것조차 힘겨웠다.

'실컷 가지고 놀다가 팔아버린다니, 걸려도 악질한테 걸렸네. 이를 어쩌지 젠장.'

탄은 순간 방심한 것을 몹시 후회했다. 무를 원망하면서도 함께 시원하게 웃어 젖히던 기억이 떠오르자 미운 마음이 조금 누그러졌다.

"저들이 왜 이곳으로 끌고 온 거야?"

무는 무엇이 그리 궁금한지 자꾸만 질문을 해댔다.

"우릴 겁탈하고 팔아버린대."

"겁탈?"

"나도 몇 번 훔쳐보기만 해서 잘은 모르지만 아주 아프고 더러운 짓이야. 살과 살을 비비고 상대방 몸속에 제 것을 집어넣어 막 휘젓고, 그러면서 즐기는 거야."

탄의 설명을 이해하지 못하겠는지 무가 얼굴을 찌푸렸다. 이해 안 되긴 탄도 마찬가지였다.

"그러면 즐겁나?"

"좋으니까 하겠지."

"그렇지만 너는 안 좋은 거지?"

"좋을 리가 없잖아!"

탄이 소리를 빽 질렀다. 가뜩이나 머리가 아파 죽겠는데 자꾸 말을 걸자 있는 대로 신경질이 났다.

"여기서 나가고 싶어?"

무가 조심스레 무자 탄이 하시하다는 표정으로 말했다.

"당연하지. 그걸 말이라고 해?"

순간 무가 자리에서 주섬주섬 일어났다. 그를 묶은 밧줄은 이미 국수 가닥처럼 끊어져 바닥에 흩어져 있었다. 그걸 본 탄의 눈이 휘둥그레졌다.

"어, 어떻게 한 거야?"

"가자. 나가고 싶다며."

무가 밧줄을 풀고 부축해 주자 탄은 간신히 일어날 수 있었다. 여자를 강제로 안을 때 술에 섞는 약을 마신 터라 탄의 몸은 물에 젖은 솜처럼 무겁기만 했다. 이제 조금 더 약기운이 퍼지면 걸을 수도 없다. 탄은 이를 악물고 걷는 것에만 집중했다.

창고 문은 잠겨 있지 않았다. 문을 열고 나가니 가까운 판잣집에서 왁자한 웃음소리가 흘러나왔다. 그들은 거나하게 취해 있었고 따로 지키는 이가 없어 조용했다. 둘은 조심스럽게 마당을 가로질러 문으로 걸어갔다.

"볼일 좀 보고 올 테니 그 술 남겨둬."

한 사내가 문을 열고 밖으로 나왔다. 뒷간으로 걸음을 옮기던 사내는 대문 밖으로 나가는 그림자를 보고 멈춰 섰다.

"아니, 저놈들이 어떻게 빠져나온 거지? 이봐, 놈들이 도망치고 있어."

사내의 외침에 또 다른 사내가 밖으로 뛰쳐나왔다.

"제길, 걸렸어. 무, 너라도 어서 도망가."

탄의 말에 무는 대답 대신 그녀를 들쳐 업었다.

"뭐 하는 거야! 둘이서는 멀리 도망가지 못해."

"괜찮아. 난 신이니까."

미소 짓는 그를 보며 탄은 할 말을 잃었다. 그에게 뭐라 잔소리도 못할 만큼 몸은 천근만근이었다. 탄은 될 대로 되라 하는 심정으로 무의 등에 기댔다. 무는 해가 져 어둑어둑해지기 시작한 골목을 달리기 시작했다.

'어라, 빠르다. 꼭 바람 같아.'

한 사람을 업고 달린다는 생각이 들지 않을 만큼 무의 발은 빠르고 숨소리는 거의 들리지 않았다.

'말도 안 돼.'

탄은 놀라면서 뒤돌아보았다. 몽둥이를 들고 쫓아오던 사내들은 가뜩이나 만취한 터라 낮보다 달리기가 느렸다.

'대단하다. 이 정도면 따돌릴 수 있겠어.'

탄은 연신 감탄하며 무의 목을 꼭 끌어안았다. 눈앞이 어지럽고 몸에 감각이 없는 것이 약기운이 다 퍼진 모양이었다. 탄은 눈을 감은 채 귓전을 스치는 바람 소리와 무의 두 다리가 땅을 밟고 힘차게 내딛는 것을 느꼈다. 약 때문에 오는 환각일까. 그가 꼭 허공을 달리는 것처럼 느껴졌다. 하늘 높이 솟아올랐다가 다시 땅을 밟고 서서 다시금 솟아오른다. 도시의 지붕과 지붕을 뛰어넘고 거리와 거리를 지나 높이 난다.

탄은 무의 목을 끌어안은 채 편안한 숨을 내쉬었다. 그의 등은 몹시도 따뜻했다. 빠르게 뛰는 심장 박동에 가슴이 뛰고 오랜 옛날이야기를 들려주는 냥냥의 음성처럼 안락하고 그리운 마음이 샘솟았다. 탄은 그 소리에 귀 기울이며 바람을 밟고 달리는 무에게 편히 기댔다.

"탄, 정신 차려봐. 왜 이러는 거야! 탄!"

탄은 자신을 흔드는 손길에 비로소 정신을 차렸다. 눈을 뜨자마자 끔찍한 두통과 함께 한기가 몰려왔다. 탄은 무에게 안긴 채 온몸을 부들부들 떨고 있었다.

"어, 내가…… 왜…….."

탄은 입술을 부들부들 떨며 자신이 왜 이런지 생각했다. 분명 놈들이 준 약이 잘못되어 이럴 것이다.

"추…… 추…… 워."

탄은 경련하듯 온몸을 떨며 신음했다. 탄을 안고 어찌할지 몰라 애태우던 무는 주위를 두리번거렸다. 탄을 업고 가까스로 빈 집에 숨어들어 오긴 왔지만 도움될 만한 건 보이지 않았다. 무는 어쩔 수 없이 자신의 옷을 벗고 탄을 벗기기 시작했다.

"무…… 무슨…… 짓이…….."

"조금만 참아. 곧 따뜻해질 거야."

벗은 옷을 나무 바닥에 깔고 누운 무는 알몸이 된 탄을 온몸으로 감싸 안았다. 품속에 들어온 탄은 너무나도 작고 여렸다. 조금만 힘주어 안아도 부서질 것 같아 겁이 났지만 꼭 끌어안고 고개를 묻었다. 무는 몸을 바들바들 떨며 가쁜 숨을 몰아쉬는 그녀가 견딜 수 없이 안쓰러웠다. 그녀는 춥다고 했지만 몸이 불덩이를 안은 것처럼 뜨거웠다.

“추…… 워.”

탄이 무의 품속으로 파고들며 들릴 듯 말 듯 중얼거렸다. 살갗과 살갗이 닿으며 느껴지는 부드러운 전율, 뜨거운 체온이 주는 묘한 안도감과 기쁨. 무는 자신이 탄을 괴롭히는 건 아닌지 걱정하면서도 그녀를 안고 있는 것이 좋았다. 심장이 쿵쿵쿵 소리를 내며 뛰고 몸이 뜨거웠다. 그녀의 보드라운 살갗의 감촉을 온몸으로 느낀다. 그 사내들이 맛보고 싶었던 것이 이런 기쁨인 걸까.

“탄.”

무가 탄의 이름을 나직이 불렀다.

“으, 응?”

탄이 다시 정신이 흐려지는지 미약하게 중얼거렸다.

“내가 지금 널 겁탈하고 있는 거지?”

그녀가 대답이 없자 무는 고개를 숙여 탄을 보았다. 그녀는 무의 품속에서 쿡쿡 소리 죽여 웃고 있었다.

“넌, 정말…… 바보야.”

무는 그녀가 왜 웃는지 이해할 수가 없었다.

“나 때문에 아파?”

“아니. 아프지…… 않아.”

무는 그녀를 물끄러미 바라보다가 손으로 흐트러진 머리칼을 살짝 쓸어주었다. 마음이 따뜻하고 몸 어딘가가 간질간질하다. 전에는 느껴보지 못한 느낌. 잠에서 막 깨어나 낯선 곳에 망연히 서 있을 때는 무척이나 외롭고 슬펐다. 갑자기 밀어닥치는 온갖 욕망의 소용돌이 속에서 질식할 것만 같았다. 자신이 신이라는 것만을 인식할 뿐, 무엇을 해야 할지 알지 못했다. 그때 그녀가 다가왔다. 무슨 말을 하는지 이해할 수 없지만 그녀의 눈빛과 목소리를 듣고 있으면 외롭지도 슬프지도 않았다.

'난 어쩌면 너를 찾기 위해 이곳에 온지도 모르겠어.'

무는 눈을 꼭 감은 채 품 안에서 떠는 그녀를 보았다. 그녀의 온기가 몸속으로 스며들어 와 언 마음을 따뜻하게 녹인다. 그녀의 향기가 숨과 함께 깊숙이 들어와 온통 향긋함으로 가득 채운다. 무는 텅 비어 있던 세계가 그녀 덕분에 차츰 채워지는 걸 느꼈다. 혼돈이 끝나고 하늘과 땅이 열리고 생명이 움트고 새싹이 자라나 숲과 산이 되고 강과 바다가 흐른다. 마음이 평온해지며 이 세상 속에 살아 있음을 온몸으로 깨닫는다. 그리고 용암처럼 들끓는 심장으로 그녀를 원하는 자신을 발견한다.

'난 신이야. 난 내가 왜 존재하는지, 앞으로 무엇을 해야 할지 알지 못해. 지금 내가 아는 건 널 원한다는 것뿐이야. 널 원해. 이 뜨거운 심장을 네게 주고 싶어.'

무는 탄을 감싸 안고 고개 숙여 그녀의 감은 눈에 입을 맞추었다. 누구의 심장인지 모르지만 빠르게 뛰는 심장 고동이 느껴진다. 너무 빨리 뛰어 찢겨 활활 타버릴 것만 같다. 무는 탄을 꼭 끌어안고 고개를 묻었다. 그녀의 떨림이 조금씩 잦아들고 있었다. 숨소리도 아까보다 편안해졌다. 그녀가 몽롱한 목소리로 중얼거렸다.

"무……."

"응?"

"고마워."

"뭐가?"

"내가…… 사람 같아."

"무슨 뜻인지 모르겠어."

탄은 이미 잠들어 버려 대답이 없었다. 부서진 지붕 사이로 들어온 달빛에 비친 그녀의 얼굴이 평화로워 보였다. 무는 탄에게 묻고 싶은 것이 너무나도 많았지만 그녀가 편히 자게 두었다.

탄은 가슴을 누르는 답답함과 따스함을 느끼며 눈을 떴다. 부서진 천장과 새어들어 오는 빛이 눈에 들어왔다.

'여긴 어디지?'

탄은 어리둥절한 얼굴로 몸을 일으키려다 자신을 감싼 팔과 알몸을 보고 화들짝 놀랐다. 고개를 돌려보니 무가 자신을 빤히 보고 있다. 늘 그렇듯 조금은 멍하고 순진무구한 눈빛. 무슨 생각을 하는 건지 얼굴이 발그레하다. 탄은 무의 눈동자를 멍하니 응시하며 어떻게 된 거지 생각해 내려 애썼다. 그때 무가 방긋 미소를 지었다. 알몸인 여자를 안은 사람답지 않게 천진한 미소를 보니 지금 이 상황이 더욱 정리가 안 된다.

'내가 꿈을 꾸고 있는 건가? 우리가 왜 벗고 누워 있는 거지?'

아직 두통이 가시지 않아 머릿속이 멍하고 속이 메스꺼웠다. 탄이 어쩔 줄 모르고 무의 눈만 뚫어져라 바라보고 있을 때였다.

"머리에 가려져 있어서 몰랐는데 네 눈동자가 참 예뻐. 한쪽은 하늘처럼 파란색이다."

그 말에 놀라 눈이 동그래진 탄이 무를 힘껏 밀치고 발딱 일어났다. 갑작스런 행동에 무가 뭐라 하려는 사이 탄이 그의 뺨을 세게 후려쳤다.

"나한테 무슨 짓을 한 거야!"

무는 기가 막혀 대답도 못하고 탄을 물끄러미 바라보았다. 탄은 얼른 뒤돌아서서 머리칼을 내려뜨려 파란 눈을 가렸다.

"옷은 왜 벗겼어. 이 변태 놈."

"네가 막 춥다고 해서…… 어제…… 고맙다고 했잖아."

"고맙다니, 무슨 헛소리야!"

말을 내뱉고 나니 어제 일들이 하나둘 떠오르기 시작한다. 놈들이 먹인 술과 약 때문에 오한이 나서 몸을 떤 일, 몹시 추워하는 걸 무가 옷을 벗기고 안아주어 진정이 된 일, 그가 따뜻하게 안아주며 눈에 입을 맞춘 일이 차례로 스쳐 갔다. 꿈결처럼 아련한 지난밤. 달콤하고 두근거렸던 순간이 다시 떠올랐다. 그의 품에 안겨 있을 때 느꼈던 떨림과 눈에 입을 맞추었을 때 느낀 벅찬 감정. 태어나 처음으로 느껴보았다. 가슴 떨리는 것이 얼마나 기쁜 일인지를.

"내가…… 사람 같아."

탄은 잠들기 전에 자신이 했던 말이 떠올렸다. 순식간에 얼굴이 벌게진 그녀는 황급히 바닥에 흐트러진 옷을 주워 제 몸을 가렸다.

"이, 이제 기억난다. 때린 건 미안해."

탄의 말에 무가 금방이라도 울 것 같은 표정을 지었다.

"나는 그저 네가 걱정되어서 한 건데."

"미안하다고."

"방금 네가 겁탈한 거지? 아프잖아."

무가 벌건 뺨을 문지르며 말하자 탄은 자신도 모르게 피식 웃어버렸다.

"이건 겁탈이 아니야. 그냥 때린 거지."

"살과 살을 비비면서 아프게 하잖아. 그리고 넌 지금 웃고 있어."

"이거랑 그거는 다른 거야."

탄은 무안하기도 하고 미안하기도 해 애써 그의 시선을 피했다. 그 와중에도 가슴이 콩콩 뛰었다. 눈가에 닿던 그의 따뜻한 입술의 감촉도 자꾸만 떠올라 얼굴이 달아올랐다. 그들이 옷을 챙겨 입고 밖으로 나왔을 때 탄은 집 주변과 해가 뜬 방향을 보며 말했다.

"엇. 여긴 동쪽 장사꾼들이 사는 동네잖아. 꽤 멀리까지 왔네. 냥냥과 검댕이가 걱정하겠다. 어서 돌아가자."

탄은 여전히 무의 얼굴을 바로 보지 못하고 얼른 돌아서서 걸었다. 힘껏 뜀박질을 한 것도 아닌데 가슴이 뛰고 다리에 힘이 풀린다.

'어제 먹은 술과 약 기운이 아직도 남아 있는 걸까. 왜 이렇게 떨리지.'

탄은 붉어진 얼굴을 가리려고 고개를 푹 숙이고 걸었다. 한참을 걸어 집에 거의 당도했을 때였다. 멀리서 보기에 집 모양이 이상했다. 애초에 제대로 지은 집이 아니니 한쪽이 많이 기울긴 했지만 저 정도는 아니었다. 탄은 뭔가 불길해 단숨에 집까지 달려갔다. 집에 막 도착한 탄은 자신도 모르게 무릎이 꺾여서 흙바닥에 주저앉았다. 집은 엉망이 되어 반쯤 무너져 있었다.

"냥냥, 검댕아!"

소리쳐 불렀지만 그들은 나오지 않았다.

"이봐, 꼬맹이. 이제 온 거야?"

반쯤 떨어져 나간 문을 열고 낯익은 얼굴이 나왔다. 흑두꺼비 파 중에서 제일 어린 막내놈이었다. 탄은 주먹을 움켜쥔 채 자리에서 일어났다.

"이런 구질구질한 집에서 밤새 기다리느라 얼마나 괴로웠는지 알아?"

"어디 있어!"

“그 장님 노파랑 애새끼 말이야? 지금 우리 두목님이 데리고 있지. 두목님이 엊그제 네가 날로 먹은 돈 가지고 와서 찾아가라고 하셨어.”

탄은 입술을 피가 나도록 깨물었다. 그 못된 장물아비가 얘기를 흘린 게 분명했다.

“그건 내 돈이야!”

“그게 어떻게 네 돈이야? 이 구역은 우리 두목님 거란 걸 몰라? 네가 여기서 사는 한 버는 돈에 일부는 두목님께 바쳐야지.”

“네놈들이 해준 게 뭐가 있는데!”

“아니꼬우면 짐 싸서 이 도시를 떠나. 얼마 가지도 못하고 죽을걸. 굶어 뒈지던, 목 말라 뒈지던, 아니면 산적한테 붙잡혀서 잡아먹히던.”

사내는 단검을 가지고 빙빙 돌리며 이기죽거렸다.

“좋은 말로 할 때 얼른 돈 가져와. 그리고 각오 단단히 하고 와야 할 거야.”

그는 바닥에 침을 퉤 뱉고 어슬렁거리며 언덕을 내려갔다. 탄은 분하고 냥냥과 검댕이가 걱정되어 눈물이 났다. 좀처럼 운 적이 없는 탄이었다.

“괜찮아?”

무가 다가와서 어깨에 손을 얹었다. 탄은 그 손을 탁 쳐내며 소리쳤다.

"너 때문이야. 너 때문에 이 지경이 된 거라고. 너만 아니었으면, 너만 아니었으면…… 지켜줬을 텐데."

탄은 무에게 아무런 잘못이 없단 걸 알면서도 화를 냈다. 이대로 돈을 가져다주면 냥냥과 검댕이를 풀어주긴 하겠지만 자신은 어찌 될지 모른다. 아마도 손 하나는 잘릴지도 모르겠다. 그러면 또 어떻게 먹고살아야 할지 앞이 막막했다. 고개를 푹 숙인 채 우는 탄에게 다가선 무가 뒤에서 꼭 안아주었다. 탄은 놀라서 움찔하면서도 밀쳐 내지 못하고 소리 죽여 울었다.

"괜찮아. 내가 지켜줄게."

"바보. 제 한 몸도 못 지키면서."

탄은 작게 흐느끼며 중얼거렸다. 그는 절대 지켜주지 못한다. 탄은 세상 누구도 자신을 지켜줄 수 없음을 오래전부터 알고 있었다. 다만 자신은 누군가를 지켜줄 수 있었다. 탄은 그 이유 때문에 지금껏 냥냥과 검댕이와 함께 살아왔다. 그들을 지키는 것은 살아가는 힘이었고, 살아야 할 이유였다.

"난 패거리들이 있는 곳으로 가야 해. 위험한 곳이야. 넌 여기 있어."

"따라갈 거야."

"위험하다고 했잖아."

"네가 가는 곳이 어디든 같이 갈 거야."

무의 말이 이상하게도 안심이 되어서 탄은 자신도 모르게 한숨을 내쉬었다. 이상한 사람. 바보 같은 사람. 그와 함께 있으면 자꾸만 웃게 된다. 그와 있으면 이유없이 가슴이 뛴다. 그리고 세상이 자신의 생각만큼 더럽고 추하지만은 않은 곳이라 믿게 된다. 메말라 버렸다고 생각한 황무지 같은 마음에 연둣빛 싹이 돋아나고 말라 죽어버렸다고 생각한 희망이 고개를 든다.

'그래 어떻게든 살아가겠지. 지금까지도 잘 버텨왔잖아.'

탄은 묘지 근처에 묻어놓은 돈을 가지고 녀석들의 본거지로 향했다. 그들은 빈민굴에서 그나마 가장 넓고 번듯한 집에서 살고 있었다. 들어가는 입구부터 험상궂은 사내들이 눈을 희번덕거리며 지키고 있었다. 탄은 내색하지 않으려 노력했지만 두 다리가 풀리고 손이 덜덜 떨렸다. 그녀의 두려움을 느꼈는지 무가 가까이에 붙어서 걸었다.

"여어, 이게 누군가. 꼬맹이 아니야."

흑두꺼비는 제법 근사한 의자에 앉아서 탄을 맞이했다. 자신이 마치 황제라도 되는 양 으스대는 것을 보니 탄은 속이 뒤틀렸다.

"지난번 보았을 때보다는 조금 큰 거 같구나."

흑두꺼비가 손짓을 하자 탄은 가만히 다가갔다. 흑두끼비는 탄을 아래위로 훑어보며 씩 웃었다.

"넌 어째 자랄수록 계집애처럼 보이는구나. 그래도 눈빛은 여전하군. 내가 그 눈동자 때문에 넌 기어하지 꼭 짐승과 흘레헤서 낳은 인간 새끼처럼 보인다 말이야 그 짝짝이 눈."

그는 두꺼비 등짝처럼 울퉁불퉁하고 두툼한 손으로 탄의 뺨을 쓰윽 훑었다. 그 바람에 탄은 진저리를 치며 뒤로 물러섰다. 그는 그 모양을 보며 껄껄껄 웃었다.

"보면 볼수록 귀여운 놈이란 말이야. 근데 뒤에 서 있는 저 자식은 누구지?"

흑두꺼비가 무를 가리키며 물었다.

"아는 사람인데 정신이 온전하지 못하니 신경 쓰지 마십시오."

탄의 말에 그가 무를 흥미롭게 관찰하며 물었다.

"흠, 그래 돈은 가져왔나?"

탄은 주머니에서 돈을 꺼내 그 앞에 내밀었다. 두꺼비가 눈짓을 하자 옆에 있던 사내가 돈을 받아 챙겼다.

"냥냥과 검댕이는요?"

"쓸모없는 노파와 애새끼는 왜 그리 끔찍하게 싸고도는 거지? 너 혼자 몸이면 그나마 수월하게 살아갈 텐데 말이야."

"내 가족이니까요."

"흠, 가족이라. 나도 그런 게 있긴 했었지. 근데 우리처럼 가난한 놈들에게 가족은 꿈도 꾸지 말아야 할 사치야. 주제에 안 맞게 사치를 부리면 꼭 뒤탈이 생기는 법이지. 가서 데려와."

흑두꺼비의 명령이 떨어지자 한 사내가 나가더니 냥냥과 검댕이를 데려왔다.

"탄아!"

"형!"

얼마나 맞았는지 얼굴이 잔뜩 부은 냥냥과 검댕이를 보고 탄이 어금니를 질끈 깨물었다.

"이놈이 돈을 가져왔으니 너희들은 가도 좋다."

"두목님, 우리 탄이를 용서해 주십시오. 다시는 이런 일이 안 생기도록 하겠습니다."

"시끄러! 저것들을 당장 끌어내."

두목의 말에 사내들이 냥냥과 검댕이를 문밖으로 끌고 갔다.

"날 속이면 무슨 벌을 받아야 하는지 알고 있겠지?"

"네."

"아직 철이 없어서 그런 거라 생각하고 한쪽 손목만 자르겠다. 다리가 잘려 나가지 않은 것만도 다행이라 생각해."

두목이 손짓하자 한 사내가 나무 도마와 큼직한 손도끼를 가져왔다. 탄은 그것을 보고 두 눈을 질끈 감았다.

"탄, 이들이 널 해치려 하는 거지?"

뒤에서 무가 물었다.

"가만히 있어. 금방 끝날 거야."

탄은 그가 다칠까 봐 가만히 타일렀다. 하지만 무는 말을 듣지 않고 탄의 어깨를 흔들었다.

"지금 널 해치려고 하는 거잖아. 맞지?"

"조용히 하라니까!"

"거 참, 시끄럽군. 어서 끝내고 눈앞에서 치워 버려."

흑두꺼비가 미간을 찌푸리며 말했다. 두목 옆에 서 있던 사내

둘이 다가와 탄을 붙들고 무릎을 꿇렸다.

"탄! 탄!"

무가 탄을 붙들고 있는 사내를 밀치자 방 안에 있던 사내들이 우르르 달려와 무를 걷어찼다.

"무, 가만히 있으라고 했잖아. 이 사람이 정신이 나가서 이래요. 그러니까 때리지 마세요."

탄의 말에도 사내들은 무를 때리고 짓밟았다. 그사이 탄의 손목이 억지로 도마 위에 올려졌다. 그녀는 부들부들 떨며 두 눈을 질끈 감았다. 사내가 손도끼를 높이 쳐들었다.

"안 돼!"

무의 외침과 동시에 무시무시한 울부짖음이 집을 뒤흔들었다. 사내들이 소리가 들린 곳으로 일제히 고개를 돌렸을 때 그곳에는 엄청나게 큰 백호가 버티고 서 있었다. 그들이 망연해 있는 사이 백호는 도끼를 든 사내에게 달려들어 손목을 물어뜯었다. 사방에 피가 뿌려지고 손목이 뜯겨 나간 사내가 비명을 지르며 뒤로 나가떨어졌다.

이후 방 안은 처절한 비명과 고함으로 아수라장이 되었다. 백호가 닥치는 대로 물어뜯고 날카로운 발톱으로 후려치자 찢긴 사지가 사방으로 흩어지고 간신히 살아남은 일부는 문밖으로 달아났다. 무기를 들고 뛰어들어 오던 부하들은 두목의 목을 물어뜯는 백호를 보고 기겁하며 도망쳤다.

그사이 무는 혼이 나가 주저앉은 탄을 들쳐 업고 밖으로 빠져

나왔다. 막 대문을 지나는데 기다리고 있던 냥냥과 검댕이가 걱정스러운 얼굴로 뛰어왔다.

"탄아, 괜찮니?"

"형은 괜찮아요?"

"괜찮을 거야."

무는 애써 담담하게 말했지만 공포와 절망에 질린 그녀의 눈빛이 떠올라 자꾸만 불안했다. 걸음을 내디딜 때마다 마음이 너무나도 아팠다. 인간으로 살아가는 것은 이렇게 고되고 괴로운 것일까. 그래서 그토록 슬프고 외로운 눈빛이었을까. 그녀가 어떻게 살아왔는지 이제야 실감이 난다. 어제만 해도 구름처럼 가벼웠던 그녀가 산을 짊어진 것처럼 무거웠다. 집에 도착해서 자리에 누였을 때까지 그녀는 초점 없는 눈으로 허공을 바라보고 있었다. 마치 정신이 나간 사람 같았다.

"형, 왜 그래?"

검댕이가 걱정스럽게 물었지만 그녀는 아무런 말도 하지 않았다.

"검댕아, 우리 잠깐만 나가 있자."

냥냥이 검댕이를 데리고 밖으로 나가자 옆에 앉아 있던 무가 물었다.

"탄, 괜찮아?"

"그 백호……."

한참 만에야 탄이 힘겹게 입술을 열었다.

"네가 부른 거지?"

무는 대답 대신 고개를 끄덕였다. 탄의 얼굴에 깊은 체념이 스쳤다.

"정말…… 신이었던 거야? 신이 있긴 했어?"

그녀의 얼굴에 스치는 표정이 너무 절망스러워서 무는 마음 아팠다. 그가 손을 잡으려 하자 탄은 그 손을 차갑게 밀어냈다.

"난…… 신이 우릴 버렸다고 생각했어. 신이 있었다면 이런 끔찍한 고통 속에 내버려 두지 않을 거라 생각했어. 내가, 우리 가 어떻게 살아왔는지 알아? 얼마나 끔찍한 지옥 속을 뒹굴며 살아왔는지 알아? 어릴 때부터 하루도 빠짐없이 빌었어. 오늘은 무엇이든 먹을 수 있게 해주세요. 오늘은 맞지 않게 해주세요. 오늘은 도둑질하지 않게 해주세요. 무슨 일이든 열심히 할 테니 내 힘으로 살게 해주세요. 그렇게 애원했어도 신은 아무것도 해 주지 않았어. 신이 정말로 있었다면 내가 아니라 세상을 조금이 라도 살기 좋게 해줬어야 했어! 네가 진짜 망할 신이었다면 우 릴 버리지 않았어야 했어!"

마치 모든 책임이 무에게 있는 것처럼 탄은 그동안의 울분과 아픔을 한꺼번에 쏟아냈다. 창백하게 질린 무는 아무 말도 할 수 없었다. 그녀의 고통이 모두 자신의 탓인 것 같아 괴로웠다.

"차라리 영원히 모르게 하지 그랬어. 신 따위 없다고 믿게 하 지 왜 나타났어! 왜 내 앞에 나타나 괴롭히는 거야! 벌레같이 사 는 인간을 구경하고 싶었던 거야? 실컷 보니 이제 속이 후련해?

그냥 죽은 듯이 엎드려 살게 두지 왜 나타나서 희망을 줘! 왜 살고 싶어지게 해! 왜 웃게 해!"

탄은 자신의 머리카락을 쥐어뜯으며 몸을 동그랗게 말았다. 작은 공격에 몸을 동그랗게 말고 자신을 방어하는 벌레처럼 안쓰럽고 슬프다. 무는 탄의 작은 몸을 안고 싶었지만 차마 그럴 수가 없었다. 자신이 그럴수록 그녀가 아파한다는 것을 본능적으로 느꼈다. 무는 이럴 땐 어떻게 해야 그녀의 고통을 덜어줄지 알고 싶었다. 그가 괴로운 눈빛으로 탄을 보고 있을 때였다.

"희망이라는 것이 얼마나 잔인한 건지 가르쳐 줘서 고마워. 이젠 더 갖고 싶기 전에 꿈에서 깨야 한 거 같아. 이제 돌아가. 네가 왔던 곳으로."

탄이 냉정하게 말했다. 무의 가슴이 돌연 쿵 하고 내려앉았다.

"탄."

"비참한 모습 실컷 봤으면 됐잖아! 그만 돌아가. 지금까지 그랬던 것처럼 모두를 고통 속에 밀어 넣고 실컷 즐기며 살아가라고!"

순간 탄이 고개를 들고 무를 노려보았다. 예쁘고 또렷하게 반짝이던 눈동자가 어둡고 깊은 슬픔에 싸여 그를 밀어내고 있었다.

'난 네게 고통을 주고 싶지 않아. 너와 같이 있으면 기쁘고 즐겁고 너도 마찬가지잖아. 밀어내지 마. 내게 화내지 마.'

무는 그녀에게 말하고 싶었지만 슬픈 눈빛을 보자 차마 입이 떨어지지 않았다. 그녀는 너무나도 고통스러워하고 있었다. 무가 자신의 삶에서 사라져 주기를 진심으로 바라고 있었다. 그런 그녀에게 네가 좋으니 옆에 있고 싶다고 말할 수 없었다. 무까지 거들어주지 않아도 탄은 충분히 힘겨워 보였다.

"돌아가라고 했잖아. 너 따윈 다시는 보고 싶지 않아!"

탄이 무에게 소리쳤다. 무는 그녀에게 해줄 말이 없었다. 그는 탄을 슬픈 눈으로 바라보다가 집을 나왔다. 그가 밖에 나오자 냥냥과 검댕이가 어두운 표정으로 서 있었다. 무는 그들을 지나쳐 언덕 아래로 내려갔다. 그의 뒷모습이 무척이나 쓸쓸했다.

"탄아, 넌 저분을 좋아하지 않니?"

탄 옆에 앉아 머리를 쓰다듬어 주던 냥냥이 물었다. 탄은 아무 말도 하지 않았다.

"눈이 먼 나도 마음이 보이는데 너는 왜 모른 척하는 게냐."

냥냥의 품속으로 파고든 탄은 힘없이 고개를 숙였다. 눈이 보이지 않아도 탄이 얼마나 큰 상처를 받았는지 그녀는 느낄 수 있었다.

"그를 원망해선 안 된다. 신이 세상을 이리 만든 게 아니야. 모두 인간의 욕심이 만든 거란다. 난 눈과 몸이 망가졌어도 신을 원망해 본 적은 없었어. 늘 믿고 있었다. 우리가 망쳐 놓은 이 세상을 신이 구원해 줄 거라고 말이야."

"신은 아무것도 하지 않았어. 우리를 버렸다고."

탄이 무겁게 가라앉은 목소리로 중얼거렸다. 냥냥은 그녀의 머리를 가만히 쓰다듬으며 말했다.

"신에게 쉽게 무언가를 바라거나 원망하지 마라. 신은 하늘과 바람, 물과 흙 같은 거야. 우리는 신 안에서 살아가는 거지. 그것만으로도 얼마나 고마운 일이냐. 신에게 빌지 말고 희망에게 빌어보렴. 희망은 분명히 더 나은 삶을 줄 거야."

차츰 탄의 어깨가 떨리더니 흐느낌이 새어나왔다.

"있잖아, 냥냥. 처음 그와 손을 잡았을 때 마음이 들뜨고 신났어. 함께 달리고 웃는 것이 무척이나 즐거웠어. 그리고 그가 아아주었을 땐 심장이 떨려서 죽을 것만 같았어. 그러다 문득 겁이 나는 거야. 이게 꿈이면 어쩌지, 진짜 꿈이라면 깨지 말아야지. 무슨 일이 있어도 깨지 말아야지 하고…… 생각했어."

"이런이런."

냥냥이 긴 한숨을 내쉬었다. 탄의 머리를 쓰다듬는 그녀의 눈가에 눈물이 맺혔다.

"바보라도 괜찮아. 누가 버렸다고 해도 괜찮아. 냥냥과 검댕이와 만났던 것처럼 그를 만난 거야. 우린 이제 가족이 되는 거야. 착한 사람이니까 내가 지켜주어야지. 나를 웃게 해줬으니까 오랫동안 지켜줘야지 하고 마음으로 몇 번이나 되뇌었어. 그런데 정말로 망할 신이라니. 한 번도 신이 있다고 믿어본 적 없었어. 신이 있다면 세상이 이 지경이 될 리 없다고 생각했어. 태어났다는 이유만으로 죄 없는 사람들이 고통받으며 죽어가고 있어. 어떻게든 살려고 발버둥치며 힘겹게 살아가고 있다고. 그런데 신은 아무것도 하지 않았어.”

“탄아.”

“그가 미워. 견딜 수 없이 미워. 순진한 눈으로 세상을 보며 마냥 신기했겠지? 내 고통을 보며 비웃었겠지? 나는 그저 흥밋거리였을 거야.”

냥냥은 깊은 상처를 받은 탄의 모습이 안타까웠다.

“네가 그를 많이 좋아하나 보구나. 그래서 이렇게 아픈 게야.”

“……”

“지금 한 말을 그에게 전해보지 그러니. 그는 모두 들어줄 거야. 얼굴을 보진 못했지만 마음으로 느낄 수 있단다. 그는 진심으로 널 걱정하고 있었어.”

“……”

“탄아, 넌 지금 겁이 나는 거야. 그가 가버릴까 봐 슬프고 괴로운 거야. 그도 너와 같은 마음이라면 지금쯤 얼마나 괴롭겠니. 가서 말하렴. 좋아한다고 말해. 지금 이대로 헤어지면 두고두고 후회할 거다.”

“하지만…… 그는 신인걸.”

“신과 인간의 차이보다 마음과 마음의 거리가 훨씬 가까운 법이야. 가서 네 진심을 말해.”

탄은 가만히 몸을 일으켰다. 냥냥은 탄의 등을 토닥이며 미소를 지었다.

'들어줄까. 무가 내 마음을 이해해 줄까?'

닫아버린 마음을 간신히 열자 그를 향한 자신의 마음이 고스란히 느껴졌다. 그와 함께 있으면서 느꼈던 즐거움과 행복, 설렘과 갈망이 새록새록 떠올라 전신을 감쌌다. 따뜻하다. 포근하다. 그를 향한 마음으로 온몸의 피가 끓는다. 탄은 세상 무엇보다 그를 원하는 자신을 느끼며 심장이 뛰었다.

"냥냥, 무에게 갈 테야. 가서 내 마음을 말해줄 거야."

"그래, 어서 가보렴."

탄은 그 어느 때보다도 눈을 빛내며 자리에서 일어났다. 밖에 나오자 무의 모습이 보이지 않았다. 어디에 있는 걸까. 설마 화가 나서 가버린 건 아니겠지? 탄은 마음을 졸이며 언덕 아래로 뛰어갔다.

"왜 내 앞에 나타나 괴롭히는 거야! 벌레같이 사는 인간을 구경하고 싶었던 기야? 그냥 죽은 듯이 엎드려 살게 두지 왜 나타나서 희망을 줘!"

무는 내가 그런 게 아니라고, 나는 긴 잠에서 이제 깨어났을 뿐이라고 말하고 싶었다. 하지만 끝내 아무 말도 못하고 돌아나오고야 말았다. 모두 구차한 변명이고 비열한 핑계일 뿐이다. 그녀와 세상이 고통받는 동안 무는 긴 잠을 자고 있었다. 그리고 잠에서 깨었을 때 세상이 어찌 돌아가든 관심 두지 않았다. 세상이 고통에 신음하는 것을 보면서, 많은 이들이 죽어가는 것을 두 눈으로 보면서 외면했다. 그와는 상관없는 일. 무의 텅 빈 머릿속은 깊은 외로움으로 가득 차 있었다. 딱히 이유를 알 수 없는 마음의 허기가 져서 낯선 곳을 헤매 다녔다. 그러다 몸집이 작은 인간을 만났다. 사람들이 탄이라 부르는, 상처받고 외로운 눈빛을 가진 그녀.

그녀가 다가와 말을 걸어주었을 때 무는 비로소 햇빛 아래에 서 있는 것을 느끼며 따스함을 느꼈다. 그녀를 바라볼수록 해를 꿀꺽 삼킨 것처럼 가슴 언저리가 차츰 뜨거워지기 시작했다. 무는 그녀에게서 시선을 거둘 수 없었다. 작고 여린 그녀는 믿을 수 없을 만큼 강한 힘으로 그를 끌어당겼다. 무엇보다 무를 사로잡은 것은 그녀의 눈동자였다. 햇빛이 비칠 때마다, 웃고 얼굴을 찡그릴 때마다 변하는 눈동자 빛깔을 보며 가슴이 점점 채워지는 걸 느꼈다. 깨어나자마자 낯선 곳을 헤맨 것이 탄을 찾기 위해서인 듯했다. 나를 중심으로 돌아가던 세상이 이제 탄을 중심으로 돌고 있었다.

탄과 함께 웃고 뛰자니 세상이 가까이 다가와 생기있게 움직이기 시작했다. 그녀를 마음 깊이 받아들이자 그녀가 느끼는 고통이 느껴졌다. 그 고통이 탄의 미소를 앗아가는 것이 싫었지만 자신이 어찌해야 할지 알 수가 없었다. 그녀의 가슴에 슬픔과 분노가 쌓일수록 무는 괴로웠다. 자신이 아무것도 아닌 것 같아

무기력했다. 신인데도 한 사람을 기쁘게 해줄 수 없다는 사실이 괴로웠다. 그녀가 두려움이 극에 달했을 때 무의 고통도 극에 달했다. 몽우가 아니었더라면 그가 그들의 몸을 찢어놓았을 것이다.

'넌 이렇게 살아왔구나. 이런 아픔 속에서 홀로 버티며 살아왔구나.'

그 순간 느낀 것은 안쓰러운 마음과 깊은 죄책감이었다. 마치 그동안 그녀를 버려둔 것 같아 마음이 아팠다. 상처받은 마음을 가슴에 안아 보듬어주고 싶은데 그녀는 화를 내며 밀어냈다. 탄은 신을 증오하고 있었다.

'탄과 세상이 고통에 신음하고 있을 때 아무것도 하지 않은 내 잘못이야.'

확실히 세상은 무언가가 어긋나고 일그러져 있었다. 누군가가 일부러 그리한 것처럼 자연의 흐름이 막혀 균형이 깨져 있었다. 신의 손길은 어디에서고 느낄 수 없었다. 마치 인간계는 버려진 듯했다.

'탄, 널 고통에서 구해주고 싶어. 아프게 하고 싶지 않아.'

무는 탄을 두고 조용한 무산으로 돌아가고 싶지 않았다. 그녀와 함께 세상 속에서 살고 싶었다.

'떠나고 싶지 않아. 네 곁에 있고 싶어.'

무의 가슴이 탄이 가까이 있는 것처럼 가슴이 빠르게 뛰기 시작했다. 탄을 느끼고 원할수록 가슴이 빈틈없이 채워졌다.

"어떻게 하면 탄이 날 믿어줄까. 어떻게 하면 탄이 날 곁에 둘까."

무는 문득 그녀가 한 말이 떠올라 발밑을 내려다보았다. 메말라 갈라진 땅, 채 자라지 못하고 누렇게 말라비틀어진 풀. 세상은 물기 없이 바짝 메말라 있었다.

"네가 정말 신이라면 비라도 좀 오게 해봐. 몇 년만 더 지나면 나처럼 아무것도 없는 인간은 이곳에서마저 못 살고 떠돌다 죽게 될 거야."

무는 하늘을 보며 비로소 자신이 해야 할 일이 생각났다.

탄은 무작정 거리를 헤매며 무를 찾았다. 혹시 이대로 가버렸으면 어쩌나, 영영 볼 수 없으면 어쩌나 걱정이 되어 자꾸만 눈물이 났다.

'웃게 해줘서 고맙다고 얘기 못했는데. 좋아한다고 고백하지 못했는데. 이대로 가버린 건 아니겠지? 내 얘기도 듣지 않고 영영 가버린 건 아니겠지?'

무를 처음 만난 곳으로 뛰어갔지만 그는 보이지 않았다. 그를 속여 세워놓은 골목길에도, 같이 만두를 먹었던 상점 앞에도, 같이 헤매 다녔던 객점 거리에도 무는 없었다.

"가버렸나 봐. 정말 가버렸나 봐."

탄은 아이처럼 눈물을 뚝뚝 흘리며 흐느꼈다. 왜 그리 차갑게 말했는지 후회가 됐다. 그에게 보냈던 싸늘한 눈빛과 표정이 마음에 걸려 견딜 수 없이 아팠다.

"그렇게 차갑게 말하지 말 걸. 마음 아팠을 텐데. 괴로웠을 텐데."

지난밤 자신을 감쌌던 그의 따뜻한 체온과 부드러운 입맞춤이 떠올랐다. 그때 느낀 전율이 목덜미와 등줄기를 타고 흘러내렸다. 그의 향기와 온기가 아직도 몸에 남아 있는 듯했다. 두렵고 행복한 떨림이 탄의 세계를 뒤흔들었다.

"어떻게 해. 내 생각만 하고 싸늘하게 밀쳐 내고 말았어. 바보같이 상처 주고 말았어."

돌아 나가던 그의 쓸쓸한 뒷모습이 아른거렸다. 목이 메고 가슴 한복판이 뻥 뚫린 것처럼 시리고 아프다. 탄은 흐르는 눈물을 손등으로 훔치며 울음을 터뜨렸다. 아이 때도 이렇게 엉엉 울어본 적이 없는 탄인데 너무나도 가슴이 아파 울음이 터져 나왔다. 그때 먼 하늘에서 우르릉 소리가 났다. 얼결에 위를 올려다본 탄은 잿빛 구름이 무겁게 떠 있는 하늘을 보고 놀라 멈춰 섰다. 먹구름이 후드득후드득 굵은 빗방울을 뿌리기 시작했다.

"비나."

탄은 손을 내밀어 떨어지는 빗방울을 만져 보았다. 분명 비가 맞다. 탄의 얼굴에 슬픔이 가시고 놀라움이 번지기 시작했다.

"네가 정말 신이라면 비라도 곧 오게 해봐."

탄은 문득 자신이 한 말을 떠올렸다. 그녀의 얼굴에 가득한 놀라움은 곧 빛으로 바뀌었다.

“무가 내 소원을 들어주었어. 그는 떠나지 않았어. 아직 여기에 있어!”

비에서 무의 마음이 느껴졌다. 함께 나눈 기쁨과 설렘이 온몸을 촉촉하게 적시고 가슴에 스며들었다.

‘떠나지 않을게. 네 곁에서 늘 지켜줄게.’

하늘에서 그의 목소리가 내린다. 가슴에 그의 목소리가 퍼진다. 심장이 터질 듯 뛰고 기쁜 울음이 흘러나온다. 탄은 그 또한 자신과 같은 마음이라는 것이 가슴이 벅차 눈물이 났다.

“비야. 비가 오고 있어.”

탄은 두 팔을 벌리고 하늘을 우러러보았다. 얼굴을 적시는 비가 무척이나 시원했다. 태어나 처음 만나는 비. 지난 아픔과 고난을 어루만지는 비였다. 사막처럼 메말랐던 마음을 적시고 기적 같은 사랑을 품고 키우는 비였다. 탄은 온 마음으로 비를 받아들였다. 또한 신이 아닌 무를 가슴 깊이 받아들였다. 더는 괴롭고 두렵지 않았다. 탄은 무를 간절히 원하고 있었다. 그녀는 비에 젖기 시작한 땅을 힘껏 밟으며 무를 향해 달렸다.

“비다! 애들아 비가 오고 있어!”

숯 터에서 나무를 나르던 아이들은 일제히 하늘을 올려다보았다. 어두운 하늘에서 굵은 빗방울이 성기게 떨어지고 있었다. 아이들은 일손을 놓고 기쁨에 겨운 함성을 질렀다. 빗방울은 점점 더 굵어져 죽어가는 땅과 나무를 적시기 시작했다.

"세상에, 비잖아!"

"뭐어? 비?"

"이제 지긋지긋한 가뭄은 끝났어! 비가 온다고."

버려진 도시에 사람들이 일제히 거리로 쏟아져 나와 하늘을 우러러보았다. 이십 년 만에 내리는 비. 그동안 저 비를 얼마나 기다려 왔던가. 사람들의 얼굴에선 기쁨과 감격이 교차하기 시작했다. 악한 사람 선한 사람 가릴 것 없이, 부유한 자 가난한 자 가릴 것 없이, 모두가 내리는 비를 보며 내일을 향한 희망을 느꼈다.

빗속을 달리던 탄은 멀리 서 있는 무를 발견하고 멈춰 섰다. 빗속에서 그가 웃고 있었다. 무척이나 행복해 보이는 미소였다. 탄은 그를 보며 눈물을 쏟았다. 미안해서, 고마워서, 못 견디게 좋아서 눈물이 났다. 무가 어서 오라는 듯 두 팔을 벌리자 탄은 그의 넓은 품으로 힘껏 뛰어들었다.

"미안해."

탄은 눈물을 글썽거리며 촉촉하게 젖은 그의 눈을 보았다.

"좋아해. 널 좋아해."

탄이 울먹이며 말했다. 진심을 밖으로 꺼내고 나니 몸 일부가 우르르 무너지는 듯하고 목이 메었다.

'당신이 좋아. 정신을 잃은 만큼, 내가 누군지 잊을 만큼 좋아.'

탄은 그의 품에 고개를 묻고 꼭 끌어안았다. 무척이나 기쁜데도 자꾸만 울음이 흘러나와 있는 힘껏 입술을 깨물어야 했다. 그때 그의 부드럽고 따뜻한 음성이 귓가를 간질였다.

"아프고 슬플 때 옆에 있어주지 못해서 미안해. 이제 와서 미안해."

탄은 그의 말에 뜨거운 눈물을 쏟았다. 무어라 말하고 싶은데 입을 열면 엉엉 울어버릴 것만 같아 열심히 고개만 끄덕였다.

"널 지켜줄게. 네가 날 지켜줘."

그가 고개를 들게 하자 두 눈이 마주쳤다. 탄은 아름다운 눈동자를 바라보며 문득 이 모습이 친숙하게 느꼈다. 심연 깊숙이 잠자고 있던 기억이 천천히 고개를 드는 듯했다. 그도 탄과 같이 느끼고 있었다. 그의 눈빛은 엷은 혼란과 기쁨에 감싸여 있었다. 그의 얼굴이 다가오고 입술과 입술이 겹치자 탄은 그만 눈을 감아버렸다. 따뜻하고 부드러운 그의 입술에, 비의 촉촉함에 몸과 마음이 젖는다. 폐허처럼 메마르고 상처뿐인 가슴에 새 싹이 돋아나 나무처럼 뻗어나가 그대로 숲이 되고 산이 되었다. 탄은 그를 영원히 놓지 않을 것처럼 힘껏 끌어안았다.

3. 언제나 네 곁에

무와 탄, 냥냥과 검댕이가 새로운 고장에 정착한 지 이 년
이 흘렀다. 오랜 가뭄으로 사람들에게 버려져 폐허가 된 곳에서
그들은 처음부터 다시 시작했다. 집을 짓고, 땅을 일구고, 씨앗
을 뿌렸다. 비가 충분히 내리자 누런 흙먼지만 가득하던 들판엔
새싹이 올라오고 마른 강바다엔 다시 물이 흐르기 시작했다. 떠
난 마을 사람들이 돌아오고 정처없이 유랑하던 이들이 소문을
듣고 찾아왔다. 시작은 그리 풍족하진 않았지만 모두가 땅을 아
끼고 서로 위하며 살게 되었다. 그리하여 도둑질 피원 하지 않
아도 배불리 먹고 따뜻한 곳에서 잠을 자며 내일을 기다리며 살
수 있게 되었다. 그들 속에서 무는 신이 아닌 인간으로 살았다.

함께 웃고 떠들고 땀 흘려 일하고 나쁜 일이 생기면 다같이 모여 걱정했다. 무에게 탄을 사랑하며 사는 것은, 인간과 함께 어울리며 사는 것은 늘 새롭고 놀라운 것의 연속이었다.

하늘이 환한 가운데 비가 내리고 있었다. 햇살과 함께 가는 빗방울이 곱게 빻은 가루가 날리듯 지상 위로 흩어졌다. 초록 풀잎 위에 이슬처럼 맺혔다가 아래로 굴러 떨어진 빗방울은 금세 흙속에 스며들었다. 달콤한 비에 나무와 풀잎이 일제히 일어나며 생생한 기운을 뿜어냈다. 뜻밖에 찾아온 여우비는 지친 여름을 달래주려고 하늘이 보낸 선물 같았다.

탄(炭)은 여우비를 맞으며 신나게 달렸다. 젖은 땅을 힘차게 밟고 공이 튀어오르듯 솟아올라 쓰러진 고목을 단숨에 뛰어넘었다. 제법 자란 검은 머리칼이 어깨를 경쾌하게 스치며 찰랑거렸다. 여전히 날랜 노루처럼 뜀박질을 하는 탄. 과거엔 영락없이 사내아이로 보였던 탄이지만 이젠 누가 보아도 한눈에 여인임을 알만큼 변했다. 까무잡잡한 살결엔 반질반질한 윤기가 감돌고 깡말랐던 몸엔 적당히 살이 올라 젖가슴이 소복하게 부풀었다. 그녀는 과거의 탄이 아니었다. 거칠고 그늘진 표정은 간데없고 환하고 부드러운 미소가 얼굴에 가득했다.

신나게 숲을 가로지르던 탄은 잠시 걸음을 멈추고 뒤를 돌아보았다. 뒤에 무가 따라오고 있었다.

무(霧). 파멸과 욕망의 신. 하지만 이젠 탄의 연인, 탄의 모든 것.

탄이 날랜 들짐승에서 여인이 되었다면 무는 들과 산을 닮아가고 있었다. 너무나도 아름다워 먼 세계에서 온 이처럼 보였던 무. 그런 그가 빛과 바람, 물과 흙이 만들어놓은 자연처럼 친근하고 생생하게 변했다. 그는 호기심 가득한 눈으로 세상을 보고 가녀리고 약한 것을 불쌍히 여기고, 아름다운 것에 감탄하는 눈을 가지게 되었다. 소년처럼 순진무구하던 모습에서 차츰 믿음직한 사내의 모습을 갖춰가며 몸과 마음이 강해진 것을 느낄 수 있었다. 마을에 정착하던 날 무가 말했다.

"탄, 난 네게 더 나은 세상을 안겨줄 거야. 신이 아니라 널 사랑하는 이로 행복하게 해줄 거야."

탄은 그의 말이 너무 기쁜 나머지 눈물이 났다. 그가 보여준 세상은 늘 반짝거리고 따스했다. 신이 아니어도 할 수 있는 사소한 일들마저도 더없이 소중하고 행복했다. 까마득히 멀리 있을 거라 여겼던 행복이, 절대로 자신의 것이 아니라 생각했던 행복이 늘 주변에 머물렀다. 사랑하는 이와 함께 있기에 가능한 기적. 탄은 그가 안겨준 새로운 세상에서 마음껏 웃고 달렸다. 탄은 자신에게 다가오는 무를 보며 미소를 지었다. 그런 그녀를 보고 무가 외쳤다.

"벌써 지친 거야? 그럼 이번 내기에선 내가 이기는 거다."

무가 쏜살같이 곁을 지나쳐 앞으로 달려가며 말했다. 탄은 그의 뒷모습을 보며 천진하게 웃었다.

"지치긴. 쉽게 이기면 재미없으니까 잠시 쉰 것뿐이야."

탄은 다시 힘껏 달렸다. 둘은 쓰러진 고목과 제멋대로 얽힌 덩굴을 지나 그 옛날 황비의 여름 별장이었던 궁터로 들어갔다. 다 허물어져 폐허가 된 궁궐은 무와 탄이 사랑을 나누기 위해 종종 찾아오는 곳이었다. 무의 손이 푸른 이끼가 낀 기둥에 아슬아슬하게 닿을 무렵 재빠르게 그를 앞지른 탄의 손이 먼저 닿았다.

"와아, 이겼다."

탄이 두 손을 번쩍 들고 개구리처럼 폴짝폴짝 뛰는 동안 무는 가쁜 숨을 고르며 불만스러운 표정을 지었다.

"아, 왜 이길 수가 없는 거지. 바람처럼 빨라서 따라잡을 수가 없잖아."

탄은 두 손을 허리에 얹고 흐뭇하게 웃었다.

"자, 내가 이겼으니 소원을 들어주는 거야."

"좋아. 무슨 소원인데?"

"내 이름을 지어줘."

"이름?"

"응. 탄은 어릴 때부터 숯 터에서 일하다가 누군가가 아무렇게나 지어준 이름이야. 그땐 모두가 그렇게 서로 이름을 지어서 불렀거든. 이름은 사랑하는 이에게 세상에 나온 걸 축하하며 지어주는 거잖아. 그러니 네가 지어줘."

"좋아. 내가 지어줄게. 네게 어울리는 이름이 뭘까."

무는 잔뜩 들뜬 채로 골몰한 표정을 지었다. 탄은 그의 숨소리를 들으며 조용히 기다렸다. 잡초가 제멋대로 우거졌지만 평화롭고 아름다운 후원을 지그시 바라보던 무가 한참 만에야 입을 열었다.

"로(露), 어때? 난 안개에서 왔으니 너는 이슬이 되는 거야."

로(露). 마음속으로 되뇌어보자 아득하고 푸른 기운이 폐에 감돌았다. 또한 몸 안에 물이 차 오르는 듯 차고 시리고 벅찼다. 오래전부터 내 것이었던 듯 가깝고 친근한 이름. 탄은 그가 지어준 이름이 무척이나 마음에 들었다.

"안개와 이슬 잘 어울리는 것 같아. 마음에 들어. 이제부터 내 이름은 로야."

"로."

무가 부르자 탄의 몸에 가벼운 전율이 흘렀다. 탄이라는 이름 대신 로라는 이름이 몸속 깊이 각인되는 듯했다.

"계속 불러줘. 내 몸 깊숙이 그 이름이 새겨지게."

탄, 아니, 이제는 로가 된 그녀가 속삭였다. 무는 로를 품에 안고 감은 눈과 뺨에 입을 맞추었다.

"로. 나의 로."

로는 눈물이 날 것 같았다. 이 세상에서 태어나 이토록 가슴 벅찬 사랑을 하고 또 받을 줄 몰랐다. 온통 추하고 악한 것들로 가득 찬 세상이라고 생각했다. 그 안에서 벌레처럼 뒹굴고 밟혀가며 죽지 못해 간신히 사는 인생이라고 생각했다. 허나, 무를 만나고 모든 것이 변했다. 사랑은 볼품없이 초라하고 삶을 가치 있고 소중한 것으로 만들어주었다. 바닥에 뒹굴던 돌멩이에서 그 무엇보다 아름답게 반짝이는 보석이 된 것 같았다.

"무, 내게 와주어서 정말 고마워. 나를 사랑해 주어서 고마워."

로는 깊고 그윽한 눈빛으로 그를 보았다. 무는 따뜻한 눈빛으로 로를 품에 안았다.

"이 세상에 태어나 줘서 고마워. 이렇게 내 곁에서 숨 쉬고 웃어주어서 고마워."

둘의 눈빛이 부드럽게 얽히면서 입술과 입술이 닿고 오가는 숨이 뜨거워졌다. 무는 탄을 가볍게 안아 들고 지붕이 반쯤 기운 궁 안으로 들어갔다. 벽은 다 허물어지고 지붕과 기둥만 남은 복도를 지나 작은 방에 들어섰을 때였다. 떨어져 나간 창 너머로 푸른 이끼가 낀 연못과 무리 지어 핀 들꽃이 보였다. 무는 햇살이 고여 있는 바닥에 로를 뉘였다. 젖은 나무 냄새, 흙 냄새, 풀 냄새가 진하게 났다. 가는 빗소리가 귀에 젖어들고, 서로의 체온이 마음에 스며들었다. 서로 만질 때마다 아늑하고 행복한 기분이 든다. 로는 무의 얼굴을 가만히 바라보다가 그의 뺨을 쓰다듬으며 속삭였다.

"무."

무는 로가 입은 옷을 한 겹씩 벗기고 햇살에 드러난 속살에 입을 맞추며 말했다.

"로. 내 영원한 사랑."

가슴을 울리는 그의 목소리. 로는 영원이라는 말에 한 점 의문도 품지 않았다. 비록 기억은 없지만 오랜 과거와 지금, 미래까지 그와 연결되어 있는 것을 느낀다. 인간의 몸과 시간은 이 사랑 앞엔 아무런 의미도 없었다. 지금 이 순간, 이 마음은 영원히 사라지지 않고 이어지는 영원불멸의 것이다.

'무, 내 사랑. 내 영원한 사랑. 우리 이대로 언제나 함께해.'

로는 자신을 둘러싼 마지막 한 꺼풀이 비로소 벗겨지며 새로 태어나는 듯했다. 그와 사랑을 나눌 때처럼 피가 뜨거워지고 심장이 뛰었다. 살아 있는 것이, 그와 함께 있는 것이 숨 막히도록 행복하다. 로는 무의 품에 안겨 기꺼이 이슬이 되었다. 그가 바람이라고 지어줬다면 바람이 되고 구름이라 하면 구름이 되었을 것이다. 그의 숨결과 체온, 눈빛과 사랑이 뼈와 살을 만들고 심장을 뛰게 하고 온몸에 피를 돌게 했다. 그를 만난 후에야 비로소 사람으로, 여자로 살게 되었다. 그리고 머지않아 한 아이의 엄마가 된다.

로는 눈을 감고 자신의 안에서 자라는 생명을 느꼈다. 작은 새싹은 품고 있는 느낌. 곧 이 새싹이 자라나 한 그루의 나무가 되고 숲이 되어 세상으로 뻗어나갈 것을 생각하면 눈시울이 뜨거워지고 목이 메었다.

'무, 내 안에서 우리의 아이가 자라고 있어. 너와 날 닮아 건강하고 예쁜 아가일 거야.'

아직 무에겐 얘기하지 않았다. 로는 세상에서 가장 기쁜 비밀을 하루만 더 품고 싶었다. 그가 이 일을 알면 어떤 표정을 지을까.

'분명 기뻐해 주겠지? 내가 그랬던 것처럼.'

로는 무의 입맞춤을 받으며 행복하게 미소 지었다.

내 이름은 로. 나는 신의 연인, 신의 아내.

나는 이슬, 바람, 구름, 햇빛.

그리고 한 아이의 엄마.

로는 자신에게 온 소중한 것들을 포근하게 감싸 안았다. 이젠 슬프고, 외롭고, 서럽지 않았다. 그는 언제까지나 함께 있겠다고 한 약속을 지켜줬다. 새로운 땅에서 사람들과 어울려 살면서 조금 더 나은 삶을 살기 위해 노력했다. 로는 소중한 삶을 헛되지 흘려보내지 않도록 온통 기쁨으로 채웠다. 무한한 시간을 가진 신과 유한한 시간을 가진 인간의 사랑. 로는 자신의 삶이 짧다고 생각하지 않았다. 로는 영원을 믿었다.

깨끗한 햇살이 눈부시게 반짝이던 아침, 모두가 기다려 온 아이가 태어났다.

"어머나, 예뻐라. 딸이에요, 딸."

여인네들의 안도와 감탄이 터져 나왔다. 로의 손을 꼭 잡고 그녀의 이마에 입을 맞추던 무는 이제 막 탯줄을 자르고 강보에 싸인 아이를 얼결에 받아 들었다. 그의 품에 안기자마자 울던 아이가 울음을 뚝 그쳤다. 옆에서 이를 들은 냥냥이 신기한 듯 중얼거렸다.

"아이가 아비를 알아보는 모양이구먼. 영특하기도 해라."

무는 아이의 예쁜 얼굴을 보며 잠시 할 말을 잃었다. 가슴이 벅차서 아무 말도 나오지 않았다. 그저 놀랍고 고마웠다. 세상에 이렇게 작고 놀라운 존재가 있을까. 아이는 세상의 모든 것을 조금씩 받고 태어난 것 같았다. 하늘과 땅, 바람과 구름, 안개, 이슬, 눈과 비. 모든 것을 이 작은 몸에 담고 있었다. 무는 아이의 얼굴을 조용히 바라보다가 세상 누구보다 아이를 보고 싶어한 로의 품에 안겨주었다. 오랜 진통 끝에 금방이리도 정신을 놓을 것처럼 지쳐 있던 로는 언제 그랬냐는 듯 눈을 반짝이며 아이를 안았다.

"무, 우리 아이 정말 예쁘다. 어쩜 이리 예쁠까."

로는 아이를 품에 안고 날 때부터 어미였던 것처럼 자연스럽게 젖을 물렸다. 아이는 엄마 젖을 물자마자 작은 입을 오물거리며 열심히 빨았다. 그 모습을 바라보는 무는 형언할 수 없는 감정에 목이 메있다. 로가 아기를 가졌다고 말해술 때도 지금과 같았다. 머릿속이 멍하고 가슴 밑바닥부터 뜨거운 것이 차 올라 입을 열수가 없었다.

우리 아이. 신과 인간 사이에 태어난 것 이이.

그녀에게 아이 이야기를 들은 그날부디 대이닌 지금 이 순간까지 무는 몹시 설레는 마음으로 기다렸다. 로는 또 하나의 새로운 세상, 놀라운 기적을 무에게 선물했다. 그녀를 만나 혼자가 아닌 우리가 되었고 아이가 태어나 이젠 가족이 되었다. 무는 떨리는 손으로 아이의 젖은 머리칼을 가만히 쓸어보았다. 부드럽고 따뜻한 감촉에 온몸의 신경이 전율했다.

아이야. 내가 네 아버지이고,

너를 안고 젖을 먹이는 이가 네 어머니란다.

너는 우리의 피와 영혼을 빌어 이 땅에 태어나 사랑받으며 자랄 거야.

네가 이 땅에 두 발을 딛고 일어나 살아가는 동안 우리가 지켜줄 거야.

우리가 본 것을 너도 보렴.

눈부신 하늘과 아름다운 땅,

노래하는 바람과 춤추는 들꽃,

그 속에서 울고 웃고 싸우고 사랑하며 살아가는 사람들.

이 추하지만 아름다운 세상에서

하찮지만 보석처럼 소중한 것들로 가득한 세상에서

잔인하지만 사랑이 가득한 세상에서

너는 네가 원하는 것을 갖기 위해 힘껏 달려갈 거란다.

슬픔과 아픔이 네 뒤를 따르겠지만 넌 한순간도 포기하지 않을 거야.

우리가 가진 사랑을 너 또한 배우게 될 테니

넌 그저 힘껏 달리기만 하면 돼.

아이야, 내 딸아.

오늘부터 네 이름은 아리.

아리는 신의 아이라는 뜻이란다.

너는 신인 나와 인간인 어머니 사이에서 태어난 소중한 생명.

모든 유한한 것을 영원으로 이끌 아름다운 존재.

아리.

너는 우리 딸이다.

무는 허리 숙여 아이의 이마에 입을 맞추었다. 그가 고개를 들었을 때 로의 젖은 눈동자와 눈이 마주쳤다. 무와 로는 서로 얼굴을 마주한 채로 울고 웃었다. 그들의 아리가 태어난 날은 아침 햇살이 유난히 깨끗하고 고운 어느 날이었다.

영혼의 산은 지상에서 가장 높은 산, 신들의 영혼이 태어나고 잠드는 곳. 그리고 천신의 궁궐이 있는 곳.

무는 천신의 궁으로 향하는 긴 계단을 천천히 걸어 올라갔다. 차가운 바람을 따라 흘러온 구름이 계단 위에 흩어져 운해를 밟아 오르는 듯했다. 구름에 잠긴 주위는 조용했다. 바람 소리, 새들의 지저귐만이 멀리서 들렸다. 그 가운데 많은 시선들이 조심스럽게 그를 따르고 있었다. 자신을 드러내진 않지만 무를 경계하고 있음이 온몸으로 느껴졌다. 무기 긴 계단을 올라서 비김내 육중한 문 앞에 멈춰 섰을 때 몇몇 선인이 나와 그 앞에 섰다. 무는 그들을 보며 말했다.

"천신을 만나러 왔다."

그들은 정중히 예를 갖추며 천신이 있는 곳으로 이끌었다. 천신은 그의 접견실 큼직한 보좌에서 일어나 무를 맞이했다.

"어서 오게. 욕망과 파멸의 신."

주름진 얼굴에 흰 수염을 길게 늘어뜨린 천신은 인자한 얼굴로 말을 건넸다. 무는 그에게 정중히 예를 갖춘 후 마주 섰다. 둘 사이에 침착한 눈빛이 오갔다. 먼저 천신이 입을 열었다.

"얼마 전 너의 아이가 태어났다 들었다. 신과 인간 사이에서 태어난 첫 아이. 참으로 특별한 아이다. 아이 이름이 무엇이지?"

"아리."

"아리라. 신의 아이. 참으로 예쁜 이름이구나. 아리에게 축복을."

천신의 얼굴엔 진심으로 기뻐하는 빛이 가득했다. 무는 그의 얼굴을 가만히 바라보다 입을 열었다.

"내가 오늘 여기에 온 것은 부탁이 있어서다."

"어떤 부탁이지?"

"나의 아내이자 아리의 어머니인 로에게 영원한 삶을 주고 싶다."

"영원한 삶이라……."

천신은 놀라면서도 진지한 눈빛으로 무를 보았다. 무의 눈빛과 표정은 단호하고 결연했다. 그 옛날 천신에게 찾아왔을 때와

흡사한 눈빛. 하지만 그때완 달리 평화로워 보였다. 천신은 노인 특유의 영명한 눈빛으로 무를 보았다.

"그것은 내 손으로 이루어줄 수 있는 일이 아니다. 그녀에게 영원한 생명을 주고 싶다면 네 손으로 가져다주어야 한다."

"방법을 알고 있나?"

"알고 있지. 허나, 그건 누구도 하지 않은 어려운 일이다."

"내가 하겠다. 방법을 가르쳐 줘."

잠시 생각에 잠긴 천신은 입을 굳게 다물고 지그시 눈을 감았다. 그러자 주위가 일시에 불바다로 바뀌었다. 무가 서 있는 곳은 온통 불길에 휩싸인 암흑 한가운데였다. 그곳에 온갖 사나운 악귀와 끔찍한 괴물들이 한데 엉켜 싸우고 있었다. 살을 태우는 뜨거운 열기, 붉은 피와 뜯긴 살점이 사방에 흩어지고 끔찍한 비명 소리가 고막을 찢을 듯 울려 퍼졌다. 죽은 자들의 땅인 지옥보다 더 끔찍한 광경이었다.

"네가 보고 있는 곳은 세상의 가장 밑바닥이다. 이들이 싸우는 곳 아래에 영원한 젊음과 삶을 주는 샘이 흐르고 있지. 영원을 얻고 싶은 사악한 괴물들이 이 샘을 서로 치지히려고 오랫동안 싸우고 있다. 그 바람에 긴 세월 동안 누구도 아래로 내려가 샘물을 떠온 자가 없지. 네가 영원한 생명을 얻고 싶다면 세상 밑으로 내려가 이들을 물리치고 샘물을 떠와야 해. 힘난한 길이다. 신이라 하여도 성공을 장담할 수 없어."

"내가 가겠다."

무는 조금의 망설임도 없이 대답했다. 로에게 영원한 삶을 주는 것은 그녀를 처음 만난 순간부터 지금까지 간절히 바라는 것이었다. 신과 인간의 사랑은 언젠가는 헤어질 수밖에 없는 운명. 무는 로와의 사랑이 현생뿐 아니라 까마득한 오래전부터 이어져 왔음을 막연히 느끼고 있었다. 둘의 처음 만남이 그랬듯 그녀가 먼저 다가와 그를 발견했을 것이다. 무는 그녀의 눈빛과 손길에 깨어나 비로소 심장을 가졌으리라. 로는 무의 텅 빈 마음을 채워주고 사랑을 불어넣어 주었을 것이다. 그가 지금 느끼는 가슴 저린 그리움, 떨칠 수 없는 아픔과 슬픔은 과거의 흔적. 무는 이 운명을 뛰어넘고 싶었다. 죽음이 그녀를 앗아가는 걸, 아리와 로가 떨어지는 것을 결코 지켜볼 수 없었다. 무는 로와 함께 영원히 사랑하며 살고 싶었다.

"얼마만큼의 시간이 걸릴지 아무도 알지 못해. 그곳에 갇혀 영원히 돌아오지 못할지도 모른다."

천신이 걱정 어린 목소리로 말했다.

"돌아올 수 있다. 꼭 돌아올 거야."

무는 두렵지 않았다. 처음부터 쉽지 않으리란 걸 각오했다. 그에겐 방법이 있다는 것이 중요하지 길이 험난하다는 건 이유가 되지 않았다.

"너는 예전과 변함이 없구나."

천신은 단호한 무의 모습을 보고 탄식하듯 중얼거렸다. 무엇이 둘의 인연을 끊어놓겠는가. 시간도, 운명도, 그 누구도 하지

못한 것을 심연의 불구덩이가 가로막겠는가. 천신은 따스한 눈
으로 무를 바라보며 말했다.

"네가 정녕 가겠다면 선인을 시켜 입구로 안내하도록 하겠다.
지금 가겠는가?"

무의 눈빛에 천신에 대한 고마움이 내비쳤다. 그는 부드럽고
그리운 눈빛으로 말했다.

"오래 떠나 있게 될 텐데 아내를 보고 가고 싶다."

과거 신들의 세계를 무너뜨리려고 했던 파멸의 신은 어디에
도 없었다. 오직 사랑을 위해서 존재하는 무(霧)만이 남아 있을
뿐. 그는 인간과 많이 닮아 있었다. 사랑을 지키기 위한 뜨거운
용기와 삶을 향한 강한 의지. 천신은 마음에 남아 있던 염려를
거두며 돌아가는 무의 뒷모습을 가만히 응시했다.

무는 영혼의 산을 떠나 다시 마을로 돌아왔다. 마을로 오는
동안 로에게 영원을 줄 수 있다는 기쁨과 흥분은 서서히 식고
그녀를 두고 오랫동안 떠나야 하는 걱정에 마음이 무거워지기
시작했다. 집에 돌아와 침실에 들어섰을 때였다. 로가 아리를
안고 젖을 먹이다 까무룩 잠이 들어 있었다. 곁에 다가서자 로
와 아리의 달콤하고 포근한 냄새에 가슴이 묵직하게 내려앉았
다. 이 둘을 두고 떠나야 하는 것이 못 견디게 마음 아프다.

'우리가 떨어져 있을 수 있을까. 나 없이 아리를 키우려면 몹
시도 힘이 들 텐데.'

무는 새근새근 잠든 아리의 얼굴을 보았다. 영원을 얻기 위해 세상의 끝으로 가는 길은 무척이나 멀다고 한다. 언제쯤 다시 아리를 만날 수 있을까. 무는 이 예쁜 아이가 커가는 것을 못 본다는 것이 너무나도 괴로웠다.

'아리야, 미안하다. 네가 누군가를 사랑하게 되면 내 마음을 이해할 수 있겠지. 오래 걸리지 않을 거야. 반드시 돌아올게.'

무는 허리를 숙여 아리의 하얀 이마에 입을 맞추었다. 그 바람에 잠이 깬 로가 그를 바라보며 희미하게 미소 지었다.

"어디 다녀오는 길이야?"

"아주 먼 곳에 다녀왔어. 그리고 또다시 가야 해."

로는 몸을 일으켜 걱정스런 얼굴로 무를 보았다. 궁금한 것이 많지만 애써 삼키며 무의 얼굴을 찬찬히 바라보던 그녀가 조심스럽게 물었다.

"당신 얼굴이 어두워 보여. 오래 떠나 있는 거야?"

"얼마나 걸릴지 나도 잘은 모르겠어. 하지만 꼭 돌아올 거야."

"왜 가는데? 안 가면 안 돼? 우리 곁에 있으면 안 돼?"

"우리가 영원히 함께 있기 위해선 지금 가야 해. 난 네게 영원을 줄 거야."

무는 로의 머리카락을 넘겨주며 따스하게 눈을 맞추었다. 오랫동안 못 본다 생각하니 그녀의 모습, 작은 움직임 하나하나가 마음 깊숙이 들어왔다. 그 눈빛을 읽은 로가 불안한 눈빛으로 그의 손을 잡았다.

"난 영원히 살지 않아도 돼. 지금처럼 모두 함께 있기만 하면 아무 상관 없어."

"언젠간 나와 우리 아리를 떠나야 하잖아. 너 혼자 보낼 순 없어. 내가 약속했잖아. 언제나 함께 있겠다고. 우리가 모두 함께 있을 수 있도록 내가 가서 가져올 거야."

무의 눈빛과 목소리는 로가 더는 말릴 수 없을 만큼 단호했다. 로는 눈물을 글썽이며 아리를 내려다보았다. 무는 그녀의 생각을 모두 읽은 수 있기에 더욱 마음이 아팠다.

"정말 당신이 원하는 일이야?"

그녀의 물음에 무는 대답 대신 그녀를 끌어안았다.

"꼭 돌아올게. 기다려 줘."

로는 더는 그를 붙잡을 수 없다는 것을 알았다. 그의 고통이, 간절한 마음이 느껴졌다. 이렇게 해서 그의 고통이 덜어진다면 그가 원하는 대로 가도록 놓아주어야 한다. 로는 무를 끌어안으며 작게 울먹였다.

"기다릴게. 꼭 돌아와야 해."

"그래. 꼭 돌아올 거야."

로는 그를 놓기 싫어 더욱 힘껏 끌어안았다. 무는 흐느끼는 그녀의 등을 토닥이며 귓가에 속삭였다.

"사랑해."

"나도 영원히 사랑해."

로가 간절한 손길로 그를 끌어당기자 입술과 입술이 닿았다. 그녀는 떨고 있었다. 무 또한 막연한 미래에 대한 불안과 가족과 떨어져 있어야 한다는 고통으로 괴로웠지만 떨지 않았다. 그는 강했다. 강해야만 했다. 그래야만 로와 아리를, 모두의 삶을 지킬 수 있으니까. 무는 긴 입맞춤 끝에 입술을 떼고 그녀의 뺨을 어루만졌다. 이대로 계속 지체했다간 더욱 떠나는 것이 힘들 것 같아서 간신히 로의 손을 놓고 집을 나섰다. 문밖엔 몽우가 서 있었다. 늘 따스하고 조용한 얼굴로 곁을 지켜주는 몽우. 무는 이 고장에 처음 오면서 몽우에게 자유를 주었지만 그는 떠나지 않고 그들 곁에 남아 있었다.

"제가 로님과 아리님을 잘 돌보겠습니다. 걱정하지 마세요."

굳이 말하지 않아도 몽우는 그의 마음을 다 알고 있었다. 무는 몽우에게 다가가 손을 꼭 잡았다.

"부탁한다. 내가 돌아올 때까지 잘 지켜줘."

몽우가 고개를 끄덕이며 무의 손을 꼭 잡았다. 무는 뒤돌아서서 창가에 서 있는 로를 보았다. 그녀와 눈빛과 흘러내리는 눈물을 본 무는 두 눈을 질끈 감고 안개로 변해 영혼의 산으로 향했다.

거친 파도가 밀려와 산산이 부서지는 절벽 아래에 커다란 짐승의 아가리처럼 시커멓고 무시무시한 동굴 입구가 버티고 있었다. 동굴 안 검은 어둠에선 짐승의 시체가 썩는 듯한 역한 냄새와 스산한 바람이 불고 있었다.

세상의 밑바닥으로 향하는 길. 뜨거운 불길 속에서 영생을 원하는 괴물들이 뒤엉켜 싸우는 지옥보다 끔찍한 곳.

무는 동굴 속을 응시하며 어금니를 지그시 깨물었다. 그의 오른손엔 청공이 쥐어져 있었다. 온몸에 끼치는 스산함과 위험을 느낀 듯 검신에는 푸른 불길이 일렁이고 있었다.

"영원의 샘은 태초에 세상을 만든 신께서 누구의 발길도 허락하지 않고자 아주 깊은 곳에 묻으신 샘이랍니다. 가는 길은 무척이나 깊은 어둠과 불길에 싸여 있으며 그 끝에 닿기까지 무척이나 오랜 시간이 걸린다 합니다. 당도하는 데만도 얼마만큼의 세월이 걸릴지 모르는데 그 길에 온갖 악귀들이 우글거리고 있습니다. 아무리 무님이라 하셔도 돌아오지 못할 수도 있어요. 그런 곳에 꼭 가셔야만 하겠습니까?"

무를 동굴 입구까지 안내한 선인이 걱정스럽게 물었다. 무는 선인의 착한 눈빛을 한동안 바라보다가 희미하게 미소 지었다.

"돌아올 것이다. 돌아와야만 한다. 나를 기다리는 사람들이 있어."

"꼭 돌아오셔서 그분들을 다시 만나길 빕니다."

선인은 정중히 고개를 숙인 후 뒤돌아서서 멀어져 갔다. 무는 이제 혼자 남았다. 그는 동굴 안을 바라보다가 한 걸음을 내디뎠다. 순간 어둠과 함께 고약한 냄새와 끔찍한 비명이 그를 집어삼켰다. 무는 청공을 움켜쥔 채로 힘껏 달렸다. 낯선 존재를 느낀 악귀들이 일제히 모여들어 날카로운 발톱을 세우며 덤벼들었다. 무는 밀려오는 거대한 불덩어리를 정신없이 베어나갔다. 아무리 베어도 끝없이 몰려드는 악귀들. 무의 몸은 사악한 괴물들의 촉수와 발톱에 상처 입고 더러운 피를 뒤집어썼다. 놈들은 사악하고 교묘하여 멈출 줄을 몰랐다. 무는 한시도 쉬지 않고 놈들을 상대해야 했다. 그 안에서의 시간은 바깥 세상보다 느리게 흘러갔고, 어둠은 더욱 찐득하게 몸에 감겨왔다. 홀로 세상 끝으로 향하며 무는 외로웠다. 몸의 고통보다 로와 아리를 향한 그리움에 미칠 것만 같았다. 이따금 놈들이 덤벼들지 않을 때 무는 동굴 벽에 기대앉아서 로와 아리를 생각했다.

"보고 싶다. 내 사랑. 나의 딸."

무의 마음엔 늘 사랑하는 이들이 있었다. 무는 그들을 생각하며, 그들을 위해 싸우고 또 싸웠다. 세상의 끝은 너무나도 멀고 시간은 느리게 흘러갔다.

로는 바람이 무는 언덕 위에 올라섰다. 멀리서 불어온 바람이 황금빛 들판을 휩쓸고 지나갔다. 시원한 바람 소리와 함께 아이가 까르륵 웃는 소리가 들렸다. 로는 멀리서 뛰어노는 작은 아이와 몽우를 보았다. 잘 웃고, 잘 떠들고, 늘 씩씩한 아리. 아이의 붉은 뺨과 커다란 눈망울이 햇살 아래에 반짝였다. 로는 가끔 저 아이가 자신이 낳은 아이인가 싶을 때가 있었다. 깎아놓은 옥처럼 예쁘고 특유의 눈부심을 온몸으로 뿜어내는 아이, 또

래보다 의젓하고 씩씩해 딸이 아니라 동무처럼 느껴지는 아이. 무가 없는 빈자리를 항상 채워주는 아이. 그래도 아이는 아이인지라 철없이 굴 때가 더 많아서 항상 웃음을 주는 아리. 아리는 많은 사람들에게 사랑받고 받은 만큼 나누어주는 예쁜 아이였다. 로는 그런 아리가 자라는 모습을 무가 보지 못해 늘 안타까웠다. 그가 보았다면 얼마나 기뻐했을까. 로는 촉촉한 눈빛으로 아리를 바라보았다. 아리는 나이가 몇인지 짐작조차 할 수 없는 몽우와 또래처럼 장난을 치며 놀고 있었다.

"이리 내놔. 내 거야! 내 거!"

한참을 잘 놀다가 무엇이 틀어졌는지 아리가 몽우의 뒤를 따라다니며 칭얼거렸다. 키가 큰 몽우는 작은 무언가를 높이 쳐들고 아리의 약을 올렸다.

"이 바보! 당장 안 내놓으면 엄마한테 이를 거야!"

몽우가 깔깔 웃으며 도망갔다. 좀처럼 지기 싫어하는 고집쟁이 아리는 몽우의 뒤를 열심히 쫓으며 소리쳤다.

"내놔! 내 공이라구!"

그때 아리의 모습이 감쪽같이 사라지자 영문을 모르는 몽우가 멈춰 섰다. 이를 멀리서 지켜보던 로도 놀라서 황망히 주위를 살폈다. 바람이 한차례 불어와 로와 몽우를 휘감고 지나갔을 때였다. 눈 깜짝할 사이에 몽우 뒤에 나타난 아리가 그의 발을 걸어 넘어뜨렸다. 몽우는 무릎이 꺾이며 바닥에 쓰러졌고, 그 바람에 허공에 붕 뜬 공을 아리가 잡아챘다. 아리도 무처럼 안개로 변하는 법을 배운 것이다. 어쩌면 그의 아이니 신의 능력을 조금 나누어 가졌을지도 모른다고 생각했지만 실제로 그 모습을 보니 로는 몹시 놀라고 걱정이 되었다. 로는 단숨에 아리에게 뛰어갔다. 로를 발견한 아리가 뛸 듯이 기뻐하며 품에 뛰어들었다.

"엄마! 내가 한 거 봤어? 나 변할 수 있어. 모습을 바꿀 수 있다고."

로는 사랑스런 딸의 눈빛을 보며 미소를 짓고 싶었지만 애써 무섭게 노려보았다.

"아리야, 그러면 못써. 특별한 능력을 가졌다고 해서 다른 이를 괴롭히면 안 되는 거야."

칭찬을 받을 줄 알았는데 도리어 꾸중하는 어머니를 보고 아리는 금세 시무룩해져서 고개를 숙였다.

"괴롭히려고 그런 게 아니야."

"그런 능력은 함부로 쓰면 안 되는 거야. 누군가를 다치게 해서는 더욱 안 되고."

"다치게 하려고 한 거 아니야! 그저 내 공을 뺏어서 장난을 친 것뿐이라구."

"그래, 엄마도 알아. 하지만 앞으론 무슨 이유에서든 다른 사람을 아프게 해선 안 돼. 알았지?"

"응. 알았어."

"그나저나 기분이 어땠어? 안개로 변했을 때."

로의 말에 시무룩하게 고개를 숙이고 있던 아리가 눈에 금세 반짝이며 종알거렸다.

"막 신나고 즐거웠어! 몸이 가볍고 상쾌해. 높이높이 날 수 있을 것 같아."

"그렇다고 자주 그러면 안 돼. 엄마가 걱정할 거야."

"알았어. 아주 가끔씩만 할게."

아리는 로의 얼굴을 보고 싱긋 웃으며 품에 매달렸다. 로는 딸의 볼에 자신의 볼을 부비며 웃음을 터뜨렸다.

'무, 우리 아리가 점점 더 당신을 닮아가. 모습도, 미소도, 웃음소리도 당신과 똑같아. 당시도 이 모습을 보면 좋을 텐데. 아리가 하루가 다르게 크고 예뻐지는 걸 보면 좋을 텐데.'

그가 떠난 지 팔 년이라는 시간이 흘렀다. 처음 헤어질 때만 해도 이렇게 오랜 시간이 걸릴 줄은 몰랐다. 그랬다면 끝까지 붙잡았을 텐데. 로는 무가 몹시도 그리웠다. 하고 싶은 말도, 보여주고 싶은 것도 너무나도 많다. 그동안 이곳이 얼마나 살기 좋은 곳으로 변했는지, 아리가 얼마나 사랑스럽게 자랐는지 보여줄 수 있다면. 로는 하루하루를 그리움으로 채우며 그를 떠올렸고 함께한 소중한 순간을 닳고 해지도록 더듬으며 기다렸다.

'보고 싶어. 당신이 너무나도 보고 싶어.'

로는 먼 하늘을 올려다보며 그의 얼굴을 떠올렸다. 아리는 어느새 로의 품을 떠나 몽우와 함께 들판을 뛰어다니며 까르르 웃고 뒹구느라 신이 나 있었다. 몽우가 멀리 던진 공을 찾기 위해

수풀을 헤집고 다니던 아리는 자신 위로 드리우는 커다란 그림자를 보고 고개를 들었다. 키가 큰 낯선 사내가 자신을 내려다보고 있자 아리가 호기심 어린 눈빛을 빛내며 물었다.

"아저씨는 누구야?"

"나는 무(霧)다. 네 이름은 무엇이지?"

"아리."

사내는 몸을 낮춰 아리와 시선을 맞췄다. 그의 눈빛이 크게 일렁이는 것을 보며 아리 또한 가슴이 두근거렸다. 낯선 이의 얼굴을 가만히 들여다보던 아리는 갑자기 그의 뺨을 두 손으로 감쌌다. 그는 갑작스런 아리의 행동에 놀란 눈으로 보았다. 아리가 큰 눈을 빛내며 말했다.

"엄마가 그랬어. 아빠가 오면 뽀뽀하라고. 그럼 아빠가 좋아할 거라고 했어."

아리는 수줍은 듯 잠시 망설이다가 무의 뺨에 입을 맞추었다. 무의 얼굴에 형언할 수 없는 많은 감정이 파도처럼 일렁였다.

"왜 이제 와. 엄마가 매일매일 기다렸어."

무는 촉촉한 눈빛으로 아리를 보다가 품에 꼭 안았다. 그 또한 로와 아리를 만나기 위해 오랫동안 기다려 왔다. 긴 시간 동안 영원이 흐르는 세상의 밑바닥으로 향하며 사랑하는 이에게 돌아가기 위해 온몸을 던져 괴물들과 싸웠다. 끝없는 그리움과 고통을 헤치고 드디어 원하는 것을 가지고 돌아왔다. 사랑하는 로와 아리의 곁으로.

"미안하다. 엄마에게 줄 선물을 가져오느라 늦었어."

무는 아리의 고운 얼굴을 거듭 더듬으며 말했다. 아리의 눈동자는 로와 꼭 닮아 있었다.

"엄마는 그런 거 없어도 되는데. 사랑하는 사람 옆에 있는 게 가장 큰 선물이라고 엄마가 그랬어."

"그래, 이제는 떠나지 않고 언제나 함께 있을 거야."

"정말? 이제는 안 떠날 거야?"

무가 힘차게 고개를 끄덕였다. 그러자 아리가 신난 얼굴로 그의 목을 꼭 끌어안았다.

"보고 싶었어, 아빠. 내가 상상했던 것보다 훨씬 멋져."

무는 아리를 안고 몸을 일으켰다. 그리고 먼 곳에 서 있는 로를 향해 걸어갔다. 로는 무가 오는 것을 가만히 서서 바라보고 있었다. 아직 멀어 표정을 볼 수 없지만 그녀는 울고 있을 것이다. 무는 어서 다가가 그녀의 눈물을 닦아주고 싶었다. 그리고 힘껏 안아주며 말할 것이다.

"돌아왔어. 내 사랑."

작가후기

　전 지독한 몽상가입니다. 머릿속으로 수없이 많은 이야기를 쓰고 그들과 하나가 되어 울고 웃으며 그 세계에 빠져 살고 있습니다. 이야기의 대부분은 제가 만들어가지만 그들이 절 인도해 줄 때도 있습니다. 『무로』는 어느 때보다도 강하게 저를 이끌어준 글이었습니다.

　저는 글을 쓰는 내내 어떻게 하면 무와 로가 보았던 세상과 느꼈던 감정을 고스란히 표현할 수 있을까 애태우며 괴로워했습니다. 오랫동안 제 욕심과 한계에서 방황했지만 이제 『무로』는 제 손을 떠나 세상에 나오게 되었습니다. 어떤 분이 읽으시든 무로는 행복한 글이었으면 좋겠습니다. 지친 삶 한가운데에서 만난 희망찬 이야기였으면 좋겠습니다. 무와 로의 사랑이 보는 분들의 가슴에도 닿기를, 그래서 제가 느낀 떨림과 기쁨을 공유할 수 있었으면 좋겠습니다.

　세상이 광활한 어둠이라면 사랑 이야기는 그 어둠을 밝혀주고 감싸 안는 별입니다. 또 하나의 별이 세상에 나왔습니다. 제 이야기가 잠깐이나마 누군가의 마음을 환히 밝혀주는 따뜻한 별이 되었으면 좋겠습니다.

―2008년 1월, 원주희